Crônicas de um mentiroso

KLEITON FERREIRA

Crônicas de um mentiroso

Era uma vez no nordeste... n.1

Labrador

Coordenação editorial Pamela J. Oliveira
Assistência editorial Leticia Oliveira, Vanessa Nagayoshi
Direção de arte e capa Amanda Chagas
Projeto gráfico Vinicius Torquato
Diagramação Nalu Rosa
Preparação de texto Ariadne Martins
Revisão Sérgio Nascimento

Dados Internacionais de Catalogação na Publicação (CIP)
Jéssica de Oliveira Molinari - CRB-8/9852

Ferreira, Kleiton
Crônicas de um mentiroso : era uma vez no nordeste : livro 1 / Kleiton Ferreira.
São Paulo : Labrador, 2025.
368 p.

ISBN 978-65-5625-722-8

1. Ficção brasileira I. Título

25-4124 CDD B869.3

Índice para catálogo sistemático:
1. Ficção brasileira

1ª reimpressão - 2025

Labrador
Diretor-geral Daniel Pinsky
Rua Dr. José Elias, 520, sala 1
Alto da Lapa | 05083-030 | São Paulo | SP
contato@editoralabrador.com.br | (11) 3641-7446
editoralabrador.com.br

Prefácio

Tudo começou com uma mentira. Aliás, com a ideia de uma mentira. Pelo menos eu achava que era: a inverdade cabeluda segundo a qual um indivíduo poderia ter sido o responsável por muitos eventos que mudaram o destino do país, talvez do mundo. Ou ainda, a simples premissa de traçar uma linha do tempo, de 1915 a 1983, e nela incluir eventos e personagens fictícios misturados a fatos e personalidades reais. A ideia, que é uma mentira, e que virou um romance histórico.

E para corporificar essa mentira, nada mais necessário que encontrar seu contador. Foi assim que surgiu Paulo, que, a propósito, poderia ter sido José, João, Antônio, ou qualquer um entre tantos comuns.

Paulo é o protagonista desta história, um senhor de setenta e tantos anos, que guarda consigo um avassalador remorso pelo passado em que esteve, por vontade própria, longe da filha. Agora ele tenta correr atrás do tempo perdido, ou pelo menos corrigir-se, mesmo sabendo que certos erros, por mais que perdoáveis, são naturalmente irreparáveis. Assim, Paulo decide escrever a história da sua vida, que, de acordo com ele mesmo, é uma sucessão de grandes mentiras.

E agora você tem a oportunidade de se divertir e conhecer fatos históricos (misturados com uma dose de ficção) com esta série de livros das *Crônicas de um mentiroso*, uma prosa épica cheia de altos e baixos, de fortes emoções, de dilemas espirituais, de contradições que corroem a alma humana, de tudo o que um livro bom deve ter para fazer o leitor fechá-lo com a satisfação de ter lido uma boa história.

Pode acreditar em mim.

P.S.: Escritores são todos uns mentirosos.

Prólogo

Interior do Nordeste, década de 1980.

— Vovô, vovô! Olha só o que eu fiz, um barquinho de papel. Não é lindo?

— Nossa, como é belo e majestoso! — arregalo os olhos e respondo à Belinha, minha neta, simulando espanto e empolgação. Toda faceira com o elogio, ela finca os pezinhos juntos, erguendo e me mostrando a corveta de cartolina. Um pouco malfeita, devo dizer. Mas por trás do barco, o sorriso da inocência se faz na arte verdadeiramente genuína: ela *acredita* que está lindo.

Sou avô de Isabela, embora ela me chame assim apenas porque a ensinaram dessa forma. Cláudia, sua mãe, não sabe que é minha filha. Acredita que é órfã de pai e mãe. Me trata bem, e cultiva por mim ótima estima. Mas, para além da benevolência de sua alma caridosa, sou aos seus olhos apenas um velho zelador de escola. Cláudia cresceu sem pai. Disseram que ele desapareceu. Porém eu estava vivo, achando que coisas grandiosas precisavam de minha ação e atenção. Foi só há pouco tempo, quando enfim reparei o infortúnio dessa miserável vida, que passei a procurá-la. Acontece que ainda não tenho coragem de pedir perdão, e de expressar tudo o que quero, e que explode aqui no peito. Sinto que perdi oportunidades, o tempo que não volta, as palavras não ditas, os carinhos. Péssimo pai que fui, e ainda pareço ser, alimentando um injustificado medo de contar a verdade, receio temperado por uma paixão naturalmente irracional. Tento compensar com minha neta, mas minto para isso, porque também temo a sua reação.

É engraçado. No fim de tudo, quando não mais me dobro para homem nenhum, após suportar todo tipo de pavor, depois de mastigar arame farpado em terreno minado, e superar o medo da morte enfrentando jagunços e cangaceiros, pelotões e batalhões, punhais, facas e facões, metralhadoras, bombas, granadas, tanques, aviões, depois de tudo isso, certo de que logo descansarei numa cova, onde tudo vai acabar, ainda assim, o simples receio de perder a graça do sorriso de minha neta e o carinho anônimo de minha filha, esse medo me estremece e me assombra nas madrugadas. Não... prefiro continuar mentindo.

— Vovô, sabe o que também aprendi?

— O que? Estou curiosíssimo.

— Curiosíssimo? Que palavra estranha...

— É que aqui também sou agregado.

— Agregado?

Apenas abro meu sorriso de dentes amarelados, abandonando as referências. Cláudia surge de súbito no pórtico da porta. Está esbaforida. Procurava por Isabela. Põe a mão no peito e diz:

— Aí está você, que susto. Ah, seu Paulo, o senhor pode ficar com ela enquanto vou à secretaria do colégio?

Minha filha é professora de um colégio na zona rural onde passei a morar, e nesses últimos dias anda bem atarefada. Uma outra professora adoeceu, e ela se viu obrigada a acumular várias turmas.

Mais calma ao me ver cuidando de Isabela, decide sair. Já está além da soleira, quando volta para se despedir.

— Se comporte.

— Certo, mamãe.

— Seu Paulo, não sei como agradecer ao senhor — me diz sorrindo. Certamente o agradecimento leva em conta outras vezes que a ajudei em qualquer coisa. E eu, que já me disfarcei e enganei chefes de Estado, quase não seguro as lágrimas.

— Não carece disso, dona Cláudia, faço por mode que gosto — falo um pouco trêmulo. Meu rosto, enrugado e marcado pela velhice, se encarrega do resto.

— Ah, e a propósito, trouxe o que o senhor me pediu. Aqui estão as folhas de papel pautado, alguns lápis e a caligrafia. Acredito que o senhor vá melhorar bem rápido. Sei que esse quartinho não impede o barulho das crianças, mas é só pela manhã e à tarde. À noite vai ter tempo para estudar "nos papéis", como o senhor fala — ela sorri um deboche, e engato meu espião matuto:

— Dona Cláudia, não tinha precisão de trazer os papel tão cedo para eu. A senhora anda muito avexada ultimamente.

— Mamãe, mamãe...

— Oi, filha.

— Eu ia dizer ao vovô que aprendi uma coisa nova. Aprendi que não pode mentir.

— Ah, com certeza — concordo.

Cláudia finge fechar a cara em sinal de seriedade e confirma a sentença da pequena Isabela. Depois tira da bolsa as folhas, a caligrafia e o lápis. Põe sobre a mesa, e olha mais uma vez para a filha, que ainda brinca com o barquinho de papel. Torce os lábios e sorri timidamente. Tenho a impressão de que ela ainda pretende dizer algo. Entretanto, nada sai de sua boca ou de seu coração. Permanece guardado.

— Até daqui a pouco — diz e vai.

Ainda estou meio engasgado, com aquele nó estranho no pescoço. Cláudia já é uma mulher, e provavelmente guarda as feições da mãe, não as minhas. Conheci sua mãe há muito tempo, quando era apenas uma jovem moça. Faz muito tempo. Conheci muitas mulheres. Interessei-me por algumas, enquanto outras só aqueceram minha cama. E foi por causa de uma, que na verdade era só uma menina, que tudo começou. Ah, por onde é que anda Sérgia? Bom, afasto o devaneio e me viro para Isabela.

— Então não pode mentir, não é?!

— Não — Isabela fala firme, com o dedinho em riste.

— E o que é uma mentira?

— É uma mentira, ué — ela diz como se o assunto se encerrasse num círculo de tautologia.

— Ora, ora, essa menina é o Barão de Münchausen...

— Quem é esse?

— Um velho alemão esperto que uma vez se atolou com uma vaca num brejo, e para sair, puxou os próprios cabelos, mas com tanta força, tanta força, que ele saiu voando e se salvou de morrer afogado.

Isabela arregala os olhinhos. Escuros como uma opala negra. Sua avó tinha olhos negros também.

— Isso aconteceu? É Verdade?

— Não aconteceu realmente, mas é verdade absoluta, juro por Deus — digo e cruzo os dedos. Ela gargalha e se esquece do nosso efêmero debate.

Estou eu aqui, mentindo, talvez pela quinta ou sexta vez, e a vítima é minha neta. Mentir é fácil para mim. Sempre foi. Acho que já nasci mentindo, enganando e fingindo. E assim posso resumir minha existência: um mentiroso. Minto tanto que alguém pode dizer com todas as classes gramaticais: "esse mentiroso mente mentirosamente uma mentira mentirosa mentida".

Olho para as folhas de papel pautado. Vou precisar tão só dos lápis e papéis, mas não da caligrafia. Então entrego para Isabela, que se apossa de lápis em punho para reproduzir Picasso por cima do alfabeto, entretendo-se. Já eu, desde que cheguei aqui tenho ficado entediado com os afazeres comuns. Não dá muito trabalho zelar de uma pequena escola de grupo rural, mas o labor é repetitivo. Assim, para preencher algum tempo, julguei conveniente narrar e legar a verdade em forma de romance, escrever tudo como aconteceu. Espero que seja divertido também. Escrever, ler, lembrar e refletir sobre o meu fracasso humano, além de criticar, é claro, as memórias que só eu tenho.

Depois de morto e com a verdade restabelecida, quem sabe, recebo um perdão *post mortem*.

Era uma vez no nordeste...

Era uma vez no Nordeste, numa cidade que recebeu o nome de uma árvore. Arapiraca, em Alagoas, terra dos marechais. Quando nasci, Arapiraca nem era uma cidade, mas apenas um distrito de outro município. Sua fundação se deu em 1924, quando eu já era um rapaz e não morava mais lá. Devo ter nascido nos primeiros anos do século XX, mas não sei a data, e nem guardo documento a respeito. Ainda pequeno, me mudei para a Bahia, para um povoado chamado Macureré, em Santo Antônio da Glória.

Não tenho memória desse passado de tenra infância. Quando me vi e me conheci como gente que fala, já morava com meu tio. Além do mais, naquela época, pouco sabia sobre a história dos meus pais, a não ser uma coisa que ouvi, e nunca esqueci:

— O infeliz do meu irmão teve que desaparecer no meio do mundo — cochichou tio Almir para um convidado. Os dois conversavam no alpendre, apenas os dois, embaixo da sinfonia do canto dos passarinhos.

— Verdade, compadre? — o outro se espantou.

— Fez uma desgraça. Matou os dois, e depois me entregou o diabinho do menino. Aí se sumiu. O problema é que o rapaz que ele matou era filho de um homem importante lá das Alagoas.

Na ocasião não entendi nada. Depois, muito depois, contaram-me que a esse tempo meu pai matara minha mãe. Dizem que quis acabar comigo também, mas não teve coragem. Quem me tirou de lá foi padre Honório, o responsável, provavelmente, por impedir minha morte.

Quando cheguei à Bahia, devia ter meus cinco ou seis anos. Meus anos de infância não se diferenciaram tanto dos de qualquer menino no sertão.

A obrigação de calejar as mãos na roça já espera os pequeninos desde cedo, mas comigo foi diferente, e nunca precisei pegar no cabo da enxada.

— Como andam os estudos? — o padre sempre me perguntava. Ele não era velho. Eu via outros padres. Nenhum era tão novo quanto padre Honório. Era louro e alto. Olhos azuis, um pouco cinza. Uma pele branca, meio queimada. Falava com o sotaque estranho. Falava que era comum padres com modo de falar diverso. Eu gostava dele, porque me parecia um sujeito educado e me tratava bem. Dia sim, dia não, aparecia lá, sempre para jantar conosco depois que escurecia.

Então, tudo começou certa noite, com céu escuro, sem lua e estrelas. Estávamos no terreiro do sítio de tio Almir, ao redor de uma fogueira, onde assávamos milho, e enquanto os outros falavam amenidades, padre Honório me puxou de lado e começou com a mesma conversa de estudar:

— Pra que aprender esse tal b-a-bá? — perguntei, abusado com a insistência.

— Para não crescer como eles — cochichou e apontou para meus primos mais velhos. Todos quase homens-feitos. Só esperando a hora de casar e fazer a própria roça.

— Oxe, e eu vou fazer o que com o b-a-bá? Tio Almir diz que papel não enche barriga, e que todo doutor é um bestão.

— Tolice — ele me repreendeu, sussurrando. — Não dê ouvidos. Eles não sabem o que dizem. Vou trazer uns papéis... Não, aliás, podemos começar riscando no chão. Pegue uma vareta.

— Se eu não fizer direito, o senhor vai cacetear as minhas mãos?

— O quê!? Claro que não, que horror! Eu não aprovo esse tipo de comportamento. Onde você ouviu isso?

— O Pedrinho, filho do Véio Timão, não tá pegando na enxada causa que apanhou na escola quando errou as letras.

Ele fez um gesto vago, se benzeu e me confirmou que não me preocupasse em errar.

— Bom, pois então está certo — falei.

Obedeci, e naquele dia, naquela noite, desenhei, pela primeira vez, meu nome: Paulo.

— Vixe, como meu nome é bonito — disse sorrindo e feliz. Olhei para o padre, e seus olhos brilhavam à luz da fogueira. Tenho quase certeza de que o vi enxugar a maçã de um dos lados do rosto. Apesar de curioso, não me atrevi a perguntar. Crianças não podiam fazer questionamentos, e qualquer sinal de curiosidade era suprimido com gritos, quando não pancadas. Além disso, ao que parecia, ele chorava e ria simultaneamente, o que me levou a crer que fosse algo meio bom e meio ruim.

— Procure coisas, objetos, plantas, ferramentas aqui no sítio que você deseja saber como se escreve — ele me sugeriu.

— Qual?

— Não sei, você é quem tem que ter o interesse em saber.

— Ah... — fiquei pensando.

— Não só coisas do sítio, mas coisas que você tem curiosidade. Tente os animais, os pássaros. Passe o dia inteiro pensando no som que sai da boca quando se fala tais palavras. Decore a relação dessas coisas na cabeça, como se fosse um enigma...

— Eni...

— Sim, uma charada...

— Charada. O que é uma charada?

— É um "o que é, o que é?".

— Ah...

— Bom, quando eu vier à noite, me diga quais foram as palavras em que você passou o dia pensando, e as aulas serão sobre elas.

O costume se fez, e sempre que padre Honório estava lá, ao final do dia, eu tinha minhas aulas de b-a-bá. Assim, toda vez que via um bicho que sabia o nome, e conhecia a primeira letra, eu guardava na cabeça, e riscava com um carvão na porta dos fundos: tatu-bola, soldadinho-do-araripe, preá, teiú, azulão, sagui-da-cabeça-branca. Depois me aventurei entre as plantas, aprendendo o nome, e querendo saber como se escrevia: macambira, umbu, pé de juazeiro, quixabá, angicos-vermelhos, aroeira, quase um naturalista.

Certo dia, peguei a seguinte conversa entre o padre e meu tio.

— Não é por nada não, mas seria de bom grado que o senhor ajudasse mais na criação do menino.

— Mas por qual razão? — padre Honório perguntou.

— Ele tá crescendo, esticando, come como um condenado — tio Almir falou coçando a barba. Ele era um galego vermelho, inchado. Não era gordo, mas alguma coisa fez com que suas canelas ficassem roliças. Quem sabe uma doença.

Fiquei pasmo quando ele disse que eu comia em demasia. Era sempre a mesma porção para todos, num racionamento que durava um ano inteiro.

— A diocese passa por apertos, mas eu vou trazer algo a mais — foi a resposta do padre.

À noite, na hora da escola junto à fogueira, eu disse a verdade.

— Eu sei — padre me respondeu. Não entendi a razão do acalento dele com aquela mentira deslavada de tio Almir.

— Oxe, e o senhor vai ajudar a encher o bucho desse maldito?

— Shhh, fale baixo — ele me murmurou, e olhou ao redor para averiguar algum ouvido intrometido. — Eu disse que ajudaria, mas não vou.

— O senhor mentiu? — perguntei com espanto.

— Sim.

— E pode?

— Claro.

— E Deus, o que ele vai fazer com o senhor? Mandar o diabo lhe carregar?

— Acredito que não — ele me respondeu e sorriu, assanhando meu cabelo, que àquela época devia ser louro igual ao dele. Fiquei intrigado. Ouvira dele mesmo em sermões na capela que aquele que mente é filho do diabo, porque o satanás é o pai da mentira. Mas logo deixei para lá; o cão que cuidasse de seus filhos mentirosos.

Estava aprendendo muitas coisas: a escrever e ler, e a mentir.

Infância

— Vou precisar me ausentar por um tempo — disse-me padre Honório. O sermão acabara, e eu o ajudava com os afazeres do pós-missa.

— Vou deixar com seu tio um valor suficiente para você continuar estudando, certo? Não quero que pare — continuou com bastante seriedade. Até então, eu não sabia o porquê de padre Honório custear minha vida ali. A princípio, achava que era desejo seu que eu fosse um padre igual a ele. Mas soube depois que fora parte do acordo com meu tio, que não me aceitaria sem essa condição.

— Seu tio me prometeu isso, e eu pago. Por isso posso exigir que você seja dispensado do trabalho.

— Bom demais — falei entusiasmado.

— Não fique tão alegre — ele logo me emendou. — O tempo diário de seu estudo vai dobrar, vai ter que se levantar mais cedo e se deitar mais tarde. Vai ter que derreter mais velas, e cuidar de cumprir seu dever, lendo o que lhe deixarei. Você foi muito bem, mas sozinho ficará mais difícil. Agora é o tempo do esforço próprio.

— Pois então tá certo.

— Não, não está — falou até com uma grosseria atípica. — Só estará quando eu voltar e cobrar cada vírgula. E o mais importante, não mostre e não fale sobre o que você lê para ninguém, você me ouviu?

— Sim.

— Repita.

— Sim, não vou falar pra ninguém, oxe — falei para ele me deixar em paz. Padre Honório insistia naqueles assuntos, mas nunca me puxou para catequese. Nem de me fazer coroinha lhe ocorria a ideia. Isso, claro, não me impedia de aprender a Bíblia, tanto na igreja quanto nas nossas aulas reservadas. Aliás, vezes sem conta eu perguntava coisas que na boca de qualquer outra criança era certo um cascudo. "Por que Deus fez uma aposta para deixar o Cão lascar com Jó?", lembro-me dessa muito bem. O padre olhou para mim e respondeu: "Para dizer que mesmo que façamos coisas boas, nada garante evitar o sofrimento, absolutamente nada...", ele parou, olhou para o céu, e terminou: "nem Deus". Era comum ele ensinar uma coisa bem cedo e desdizer mais tarde. Eu não sabia o porquê. Bem, não entendia muita coisa, mas também não me afligia com a ignorância. Concordei ali com a reserva de ficar só para nós o assunto do estudo. Aquele foi meu primeiro segredo, e primeira promessa.

No dia seguinte, ele foi embora. Era rotineiro padre Honório viajar e passar um bom tempo longe. Sempre que recebia umas cartas, as quais eu não acessava o conteúdo confidencial (também não sabia ler), ele arrumava a mala, sumia e deixava a capela fechada por um tempo.

Os primeiros dias e semanas depois da sua ida só olhei uma vez para a maleta de couro que ele deixou sob minha guarda. Abri e vi que era um monte de papel. Aí fechei e a encostei para lá. Passou-se um mês cheio de tédio daquele verão seco. Eu vivia emburrado, chutando pedras, sozinho e esquecido. Meu tio não gostava dessa minha vida ociosa. Olhava-me obliquamente, desconfiado, talvez achando que com o padre longe eu fosse me envolver no trabalho. Daí, certa vez perguntou:

— Que tem naquele teu bauzinho?

— Nada.

Notou meu desinteresse e continuou:

— Cabelo nascendo na cara, já deve ter mais de dez. Com essa idade, eu amansava boi brabo. Tava bom de fazer alguma coisa. Tem muito serviço sobrando. Amanhã levo você para consertar uma cerca.

— Padre Honório disse que tenho nove — falei abusado.

— E tu lá sabe fazer conta, condenado?

— Sei sim, olha aqui — abri as mãos e recolhi o dedo mindinho da esquerda — nove, tá vendo?

— Valha-me minha Nossa Senhora, com esse saber todo, tá perigando o bacurauzin virar presidente — ele falou debochando, e saí dali mordendo os dentes.

Aquilo ia dar ruim. Era melhor fazer o que o padre mandara. Adiara demais as obrigações assumidas, e a falta delas dava a tio Almir a inquietação de me ver parado. Então resolvi abrir a maleta mais uma vez.

Tirei dos entulhos do quarto das redes, levei para trás do terreiro. Passei pelo corredor de mandacarus, e já bem distante avistei por cima do ombro se via alguém por perto. Nada. Pus no chão, e acocorado destravei as presilhas. Como esperava, lá estava o monte de papéis amarelos, algumas brochuras, cadernos, e um livro gasto com um castiçal com sete pontas que atraiu minha atenção. À primeira olhada, achei que fosse coisa de igreja. Fiquei de pé e abri o volume. Foi quando vi uma gravura numa folha solta que me fez largá-lo imediatamente. Coisa horrível. A imagem foi tão horripilante para mim que, mesmo que não voltasse a vê-la depois, ainda hoje lembraria. Era um desenho de um satanás, uma cabeça de bode, de rabo de língua de cobra, e inscrições medonhas, decerto vinculadas ao inimigo com seus inúmeros nomes.

Quando a lombada do livro bateu no chão de areia, ele se abriu, e um envelope escapuliu-se. Hesitei em pegá-lo, estava assustado. Passados uns segundos, me abaixei e rapidamente meti o livro dentro da maleta. O envelope, do lado de fora e lacrado, tinha o meu nome. "Paulo". Rasguei um pedaço e puxei de dentro uma carta. Os dois lados da folha amarela estavam preenchidos de letrinhas minúsculas. Procurei o começo e me confundi todo. Não entendi nada. Li algumas palavras soltas, mas não conseguia compreender a frase completa. Aquilo me deixou angustiado. Era uma carta para mim. Primeira carta da minha vida, e eu não sabia ler a miserável. A vontade era de rasgar tudo em pedaços do tamanho dos grãos de areia e lançar os picadinhos no mato.

— Diabo!

Foi então que percebi o que o infeliz do padre queria. Atiçou minha curiosidade para que eu me acabasse de estudar naquele monte de letras, e no fim pudesse ler a carta. Ele ensinou meu nome e poucas palavras e frases. Mas naquele livro tinha mais palavra e frase que formiga faminta em cima de rapadura molhada. A dúvida, porém, sobre qual seria o conteúdo da carta me corroía.

De repente, ouvi longínquas vozes e risinhos vindos das minhas costas. Virei-me, escondendo os papéis atrás de mim. O burburinho era de umas moças que chegavam no terreiro perto da casa.

Guardei tudo rápido, empurrei para um canto e voltei para ver quem chegava por ali. Foi no meio delas que vi, pela primeira vez, a menina que mudaria tudo dali para a frente. Sérgia Ribeiro da Silva, conhecida muito tempo depois como Dadá, mulher de Corisco, o diabo louro.

Esse, sim, muito mais perigoso que qualquer diabo em folha de papel.

O livro do diabo

Sérgia era uma criança. Eu também era. Crianças matutas. Desde quando cheguei, fui o menor de todos na casa de meu tio. Lá, a ausência de companhia de semelhante idade para comigo brincar era compensada pelas idas à capela, quando ao final os meninos brincavam de pega-pega, esconde-esconde, cuscuz de mundiça, ou então quando algum adulto safado colocava a gente para brigar em dupla com camisas amarradas. "Ôh dois condenado, por que que cês num entra na pêia logo, agora vamo amarrar as duas camisa."

Era impossível fugir ou desatar o nó cego no cós da blusa. Mas quando chegava em casa, era sempre eu e eu. Com Sérgia, seria a primeira interação com alguém de minha idade.

Ela estava acompanhada dos pais, que conversavam sobre assuntos de trabalho, e eu ignorava totalmente. Naquele primeiro dia, não nos falamos, embora ela tenha me espiado de lado.

— Vicente, vosmecê tá muito errado nas contas — disse meu tio ao pai de Sérgia. Eles arengavam sobre acertos de valores de galinhas e de outras mercadorias que trocavam entre si. Vicente era mais jovem que meu tio. Outros filhos pequenos, irmãos de Sérgia, também estavam lá. Um, inclusive, enganchado no quarto da mãe, dona Maria. Uma ninhada desnutrida, que o pai trouxera para tentar comover meu tio.

— Que nada, Almir. Me acabo debaixo do sol, quase não tenho couro nos pés, com esses meninos tudo pequeno pra dar de comer, e ainda escuto essa lorota — seu Vicente falou com estranha brabeza.

— Mas por cá fiquei sabendo que seus banquetes são ordem do dia de coiteiro — meu tio falou, ao que Vicente só fechou a cara. Olhou para a mulher, que fingia não ouvir aquela conversa. Acuada, pelo menos tentava estabelecer uma comunicação com minha tia, que quase nunca falava, principalmente em meio a homens. Sérgia não saía de perto do pai. E eu me aproximei de tio Almir, que continuou:

— Melhor reclamar para eles da próxima vez. Se quiser, eu guardo aqui alguma coisa, só não posso fazer das tripas coração para dispensar nossos acordos.

— Almir, aqueles demônios vêm pra carregar tudo. Quando não são eles, é a polícia. Se faltar lá, vão riscar aqui, e carregar até esse menino aí — Vicente profetizou apontando os olhos para mim. Tomei um susto. Sérgia mordeu o beiço e riu para dentro, como se zombasse do meu destino sombrio. Quem me carregaria? Aquela fala não me agradou nem um pouco.

— Oxe, o satanás que carregue eles — respondi, mas mal terminei, senti só a pancada na orelha.

— Cala a boca, condenado! — gritou tio Almir. Aliás, bateu primeiro, e depois gritou, nessa ordem. Fiquei furioso. *Infeliz, corno. Que ódio!* Conheci esse sentimento pela primeira vez naquele instante. Apanhar na frente de visita, ainda mais daquela gordinha risonha. Ah, quanta raiva.

— Arreda! — ele pisou no chão, ameaçando me dar outra pancada.

Levantei-me, bati as terras, e saí correndo. Fui chorar debaixo das catingueiras murchas. Lembrei de que padre Honório disse "nesse país, os primeiros negros a escaparem do chicote foram aqueles que conheceram as letras". *Que nada! Como é que as letras iam me livrar daquela lapada no pé do ouvido? Por que ele me bateu?*

Deve ter sido a minha fala. Falei errado. Será? Era só o que eu pensava. Mas, no fundo, sabia que não era. Talvez fosse a falta da educação dele; e para me livrar dela, só indo embora dali.

De noite, surripiei umas velas e comecei a estudar nos papéis. Pela manhã, tio Almir reclamou ao me ver logo cedo nas galhas do pé de manga.

— Que faz aí?

— Leio — disse enquanto segurava um papel. Era uma tarefa, onde teria que fazer as junções de várias letras e sílabas. Mas eu disse aquilo porque queria aborrecer o miserável.

— Desça e deixe de estragar os olhos nessas inutilidades. Vai ficar cego, e o padre não vai arrumar dinheiro pra óculos, que é uma fortuna. Vamos, caminhe, temos uma cerca pra ajeitar ali.

— Não vou, não.

— Como é a história? Eu derrubo você, macaco desbotado. Tá igual negro bravio? Bora, apeie! — ele pareceu ter se enraivado. Fez menção de subir, mas o esforço o cansaria muito. Então desistiu.

— Quando chegar eu pego você, seu índio bugre maldito.

E assim passei mais de ano, trepado nas árvores para ler nos papéis. Ainda não tinha coragem de abrir o livro. Por mim, o certo era tocar fogo naquela coisa do capeta. Sim, senhor, uma coisa com umas asas de anjo de morcego, cabeça de bode, pontas enormes, e uma estrela no meio da testa. Estava sentado, cruzando as pernas todo desconjuntado, e ainda por cima, segurava serpentes vivas. Coisa horrível de se ver, vale repetir.

Mas os outros papéis eram bons. Fui me acostumando e lendo. No começo, era um dia inteiro para chegar ao final da folha, principalmente por conta da verbosidade, quando demorei para entender que as palavras se movimentavam e os sentidos também, sendo verbos os motores desse caminhar. Nisso me lembrei do que um dia o padre falou no sermão: "Deus é o Verbo, Ele movimenta nossas vidas". No mais, repetia as frases à exaustão. E se meu cérebro fosse um estômago, a indigestão seria certa, de tanto que engolia pontos e vírgulas. Isso quando não me quebrava todo saltando linhas inteiras. Mesmo textos simples se obscureciam em meu monólogo dantesco. Decorava-os, mas não entendia o que queriam dizer. Dúvidas infinitas. Além de tudo isso, não esqueço de como foi difícil aprender o jeito de falar pelo avesso. Por exemplo, chamar de comédia uma coisa que não tinha graça nenhuma, e adjetivá-la de divina, apesar de seu conteúdo infernal. De tanto ler, decorei a seguinte passagem, que era apenas o começo de uma nota perdida escrita pelo padre Honório:

> Da nossa vida, em meio da jornada,
> Achei-me numa selva tenebrosa,
> Tendo perdido a verdadeira estrada.

Todavia, depois de um tempo, notei que passava a entender mais, e os enredos das histórias me travavam o coração, enchendo-me de alegria e curiosidade sobre o próximo ato.

No meu caso, a verdade verdadeira era que eu passava mais tempo pensando em besteiras, e só usava o estudo como desculpa para não ir à roça com meu tio. Mesmo assim, a custo de muito aborrecimento, aprendi histórias mirabolantes em resumos escritos pelo padre. Para mim, algumas eram inverossímeis, como a de um índio que salvava uma menina loira de olho azul. *Isso não tem cabimento, índio de verdade faz guisado da gente para copiar a cor dos nossos olhos*, pensei na hora, por ter lembrado dos alertas de minha tia:

— Ó menino, onde tu tava, diabo? Se um índio te pegar, vai comer teu olho azul.

Outra escritura era sobre um velho de cinquenta anos que leu tanto livro que ficou doido. O pior era que, segundo o padre, o tal Quixote saiu mundo afora metido a cavalo do cão, apanhando de todo mundo, montado num pangaré, dando estocada de lança em cata-ventos, pensando que fossem dragões. *Ave-maria, que peste esse velho tem na cabeça?*

Depois que lia, passava horas refletindo. Indignava-me sobre questões de enredo, sobre as motivações dos sujeitos das histórias, sobre a diferença entre como ali se dispunham as coisas e como eu as via na vida real. Mas no fim eu gostava, mesmo com a maior parte das leituras sendo muito confusa e incompreensível para mim. E no limiar, quando achava muito estranho o que me diziam as histórias, eu mesmo inventava outras. Livrava da morte os protagonistas das tragédias de Shakespeare, matava vilões antes da hora para não suceder tantas malvadezas, endireitava defeitos de caráter e criava narradores mentirosos compulsivos para fechar os arcos. Assim, fui ganhando uma predisposição para fantasiar pessoas, coisas e situações. Finalmente, melhor em cima da árvore que cavando canteiro.

Foi trepado na árvore que vi muitas vezes dona Maria, mãe de Sérgia, trazer a filha e os filhos para o terreiro. Queriam esconder algo. A curiosidade me levou a saber a causa das operações secretas. Era a produção de seu Vicente. Do que se plantava e colhia, evitava-se um empréstimo forçado aos grupos de bandoleiros, que no fim nunca devolviam nada.

Primeiro, dona Maria e minha tia cavavam um buraco. A molecada curiosa ajudava sem perguntar nada. Depois, e em dias seguidos, escondiam sacas de mantimentos.

— O que tu faz lá em cima? — Sérgia me perguntou, apontando para a mangueira.

— Eu estudo nos papéis.

Ela riu. Só sabia rir. Mas depois disse:

— Eita, que mentira.

— Bora apostar?

— Bora — ela respondeu imediatamente.

— Certo, o que você tem aí pra apostar?

— Nada.

— Oxe, e como é que quer apostar?

— Só pra apostar mesmo.

— Então tá bom — aí corri para os fundos, onde escondia a mala nos entulhos, e voltei com um dos papéis. Já estava perto de escurecer, mas a luz vermelha do sol ainda nos deixava ver as letras e palavras.

— Aqui — escolhi uma fácil, apontei com o dedo grudento para a frase, correndo-a enquanto lia:

— "Nós nascemos para morrer... 'Viliam' Sha, Sa", é... — gaguejei. Obviamente, eu ainda não sabia ler o nome "William Shakespeare", e meu dedo parou antes das duas palavras.

— Que são os dois nomes? — ela perguntou apontando para o nome do poeta. Daí esfriei. Perderia a aposta se hesitasse demais. Então disse o que primeiro me veio à mente:

— Vilão Safado. Isso. "Nós nascemos para morrer, Vilão Safado". Ganhei a aposta.

Sérgia Ribeiro

Depois que supostamente ganhei a aposta com Sérgia, ela se mostrava cada vez mais interessada pelas letras e papéis. Eu mal sabia ler, o que me tirava total condição de ensinar. O tempo foi passando, um, dois, três anos. Nós crescíamos juntos, e a estima que ela sentia por mim só fazia aumentar.

— Por que cê não me ensina? — perguntou-me uma vez.

— Porque não, menina não precisa saber ler — dei-lhe a resposta que me convinha, apesar de não acreditar na justificativa. Eu só não queria dizer que não sabia ensinar, e reproduzia o que escutava em todo canto de que mulher era só para a trempe ou o fogão.

— Um dia aprendo sozinha.

— Como?

— Como você, não tá vendo? — ela apontou com o queixo para meu lado, como se falasse de mim, mas eu mesmo não estivesse ali. Depois fechou a cara com ligeira tristeza.

— Tá bom, eu ensino — menti. Não queria vê-la triste.

— Quando? Agora?

Não contava com aquele prazo, mas a alegria que surgiu na face rota de Sérgia me deixou totalmente desarmado para mais um desmando de esperança.

— Tá certo. Pegue o graveto.

Então ela pegou o graveto e esperou. Fiquei sem saber por onde começar. Aí me lembrei do padre Honório. *Pelo nome*, pensei. A princípio, propus-me a ensiná-la a desenhar. Fiz intuitivamente, porque de fato não sabia para onde ir. Então elaborei mentalmente a junção das letras para formar as sílabas, procedendo à junção das sílabas, tudo isso na cachola.

— Me dê sua mão — eu disse. Ela estendeu-a mim. Suja, das unhas às dobras, uma mão negra e roliça. Mas quando peguei na dela, vi que as minhas não eram nem um pouco diferentes, salvo pela cor mais clara.

Antes de riscar o chão, revisei o texto mentalmente. Pus-me a duvidar que a primeira sílaba estivesse errada, uma vez que pensei que pudesse ser a junção do "c" e "e". Mas lembrei que "c" com "a" era "ca", de "cabo de enxada", "cascudo", "capoeira", tudo como padre Honório ensinava usando as ferramentas e nomes do nosso dia a dia. Além disso, o "s" no meio das outras letras quase sempre tinha o som de "z", de "zas", que era a onomatopeia que o padre inventou para facada. "S" tinha som do "c" quando era a primeira letra, ou a menos que viesse duplicado. Então "Sérgia" poderia ser com "C" ou "S". Escolhi pela estética: "*vai ser 's', porque é mais bonito, e a letra que parece uma cobra!*".

Daí me encostei, sentindo o cheiro do suor de criança barrenta. Mão com mão, e a dela segurando a vareta, ensinei o desenho do nome:

SEJA

Depois que terminei, e que ela viu no chão o próprio nome, vi o primeiro sorriso genuinamente de felicidade que alguém me dava. Os olhos brilharam, e as mãozinhas sujas foram à boca como que para aparar a vontade de gritar de alegria. Aquilo me preencheu de uma forma inimaginável. Senti uma sensação de importância elementar para a vida de alguém, senti-me supridor de desejos e emoções boas, senti-me um professor que alimenta esperanças.

— Sérgia!

Dona Maria gritou chamando a filha. Era hora da partida.

Ela, antes de ir, retribuiu o gesto com um leve toque na minha mão. Pura afeição e carinho.

Bem, afeição, naquela época, se escrevia "afecção". Hoje dou vivas. Viva à mudança, viva ao passar do tempo, viva à gramática teimosa a se automutilar, pois no passado era osso.

— O que esse diabo de menino vive fazendo com esse monte de papel velho? Já passou mais da conta da hora de pegar numa enxada — ouvi meu tio praguejando.

Quando me comprometi a ensinar Sérgia, vi a necessidade de aprender de verdade a ler e escrever. Eu precisava estar afiado nas regras gramaticais mais rudimentares. Então passava quase o tempo inteiro num pegadiço de papéis, lendo, e escrevendo no chão. Com exceção do livro e da carta, que estava em idioma estrangeiro, nenhum outro papel escapou da minha investigação. E isso irritava ainda mais meu tio.

Primeiro, derrubou o pé de manga, deixando pelada a frente do terreno. Aquilo só aumentou o calor, mas o miserável se deu o prazer de não me ver mais trepado na árvore lendo meus papéis.

Depois, tentou o pior.

Um dia, arriei da rede, acordando com o coração pulando. Não sei se foi sonho, mas se foi, nele meu tio rondava a casa perguntando pela mala. "Onde escondeu? Onde escondeu?", tio Almir repetia em meu sonho.

— Onde está minha maleta? — amanheci com a pergunta na boca, feito um disco arranhado. O medo de que o desgraçado pudesse dar fim ao meu material didático estivera boa parte do tempo no conjunto dos meus pavores. Naquela manhã seca, parecia ter se concretizado.

— Onde estão? — já gritava. Algo que diferia em mim era a rebeldia com que me expressava em certas ocasiões. Uns diziam que era falta de uma surra boa, outros que era mimo demais que padre Honório dava.

— Onde estão? — gritei por dentro da casa, caçando pelos cantos, olhos vermelhos de choro.

— Pare de gritar, capeta — disse minha tia, partindo para cima de mim. Antes, ameaçou pegar uma tora de lenha. Como não havia nenhuma ao seu alcance, ficou parada procurando outro objeto para jogar em mim. Lançou mão de uma correia de sela, e com certeza me arrancaria o couro, não fosse o vozeirão da frente do sítio. Até eu parei de gritar.

— Ô de casa! Vicente, cadê vosmecê, caboclo? — a voz comandava.

Meu tio sumira, e eu tinha mais que certeza de que a mala desaparecera com ele também. Mas o convidado que chamava na porta atraía a atenção. Saímos eu e minha tia, ela na frente, e eu quase na barra da saia. Ao chegar no copiar, vi numa distância de algumas dezenas de metros um homem montado num cavalo tordilho, suado que brilhava na luz. O cavaleiro era gordo. Nunca vira alguém tão gordo. A montaria, inquieta com a parca habilidade do homem, agitava-se para a direita e para a esquerda. Ainda montado, ele entrou no terreno e se aproximou de nós. Minha tia caminhou se adiantando quando se deu conta de quem era o forasteiro.

— É coronel doutor João Sá — sussurrou para mim. — Quieto, viu?!

Daí ela marchou para a frente, a fim de encurtar a distância. Também acompanhei, atrás, soturno como um gato em plena luz do sol. Quando chegamos perto, tive que olhar para cima. Pus a mão aberta na fronte numa continência. Ele olhou para minha tia, e depois para mim.

De perto era mais gordo ainda, vestia um casacão branco, encardido pela viagem a cavalo, uma calça de mescla, botas pretas quase até o joelho, que estavam cinza da poeira. Luvas de couro e um chapéu preto também muito empoeirado.

— Cadê Vicente? — perguntou, tremendo a papada. Era um rosto papudo, de fronte careca, e os olhos pequenos numa cara lisa, um conjunto que o tornava igual a um boneco.

— Tá aqui não, doutor — respondeu minha tia. Parecia falar com Jesus, tamanha a humildade na voz. O medo era tanto que ela não queria corrigir o tal doutor, porque o certo era dizer "ele não mora aqui, não".

— Diabo — ele resmungou baixo, embora pudéssemos ouvir. Depois puxou do bolso da casaca um papel, que logo escapuliu da mão por conta de um vento que soprou cruzando. Ao ver o bilhete voando no redemoinho, logo me espichei para pegá-lo. Ele voou uns sete metros e aterrissou. Não impedi que caísse no chão. Abaixei-me, e peguei. Estava aberto, era uma cartinha, com apenas uma pequena anotação. Os sete metros de volta até o coronel não me deixaram ler tudo por causa da lerdeza em ler as sílabas e palavras. Mas, ao final, vi em letras garrafais "CASA SEM PÉ DE PLANTA". Ele se confundira e pensava que aqui era a casa do Vicente. Meu tio derrubara o pé de manga havia pouco tempo. Minha língua começou a coçar. *É agora, falo ou morro*, pensei.

— Aqui no papel diz que não tem pé de planta, e meu tio derrubou o pé de manga tem pouco tempo. Não é a casa do seu Vicente.

— Cala boca, abelhudo — gritou minha tia. — Coronel, o doutor me perdoe o desrespeito desse menino.

— Deixe disso — o coronel a interrompeu com um chamado de voz grave feito um trovão. Ela parou, e eu me virei para o cavaleiro que empatava o sol de bater na minha cara. Via apenas a resta enorme, e depois meus olhos se acostumaram com a luz pouca, ocasião em que visualizei também a cara de espanto do homem.

— Ele sabe ler? — perguntou. — Esse galego sabe ler, meu padrinho Cícero, um milagre.

Coronel Sá

Coronel João Sá, conhecido também por João Gonçalves de Sá, levou-me para a casa de seu Vicente. Não era necessário, mas ele se entusiasmou comigo. Ia montado, arrastando-se com o tordilho, e eu do lado. Íamos pela vereda. Ventava muito e a poeira quase o tempo todo insistia em querer me cegar.

— Aprendeu a ler como? — me perguntou.

— Com os papéis que o padre Honório deixou — respondi e olhei para trás, movido por um barulho bem ao longe. O rasto de poeira denunciava a aproximação de uma cavalaria.

— Padre Honório? Não conheço. Ah, ali vêm os imbecis que não sabem onde ficam as casas de meus trabalhadores.

— O que é um coronel? — eu não poderia perguntar enquanto estivesse cercado de mais adultos, então aproveitei o pouco tempo de privacidade que nos restava. Ele olhou meio torto, como se a todo instante se espantasse novamente.

— Perguntadorzinho que só um peste — falou apenas para se manter na tradição da censura a crianças curiosas. Mas no fundo, queria responder. Então continuou:

— Coronel é um homem importante, só carece você saber disso — respondeu estufando o peito. Depois pausou. Eu só ouvia. Daí fechou só um olho, levantou o queixo, alisou a papada e refletiu numa resposta mais elaborada. — É um homem importante e dono de terras. Tudo isso aqui, até onde suas vistas alcançarem — ele fez um gesto circular com o chicote na mão —, é meu.

— Tudo?

— Tudo.

— O senhor comprou?

Ele parou e se entornou na cela.

— E por acaso eu ia roubar? Claro que comprei. Quer dizer, uma parte, outra recebi de meu pai. Mas tá bom dessa conversa. Deve de ser por isso que sabe ler, pergunta mais que o diabo — ele me emendou, ao que nos alcançaram muitos homens.

Foi ali que vi pela primeira vez armas de verdade. Eram bem uns cinco, todos com revólveres, rifles, mosquetões e muitas balas, balas por todos os lados, enfiadas em cintos, cinturões e as cartucheiras traçadas. Todos se vestiam muito parecido. Eram roupas de vaqueiro, com muito couro e proteção para os espinhos e tocos da caatinga. Verdadeiras armaduras de couro.

No meio deles, um sujeito me chamou a atenção pela diferença. Era um cavaleiro desequilibrado, péssimo montador, torto e com a expressão de quem já estava morto.

— Pai, vossa senhoria vai acabar me matando nessas andanças. Deveríamos vir com o Ford — disse o jovem cavaleiro. Era seco feito uma vara. Metido em vestes inúteis para aquele calor. Ofegava e fazia careta, até quando bebia no cantil, deixando estragar água derramada pela barba rala e fina.

— Oxe, e num era vossa mercê que queria entrar no Amazonas e caçar bugre junto com aquele tal de "Rôse-velte"?

— Roosevelt, papai. Theodore Roosevelt.

Não entendi nada, e a vontade era sair perguntando "o que é isso, quem é esse?", mas fiquei calado. Mudo.

Quando chegamos à casa de Vicente, fiquei à espreita. Ouvia reclamações de ambos os lados. O coronel reclamava da produção e soltava berros em uns e outros. Seus jagunços só ficavam calados. No meio do vaivém de explicações, Vicente reclamou de alguns cangaceiros que andavam levando o pouco que tinham. O coronel não deu a mínima, falou que o combinado não era aquele.

— Senhor Vicente — o filho do coronel cortou Vicente no meio de uma justificativa deste. — Presumo que não entenda patavinas do que direi, mas dou minha palavra, regada de boa-fé segundo as tradições familiares que a acompanham, e por tal razão digo que essa terra é propriedade do coronel João Gonçalves de Sá. Tudo muito bem assegurado pela legislação vigente, lei número 601, de 1850, também chamada lei das terras, fiz questão de anotar para eventuais protestos de discordância. Permita-me adiantar que adentrei na faculdade de direito de nosso Estado, e sei do que estou falando. Pois bem, prosseguindo, o primeiro artigo dessa lei, promulgada sob as barbas de nosso segundo imperador, diz "ficam proibidas as aquisições de terras devolutas por outro título que não seja o de compra". Ora, se o senhor não detém consigo o documento atinente à compra, a terra não é sua. Por outro lado, estando meu pai, venerável senhor de terras, de posse de tal documentação — nisso ele levantou um papel amarelo —, não se há o que falar.

Todos só ouviam, e o coronel mostrava os dentes, orgulhoso do filho falador. Eu também fiquei impressionado, tão impressionado que nem procurei Sérgia. Aquela segurança, com uma oratória de quem sabe o que se fala, aquilo era mágico. Tão novo, e o infeliz já prendia a atenção de tantos com palavras grandes e bonitas e estranhas. Imaginei o quanto foi difícil para ele estudar para falar tanto daquele jeito.

Mas uma coisa me entristeceu. É que fiquei o tempo todo calado, como sempre. A presença do doutorzinho me ofuscou. Sérgia me achou, e não pude evitar demonstrar angústia com a possibilidade de meu destino se findar naquele fim de mundo seco e sombrio.

— Que cê tem? — ela perguntou.

— Nada. Quer dizer, tudo. Eu quero sair daqui. Droga de lugar seco e sem nada. Só isso. — Ela também fechou a cara. Não falamos mais que isso. Então senti minha mão ser tocada por outra mão. Olhei para Sérgia e vi dois olhos grandes, urgindo para que, ou a levasse, ou não a deixasse só.

— Vamos, galeguinho — chamou-me coronel de Sá.

Na volta, ele me colocou na garupa do cavalo. O filho falava sobre os novos investimentos. Que as terras do Nordeste deveriam gerar rendas e se pagarem por si, e que o melhor era diversificar em outras formas de retorno financeiro. Que o café ainda era uma boa opção. A melhor, por enquanto, ainda mais quando cafeicultores formavam a elite política da época, a despeito da eleição de Epitácio para a presidência. Que companhias abertas, ou sociedades anônimas, seriam a melhor forma de se investir sem necessariamente se comprar terras cafeeiras cultiváveis. E que Rui Barbosa e o encilhamento seriam episódios do passado, fadados aos livros de história e ao panteão de eufemismos os quais todos ouvem, posto nada saibam sobre eles.

O rapaz falava sem parar.

— Por falar em Rui Barbosa, que triste fim perder dessa forma, ainda mais quando dr. Epitácio da Silva Pessoa estava na França, tratando de importantíssimos assuntos atinentes à paz mundial, ao ressarcimento de nossos prejuízos na produção do café e à rendição da moribunda Alemanha, enquanto o último kaiser, Guilherme II, se asilava nos Países Baixos. Bem, voltando à nossa política econômica, não há como não se agradar de novos tempos. Amostra da política liberal que se avizinha é a participação de sua excelência, o doutor Pessoa, enquanto senador, na relatoria e comando do projeto do moderno e melhor instrumento jurídico solícito aos nossos interesses, o código civil de 1916, imune a críticas; basta lembrar da garantia acerca da propriedade privada sacrossanta. Não há como dar errado. E por fim, mas não menos importante, os Estados Unidos da América do Norte, país do destino manifesto, nosso parceiro comercial, têm o melhor e mais sofisticado sistema de mercado financeiro de ações. Duas coisas que jamais acontecerão novamente: crise financeira econômica e outra guerra, ambas de proporções globais. Tenhamos fé.

Estávamos em 1919.

Índio Peri

A maleta apareceu. Meu tio Almir havia escondido, mas não dado fim. Eu já havia notado que, apesar de ser valente com gente mais insignificante do que ele, ao padre Honório concedia respeito. E como. Então bastou uma ameaça minha de que denunciaria o fato para que a onça virasse gato e miasse, entregando-me a mala.

Depois, intensifiquei os estudos. A figura do filho do coronel me marcara intensamente. Mas se passou um mês, dois, três, e fui esmorecendo. Precisava de motivação, e, devo confessar, Sérgia ainda era o que me restava. A danada não largava da vontade de aprender.

O problema era que eu não sabia ensinar. Era simples: eu precisava me instruir para ensinar.

— Cê já leu os papéis tudo e os livros? Já aprendeu, né? — Sérgia me inquiriu.

— Ainda falta ler um livro, que só abro na frente do padre, e uma carta, que está numas letras estranhas.

— Livro, carta? — Outra pergunta.

— Sim, é um livro de uns demônios. Eu acho que já disse a você. Não gosto nem de falar dele, quanto mais de pegar. A carta tá num envelope com meu nome, mas não consigo ler ainda.

— Cê não quer me ensinar mais, né? — perguntou-me Sérgia.

Eu queria falar a verdade, mas tinha medo de perder a companhia. E foi nesse tempo, quando Sérgia estava virando mocinha, que notei o quanto gostava dela, e ela de mim. Acredito que a reciprocidade era consequência natural de dois amigos no seco do sertão da Bahia, que se viam quase diariamente.

— Fale se quer ou não! — Ela me fustigou novamente com a exclamação.

— Quero, sim.

— Pois nem parece. Eu vejo cê lendo que só, e então sabe ler, né? Ma' é um vexame para ir s'embora. Vive resmungando que aqui é fim do mundo. É isso? Ocê quer ir, né? Diga!

— De novo essas perguntas? Não vou deixar você.

— Não?

— Não.

Eu até gostava dela, mas acho que não falava a verdade sobre não a deixar naquele deserto. Respondia só para não a ver triste.

Então, cinco anos se passaram, e o tempo me mostrou o medo que Sérgia tinha de que a deixasse ali, naquele fim de mundo. Já éramos adolescentes, e eu já sabia ler razoavelmente, de modo que, de alguma forma, ela se espelhava em mim. Mas ainda tinha dificuldades para ler e escrever, embora adorasse ouvir as histórias dos papéis, principalmente a do índio Peri.

— Lê de novo a parte que o Peri salva a menina — pedia-me sempre. Eu a decorara, e contava só pelo prazer da companhia. Então resolvi ler e dar um toque especial.

Foi assim que comecei na arte da interpretação. Mesmo sem saber, passei a imitar a fala das personagens, narrando e inventando as vozes, e Sérgia rolava de rir. E como eu sabia de cor, nem pegava no papel. Noutra oportunidade, aprimorei-me: tirei a blusa, pintei a cara e fingia ser Peri. De guarani, eu não tinha nada.

Enfim, eu amava contracenar para a plateia que a princípio era só Sérgia. Depois minha tia, dona Maria, e outras pessoas passaram a se interessar pelas minhas histórias, muitas das quais eu adaptava ao nosso tempo e lugar. Do menino que estragava a vista trepado no pé de manga, passei a ser o ator de teatro do terreiro, contador de histórias, cada uma mais mirabolante que a outra.

A lembrança do filho de João Sá se desmanchou, e com o tempo a ideia de sair dali ganhou menor importância. A vida me jogava para a mesmice, e o costume me transformava mais e mais no sertanejo que meu tio era. Estava tudo indo assim, até o dia em que padre Honório reapareceu na capela e mandou me chamar.

— Temos que ir — disse ele, enquanto procurava papéis, no meio de uma dezena deles espalhados em cima da mesa de madeira da sacristia.

— Para onde? — indaguei surpreso e chocado. Tremi-me todo. Ele quase não olhava para mim, tão submerso na procura de algo. Abria os papéis, passava os olhos, amassava, rasgava ou jogava do lado. Repetia um atrás do outro, num modo frenético.

— Explicarei no caminho, vá para a casa de seu tio, pegue suas coisas, a maleta e volte para cá.

Então era sério.

Sérgia. Foi a primeira coisa que pensei. Meu coração se acelerou e apertou. Talvez ali tenha sentido que gostava muito daquela criatura que se tornou tão próxima de mim. Não podia fingir, e fugir daquele jeito, sem explicações, sem ao menos dar um beijo, o primeiro, e sem prometer que voltaria para buscá-la.

— Preciso ir ali.

— Onde? — perguntou o padre, intrigado.

— Na casa do seu Vicente, preciso... — decidi mentir, mas não sabia o que dizer. Era melhor ter ficado calado. Mas começara a falar, obriguei-me a terminar. — Preciso pegar uns papéis que deixei lá, levei para estudar e esqueci lá.

— Quais papéis? A carta? — foi a única vez que ele parou de procurar para me dar exclusiva atenção. Seus olhos azuis pousaram em mim interrogativos, apreensivos. Tive medo instantâneo.

— Não, a carta está na maleta — falei e ele voltou a procurar, enquanto me veio a lembrança de cobrar explicações:

— Aliás, padre, eu não sei que língua do cão é aquela. Outra coisa, e esse livro do demônio...

— Paulo, pare de perguntar, volte e arrume suas coisas. Caminhe, não temos tempo. Achei! — exclamou ele segurando um papel, e depois, com olhos fixos naquela folha, murmurou:

— Goiás ou Piauí. *Ich habe dich gefunden, Ludwig* — o que, obviamente, à época eu não entendi. Nem me espantei; ainda estava meio absorto. Além disso, as missas eram recheadas de latim, e qualquer frase estranha era logo atribuída à língua de Sua Santidade.

— Vá!

Acordei do choque e saí em disparada. Eram só alguns minutos na vereda, naquele fim de tarde, e logo estaria na terra de seu Vicente. Bem no meio do caminho, o som de um tropel de cavalos me assaltou a orelha esquerda. O *que é isso?*, pensei. Fui para o canto, e não fosse a agilidade, teria sido atropelado por mais ou menos uns cinco burros montados. Dentro da cortina de poeira vi que eram homens armados. Iguais aos jagunços do coronel João Sá, mas vestidos com roupas azuis, e paramentados com cartucheiras até nas correias das mulas. Era tanta arma que se ouvia o baque surdo das algibeiras e dos alforjes lotados de munição, garruchas, parabélum, mosquetão, rifle e um infinidade de armas.

E no meio deles, na vanguarda, com um chapéu de couro de aba meia-lua, estrelado a espelhar no ar como uma faísca, avistei aquele gigante da cara quadrada e lisa, e lábios finos. Os ombros largos, e uns braços fortes. Era branco, um branco queimado pelo sol. Ele olhou para mim com olhos azuis de vampiro sanguinário e assistiu minha pequeneza. Com o passar de sua mula, vi surgir, quase amarrada na garupa, presa pelos bracinhos e envolta de mudas de roupas, a menina que eu amava. Sérgia ia com aquele monstro, e nem sequer olhou para mim. Não porque não queria me encarar, mas porque não me via, nem sabia que eu estava ali, e porque seus olhos fechados estavam inchados de tanto chorar.

Passaram e sumiram-se às minhas costas.

Mal sabia eu que vinham do terreiro de seu Vicente. Mal sabia eu que cruzara meu caminho o diabo louro, liderando uma das filiais de Lampião. Mal sabia eu que, no dia anterior, o diabo, que nem era loiro de verdade, se engraçara por Sérgia, e, sob o pretexto de que seu Vicente o passara para trás, cobraria a filha como paga da desfeita, sequestrando a menina Dadá.

“Amo Vomise”

Eu não tinha mais o que fazer na casa de seu Vicente. Não tinha como me despedir de quem lá já não estava mais. Mesmo assim, passei pela frente. Vi só as restas das luzes de vela. Fora isso, silêncio mortal. Parecia ter morrido alguém. Passei pela porteira, andei até o copiar, e abri o ouvido, na esperança de escutar algo. Nada. Sérgia tinha dois irmãos menores, que em ocasiões ordinárias faziam muito barulho. Agora, nem isso. Dei meia-volta e corri para casa.

No meio do caminho, minha cabeça parecia um redemoinho de pensamentos. Desisti de ir com padre Honório. Depois desisti de desistir. Dali a pouco, mais uma vez decidi ficar; e, finalmente, já no terreiro de casa, e com minha tia me azucrinando, vi que era melhor ganhar o mundo de uma vez por todas.

— Onde tu tava? — ela perguntou.

Tio Almir, sentado perto do fogão de lenha, me fuzilava com os olhos.

— Na igreja.

— A gente vai ter problema — minha tia me esqueceu, e disse se voltando para meu tio, que olhou para mim, e depois para ela.

— Depois nóis fala disso — ele respondeu.

— Eu tô desesperada, Almir. Aquele homem é malvado, pode fazer uma desgraça com a gente.

— Fica calada, mulher. Cê é mouca?

A conversa dos dois me atiçou a curiosidade. Saí pela porta da frente, fingindo que iria ver as estrelas. O céu estava apagado. Só a lua suspensa no nada. Olhei por cima do ombro e vi os dois próximos. Então, de fininho, arrodeei pela lateral e me aproximei até conseguir ouvir com alguma suficiência.

— Levaram mesmo a menina do Vicente? — minha tia perguntou.

— Levaram.

— Meu padin padre Ciço. E agora?

— Agora? Agora o capitão da polícia vai riscar lá.

— Como sabe?

— Sabendo.

— Vai avisar?

— Não. Querem ser coiteiros? Pois aguentem as pontas.

A conversa esfriou. Voltei para meu objetivo. Mas ainda cultivava dúvidas sobre o que deveria fazer. O medo do que poderia encontrar estava me matando antes mesmo que a morte de foice. Resolvi que sairia de madrugada. Arrumaria minhas coisas mais tarde. Logo meus tios estariam dormindo, e aí seria a hora. Mas não teve jeito de passar a agonia, porque daí a pouco lembrei das histórias das forças volantes, coiteiros e cangaceiros. Tudo indubitavelmente precedia de algo ruim, e prosseguia-se com algo pior.

Se me pegarem tarde da noite na escuridão, é meu fim, era só o que pensava.

Esperei, sem pregar os olhos.

A hora chegou. Todos dormiam, até os grilos. Veio-me o medo, primeiro. Uma angústia. Queria desistir. A lembrança de Sérgia me assaltou. Onde estaria? Uma tristeza, vontade de chorar, aperto no peito. *Por que teria que ser assim? Para onde o padre Honório quer ir?*

Saí de minha rede. Certamente meus tios dormiam. Eles não eram minha família. Eu não tinha família. Minha tia não era minha mãe. Minha mãe havia morrido. Mataram-na. Um vil sentimento de covardia a matou, e muito provavelmente ela não amava seu assassino. Tive raiva do meu pai, sem nunca lembrar de sua face. *Como ele seria?*

Pus-me de pé. Vieram-me recordações daquele lugar, da vida e o ar seco que respirei naquela terra, terra essa que se molhava raramente nas chuvas, e aquele cheiro agridoce. Coisas que não queria pensar e estavam ali. Estremeci, e elas sumiram da minha cabeça. Comecei a tremer. Baixei para pegar minhas coisas. A muda de roupa e a maleta. Meus dentes batiam sem parar. Mordi os panos, a gola da blusa. Agora era a respiração. Diabos, nunca sofri aquilo, o que estava acontecendo?

Caminhei pela casa imunda. Minha tia não pensara em arrumação. O dia e a presença do diabo louro tiraram todos da rotina comum. Cheguei à porta, destravei, derreando o barrote e colocando-o com cuidado no chão. Abri uma fresta. A brisa fria cortou meus olhos. Senti gelar até debaixo do couro cabeludo. Os dentes se quebrariam se eu tirasse o pano da boca. Saí e me virei para fechar a porta. Um peste de um galo cocoricou. Meu coração parou, e tive certeza de que minha alma se afastou um palmo de distância do meu corpo, tamanho o medo que tive.

— Maldito!

Estava fora. Madrugada, e ao longe a barra do sol a principiar a subida. No sertão é quente de dia, mas à noite é um frio tenebroso. E foi no frio e escuro, com medo de todo tipo de assombração e alma penada, que peregrinei à igreja do centro do povoado. Começava, pois, minha aventura.

Ainda hoje procuro a razão, ou o motivo, da coragem a me fazer aceitar a empreitada. No caminho pensei mais vezes em Sérgia. Já não me entristecia, e até aceitava a ideia de que talvez fosse melhor assim. Ela queria ir embora, eu também. Impossível que nós dois saíssemos juntos e de mãos dadas. Logo, cada um com sua companhia. E quem sabe o diabo não era esse bicho todo. Esses eram pensamentos que eu tentava elaborar para justificar minha frustração, ou pior, minha falência sentimental. Eu gostava de Sérgia, mas um gostar de comiseração, de não desejar ver aquela criatura jogada no ponto do mapa onde nem mapa existe mais. Era pena, remorso e repugnância ao seu sofrimento que me faziam evitar vê-la chorar. Só isso.

Cheguei à igreja e o céu já estava claro.

— Imaginei que só viria hoje pela manhã. — O padre me recebeu, mas não estava pronto. — Homens da lei me interromperam ontem. Não achei prudente sair ao anoitecer, então resolvi deixar para hoje.

— Homens da lei? — perguntei.

— Sim, você os viu?

— Não.

— Melhor. Suas coisas estão aí?

— Sim — falei e pensei que seria uma boa hora para derrubar sobre ele uma infinidade de dúvidas e perguntas, mostrando as provas. Daí me acomodei no canto do aposento aos fundos da capela, pus a maleta num batente, abri e logo notei algo estranho. Um papel dobrado e que não era um dos meus.

Nele estava escrito:

“ANO VOMISE SEJA”

Era uma escrita em garranchos, riscados com um pedaço de carvão, num papel reutilizado. A letra sofrida, tremida, expressão terminal de Sérgia. Era, na tradução livre, “amo vosmecê, Sérgia”.

Tudo ressurgia. Melancolia me abatia. Praguejei duas ou três vezes, sem me tocar que estava dentro da igreja. Apertei o papel entre os dedos, juntando ao peito para quase empurrá-lo para dentro do coração. O remorso agora era muito mais forte. *Meu Deus, como isso é ruim e doloroso.* Ponderei jogar fora. Esqueceria de vez. Mas ela me amava, e jogar fora o papel era o mesmo que pisar e estragar uma flor, a mais bela demonstração de amor. Uma letra sofrida. A vida de Sérgia seria dali para a frente sofrida também. Vida de mato, de fuga, de violência, de descaso, coisas que eu só viria a saber depois.

Dobrei o papel e o guardei. Era a primeira carta que recebia de alguém. Aliás, a segunda, porque a primeira...

— Onde está? — O local onde a guardava era o canto mais limpo. — Onde? — Comecei a procurar por dentro, e até por fora.

— Inferno. Bandida. A bexiguenta levou minha carta. — De súbito, meu sentimento por Sérgia mudou completamente. Ela sabia como a carta era importante para mim. Talvez estivesse na casa dela. Talvez eu ainda pudesse resgatá-la. *Ai, que ódio!* Eu não poderia deixar a carta. Era cedo, daria tempo. O padre Honório estava sendo importunado por cristãos ávidos por novidades da capital. Eu precisaria ir logo, e nem podia pensar para me decidir. Fechei tudo e saí.

A temperatura já aumentara, mas a raiva em mim me tornava mais quente que a infeliz da bola amarela suspensa no céu. Ia rangendo os dentes, estralando as juntas dos dedos. E numa carreira só, levantando terra com minhas alpercatas pela estrada empoeirada, não demorei para chegar. Cego pelo ódio, quase não percebi que a casa de seu Vicente era agora local de visitas. Muitos cavalos amarrados, homens espalhados, e... volantes, polícia!

Quando dei fé, já estava no liminar das cercas, e mais um pouco seria vigiado por olhos desconhecidos e interrogativos. Estanquei. *O que será que devo fazer?* Homens da lei. Era o que padre Honório dizia. Eram bem uns quinze. Escondi-me numa moita de jericó. Um calango-de-rabo-verde saiu em fuga. Acocorei-me para pensar. Em verdade, não houve tempo suficiente para resolução. Enquanto eu maquinava, vi alguns saírem. Montaram e foram embora. Ficaram uns quatro. Dois vigiando o lado de fora, e dois voltaram para dentro da casa.

Respirei fundo. Forças volantes. Homens da lei. Não havia o que temer. Mas era preciso cautela. Criei coragem e fui devagar. Quem sabe estivessem dando conta do rapto de Sérgia. Daí lembrei que tio Almir falou em coiteiros. Era algo ruim. Mas quando me dei conta da memória, já tinha atravessado a cerca. *Melhor voltar.* O calor fazia o mormaço tremer a imagem dos homens da lei. O sol fervia meu juízo. Suor minando na testa e escorrendo nas têmporas. Boca seca. *Peste! Já estou aqui, então bora.* Os dois do lado de fora conversavam, embora eu não os ouvisse.

— Opa! — gritei de algumas braças, batendo palmas.

Eles se espernearam, num susto de desatenção. Arregalaram os olhos, levantaram as armas e apontaram para mim.

— Alto lá! — gritaram e ordenaram: — Alevante os braços!

Levantei os braços no mesmo segundo. Um terceiro apareceu no copiar da varanda.

— Quem é?

— Não sabemos.

— Vá buscar, deve ser coiteiro também.

E com as armas apontadas para mim, fui detido pela primeira vez na minha vida.

Coiteiro Romeu e Julieta

Quando entrei na casa, a primeira coisa que percebi foi a completa ausência de ordem. O que não estava destruído, estava jogado ou virado no chão. Panelas de barro quebradas, tamboretes arriados, restos de comida, moscas e insetos por todo lado. No centro da casa velha, ajuntado num espaço pequeno, seu Vicente, a mulher dona Maria, e os meninos pequenos.

— Esse caboclo não tem nada a ver — disse seu Vicente ao chefe, que era um tipo mal-encarado, vestido a caráter de soldado. Chapéu na mão, se abanando, encarando-me, ponderando se era ou não conversa fiada de seu Vicente.

— Vem de onde, galego?

— Da igreja.

— Com essa penugem na cara, coroinha que não é.

— Sou não, senhor.

— E foi fazer o que lá logo cedo? — a última pergunta do soldado acabaria com meu repertório de respostas.

— O padre me ensina a ler.

— Migué.

— É não, senhor — falei entonando muita humildade na voz.

— Bastião, traz um papel para tirar os nove fora desse galego aqui — o comandante distribuiu a ordem. Logo se aproximou outro soldado. Fedor forte de suor. Abriu uma folha e me mostrou. Era um jornal, com algumas notícias, e a manchete era:

ARTHUR BERNARDES INTERVÉM NA BAHIA.

Era meu primeiro contato com o presidente de quem eu passaria muito tempo ouvindo coisas ruins.

— Bora, que é que tem escrevido?

Li a frase, e Bastião sorriu, mostrando os dentes amarelos.

— Galego é sabido mesmo. Eu só sei ler as figuras.

O chefe abriu caminho para eu sair. Fui me esgueirando, e antes de atravessar a soleira, ele mesmo me parou.

— Espere. Viu por aí uma turma de bandoleiros?

— Não, senhor — falei e olhei para os irmãos de Sérgia, que estavam muito assustados. Aí perguntei: — Posso ir?

— Não, espere aí no canto. Vamos ver se a sua memória aviva — então ele balançou a cabeça para outro soldado, que imediatamente trouxe seu Vicente para o centro do casebre.

— Eu não sei de nada, eu não ouvi nada, eu juro — falava seu Vicente hesitando na iniciativa, controlado pelo cano do mosquetão apontado.

— Não ouviu? Então arranca essa orelha dele que não serve de nada.

Momentos de terror. Arrependi-me amargamente de empreitar viagem naquela aventura que acabava de se transformar num horror de fio de navalha, sangue, lágrimas e súplicas de perdão. Antes de arrancarem um pedaço da orelha de seu Vicente, espancaram para diminuir-lhe as forças. Depois, ficaram todos roucos, principalmente dona Maria, quase desfalecida, e lavada pelo sangue do marido que escapava pelo toco de carne onde antes era a orelha. Eu não entendia, eram homens da lei, e, entretanto, não via diferença nenhuma em comparação aos cangaceiros que também maltratavam os mais fracos.

— Arranca as unhas dos pequenos. Começando pelo menorzinho. — Nisso, eu quase desmaiei. Comecei a implorar, pedindo que não, que não fizessem isso, que não sabia de nada. O homem mais sádico de todos sorriu para mim enquanto tentava esticar os dedos da criança, com a intenção de lhe arrancar as unhas. A mãe, seu Vicente, o outro irmão, todos choravam. Todos.

Perdão se lhe submeto ao conhecimento dessa tortura, mas é que aquele terror ficou gravado na minha memória com tanta riqueza de detalhe que não consigo contar de outra forma. Fechei os olhos e falei:

— Eu sei, eu sei pra onde ele foi — Todos pararam.

— Como é?

— Eu sei, eu levo vocês lá. Não é longe daqui. Só não aguento mais ver vocês judiarem da gente — falei com firmeza, mas um pouco trêmulo. Seguiu-se um silêncio. Eles desconfiaram que eu mentia. Quanto a seu Vicente e dona Maria, sabiam que o casal falava a verdade. A tortura já teria sido mais que suficiente para arrancar algo, se de fato os dois soubessem.

— Galego, se vosmecê não tiver falando a verdade, vamo arrancar seu fato pra fora, e costurar um pinto dentro do seu bucho, pra você ficar igual a uma galinhazinha safada.

E agora, o que eu faço? Não posso inventar uma coisa maluca. Tenho que começar por onde sei de verdade. É uma verdade que vira mentira. Vamos lá, pensei tudo na hora.

— Ontem à noite vi o bando no lombo dos burros. A menina ia com eles.

— Onde?

— Aqui, na direção da igreja. — Logo lembrei do padre. Continuei: — Vosmecê precisa acreditar em mim, porque não tenho muito mais coisa pra falar. Mas posso levar a alguém que tem.

— Quem?

E agora? Não pode ser padre Honório, hesitei um pouco, mas então falei o primeiro nome que me veio.

— Romeu.

— Romeu?

— Sim. Ele também coiteiro. Enterra comida para os bandoleiros. Eu já vi. Eles, ele e a mulher, cavam e cobrem a comida com uma lona. Vamo, eu levo lá. Uma vez ouvi a senhora dizendo que ia tomar veneno se o marido morresse por causa dessa briga de soldados e bandoleiros.

Eles me escutavam atentamente, com uma curiosidade estranha, quase infantil. Isso me empolgou, mas um deles interrompeu.

— Esse galego é safado, e isso é uma mentira cabeluda.

— É mentira não, senhor.

— Pois diga como é o nome da mulher, ligeiro! — ele arguiu de supetão.

— O nome é dona Julieta — redisse rapidamente.

— Apois conte de novo, de igualzinho modo, sem tirar nem pôr. Bora, desembucha — e obedecendo, falei novamente, tim-tim por tim-tim, e no final disse:

— Com essa porção de detalhes, eu entregando o nome do seu Romeu e da dona Julieta, o veneno, a vontade suicida dela por causa da paixão pelo marido. Oxe, como eu ia inventar tudo isso agorinha, nessa carreira toda? É a pura verdade.

Então juntei os indicadores em cruz e disse:

— Por Deus do céu, pelas cinco chagas de Nosso Senhor Jesus Cristo, pela luz que nos alumia — terminei fazendo o sinal da cruz, ao que um dos soldados também se benzeu, estremecendo.

— Pois então caminhe. Zé e João, vão com ele. Não deixe que esse gazo desapareça. E se ele se coçar, metam chumbo.

Saímos, eu na frente. Vez ou outra olhava para trás, por cima do ombro, e via Zé olhando a paisagem com displicência. O outro me encarava, ainda sem acreditar. Fora exatamente o que me atribuía a mentira deslavada. De repente, um ponto preto surgiu à nossa frente. Foi tomando forma, e notei aliviado: era padre Honório, montado num burro, e puxando outro, selado de alforjes e coisas para o que parecia uma viagem longa.

— Bom dia, vossa reverendíssima — falei ainda bem de longe, antes de nos toparmos. Ele logo percebeu, pelo menos achei que sim. Os soldados estavam armados atrás de mim.

— Alto aí, galego. Vamos ver se é o padre mesmo — João falou, ao que Zé o esperou.

— Bom dia, homens da lei — falou de lá o padre. — Estão detendo esse pecador? — perguntou.

Firmamo-nos a alguns metros um dos outros. Enfim, os soldados lembraram do padre, pois se encontraram com ele no dia anterior. Calmos pela certeza de que não era emboscada, baixaram as armas.

— O rapaz aí é um colaborador — Zé respondeu ao padre, que olhou para mim. João completou a frase de Zé:

— Ele falou que o senhor ensinou ele ler.

— Sim, é um bom aluno. Pelo menos, era. Bem, tenham um bom dia, soldados — tocou o chapéu clerical, e cruzou pela gente. *Será que vai me deixar? Não é possível*, foi o que pensei, olhando-o incrédulo, que passava por mim com um sorriso sonso. *Excomungado*, praguejei. Os soldados o deixaram passar. Viraram-se para a frente, e um deles me cutucou com o cano do mosquetão.

— Bora, pisa.

Dei dois passos olhando para trás, e o padre ia. Talvez tivesse desistido mesmo de mim. Já em marcha, tornava a olhar para trás, e via indo ao longe o homem que achava que podia me salvar. Era o fim. Teria que me esforçar para inventar alguma coisa. O quê? Zé não hesitaria em calar minha boca com uma coronhada, para depois enfiar uma bala nos meus miolos. Era o fim.

Olhei mais uma vez para trás. Minha visão atravessou os dois soldados, e o calor do mormaço embaçou minhas vistas. Padre Honório era só um ponto preto trêmulo na vereda aberta. Um ponto preto parado. Um ponto preto que descia do burro, e se abaixava sobre o joelho. *Que será que ele está fazendo?*, pensei.

— Caminha, capeta! — João me cutucou, e ao mesmo tempo vi um clarão lá donde o padre estava. Parecia uma faísca muda, sem som nenhum. Exato um segundo depois, uma pancada surda estralou nas costas de João, e uma borrifada de sangue se derramou sobre mim, lavando minha cara. Só depois ouvi o estalo do tiro, que se multiplicou com o eco, e se misturou com o bater de asas de aves assustadas que alçavam voo. João já colocava a mão nos peitos, tentando tampar o furo por onde vazava sangue. Zé ouviu o tiro e se virou, um pouco atordoado, sem saber o que tinha acontecido. Então, outro clarão, e alguma fração de segundo depois, a cabeça de Zé se explodiu. O chapéu sujo de sangue e os pedaços do cérebro rosado caíram sob meus pés. Depois o corpo tombou, com o som do tiro que me alcançava.

Era eu, a vereda, e dois cadáveres ensanguentados. Primeiros corpos crivados por balas a serem captados por estes olhos, cujas gravuras se carimbariam para o resto da vida em meu juízo. Morte ao vivo e a cores. Dois tiros bem dados por um padre. E isso era só o começo da aventura.

Dias atuais, 1983

— O senhor já escreveu bastante — Cláudia me surpreende enquanto escrevo. Ela chegou na soleira do aposento e não percebi.

— Que susto, dona Cláudia, a senhora quase me mata.

— Nossa, desculpa seu Paulo. É que eu ando tão aérea esses dias. Inclusive estou até esquecendo de perguntar ao senhor se está tudo bem por aqui.

— Tá sim, senhora — falo sorrindo. Ela sorri de volta.

Hoje moro na própria escola do conjunto. Aqui tem um quartinho, um tipo de almoxarifado onde guardam material. Aproximei-me desse serviço e de Cláudia com recomendações de pessoas conhecidas do prefeito. Falei que havia trabalhado em outras escolas, em outras cidades, em outros estados e em funções semelhantes. Mostrei à diretoria e aos responsáveis documentos que comprovavam o que falava. Obviamente, a maioria deles forjada. Não foi difícil, mas contei com a sorte e com gente em débito comigo.

— O senhor tem ajudado bastante. Morar aqui na escola economiza recursos para contratar um professor a mais — Claudia me diz, e acho que fala isso tentando me ver como importante, ou pelo menos que eu me visse assim.

— Algum problema, dona Cláudia? — pergunto numa brecha entre suas falas rápidas. Igual a mãe, sempre pensando em múltiplas coisas.

— Não, quer dizer, sim — ela aperta as mãos. — Mas não precisa se preocupar.

— Como não? A senhora é tão gente fina, agradada por todos aqui, não é justo carregar problemas sozinha.

Meu aposento estava uma bagunça. Era só um quartinho com um banheiro apertado, uma cama, um filtro de barro, uma cômoda para guardar umas roupas velhas e uma mesa com duas cadeiras. Ela mesma puxa uma delas e se senta. Afasto os papéis, um monte deles. Folhas soltas e espalhadas. Enquanto Cláudia cria coragem para falar, tiro tudo do raio de sua visão.

— O senhor talvez não entenda dessas coisas de política.

— Nem um pouco — simulo certa repugnância.

— Pois é, então. O pessoal da vila e do sindicato acha que eu deveria sair candidata a vereadora. Assim — ela hesita —, eu quero, sabe, eu sei que, lá da Câmara, posso ajudar mais pessoas, mas tenho medo.

— Tem?

— Sim, tenho. É perigoso, alguns dizem. Tem gente... Tem gente perigosa lá — ela fala mais baixo as últimas palavras. Cerro os olhos.

— Apois eu vazava na hora. Me despelo de medo dessas coisas. Oxe, já estou velho demais para andar apavorado. A senhora carece mesmo de participar dessas campanhas?

— Não, na verdade, não.

— E o Antônio? — pergunto sobre a opinião do marido de Cláudia. Eu não o conheço ainda, mas sei que é um dos motoristas do prefeito. Ao que parece, está mais para segurança do que só chofer.

— A ideia foi dele.

A sirene do intervalo toca. Ela se apruma e se levanta.

— Tenho que ir, seu Paulo. O senhor precisando, é só falar. Posso confiar que o senhor não vai comentar com ninguém, não é? Não enquanto não decido.

— Deus me adefenda de tagarelar isso por aí, juro pelas cinco chagas de Nosso Senhor — faço uma cruz com os dedos indicadores e os beijo. Ela sorri alegremente. Gosta de minha irreverência, ainda mais quando eu me viro matuto. Para ela, sou sempre um velho da roça, que só tem curiosidade pelas letras. E para minha sorte, ela realmente estava agoniada, pois todo o tempo não fisgou a quantidade de folhas pautadas escritas. São tantas que seguramente Claudia desconfiaria de minha mania de semianalfabeto. Ela sai, e eu fico. Preocupado. A última coisa que quero é vê-la metida com política, e... violência. Mas parece que está no sangue, um carma.

Guardo as folhas já escritas numa pasta e empurro-a debaixo da cama. Já é hora de meus afazeres de zelador, porteiro e vigia da escola. Saio e vejo aqueles lotes de meninos e meninas para cima e para baixo. Correndo, gritando, chorando, brigando; e eu no meio, tangendo-os como gado. Vez ou outra, pronuncio uma sentença entre uma querela surgida dos alunos. Pode ser uma briga, uma disputa de insultos, umas mordidas (com mais frequência com os menorzinhos, que é comum testarem os dentes novos). Quando é a palavra de um contra a do outro, sempre dou ganho de causa às meninas. Sempre. Divirto-me à beça. O turno vespertino se encerra, e com ele minhas obrigações até a última, que é a de fechar a escola.

Volto para meus aposentos. Tomo café, ouço um pouco de rádio, e quando estou bem inspirado, pego no lápis.

Fugindo como um...

Começava a jornada pela seca. Terra abaixo, sol acima. Padre Honório e eu andávamos havia dias na direção sudoeste da Bahia. Hoje, se eu caminhar por lá, sei me mover, mas não lembro e nem sei quais as denominações por onde passávamos. Mas estávamos eu e o padre lá longe. Algumas semanas, não mais que três. E o calor e o sol tiravam minha orientação de tempo e espaço. Foram longos dias, cansativos, e em que o tempo todo eram negados meus pedidos para sombrear nas escassas árvores que ficavam ainda mais inexistentes. Só ansiava descanso verdadeiro e, nalguns momentos, que me deixasse na porta de alguém, ao que o padre recusava.

— Não, você pode ser alcançado pelos homens da lei, e se isso acontecer, vai ser seu fim.

— Mas eles ficaram lá atrás.

— Mas pode ter outros, alertados por telegramas.

— E como vão saber que sou eu?

— Loiro de olhos azuis.

— Só por isso?

— Sim.

— Quem será que eu puxei?

— Seu pai.

— Você conheceu ele?

— Sim, infelizmente, e não quero falar disso. Concentre-se em poupar energia, e nada de pensar em ficar para trás.

E ele estava certo. Quando padre Honório furou dois soldados volantes, selou-se ali o fim de minha estadia na casa de meu tio Almir. Meu destino naquele lugar seria a morte sem erro e sem misericórdia, precedida de uma tortura em série para que entregasse os meus comparsas. Quais?

Quase não andávamos pelas veredas e estrada, o que deixava a caminhada ainda mais penosa. Dormíamos em pedras, onde forrávamos esteiras. Com a fuga, a comida ficou pouca. Na realidade, o padre regava bem a quantidade. Era uma ração, e como tal exigia racionamento. Carne seca, farinha e rapadura. Sem contar que o danado era bom de saber se virar no mato. Cavava um buraco quadrado, enchia de brasas, e ali assávamos alguma coisa fresca, carne de peba, preá e até algum teiú. Nunca que imaginasse que o seminário tivesse feito isso com ele. Daí lembrei dos tiros certeiros. Lembrei também do livro. Será que era padre mesmo? Mas a fome e o cansaço me ajudavam a abstrair das teorias. Depois perguntaria. O certo era aproveitar a comida.

— Pelo menos não é aquela raiz amarga que a gente comeu na Páscoa — falei para ele, lembrando da nossa última ceia religiosa, que ele sempre me convidava. Uma memória puxou outra, que arrastou uma dúvida: por que a Páscoa de padre Honório durava quase uma semana, e não coincidia com a Sexta-Feira da Paixão? E mais estranho: só eu era convidado. Afastei mais uma vez o pensamento.

As noites no deserto eram horríveis, por conta da inóspita, árida e nociva paisagem que nos cercava. Minha pele se acostumara a picadas de muruanhas, mosquitos, pernilongos e todo tipo de besouro que pica, fura ou morde. Além do mais, o que às vezes me impedia de selar os olhos para dormir era a visão dos corpos dos soldados.

— Quer conversar? — o padre me perguntou um dia. Desconfiou de algo errado.

— Não.

— Certo. Quando estiver pronto, estarei aqui — ele disse como que presumindo que eu só precisava de um tempo.

Eu já havia visto pessoas mortas. Meus aproximadamente dezesseis anos (não sei dizer data precisa) concederam-me a experiência de vida para inspecionar defuntos em velórios, mas nada como aquilo, como aqueles.

João e Zé, soldados valentes e volantes, estavam furados, sanguinolentos, e um — o que foi atingido nas costas — ainda ficou vivo uns quinze, vinte segundos, sei lá, colocando muito sangue pela boca. Horror!

— Depois de um tempo você se acostuma — disse padre Honório,como se ainda estivesse lendo minha mente.

Nesse dia fizemos um fogo para espantar animais e assar um pedaço de carne. A gordura estalava quando pingava na brasa dos angicos secos, o que atraía minha atenção. Dezenas de faíscas minúsculas num formidável show pirotécnico.

— Eles judiaram demais do seu Vicente — falei. Talvez fosse a forma de superar a lembrança. Rememorar a malvadeza dos homens para ajudar a não sentir pena deles. *Ele mereceu. Será?*

— Não use a palavra “judiar” — padre Honório me repreendeu com mansidão no falar.

— Por quê?

— É uma palavra com uma carga de maldade além da compreensão das pessoas. Do mal que foi feito aos judeus, que tiveram que se espalhar pelo mundo. — Ele continuou: — Você chegou a ler o livro?

Encarei-o com reprovação, cerrando o rosto aquecido pela fogueira. Todas as minhas angústias pareciam agora se precipitarem na ideia de que ele não era padre coisa nenhuma, mas um filho do diabo, satanista mofino...

— Aquela gravura do diabo, e agora você defendendo judeu, isso com certeza é coisa de maçona comedor de crianças — ofendi-me, recorrendo a crenças que ouvia dos adultos sobre maçons e judeus.

Ele gargalhou, entornando o rosto, como se realmente achasse engraçado. Depois falou algo nada a ver.

— Você sabia que uma boa parte do eclesiástico brasileiro no Império, e acredito que até hoje, é membro da maçonaria?

— Não desvie do assunto, judeu! — gritei. Ele fechou a cara e disse com rispidez:

— Vai precisar gastar as vistas mais um bocado para entender.

Então passamos quase dois dias sem nos falarmos direito. Arrastava meu burro a dez ou vinte metros atrás do dele, e no fim do segundo dia fui diminuindo a raiva. A agonia, fome, sede e solidão quebrantaram meu espírito revoltoso. Mas então decidi me fincar em algum lugar, nem que fosse numa casa de taipa numa beira de estrada. Apertei o passo e colei.

— Onde estamos? — perguntei, pronto para abandonar tudo.

— Talvez na divisa da Bahia com Goiás.

— Não quero mais continuar — falei resoluto. — Isso é coisa de negro, andar fugindo pelos cantos, corrido de tudo.

Ele parou. Virou-se e olhou para mim. Depois só balançou a cabeça que não. Não pareceu concordar com minha colocação, embora não impusesse empecilhos para que eu não continuasse. Aí tirou o chapéu de padre, e enxugou o suor da testa com o dorso da mão. Seu rosto era vermelhidão. Caroço, lábio rachado e bolha estourando por todo canto. Eu também era branco, e devia estar do mesmo jeito. Queimados feito os preás que comíamos à noite.

— Deixo você na próxima fazenda que encontrarmos.

— E você? — perguntei, assaltado pela ideia e pelo medo de ficar só para sempre, longe dele, inclusive.

— Eu vou continuar. Tenho assuntos para resolver.

— Que assuntos? Pelo amor de Jesus, você não fala nada do que estamos fazendo. É só andando. Só andando, subindo e descendo, escondido, no mato, feito...

— Não fale mais a palavra "negro" para se referir a um fugitivo — cortou-me, bem enfezado. Depois investiu em mim e quase me engoliu: — Você não sabe o que é um negro fugido. Você não sabe o que é uma perseguição de verdade, você não sabe porcaria nenhuma. Tudo o que você sabe e aprendeu da vida até agora é sobre um tio medroso que recebia para cuidar de você, e só. Há uma semana sua vida começou de verdade, e só muito, muito depois, é que vai saber o que é perseguição, quando passar pela real provação, e não é a provação de Deus, porque Ele não está nem um pouco interessado em provar uma formiga vermelha como você. E se quiser saber o quc estamos fazendo aqui, mesmo que fique onde quer que queira ficar, vai ter de aprender e ler a carta.

Calei-me tentando escapar de minha vergonha. Formiga vermelha; era o que era. Depois daquela reprimenda, vi-me na desilusão da ignorância, porque a carta não estava comigo, e padre Honório não me diria nada.

Daí ouvimos uns gritos ao longe.

Depois de alguns passos dentro da caatinga, a mata se abriu para nos dar a visão de uma moça negra presa numa armadilha natural. Era uma jovem, muito nova, estava em frangalhos, quase despida, assustada e com o tornozelo preso entre duas pedras.

— Socorro!

Padre e eu atendemos prontamente. As pedras haviam machucado bastante seu tornozelo, que, inchado, impedia que se fizesse o caminho contrário à soltura.

— Tá doendo demais — ela murmurou. Na casca seca daquele corpo não tinha uma gota de água sequer. Os dentes branquíssimos estavam a todo tempo à nossa vista, batendo entre suplício e rezas estranhas. Padre Honório, com agilidade peculiar, abriu o cantil e o levou à boca da menina, que bebeu esbaforida. Por segundos as dores deram uma trégua. Saciada, ou quase, voltou a chorar.

— Vou morrer.

— Não, não vai — o padre a consolou, enquanto analisava as pedras enroscadas no tornozelo da moça.

— Quero me confessar, padre — ela rogou desistindo de viver.

— Não, não é agora — ele falou firme, dessa vez olhando para ela, que se abaixou um pouco.

Então notei profundas lacerações com cicatrizações intermitentes no mesmo lugar: as costas. Algumas me causaram espanto, tamanho era o estágio cru da ferida, cheirando forte e aberta.

— Paulo, tem uma corda num dos alforjes. Amarre no pito da sela e traga a outra ponta até aqui — o padre pediu, e saí correndo para fazer o ordenado. A moça ficou delirando, conjurando rezas surdas e sofrendo tremores mesmo debaixo do sol de quebrar a cabeça. Enquanto isso, o padre foi até seu burro e puxou o rifle escondido no meio das trouxas de pano.

— Vai se estragar, mas é o jeito — disse ele, amarrando a corda no cabo, e utilizando o cano como uma alavanca enfiada entre as pedras.

— Moça, a senhorita precisa puxar o pé quando eu mandar, entendeu? — ao alerta do padre, ela só balançou a cabeça indicando que sim. — Paulo, vá tanger o burro, rápido.

E assim fiz. A ação do padre foi muito rápida. Era como se ele já soubesse o que fazer tão só com alguns passos de raciocínio. Bati no burro, que marchou dois passos até a corda se tensionar.

— Mais — gritou ele de lá. E eu gritava de cá com o burro:

— Bora burro, ecô, rái condenado.

Eu não vi, embora tenha escutado o gemido da menina quando precisou forçar a soltura do pé. Enfim estava livre. Saldo: uma jovem quase morta, um cantil a menos e um rifle empenado. E assim nossa aventura continuava.

A Guerra do 14

— Vamos sair da estrada — disse o padre, investigando os arredores para ver se alguém nos vira. Procurávamos uma sombra. Ele a carregava, e eu acudia como podia. Um juazeiro nos deu esperança, e ali embaixo pousamos os três.

— Deite-se aqui — disse ele, deitando a estranha num canto. Olhei para padre Honório, que ofegava um pouco, enxugando o orvalho salgado do rosto.

— Como é seu nome? — perguntei.

— Ana.

Ficamos ali até o sol esfriar. O problema era o que fazer com Ana, que mal conseguia pisar no chão com aquele tornozelo inchado. Poucas vezes vi padre Honório tão taciturno e pensativo quanto naqueles momentos, como que atormentado pelo que estávamos fazendo.

— Você estava fugindo? — ele finalmente perguntou.

— Sim — ela respondeu.

Ana parecia mais viva. Falava devagar, mas falava. Eu me compadeci instantaneamente. Supus que onde quer que ela estivesse, sofria com castigos que lhe deixavam marcas na carne e na alma.

— Você precisa voltar — o padre falou com tristeza escancarada no rosto vermelho.

— Não, por favor, vou apanhar de novo...

Olhei interrogativo para padre Honório, que me encarou com desolação.

— Mas você não pode vir conosco, está muito machucada.

— Apois deixe eu aqui, escorada nesse pé de pau. Eu me viro.

— Não! — falei, assumindo uma responsabilidade que nem de longe poderia ter. Eu mal cuidava de mim mesmo sozinho, quanto mais de outra pessoa naquela situação.

Alguns segundos de silêncio, e o som de cavalos trotando foi a resposta para nossas dúvidas sobre se levaríamos ou não Ana conosco.

— Devem ser eles — o padre supôs.

E não estava errado. Dentro em pouco, vários homens montados já nos cercavam, e apenas por virem o padre, bem destacado como tal, é que nos abordaram amistosamente. Eu e Ana ficamos o tempo todo calados, e padre Honório conduziu a conversa.

— Padre, o senhor é mesmo padre? — perguntou um gordo montado num alazão.

— Sim, senhor.

— Bom, um servo de Nosso Senhor Jesus Cristo é sempre bem-vindo nas minhas terras — o gordo falou. Paramentado num couro curtido e botina preta surrada. Cara vermelha e barba falhada. Botões quase rasgando as casas do camisão. Voz áspera e meio embromada.

— A moça está bem machucada — padre completou.

— Imagino. A gente cuida dela na fazenda. Venha, caminhe para nossa casa e traga seu... — ele olhou para mim e depois para padre Honório — seu coroinha — completou, retomando o olhar pra mim.

Após trocas de apresentações, conheci o coronel Salvador, apenas acenando para ele numa respeitável referência.

— Não posso deixar de oferecer hospitalidade a Vossa Eminência por ter ajudado minha trabalhadora. Como já disse e repito, a menina ia se findar nesse sol — o coronel falou, e rapidamente, com um giro de queixo, deu o comando para que os jagunços a levassem numa das mulas.

— Agradecemos a hospitalidade. — O padre aceitou com uma reverência.

Andamos um bocado até o entardecer. No caminho, apenas o padre e ele falavam. Conversas amenas entrecortadas com elogios às terras e ao prestígio que o padre supunha possuir.

Vez ou outra eu lançava olhares furtivos à menina carregada num dos burros. Imóvel e retraída; mal sentada na sela, protegendo-se dos solavancos, que certamente refletiam no tornozelo inchado.

Quando chegamos à casa, muitas pessoas nos esperavam. Outras mulheres negras vieram dar suporte à Ana e depois sumiram. Muitos olhares em nós. Olhos brancos daquela gente assustada, olhos sisudos e desconfiados, que vagavam em silêncio naquela escuridão de noite.

— Recolha a cara preta e caminhe pra esquentar a sopa — gritou o coronel para a outra mulher espantada conosco. Ela se tremeu, acordando com o impacto, e apressou-se para desaparecer no interior do casarão.

Enquanto isso, apeamos, tiramos as selas e os alforjes para entregar os animais aos cuidadores, e, em poucos instantes, estaríamos sentados numa enorme mesa no salão da cozinha. A casa era cercada por alpendres, com muitas janelas. A luz fora e dentro era provida por velas, candeeiros e lampiões. No interior, os objetos eram os mais comuns, ninharias e muitas fotos e retratos emoldurados. Litografias e diversas imagens católicas esculpidas rudemente, e dispersas num oratório erguido no centro da casa. Alguns homens de Salvador uniram-se a nós, e logo a sopa foi servida em pratos de porcelana e talheres de prata.

— Trouxe da Inglaterra — disse o coronel, percebendo meu espanto com aquela peça fina. Apenas assenti, confessando minha admiração com tamanha qualidade. Então me intriguei com a atenção do coronel. Por quê? Qual a razão de tanta hospitalidade?

— Então, padre Honório, o senhor já foi mesmo sacristão de Padim Ciço? — perguntou coronel Salvador. Ele ouvira a colocação lá atrás, no começo de nossa caminhada até ali, nas primeiras palavras que trocou com padre Honório. Agora estava curioso.

— Sim, fui. Conheci o padre pessoalmente, e ele me ensinou muita coisa, principalmente durante a batalha de 1914. — Padre Honório fez um sinal da cruz. O coronel arregalou os olhos.

— Então o senhor esteve lá?

— Em carne e osso, e inclusive vi o milagre da bênção às armas dos sertanejos, que não erravam um tiro sequer.

Imediatamente, tive minha curiosidade fisgada. *Será que foi lá que ele aprendeu a atirar?*, pensei. Por alto, padre Honório começou a contar a história toda, explicando que o então presidente Hermes da Fonseca interveio no Ceará para colocar outro governador. Insatisfeitos com a ingerência do governo central, a população pegou em armas e enfrentou as forças nacionais. Após várias batalhas, Hermes da Fonseca recuou da intervenção e devolveu o Estado aos cearenses. Assim, a guerra civil acabou com a vitória dos sertanejos liderados por padre Cícero.

Padre Honório falava sem parar e sem ser interrompido por ninguém. Fazia gestos, reproduzia falas, imitava Cícero nos dizeres e nas bênçãos. Quanto mais ele contava os detalhes, mais o coronel ficava boquiaberto.

— Então nós, os sacristãos do Cariri, colocamos as armas e munições dos combates dispostas e enfileiradas, e padre Cícero as abençoou, aspergindo água benta — falou o padre, ao fim se benzendo. O coronel respirou fundo, tomado por uma enorme satisfação.

— Não sei nem como agradecer o senhor por essa palestra linda. Eu chega tô emocionado. Se já não bastasse achar a menina, ainda traz as bênçãos de uma história de nosso padim.

O padre fez uma reverência e perguntou:

— Falando nisso, de que a moça negra estava fugindo?

Fez-se um silêncio. Preciosos segundos de silêncio. Silêncio tão constrangedor que o coronel não aguentou, e começou a falar:

— Não tão longe daqui tem uns terreiros de macumba, e indubitavelmente sei, pela luz de Nossa Senhora, que ela anda lá. Não só ela, mas muitos deles — falou apontando para as janelas a faca de cortar carne.

— É um problema — o padre acrescentou, e fiquei sem entender. O que era o problema? As surras, ou o terreiro deles?

— Sabe, padre, eu tenho aqui uns deles. Se reproduzem feito sapo em lagoa em dias de trovoada. Daí, devoto que sou, me meto a pegar umas para criar. Dou de comer, dou roupa e umas tarefas cotidianas. Vivem bem, e não é à toa que não há do que reclamar. Mas sempre tem as rebeldes, igual a fujona que o senhor encontrou. Pense numa menina pra dar trabalho.

— Por isso serem necessários os castigos — afirmou padre Honório, recebendo do coronel um portentoso e positivo balançado de cabeça.

Meu queixo caiu. Como assim "serem necessários castigos"? Agora era exatamente a hora de falar que o tratamento dado a ela não era coisa de um cristão de verdade. Mas padre Honório fez exatamente o contrário. Não só isso, passou a incentivar castigos, pois eles mortificavam a carne. Então, controlando meu gênio e tentando ser educado, pedi licença para sair, o que me foi concedido pelo coronel.

— Meu jovem deve de tá cansado, né?

— Sim, estou.

— Pois então vá se deitar. Creio que não nos veremos mais. Tenho assuntos importantes com o novo governador, o dr. Góis Calmon, e vou sair logo cedo. Quanto à Vossa Eminência, padre Honório, gostaria de encarecidamente lhe pedir uma coisa.

Enquanto ele falava, me levantei educadamente e saí. Antes de ir, olhei para o padre, que me olhou com um sorriso. *Padre safado*, pensei, sem entender. No quarto que nos reservaram, tentei dormir, mas a imagem de Ana recorria sempre como um retrato. Eles iam prendê-la novamente, surrar, talvez. Será? Aquela inquietação me deixou aflito, e o sono não vinha, não vinha, não... vinha...

— Acorde — Senti uma leve cutucada nas minhas costelas. Era o padre me despertando. Há tempos não dormia tão bem. O quarto era pequeno. Havia duas camas separadas, e ao que imaginei seria um local para hóspedes. Não respondi.

— Vamos ficar alguns dias aqui — ele me falou, e continuou: — Acredito que seja perigoso nos encontrarmos com os tais soldados rebeldes do Sul. Você queria descansar também, é conveniente.

— Você é um padre estranho — eu disse. Ele sorriu e esperou meus fundamentos. — Aquele livro e o desenho, a mira com a espingarda. Nunca vi padre matar gente.

— A propósito, a gravura do demônio é um espantalho, se alguém mexesse em suas coisas, iria se assustar.

— E onde você aprendeu a atirar?

Ele averiguou se alguém nos via ou ouvia.

— Aquilo foi necessário, não estaria aqui. Você sabe — ele sussurrou. — Não importa onde aprendi. Aliás, leia a carta. Onde ela está? Eu quase não vejo você a pegando.

Maldição, pensei. Para não responder mudei de assunto. Enquanto isso, ele ajeitava sua cama, não como se acabasse de acordar também, mas como se fosse se recolher àquela hora.

— E aquela palestra de apoiar esse coronel que açoita, dar chibatadas e... ju-di-ar do povo? — perguntei, ironizando a última colocação.

— Precisamos ficar aqui por alguns dias, eu tinha que falar o que ele queria ouvir. Paulo, você precisa desconfiar mais da sua inteligência. Assim você vai se tornar presidente algum dia. — Dessa vez, era ele distribuindo ironia.

— E o padre Cícero?

— Estou exausto, e você não para de perguntar. Mas tudo bem, uma a mais, ou a menos, não faz diferença. Bem, nunca conheci padre Cícero — ele falou com naturalidade. Parecia a coisa mais fácil do mundo inventar histórias mirabolantes.

— Então você... e a tal bênção das armas?

— Apenas ouvi falar. Em 1914 eu estava em outro lugar, outra guerra...

— Que guerra?

— Nada, estou cansado, passei a noite em claro e não dormi. Ontem à noite, depois desse assunto de Cícero, guerra, bênçãos, o coronel me pediu para abençoar todas as armas e munições da casa. Uma caixa repleta de munições. Enquanto todos dormiam, eu as abençoava, e por isso foi preciso muita água benta.

Ele ainda teve coragem de benzer as armas desse bando de perversos! Eu não queria entrar em outra disputa, por isso não contestei a prática nada pacífica de abençoar armas. Na verdade, eu queria outra coisa. Saí do quarto e ele ficou, se recolhendo para dormir. Dali a pouco estaria à procura de Ana. Se padre Honório não era capaz de fazer nada para ajudá-la, eu seria.

A primeira vez não se esquece

— Aqui não é lugar pra vosmecê — uma mulher negra falou pelas minhas costas enquanto eu espiava o barracão dos criados e trabalhadores. Era uma senhora inchada. Cabelos com alguns fios duros e brancos, o olho esquerdo mais baixo. Parecia cega dele. Não havia pupila, só uma nata pálida. Roupas em trapos, sujas de sangue das aves mortas e preparadas para viagem do coronel.

— Estou procurando Ana — disse com respeito.

— Ela não está aí.

— Onde, então...

— Vá embora, vosmecê e seu padre — me cortou com rudez. Baixei a cabeça. Em meio ao meu silêncio, a mulher se afastou puxando uma perna. O barracão ficava a uns cem passos da casa-grande, que deveria ser meu destino. Ainda não era nem meio-dia, presumi. Vi o pasto ressequido ao longe. Curral de bode à esquerda. Porcos e galinhas disputando sujeira no chiqueiro à direita.

— Ei!

Ouvi uma voz feminina. Virei-me e vi Ana.

— Aqui! — Ela saíra pelos fundos do barracão, ficou fora do alcance dos ouvidos e do único olho da negra senhora. Agora me convidava pela tangente ao seu encontro. Acompanhei furtivamente, e logo estávamos longe da vigilância. Seguíamos por uma trilha no capim; caminho de roça. Ela ia na frente, mancando, se socorrendo com uma espécie de muleta. Eu atrás, pisando em suas pegadas. Seu tornozelo enfaixado. Às vezes ela gemia e torcia o rosto quando o machucado doía. Não falávamos nada, apenas íamos, como se cada um soubesse o que fazer. Então paramos longe e escondidos, atrás de um pé de pau grosso. Ela se sentou na raiz, e eu, meio envergonhado, sentei-me do lado.

— Você tá melhor? — perguntei.

— Sim, dói um pouco, mas vai sarar.

— Que bom. Quem é aquela mulher, sua mãe?

— Não — ela disse, sem querer se alongar em explicação. Eu não tinha assuntos. Assustava-me estar ali, sozinho, com uma pessoa não tão conhecida, mas também não tão estranha. Ela tirou do bolso da roupa surrada uma goiaba e começou a comer. Eu só olhava.

— Tu comeu agora, não tá com fome. Eu tou — ela me disse. Realmente não estava com fome. Rápido ela ia na metade da fruta. Esperei. Ainda me faltava assunto.

— Seu amigo — ela disse com a boca cheia de goiaba —, ele não é padre. Aposto que não é.

— Como assim?

— Quando cê foi amarrar a corda no burro, ele falou baixinho para eu confiar em Iemanjá. Ele falou, eu juro que ele falou. Eu ouvi.

Eu não entendi nada.

— Ah, sei. Entendi — disse. — Você contou a mais alguém? Os do seu povo estão todos zangados com a gente.

— Não contei. Ninguém ia acreditar. Trouxe cê aqui para agradecer ele também. Agora é mais melhor cê voltar sozinho. Cuida!

Levantei-me. Pensei em perguntar sobre a fuga das vésperas e as razões de ela querer ir embora. Abri a boca e deixei a fala morrer na goela. Ela me tangeu com a mão.

— Vá logo, menino.

Passaram-se dois dias. E o coronel ausente durante todo esse tempo. Ana circulava pelo terreiro fazendo atividades triviais. Mesmo mancando, não foi dispensada do trabalho. Eu a via, ela me via, sorríamos um para o outro, como se nosso segredo fosse motivo certo para troca de afáveis sorrisos. Primeiro era só a linha da boca num arco. Depois vi seus dentes brancos escaparem dos lábios roxos e carnudos. Passei longas horas vendo-a carregar baldes de água na cabeça, uma cabeça redonda de cabelos curtos. Tencionei ajudar, mas fui repelido mais de uma vez.

— Tá doido, é? Não encoste aqui, vão desconfiar — ela dizia.

Às vezes, eu a olhava pelas costas. Eram costas fortes, ombros fortes, braços fortes, mãos fortes, com palmas claras calejadas, diferentes das minhas. Ana era uma jovem negra talvez com a mesma idade que a minha, mas tinha mil vezes mais força do que eu.

— Anda admirando, pelo que percebo — disse o padre uma vez, surpreendendo-me no ato.

— O trabalho deles aqui é pior que o do sítio de tio Almir.

— Ah, com certeza é. E você deveria tomar isso como exemplo e voltar aos estudos.

Eu vivia sentado nas cadeiras dos alpendres, com o livro aberto nas coxas. Lia três ou quatro páginas. Abusava-me e lançava-me em divagações sobre a vida, sobre Deus, sobre sofrimento. Depois ia me sentar no alpendre virado para onde Ana estaria com suas tarefas em prática. Queria alguém para conversar sem que fosse padre Honório. Parado e de longe, eu ruminava falas e abordagem, inventava desculpas para ter o que dizer, e tentava criar coragem para me aproximar novamente.

— O que ela fez pra fugir? — Foi o jeito perguntar ao padre uma das vezes em que ele se sentou perto de mim.

— Pergunte a ela.

— Não tenho coragem.

— Então também não tem coragem de ajudar. E se não tem coragem para ajudar, não há necessidade de saber as razões do sofrimento da menina — ele disse, abanando-se com o chapéu. — O coronel chegará amanhã. Precisamos partir antes. Arrume suas coisas hoje à tarde, deixe tudo na sela pendurada no cavalete. Saímos ao anoitecer.

Realmente, minha coragem era pouca.

À tardinha, homens do coronel chegaram primeiro. Bateram esporas por todos os lados. Queriam se certificar de que não havia ameaça para a chegada de Salvador com sua esposa e os filhos. O líder da vanguarda deles, ao tomar pé da calmaria local, deixou padre Honório de prontidão.

— Coronel deseja que Vossa Eminência dê a bênção a nossa sinhá, sua esposa.

Era o que faltava. Padre Honório não contestou. O portador da mensagem: um jagunço vermelho da barba meio grisalha, gordo roliço e fedorento como um porco. Além disso tudo, era enorme, com quase um metro e noventa de altura. Abordou-nos no quarto, quando estávamos arrumando as trouxas. Ficamos por ali, pensando em como ir até os burros e fugir no meio da noite.

A imagem de Ana me vinha constantemente à mente. Saí sem me despedir. Não tinha coragem para ajudar, não tinha coragem para desejar uma "boa sorte", não tinha coragem para nada. Um fraco. Um molenga, medroso que deixou um amarelo levar Sérgia, e agora nem para dizer adeus a uma boa pessoa tinha coragem.

Olhei para o padre sentado no alpendre da casa. Estava matutando. Ele, sim, tinha coragem. Matou dois perversos a cinquenta braças de distância. Dois tiros, duas quedas, duma distância do diabo.

— Eu também posso ser um homem, mas tenho que agir como um homem também — murmurei criando coragem. Daí resolvi ir ao barracão. Padre nem percebeu.

No caminho, algo estranho captou minha atenção. O mesmo jagunço que nos avisou para ficar agora arrastava Ana pelo braço, carregando-a para a escuridão do mato fechado. Puxava-a a contragosto dela, que insultava e reclamava, repetindo sucessivas vezes "não".

— E agora? — perguntei a mim mesmo, esperando a resposta. Depois baixei a cabeça e dei meia-volta.

— O que aconteceu? — o padre me perguntou quando me viu de volta ao alpendre.

— Nada — menti. Aliás, tentei dissimular, porque não escondia meu estado deprimido.

— Paulo, você sabe o que os livros não ensinam?

— Não — respondi sem interesse, numa apatia total.

— Coragem — ele respondeu.

Olhei para ele, que sabia o porquê de eu estar daquele jeito, mas permaneci calado. O padre se levantou da cadeira de madeira. Desceu da varanda e olhou para a escuridão ao longe do barracão. Lá o capataz provavelmente abusaria de Ana.

— Ele vai estuprá-la, e você sabe disso, não sabe, Paulo? — me perguntou, ao que gelei até o osso, estremecendo.

— O senhor pode ajudar, sei que pode, já fez isso antes.

— Por qual razão eu ajudaria, se quem se importa com ela é você?

— Ele pode me matar — soltei tenso e indignado.

— Pode, eu sei — ele respondeu serenamente. — É por isso que a coragem faz um homem ser um homem de verdade, controlando o medo de morrer. Você não quer morrer, mas se consome pela angústia de não poder ajudar. Quer ajudar e naturalmente tem medo; e então procura motivos para ficar inerte, indiferente, lava as mãos, se esconde, vira o rosto, prefere não ver o sofrimento do outro, mesmo sabendo que ele está lá e existe, porque assim mente a si com motivos apenas verossímeis de que não sabia de nada.

— Tempo demais se passou. O que há de fazer agora? E de mãos limpas? — eu insistia em empecilhos dos mais diversos.

— Astúcia, Paulo. Astúcia! Coloque-se no lugar do homem. O que ele faria se visse você, como pensaria, de que desconfiaria. O tempo está passando — disse, enfim, e tirou do bolso uma maçã. A maçã mais linda que já vi na vida. Até hoje lembro do vermelho escarlate e brilhante à luz dos lampiões de querosene que ardiam nos alpendres. Quase no mesmo ato, sacou do esconderijo da batina uma faca prateada. Não era bem uma faca, mas um punhal. Uma peça bem estranha, com gumes cintilantes. Cortou um pedaço da fruta e comeu. Depois mastigou lentamente, segurando a maçã com uma mão e o artefato com a outra. Ao fim da deglutição suculenta, sorriu, enfiou a faca no fruto proibido, e entregando-me os dois, disse:

— Tome, é uma ótima fruta. Vou rezar o terço para os da casa. Mastigue sem fazer tanto barulho.

Ao tirar o punhal da maçã, vi umas inscrições estranhas no cabo de marfim com tiras de couro. Eram uns tracinhos que aparentavam um idioma diferente. Soube depois ser uma inscrição hebraica. Aquilo tremia em minha mão, que tremia mais ainda. Olhei para o escuro para onde meus medos se esconderam e estavam lá a me impedir.

— Vamos, pense, faça, aja.

Comecei a caminhar, pernas bambas, elaborando as desculpas que diria ao velho. Maçã na mão, punhal cortando pequenos pedaços na outra. Mastigava. *Mastigue, mastigue, não pare de mastigar, ele vai se ocupar com sua boca cheia, seus dentes sujos. É isso*, pensei e ao mesmo tempo achei a ideia absurda. Caminhava e caminhava, a luz do lampião ficara para trás, agora só a lua me guiava pelo caminho. Embrenhei-me dentro do mato, mas não via nada. Ana já teria sido vítima? Foi quando ouvi cochichos e gracejos, e o seguinte diálogo:

— Bora, minha neguinha, deixe eu tirar esse monte de roupa, que nóis não tem muito tempo.

— Me solte, me largue.

Tentando se aproximar mais do som, acabei pisando num graveto, que fez um enorme barulho.

— Quem está aí? — ele entonou uma voz áspera dos fundos das folhas secas.

— Sou eu, Paulo, coroinha do padre — disse com a boca cheia e a fala embolada. Evitava assim gaguejar e denunciar meu nervosismo.

— Fazendo?

— Nada, só... minhas necessidades. Só isso — falei e cortei mais um pedaço de maçã. Não sei a razão, mas me manter ocupado com a fruta reduzia a ansiedade e a tensão. Coloquei na boca e mastiguei, ainda apertando os olhos para ver de onde o som vinha.

— Também, come como um bezerro — o homem falou, saindo duma moita do meu lado, a um passo e meio de mim. Tomei um susto, arregalando os olhos para aquele urso peludo enorme e furtivo.

— Calma, galego — disse, caçoando do meu pulo de medo. — Cuidado com essas brenhas, uma suçuarana pode comer você. Cague e vá embora — ele disse olhando para a maçã e o punhal. Ajeitava a ceroula e os suspensórios. O escuro não o deixou ver com acuidade a fineza da peça niquelada, e logo a atenção dele se voltou ao meu rosto pálido.

— Vou já — embromei com a boca cheia.

— Bora, cague! Preciso terminar um servicinho aqui — ele comandou. Achei-o um pouco desconfiado. Mas nem que eu quisesse defecaria ali com ele me olhando. Então falei com sinceridade.

— Não consigo com vosmecê me olhando, se vire..., mas não vá, que tenho medo — ele apertou os olhos, mostrou os dentes podres como a achar engraçado e se virou. Deu-me as costas. Um enorme alvo, ao alcance de meu braço. Era agora. Não teria outra oportunidade. *É agora, vamos, está esperando o quê?*

— É um menino ainda. Com a sua idade, eu já tinha mandado bem uns quatro pro diabo. Mas vosmecê parece que não tem coragem de matar nem uma galinha — o desgraçado falou em tom de deboche, olhando para o céu com displicência. Aquilo era demais.

Apertei o cabo com toda a força, lembrei de Sérgia, de Corisco, do Zé, do João, de seu Vicente sem orelha, de Ana e suas costas rasgadas, e tudo e todos que sofreram e fizeram mal.

Estoquei o punhal no espinhaço gordo do maldito. A lâmina entrou macia, não encontrou resistência de nenhum osso no percurso. Mas a arma não era tão grande, e o golpe parecia não ter sido fatal. Puxei e, quando tentei dar a segunda, o gigante se virou para mim. O segundo golpe resvalou no cotovelo dele, e não foi capaz de penetrar. Vi sangue preto iluminado pela lua encharcando sua camisa encardida. Vazava, mas ele estava vivo e de olhos abertos, bem abertos, avançado sobre mim, com uma mão segurando o meu braço da arma e a outra buscando meu pescoço.

— Galego do satanás, vou quebrar seu pescoço — ele grunhiu, caindo por cima de mim. Meu braço imobilizado era inútil, e meu medo da morte tomou conta das minhas ações. Desisti ali de lutar e pensei que seria melhor só aceitar meu fim. Morreria esganado. Triste fim.

A mão cabeluda e enorme me enforcava, e eu perdia aos poucos a consciência. Foi quando senti aquela garra esmorecer. Minha visão, quase apagada, se clareou, e vi um vulto por trás do monstro. Depois um som surdo de pancada, e no mesmo instante o peso do corpo dele sobre o meu. *Padre Honório, será?*, pensava ser ele minha única salvação.

Não, não era o padre.

A pouca luz, a agonia, a luta corporal, tudo isso não me deram o prazer de ver Ana sair da brenha e atacar o vilão com uma enorme pedra pontuda. A primeira pancada foi bem na nuca, o que o fez perder o resto das forças e deixar o corpo mole cair sobre mim, prensando-me ao chão.

Recuperando parte do fôlego, empurrei-o para o lado, saindo daquele aperto. Olhei para Ana, que segurava a pedra com as duas mãos. Seus olhos eram duas esferas brancas e vivas. Olhamos para o jagunço, que ainda estava com os olhos semiabertos, balbuciando algo.

— O cão dos infernos não morre — falei. Apertei a faca, montei em cima dele, e comecei a furá-lo em todas as partes do torço, enquanto Ana esgarçava a cara com a pedra. Parecíamos bichos envoltos naquele monstro. Não queríamos parar, numa espécie de frenesi de prazer inexplicável. A bem da verdade, ele já não oferecia resistência alguma quando cessamos os ataques.

Ela e eu estávamos ofegantes. Olhamos um para o outro, e depois para o defunto.

— E agora? — falei.

— E agora vamo fugir.

Também sou valente

Não demorou para sairmos da fazenda. Quando Ana e eu voltamos do mato, o padre já nos esperava com os animais selados e guarnecidos. Viu minha roupa ensopada dc sangue e presumiu não ser o meu, em que pese minha palidez.

— Vamos, rápido — ele disse, mas eu quase não conseguia me mover, paralisado pelo choque. Ana era só tremores, com olhos ansiosos, vendo em nós sua única salvação. Montamos nos animais, tentando guardar silêncio, e saímos pela vereda empoeirada e iluminada pela lua.

Na fuga, agitávamos nosso corpo a todo o tempo olhando para trás, preocupados com eventual perseguição. A presença do jagunço defunto logo seria requisitada na casa, e sua ausência levantaria suspeitas. No balançar do burro, eu via o rosto sereno do padre, sempre olhando para a frente. Meu corpo, por outro lado, tremia feito vara verde.

Olhei para minhas mãos e vi o sangue seco descascando. Quis chorar, com medo, com arrependimento, lembrando dos golpes e da cara esfarelada do jagunço. *Será que Deus vai me perdoar?*, pensei com profunda consternação sobre o pecado de se matar alguém. Na infância, às vezes sonhava que matava desafetos nos duelos de camisas amarradas, e o sonho virava pesadelo quando me dava conta de que matar era pecado. Mas aí resolvi afastar o pensamento, justificando: ele mereceu, ele ia abusar de Ana mais uma vez, era malvado. Pecador era ele, não eu.

Devíamos ter trotado uns três quartos de hora, e isso no passo rápido para burros carregados. Sem saber que destino tomaríamos, perguntei:

— Para onde vamos?

— Não sei ainda. Só espero que não cruzemos com o coronel — tive a impressão de que sua voz tremia. Seria medo também? Mas aí ele me olhou vivo, retumbante e sorrindo, ao fim dizendo:

— Estou orgulhoso de você, Paulo!

Fiquei atônito com a reação dele. Fazia tempo que não via os olhos de padre Honório tão vivos e cintilantes. A última vez fora quando aprendi a ler e escrever as primeiras palavras. Ele estava orgulhoso. Realmente estava. E mais: ele acreditava, confiava em minha vitória em face do jagunço, tanto que, com o pé na estrada, então percebi que ele reservara três animais, havendo de se concluir que só com meu êxito seria necessária aquela quantidade de mulas.

Mexeu comigo como algo novo e prazeroso. Senti-me vivo. Senti-me aceso, também eufórico, e não queria imaginar que aquele contentamento poderia durar tão pouco tempo até sermos pegos, se fosse da escolha de nosso destino. Admirei padre Honório mais que nunca. Ele voltava a olhar para a frente, e eu o venerava gravando a sua imagem de perfil.

— Melhor descer nas brenhas — Ana orientou. Era uma grota, talvez proveniente da ação do tempo. Os burros teriam dificuldade para voltar, mas Ana nos assegurou que ao fim do caminho íngreme existia um riacho que, uma vez seco, seu leito passaria por um caminho secreto entre as rochas.

— Diz que é por aqui que índio carrega o gado.

O padre não pensou muito e desceu. Nossa maior sorte foi a lua clara. Evitávamos assim cair nalgum buraco ou machucar as patas dos animais. A descida era desmontada, e nem isso atenuava o risco de queda feia. Ana, agora de pé, ainda mancava, e isso nos atrasava.

— Não consigo — ela falou, contorcendo o rosto. Paramos, eu e ela. O padre continuou descendo. No silêncio cortado pelo silvo do vento e nossa respiração, ouvimos ao longe os sons de cavalos.

— Vá com ele — Ana disse —, eu vou atrapalhar vocês.

Aquilo era que era valentia. Um rosto negro suado e cinza brilhando abaixo do luar metálico. Olhos grandes e brancos, imunes a ameaças: fiquei hipnotizado e, mais uma vez, com vergonha. Eu jamais proporia ficar se meu pé me impedisse de caminhar. Pediria, imploraria, daria desculpas e sugeriria soluções mirabolantes para ser carregado. Peguei na mão de Ana. Áspera, dura e rígida.

— Vá — ela disse perto de mim. Pude sentir seu hálito forte. — Vá, menino!

Não me chame de menino, eu sou um homem, esbravejei no pensamento, explodindo o ego em chamas. Avistei o padre, que descia longe, sem sequer olhar para trás, sumindo na penumbra da lua.

— Adeus, padre Honório — sussurrei no vento. Ele não contava com minha coragem passageira. Isso, efêmera mesmo, pois assim que resolvi ficar, arrependi-me. Muitas vezes depois me arrependi de coisas que fiz e decisões que tomei. Contudo, rápido como aquela, nunca mais. Mas já era tarde. Logo os caçadores descobriram nosso rastro, e também desceram a ribanceira. Homens do coronel. Cinco ao total. Eu e Ana estávamos cercados.

— Gazo sarará da peste, que cês fizeram com o padre? — perguntou um dos jagunços.

Eles não sabem, pensei e nem deu tempo de responder, pois logo acertaram-me uma coronhada na cara. Foi só a primeira. Era inútil tentar se esquivar, ao que outras percorreram meu corpo. Cabeça, orelha, queixo, beiço, perna, costela, rim. Verdadeira anatomia da pancada.

— Não mata, não. Vamos brincar mais com eles — outro sugeriu, suspendendo a sessão. Eu era só sangue e pele esfolada. *Talvez padre Honório os acerte novamente*, sonhei em delírio. Quase apagado, fui arrastado para cima e jogado no meio da estrada. A cara no chão, comendo terra. *Onde está Ana*, percorri o olhar pela multidão que se multiplicava pelas lentes da vista turva e embaçada.

— Matou o Manezinho com esse punhal? Foi isso? Fala, confessa condenado! — Mais vozes alcançavam meus ouvidos; sombras se moviam no meu campo de visão.

— Se juntou com essa cadela preta, e devem de ter matado o padre também. Pega ela!

Ana começou a gritar, e só assim pude identificar onde ela estava.

— Vamo lhe torar no meio, imunda — um deles falou.

Era incrível não haver dor em mim. A surra era ao mesmo tempo a causa da lesão e da anestesia. Espancamento sem programa e método tem dessas coisas, acabou por gerar uma concorrência entre as dores de vários lugares, e de nenhum ao mesmo tempo.

— Amarra as pernas dela — outro ordenou. *O que vão fazer?* Eu não queria olhar, mas os suplícios de Ana me atraíam como um ímã. Gritos se revezavam com risadas e assobios dos jagunços, que ora me espancavam, ora jogavam pulhas. Comecei a rezar. Fé era talvez a única coisa que me segurava, meio esteio, porque era só o que me restava. Pedi primeiro que nos salvasse, que tocasse no coração daqueles homens perversos. Nada. Talvez fossem corações dominados pelo Mal. Daí passei a rogar que uma morte súbita levasse Ana e a poupasse daquela violência. Mas ela permanecia viva. Os homens começaram a confabular se usariam quatro cavalos ou apenas dois. Um deles a puxou para perto do cavalo que montava.

— Fica quieta, imunda! — falou, e nesse momento pude ver o que iriam fazer. Tentava amarrar uma corda nos pulsos de Ana, que se debatia. *Vão esquartejá-la*, pensei horrorizado. De todos, um, que parecia ser o mais novo, não quis participar. Esse correu até nossas coisas na intenção de pilhar, se acocorando para abrir minha maleta jogada no chão.

Eu continuava deitado, vendo Ana lutando para não ser laçada. Ela esperneava, dava coices, assim também os animais, que relinchavam como se pressentindo servirem a alguma desgraça. Aí vi que minha reza não surtia efeito, pois repetia "por favor, por favor, por favor", e nada! Sussurrei pelos beiços inchados:

— Meu Bom Jesus, pela misericórdia de Nossa Senhora, onde o Senhor está que não vê isso?

Foi então que novamente reparei no rapaz acocorado. Ele revirava minhas coisas. Com a mala aberta, puxou meu livro. Folheou e viu. Viu o que todos veem assim que o abrem. Estufou os olhos e deixou o queixo cair. E como se levasse um choque, como se o livro se tornasse brasa viva, largou-o no chão, ergueu-se e se afastou. *É isso, tem que ser, é disso que talvez eles tenham medo.* Meus dentes e língua ainda estavam no lugar. Então, com força para aguentar a dor na boca pela dicção entre as feridas, falei:

— Lúcifer...

Eles não me ouviram, ao que gritei alto, e com toda força.

— *LÚCIFEEER!*

Um a um, pararam. Ana também parou. Meu chamado se assemelhava a um desafio. Todos eram olhos em mim.

— Ele chamou pelo diabo? — um perguntou.

Eu precisava me erguer. Primeiro, fiquei de joelhos e cuspi sangue e terra. Depois apoiei o braço no chão e, num solavanco, pus-me de pé. Meio sem equilíbrio, tonto e vertiginoso. Rosto encarniçado, sanguinolento. Daria tudo para ver num espelho minha cara revirada ao avesso. Eles continuavam me olhando. Sorri e senti o inchaço nas maçãs. Ah, era tudo o que eu queria. Olhei para o jovem e pavoroso jagunço que vira o cartaz do inferno.

— Se parece que ele é maçona — falou trêmulo, e os outros abriram os ouvidos. Sorri e gritei:

— Eu! Eu, nascido da selva tenebrosa! Eu, desviado da verdadeira estrada! Eu, filho do Satanás, amigo do Barrabás, serpente maligna!

E aí fiz um silvo mostrando a língua vermelha de sangue.

— Pactário... — outro sussurrou, largando a corda amarrada à perna de Ana.

— Eu corro sete cidades, eu viro lobisomem, eu como gente, eu sou judeu, eu sou o Judas, que traiu Jesus, e trinta é quantos eu vou comer hoje.

Não sei de onde vinham as ideias ou as frases, sei apenas que algumas delas li nos escritos do padre Honório, embora não soubesse o que significavam, e outras surgiram da minha imaginação. Enquanto isso, Ana ia desamarrando os últimos nós dos pulsos ou tornozelos.

— Peraí que vou metê-lo uma bala — finalmente um falou e sacou a arma. Parecia ser o mais treinado e mais inabalável. Confesso que no exato instante senti um frio na barriga. Eu podia morrer com apenas um simples disparo. Uma bala na minha cabeça e fim da estória. Mas, logo em seguida, e por um milésimo de segundo, senti uma alegria inexplicável. Uma sensação de aceitação, misturada a uma vontade de rir, de gargalhar, de avisar para eles que eu os ludibriava feito crianças. E talvez por isso, por essa paz que como um escudo protegeu meu semblante, ele não puxou o gatilho. A curiosidade sussurrou no ouvido de outro, que alertou:

— Se ele for pactário mesmo, a bala vai se desviar...

— Não vai se desviar, não, porque com fé em nosso Senhor, e a bênção do padre, eu vou colocar ela bem na testa dele — o jagunço respondeu, esticou o braço que segurava a arma, fechou um olho, mirou na minha cabeça e engatilhou o revólver.

Fechei meus olhos e esperei pelo som do disparo, que certamente chegaria aos meus ouvidos somente após a própria bala entrar no cérebro e desligar o pensamento.

Clic...

Esse foi o som. Nada de estralo comum à combustão da espoleta e pólvora de munição. Não. Apenas um *clic*. Abri um olho, e o jagunço estava pálido. Continuava apontando o revólver, mas atônito, incrédulo, olhando para a própria arma na mão. Isso não era comum de acontecer. Então ele mirou em mim e apertou o gatilho mais uma vez, e, novamente... *clic*.

— Valei-me, minha Nossa Senhora — um outro falou e completou se tremendo: — Já vi quebrar coco uma vez, mas duas... isso só pode ser coisa do capeta.

Falhou! O tiro falhou, os dois, pensei.

— Cala a boca aí, imbecil! — gritou, ainda me apontando o revólver. Sua mão tremia, e ali, diante de mim, senti o medo se apossar do seu corpo.

Qual a chance de um terceiro disparo falhar? Valia a pena desafiá-lo a tentar mais uma vez? Não, era minha chance de intimidá-lo e fazê-lo desistir. Por isso falei em tom de serenidade.

— Pegue suas coisas e vá, você e seu bando, e deixarei sua alma livre para céu, ou atire, e todos vocês vão queimar no mármore do inferno durante toda a eternidade.

— Quem vai pro inferno é você...

Ele arregalou os olhos, como se fossem me engolfar. Tremeu apertando o revólver. Cerrou os olhos, para mirar mais uma vez na minha testa. E aí, como um déjà-vu, vi um ponto se mover na emenda do horizonte, e logo em seguida um clarão, uma faísca. Meio segundo depois, o peito do jagunço explodiu. Chuva de sangue, e esguichos enegrecidos pela quantidade bombeada através do coração, borrifados no ar e chão.

Desesperados, e sem entender o que acabava de acontecer, todos os restantes foram tomados por convulsões de terror. Um vomitou, outro defecou-se, um terceiro perdeu a consciência por alguns segundos, e o último calou-se. Ficaria mudo para sempre, de boca aberta e paralisado ao ver o jagunço tombar de joelho, ainda segurando a arma apontada para mim. Ficaram tão atordoados que confundiram o som do disparo à longa distância com algum trovão vindo do céu.

O que vi depois foram quatro machos correrem para seus animais e baterem em retirada, numa agonia e velocidade em que alguns caíam e se levantavam atordoados, pedindo perdão, rezando e se benzendo. Eu, ao final, descansei e desabei, exausto. Agora as dores me cobravam, e a fadiga me impedia de pensar. Deitado, e de olhos fechados, esperei padre Honório vir até nós.

— É melhor cê se alevantar, que tá vindo mais deles — Ana falou. *Mais deles?*

Inclinei a cabeça, e vi um mundaréu de homens armados, vindo em colunas de três em três. Uns dez, saindo por tudo o que era canto, e nos cercando, mas nenhum sinal de padre Honório.

— Bah, má quê barbaridade de tiro, tchê! — disse um deles num sotaque estranhíssimo, enquanto cutucava o corpo do jagunço com o rifle.

— Tu e tua china, de onde vêm? — outro perguntou a mim no mesmo sotaque.

— Viemos da Bahia. E quem são vocês? — perguntei. Eles se entreolharam, talvez ponderando se poderiam falar. Então o líder se convenceu de que era inevitável, e disse:

— Primeira Divisão Revolucionária. Soldados da Coluna Prestes! Bah, má tu num precisa ter medo. Tu num é pica-pau. Ou vai dizer que é?

Tornando-me um revolucionário

— Quem são vocês dois? — perguntou o que parecia ser o líder da turma.

— Fugitivos — Ana respondeu, e, apontando para o jagunço baleado no chão, continuou: — Ele e os outros queriam matar nóis.

Ela era esperta, sempre foi. Sabia que homens armados sem semelhanças têm mais probabilidade de serem inimigos do que aliados.

— O que vamos fazer com eles? — outro perguntou ao líder. Eu estava enjoado, nauseado, tonto. Caí, perdendo novamente as forças. Ana tentou me acudir. Tudo se escureceu, cerrei os olhos ouvindo murmúrios e apaguei. Não lembro do que se seguiu depois disso.

* * *

— Paulo! — Ouvi. Sol no meu rosto. Vultos e sombras ao meu redor. Sons se misturando invadindo meus ouvidos doloridos, ecoando e ressoando no crânio. *Quem será que me chama?* Tentei abrir os olhos. Luz me cegando. Dor.

— Paulo! — Era uma voz feminina. Até o som me causava dor. Sentia dor nas juntas, que pareciam soltas grudadas pelo couro. Sacolejos que me reviravam as tripas. Dor.

— Paulo, cê precisa ver isso! — Ana me cutucou com mais força, e enfim me exilou do estado de morto-vivo. Abri só um olho. A luz cortando, mas me permitindo ver gente como nunca tinha visto antes. Eram muitos, soldados em quantidade incontável pelo passar da vista.

— Onde estamos?

— Não sei, já tamo andando faz um tempão. Arrumei suas coisas e pedi para colocarem você na burra.

Realmente. Eu agora me via montado, troncho igual a um molambo, ora derreando para a direita, ora para a esquerda. Daí a causa da dor a assomar-se às enfermidades da surra de bem cedo.

— Tenente — ouvi um deles gritar ao meu lado —, achamos esses aqui no bagaço, talvez saibam mais sobre esse lugar.

— Mas é boca aberta mesmo — retrucou o tenente quando nos viu chegando. Estava sentado perto de um fogo, preparando alguma coisa. Levantou-se e partiu para cima nós, quase aos berros.

— Como é que vamo dar de comer a mais duas boca? — disse, ao imaginar que traríamos mais escassez. — E essa rapariga negra aí, tu num sabe que tá proibido muié entrar no bando?

— Mas a gente estava lagarteando desde cedo, e sem saber por onde — o subordinado ainda tentava se justificar. Até que um outro engrossou o coro, dizendo:

— A guria nos ajudou. Sem ela, nós tava era perdido. — Todos olharam para Ana. Ela e eu continuávamos calados.

— Carece se preocupar, não — falei com a boca embolada para o que era chamado de tenente. O sangue coagulara dentro, e eu quase não conseguia proferir as palavras. Mas o tenente nem me ouvia mais. Saiu esbravejando, como a largar de mão a desobediência dos outros. Aí o que tentava se justificar voltou-se para mim.

— Magrão, tu fica só até melhorar todo aí, e a preta vai com tu; vão se largar campo afora. Entonces, tá entendido?

— Sim — disse, mas falei só para não contrariar, porque de verdade eu entendia muito pouco.

— Meu nome é Barbosa, e esse é o Bento — ele disse apontando com o rifle. Era um jovem de cabelos pretos e cheios. Tinha um bigode que cobria uma parte do lábio superior, e estava sempre rindo, como se o mundo fosse uma eterna comédia.

— Tua china pode dar no trampo como vivandeira — ele completou.

Eu e Ana nos entreolhamos. *O que é vivandeira?* Deixei morrer a dúvida. Ela assentiu por mim, parecia firme. De certa forma me senti seguro ali. Aparentemente, estávamos longe das garras do coronel, e Ana principiou a cuidar de mim. Estava grata pela minha coragem de ficar na ribanceira. E agora era eu quem agradecia.

No acampamento montado, ela me ajeitou bem direitinho. Eu até exagerava nos gemidos de dor, pois queria tratamento especial por mais tempo. Via preocupação naqueles olhos grandes sempre que soltava um "ai, ui, tá doendo". Éramos só nós naquele meio de homens, em que pese a maioria jovens. Mas por serem desconhecidos, eu precisava de Ana, alguém em quem confiava. Um dia, durante a noite, quando me tremia em calafrios, ela me cutucou.

— Acorda, Paulo, trouxe uma doutora.

Tendo escutado aquilo, abri um olho para me espantar com a sombra da maior mulher que já havia visto até então. Uma loira, branca, forte, mal-encarada, toda equipada, botina de couro preto e lenço vermelho no pescoço.

— Hmm — de boca fechada, ela soltou a interjeição nasalada, passando com a vista por uma geral nas minhas feridas sob a luz da fogueira. — Vai viver. É só inchaço. Dê isso a ele — ela terminou a consulta entregando um frasco de vidro com algum líquido.

Ana pegou o vidro e agradeceu com a cabeça.

— Obrigado, doutora Maria — também falei. Precisava demonstrar gratidão a todo o tempo.

— É Hermínia, e sou enfermeira. Vou ter que subir para a vanguarda, mas vosmecê vai ficar bem.

O sotaque dela era mais diferente do que todos os outros. Dos que estavam conosco no descanso daquela noite, nenhum falava do mesmo jeito que nós, e quase nenhum guardava semelhança entre si. Era como se viessem, cada um, de lugares diferentes, com idiomas e dialetos distintos. O de Hermínia era o mais estranho de todos. Estranho a ponto de me lembrar de padre Honório.

Passei alguns dias de convalescência, recuperando as forças. Pelo espelho de uma lâmina pude ver os mapas de manchas no meu rosto e no espinhaço. Roxas, verdes e amarelas. Beiço inchado. Olho esquerdo vermelho pelo derrame. Doíam-me até os cabelos. Nesse início de acomodação, o sofrimento foi maior. Era preciso conciliar meus cuidados com longas caminhadas com aquele mundéu de gente. Mais um pouco de pancadas, ficaria numa padiola e seria abandonado. Mas no dia seguinte já pude ficar sentado, e lentamente fui sendo levado pelo burro.

Nós, Ana e eu, estávamos com os nossos. Aliás, a gente tinha quase tudo. Digo quase porque o punhal eu perdi, e perdê-lo me entristeceu um pouco. Daí me lembrei do padre Honório. Ele colocara mantimentos nos alforjes para dias de viagem. Andava sempre precavido e parecia ter solução para tudo. Nutri esperança de encontrá-lo para que nosso destino pudesse se conduzir independentemente daquela marcha de soldados. Mas infelizmente os dias foram se passando, e nada do padre.

Certo dia, amanheci melhor. Ana é quem apresentava um rosto pálido, embora a negritude da pele escondesse a falta de sangue. Contorcia-se com frequência, inclinando-se levemente sobre a pelve.

— Você tá bem? — perguntei a ela.

— Tô, eu acho. É só meus tempos chegando.

Talvez o sol forte, elevando a temperatura, estivesse dando causa à piora dos sintomas da menstruação de Ana. Imaginei que poderia socorrê-la sem pedido formal, e lembrei da enfermeira.

— Vou rodar um pouco antes de iniciarem a marcha. Fique aqui. Beba água e coma — falei bem próximo dela para que outros não ouvissem. Veio-me ali um forte desejo de acariciar a cabeça de Ana. Aquele cabelo de fios duros e enrolados, curtos, aparados quase rentes ao couro cabeludo cinza. O atual estado em que nos encontrávamos, fugitivos, escorados um no outro, maltrapilhos sem ver asseio havia dias, tudo isso deu-me um sentido de pertencimento: minha amiga era o ser vivente mais próximo que tinha desde o dia da fuga, quando a gente quase morreu. Ela me tratou bem, agora era minha vez.

— Cuide — ela disse.

Levantei-me e rodei pelo acampamento que começava a se recolher para quebrar torrões de barro na caminhada santa de cada dia. *Ó doidice desses homens, sair em excursão no meio do mato pra nada,* sem fazer ideia do motivo daquele movimento.

Mas nem sinal da dona Hermínia. Os grupos se modificavam sempre. Era gente nova a todo instante aparecendo nos acampamentos. Não achar a enfermeira me deu impaciência. Queria fazer perguntas, para onde íamos, o que faziam os soldados? Quem era o chefe? Apesar da vontade de obter respostas, convim que nossa posição (minha e de Ana) era de quem nada podia demandar daqueles que nos deram abrigo e proteção, ainda que numa louca marcha horizonte afora.

Voltei cabisbaixo.

No retorno, vi o sargento Barbosa cochichando com outro, os dois sentados em tamboretes embaixo de uma barraca de lona.

— Mas bem capaz de escaparem — sargento Barbosa sussurrou.

Quem vai escapar? Será que estão falando de mim? Estanquei e fiquei imóvel para que não me percebessem.

— Eu já não aguento mais isso tudo — disse o outro. — Tô por aqui com essas decisões, mas o que posso fazer? Nada! É uma droga mesmo.

Esse outro se chamava Agrícola. Um oficial tenente não tão jovem, sisudo e muito chato. Vivia a reclamar de tudo e de todos, descontente com os rumos que tomava a tal Coluna. Ambos, ele e o sargento, falavam de outra pessoa.

— Fica longe do Garbi — disse para Barbosa, e em seguida se levantou do tamborete. O sargento também se ergueu, e nisso me viu parado.

— Magrão! — me chamou. Primeiro fiz que não estava prestando atenção, depois respondi:

— Pois não, sargento Barbosa.

Ele me olhou curioso em vista da formalidade, mesmo que sua intenção fosse me obrigar a algum afazer ordinário.

— Sabe montar?

— Sei, sim, senhor — eu continuava com extremo respeito. O sargento, se tivesse, era alguns meses de vida a mais que eu. Metido em botas pretas até o joelho, sujas e barrentas. A calça era uma bombacha encardida, a blusa um trapo, e no pescoço um laço vermelho.

— Muito bem. Calce essas botas, coloque esse lenço no pescoço e monte aquele cavalo ali — ele falou apontando com uma mão para um alazão, enquanto com a outra me entregava um par de botas e um lenço vermelho. Tudo estava imundo, fedendo mais que couro podre. O pano do lenço desfiando, coberto de nódoas; as botinas úmidas por dentro, com crostas de barro por fora. Mas eu não queria saber, era a hora de mostrar alguma utilidade. Olhei para Ana, procurando aprovação; ela assentiu. Pronto.

Rapidamente me equipei. Apressei-me ao cavalo e subi. Meio trôpego, mas devidamente equilibrado, vi os outros soldados com risos de canto de boca. *Será cilada desse safado? Não, talvez seja minha equitação fraca, porque há muito não monto.*

Foi quando ouvi, por detrás, uma voz chamando "soldado!". As cordas vocais tentavam se fazer fortes. Virei o torso na sela da montaria e vi um homem miúdo atrás de mim. De botas de canos longos, que, diferentemente das minhas, estavam devidamente limpas. Lenço rubro bem apertado no pescoço. O vermelho do dele era vivo. Entre a mandíbula e o lenço, uma barba enorme, dando--lhe um aspecto de velho. Só o aspecto. A barba e o cabelo dividido com a liberdade ao meio eram tão pretos que indubitavelmente aquele nanico não tinha nem trinta ainda. O pequeno homem estava lá de baixo, olhando para mim no alto do alazão.

— Soldado! — ele me chamou novamente. A primeira vez achei que não fosse comigo, mas agora tinha certeza de que era.

— Sim, senhor!

— Me acompanhe — ele disse.

— Prontamente — respondi. Liberei a rédea e cutuquei com o calcanhar o vazio da montaria, que começou a andar. Ele ia à frente, de pé; eu, montado. O homem ligeiramente notou olhos de deboche em nós, voltou-se a mim e me viu ainda montado.

— Apeie, soldado! — gritou tinindo com uma voz fina.

— Sim, senhor — pulei num salto só, segurando a rédea. Interrogava-me em silêncio, me mirando. Compartilhando o mesmo chão, eu ainda era mais alto.

— Qual vossa graça, soldado, nome e posição?

— Paulo, senhor. Posição é esta que o senhor tá vendo.

Ele avermelhou. Fez um enorme esforço para manter encarcerada uma expressão de riso. Não aguentou e soltou um bufo de graça com minha resposta piada. Por aquela não esperava. Eu não sabia o que dizer. Meu rosto encarnado de vergonha confessava seriedade e sinceridade, e ele percebeu isso.

— Você é voluntário, não é? Logo vi. Precisamos repensar essas integrações de voluntários neófitos nos meandros militares. Sem o devido treinamento, a tropa pode nem saber se comunicar minimamente. Bem, puxe seu cavalo pela rédea e me acompanhe.

Temos um longo caminho pela frente — ele disse já se virando e empreendendo marcha.

Fomos até sua montaria.

— Paulo, não é?

— Sim, senhor — até ali, eu não sabia o nome do sujeito, e permaneceria assim o dia inteiro.

E como o dia foi longo.

Cavalgamos por um perímetro longe do grosso de soldados. Enquanto eles marchavam numa espécie de turba serpenteante, fazíamos um traçado na direção perpendicular para acertar outro grupo, que certamente, após contornar obstáculos naturais, se encontrava mais à frente. O tempo todo ele se mantinha calado, falando o necessário e me dando pequenas ordens para ações típicas de ajudante. Fazia anotações e demorava-se um bocado em cálculos mentais que eu supunha pelos murmúrios numéricos.

— Agora desça e ande até aquela pedra — ele falava. — E conte quantos passos até lá. Sabe contar, não sabe?

— Sei, sim, senhor — respondi.

Deu certo. Eu fazia de tudo, e depois ele anotava e repetia o processo em outro lugar. A estafa foi me exaurindo; o sobe e desce do cavalo me esfolando as pernas; a fome apertando.

— Com fome, soldado?

— Só um pouco.

Paramos para um descanso, e para meu azar o alforje do cavalo estava zerado de mantimentos alimentares. Já estava azedo de fome.

— Não vai comer?

— Esqueci de colocar no alforje.

— Tome — ele me sacudiu uma banana. — Coma. Alimentação é deveras importante para a cabeça continuar pensando. Mas excesso é luxo. Enfraquece o espírito.

— Obrigado, senhor! — Em nenhum lugar eu receberia de alguém superior tratamento semelhante. Sem contar com tão pouco tempo de conhecido. Praticamente, éramos estranhos. Depois da bondade que recebi, e diante da situação de normalidade, vi um homem de traços finos e com bons modos.

— Onde estamos? — perguntei.

— Aqui é a região de vila de Posse, ainda em Goiás, norte do estado. Na frente atravessaremos o rio Palmas — ele apontou para um ponto no horizonte. Apenas balancei a cabeça, admirado com sua noção de localização.

— Senhor, o que estamos fazendo? — aproveitei para perguntar mais.

— Cartografia e croquis — ele respondeu. — Os potreadores precisam de um mapa, digamos assim. Você sabe o que são? Presumo que não. São os soldados que saem montados pra buscar recursos para a Coluna; comida ou informações — era como se para ele ensinar fosse tão importante quanto o que fazíamos.

— Bem, por hoje é só. Vamos voltar. Mas você volta para seu destacamento apenas amanhã. Pela sua contribuição, terá lugar na mesa do comandante.

Ali notei que, ao menos um acima dele, mandava mais. Por outro lado, alegrei-me pela recompensa do meu serviço, do que obviamente presumi ter sido satisfatório. Então, uma pergunta a mais, outra a menos, mal nenhum faria, mais ainda se bem colocasse os pronomes adequados:

— Senhor, qual seu nome?

— Prestes, coronel Luís Carlos Prestes.

Bem-vindo, mensageiro

Era a primeira vez em que via um coronel como aquele. Todos os outros eram grosseiros, brutos, falavam alto, às vezes aos berros e mesmo sem necessidade por estarem perto dos interlocutores. Mas esse coronel era educado, fino e tratava todos bem.

— Paulo, você, apesar de sua naturalidade para com a região, é bem familiarizado com a linguagem.

— Sim, senhor.

— Aprendeu a ler?

— Sim, aprendi com o padre da vila.

— Ah, o padre. Apesar de tudo, a igreja ainda cumpre uma nobre missão em alguns lugares. Assim foi no passado, com os jesuítas. Mas a catequese e o proselitismo não podem se sobrepor à ciência.

— Coronel, não é da minha conta, mas para onde é que vamos? Digo, os soldados todos, e essa marcha são para quê?

Ele primeiro me respondeu com meio minuto de silêncio.

— Não posso deixá-lo sem resposta, mas também não tenho como derramar sobre vosmecê tudo o que esse país tem sofrido nos últimos trinta anos a justificar nossa ação. É como se o destino de muitas pessoas estivesse sendo traçado por poucas, e essas poucas invariavelmente são homens ricos, poderosos e ambiciosos, oligarcas do café e do gado.

Permaneci em silêncio, esperando mais.

— Nossa missão é libertar a nação, é desatrelar o destino dos filhos deste país dos ventríloquos perversos que nos afligem e impedem nosso progresso.

— Ventri...

— Os homens que pretendemos derrubar. Eles fingem nos representar através de uma democracia, que na verdade é uma cilada. Não existe democracia.

— Ah, demo... qualquer matuto vai logo pensar que isso é coisa do demônio — sugeri. Ele riu e explicou com outras palavras que democracia era a forma de governo em que o povo elegia homens para conduzir o país. O problema era que alguns desses homens colocavam os próprios interesses acima dos do povo, traindo a nação.

— Um desses homens é Arthur Bernardes — coronel Prestes falou. O único Arthur Bernardes que eu conhecia era o presidente daquela época, e só de nome, porque se falava dele nos cantos, bodegas e igrejas, e as pessoas o veneravam pelo fato de ser o "dono" do Brasil.

— O presidente? — indaguei.

— Não, ele não é presidente. É uma fraude, um embuste, não foi eleito, nunca houve eleição neste país. Por isso nossa missão é depô-lo — respondeu-me abusado. Receei até continuar com essa conversa de política.

— Sim, senhor — eu disse em alto e bom som. *Depor o presidente?*, perguntei comigo, achando tudo um pouco exagerado. *Duvido que ele consiga, é um coronel gente boa, mas o presidente é o presidente*, continuei dialogando com meus pensamentos.

— Muitos dizem que é impossível, mas vamos tentar. Peço apenas que confie, e com o tempo saberá.

— Confio, sim — concordei e completei —, certeza de que o senhor vai derrubar esse safado do presidente no chão.

— Gosto de ver assim — ele disse cheio de si.

Já estava escuro quando chegamos ao acampamento do comando. Nesse local se reuniam apenas os oficiais das patentes altas. Antes de comer com os meus anfitriões, fui brevemente apresentado. Prestes não falou de minha habilidade de ler, e o lapso, talvez, me entristeceu um pouco. Nunca havia visto tanta gente falando com tanta segurança, sobre coisas tão distantes das minhas vivências. Queria falar também, dar opiniões, mas o medo, a timidez e a vergonha me amordaçavam. Eles falavam de religião, política, história, matemática, e nesse assunto específico Prestes quase sempre assumia proeminência entre os pares. Era como se fossem vários padres Honório num só lugar. Não só se debruçavam sobre assuntos sérios, mas também contavam piadas, cantavam e se divertiam. Quando riam, eu também ria, mesmo sem entender nada da piada. Aliás, eu estava o tempo todo sorrindo. E, por fim, comiam, e muito. Nessa tenda a fartura era característica, e todos a exploravam, com exceção de Prestes, sempre asceta e disciplinado.

E então, um deles se levantou. Parecia o mais calado. Um homem alto, cara quadrada, foi só o que deu para perceber ali. Afastou-se um pouco, justificando-se pelo silêncio em razão de dores que sentia no ventre.

— Baiano, a Hermínia está vindo por aqui. Pede para ela ver isso aí — disse um outro ao tal baiano, ao que ele respondeu:

— Certo, mesmo assim vou indo, pra ver se esvazio a bexiga e se alivia.

Hermínia. Lembrei de Ana. Havia esquecido de minha amiga, vista por mim pela última vez pela manhã. Era a oportunidade de retribuir a quem me ajudara tanto. Mas ali estava bem melhor, e talvez ela pudesse esperar para o dia seguinte.

Lá pelas tantas Hermínia apareceu.

— Está onde ele? — ela perguntou com seu sotaque carregado, economizando palavras. Poucos lhe deram atenção e não informaram ao certo o paradeiro do tal Juarez Távora. Então me aproximei e, sem alarde, disse:

— Eu sei pra onde ele foi.

Ela olhou para mim. A princípio não se perguntou como eu saberia. O oficial que falava com ela também me olhou, dando de ombros, e disse:

— Então leva ela lá, rapaz.

A bem da verdade, eu não sabia, mas iria procurar pelo acampamento. Estávamos acampados próximo a um rio, que parecia ser o Palmas. Meu intento era o de que, na caça ao doente por entre as barracas, aproveitaria para entrar no pedido principal: levar ajuda à Ana.

— Dona Hermínia, a senhora teria algum remédio de dor de tempos de mulher?

— Quê!?

— Dor de menstruação?

— *Ach, du bist ein Kobold.* — Hermínia falou em outro idioma. Já sem paciência, perguntou: — Já andamos por todos os cantos, onde ele está?

— Achei que fosse aqui, ele estava aqui nesse instante.

— Não posso passar a noite toda à procura — ela já ia me deixar entre os soldados estirados que se recolhiam para dormir, quando a voz de Távora ecoou atrás de nós.

— Aqui — viramo-nos e o vimos. Era Távora. — Soube que estava me procurando, e esperei, mas até agora nada, então vim saber onde se meteu.

— A garoto aqui disse que sabia onde vosmecê estava.

— Desculpe, senhora — falei resignado. Távora olhou para mim. Seu aspecto debilitado, de muito cansaço, baixou sua guarda contra minha presença. Era homem jovem, assim como os outros. A diferença ficava pelo porte físico enorme, alto, muito alto mesmo, um rosto quadrado, com lábios e olhos em linha. Virou-se sem dizer nada, e nós o acompanhamos. Eu precisava falar para

Hermínia, mas agora ela cuidaria de um dos oficiais. Enfim, ficaria para outra oportunidade. De toda forma, me fiz de sonso e grudei neles, no encalço até a cabana onde Távora se recolhia enfermo. Era uma tenda grande, onde no interior ficavam as redes e esteiras dos oficiais. Távora era subchefe, um nível abaixo do coronel Prestes. Entrei com os dois. Ele se despiu parcialmente, ficando só com roupas internas, que era um simples calção. Ela o examinou deitado na esteira sobre o chão duro. Passei então a entender que minha presença foi encarada por ambos como uma ambígua função: evitar o constrangimento da consulta com toques íntimos estando apenas os dois a sós. Eles queriam uma testemunha. À luz de lamparina, Hermínia apalpou o ventre de Távora, na região da bexiga. A cada aperto, o grandão contorcia o rosto, denunciando muita dor.

— Muita água tem que beber — ela respondeu seca. Ele se sentou, triste com o diagnóstico, ergueu o olhar para mim e me pediu:

— Por favor, pega essa água aí no canto.

Atendi imediatamente e corri para onde estava uma pilha de coisas ajuntadas no chão. Abaixei-me e alcancei o odre de água. Lá no meio havia também um livro. Na capa, cujo nome me fisgou a atenção, tinha escrito: *A Divina Comédia*. Lentamente, como que guiado pelo canto da sereia, e sem medo de qualquer repreensão, peguei-o também. De joelhos dobrados, numa mão o odre, na outra o livro, declamei sem abri-lo:

Da nossa vida, em meio da jornada,
Achei-me numa selva tenebrosa,
Tendo perdido a verdadeira estrada.

Ambos ficaram em silêncio. Távora certamente me olhava e, espantado, disse:

— Com'é que tu sabe disso, galego?

— É porque eu já tinha lido, senhor.

Quando abri, vi nas primeiras páginas, nas primeiras linhas, os versos recém-recitados. Era desse livro que o padre Honório tirara aquela nota que eu havia lido no papel.

Não foi só o fato de um matuto saber ler que impressionou Távora. Não só isso. Alguns jovens da Coluna liam vulgarmente. O que o prendeu a mim foi o objeto da leitura, e a forma como declamei o poema. Eu estava seguro, tinha lido tanto que havia decorado, e aquilo causou forte impacto. Ele gostava d'*A Divina Comédia* e, dali a pouco, estaria gostando de mim.

Depois daquele dia e daquela noite, por falta de oportunidade, não me aproximei de Prestes. Em compensação, Juarez Távora me fez muito presente em meio aos oficiais. Chamava-me de conterrâneo, e isso mesmo levando em conta o fato de que ele era cearense, e eu alagoano radicado na Bahia. De toda forma, o vínculo ali se estabeleceu entre dois nordestinos, assim cunhados de baianos ou paraíbas.

Passei a deixar Ana de lado, evitando ajudá-la com as dores das cólicas e do tornozelo. Queria mesmo era a companhia de Távora, e também reconhecimento por parte dos soldados. Reparei que era estranho para eles uma negra servida por um branco. No início eu nem percebia que me criticavam. Mas depois que notei, comecei a adiar ou dissimular auxílios, escolhendo os horários com poucos olhares à espreita. Por essa razão, também desisti de buscar Hermínia. Eram só seus tempos, como Ana mesma dizia.

Um dia, talvez percebendo minha indiferença em dar uma força para que subisse no burro, Ana me emparedou:

— Por que faz isso? — perguntou.

— Isso o quê?

— Inda dá uma de doido. Não careço da sua ajuda, se for para ser sem ser de coração e fazer se escondendo deles, pode deixar estar que eu já sei me virar sozinha e isso não é nenhuma coisa nova.

— Para que tanta prosa? Eu quero ajudar — falei, mas no fundo, no fundo, Ana tinha razão: eu me sentia envergonhado. Queria me enturmar com os outros, com o grupo, e o fato de andar com ela parecia afastar os rapazes. Só o sargento Barbosa me dirigia a palavra com frequência. Ele nem ligava; os outros, não. Eu não queria ficar de fora, porque aquilo tudo era uma aventura, uma novidade. Aliás, o apego a novidades sempre foi fácil para mim, e eu poderia me tornar um revolucionário. Faltava apenas algumas coisas, como aprender a atirar.

— Soldado Paulo — me gritou Távora, certa ocasião. Segurando um livro, caminhava pisando forte, emburrado, rosto e cabelos molhados, e parte superior do torso ensopada.

— Pois não, senhor — respondi num salto.

— Já manuseou alguma arma?

— Não, senhor.

— Pois pegue esse rifle — ele me deu um Winchester .22, que vinha pendurado pela bandoleira em seu ombro. — Vá até aquela árvore na beira do rio e atire naqueles urubus. Mate todos!

— Oxe! — exclamei.

— Cuide, rapaz, vá praticar neles. Aqueles malfeitores. Ave do diabo — cuspia e insultava com o estilo cearense de ser.

Seus olhos estavam muito vermelhos e inchados. Ambos chorosos, de alguém que os coçou a ponto de quase afundá-los. Além disso, um fedor enorme, como se houvesse sofrido de uma diarreia veloz e surpresa, a ponto de não evitar cagar nas calças. Mas essas não estavam molhadas, o que não fazia sentido: como obrar nas roupas, e só lavar a blusa, o rosto e o cabelo?

— Rebole, soldado. Bora!

— Considere-se feito — então fui.

Chegando à árvore, uma gameleira, senti o mesmo cheiro de bosta. Fedor horrível. Abri as narinas e farejei a origem da podridão até encontrar a desgraça: vômito de urubu. Um urubu vomita uma substância gosmenta que só Deus para fazer o cristão aguentar. Fechei o enigma: Távora tinha levado uma golfada de urubu na cara enquanto estava deitado lendo seu livro.

Dei uns cinco ou seis tiros, errei todos. Nenhum urubu morreu.

Dias depois fui sabatinado:

— E aí, o que sucedeu? — perguntou-me Távora.

— Matei todos. Não sobrou um para contar história. Nunca mais aquelas pragas vão andar por aí vomitando em gente de bem.

Ele me olhou desconfiado, e me mantive sério. Não sabia atirar, mas mentir e atuar, era comigo mesmo.

Os dias se passaram e Ana não melhorava, e a mim me parecia grave. Ela estava quase sempre gemendo de dor e fazendo pequenas pausas para se recuperar. Uma vez parou, e passou uma tarde debaixo de um juazeiro, enquanto uma coluna de soldados passava por nós.

— Onde estamos? — perguntou.

— Não sei — respondi.

Ela respirou fundo e continuou a marcha comigo, até chegarmos a uma pequena vila desabitada.

— Vamos invadir uma casa dessa — sugeri.

A casa também estava abandonada. Era feita de taipa, sem tijolos, nem alvenaria, com teto de palha seca. Ana se deitou numa esteira num dos dois cômodos do barraco. O abafo do lugar me fez procurar abrir as janelas, a princípio emperradas. Abri também a meia-porta dos fundos, e vi na trempe lenha morna, o que sugeria pouco tempo de abandono. *Fugiram com medo de nós*, pensei, à medida que voltava para onde Ana estava deitada.

— Não está resolvendo, né — desembuchei ao vê-la contorcida com a mão no ventre.

Ela só balançou a cabeça dizendo que não. Depois mostrou-me os panos que colocara nas partes íntimas, e que agora estavam amarelados e purulentos. Não pude esconder minha cara verde na frente dela, nauseado pelo cheiro e a visão, imaginando o estado de sua genitália e calculando a dor e sofrimento que a acompanhava.

— Vai aonde? — ela perguntou, vendo-me sair da casa.

— Vou falar com o tenente-coronel — respondi. — Pedir ajuda, não posso ver isso e... — Não falei mais nada e saí.

Logo fui tomado por uma ansiedade, angústia, aflição. Aquilo só chegou àquele ponto porque eu havia negligenciado demais a saúde de minha amiga. Ela era minha amiga? Vieram as dúvidas. Tudo junto e bagunçando meus pensamentos. Ela me ajudou quando precisei, e agora eu me via obrigado ao mesmo. Então me senti responsável e culpado por não ter resolvido nada.

— Viram o tenente-coronel Távora? — fiz essa pergunta a uns quatro ou cinco soldados espalhados pela vila. Ninguém sabia. Procurei por sargento Barbosa, mas ele tinha sido comissionado numa missão de ir à vila Posse enviar notícias do comando. Posse seria nossa próxima parada, e primeiro era necessário mandar alguns mensageiros. Os oficiais queriam evitar que a população fugisse como fugiram do povoado onde nos encontrávamos na ocasião. Daí a ideia de enviar mensageiros de paz.

Depois de muito perguntar, me disseram que ele poderia estar numa das casas abandonadas. Ao chegar na frente, notei que era literalmente um barraco.

— Tenente-coronel? — chamei ainda no alpendre. Estava tudo aberto, ao contrário das outras. Achei estranho, porque não só aberto, mas exalando um cheiro muito peculiar. Passei a vista por cima e ao redor, e vi na lateral uma janela por onde saía fumaça de lenhas.

Entrei.

Na porta, o cheiro ficou mais forte e insuportável. Ouvi também chiado de assado e borbulhado de cozido, algo que queimava no fogo, vindo dos fundos imerso em penumbra e fumaça. Quando passei completamente pelo limiar da porta, uma voz áspera me encontrou:

— Laroiê, Exu!

Tremi. Ouvi barulho de tralhas e depois passos arrastados.

Foi quando apareceu uma velha negra e gorda, em roupas brancas e encardidas. Na cabeça, um turbante amarelado, no pescoço, um rosário de contas pretas e vermelhas. Os pés descalços, rachados, e na mão grossa e enorme uma colher de pau fumegante. Aspecto tenebroso para mim, assustador. Eu estava paralisado e, ao mesmo tempo, zangado por conta disso.

Uma macumbeira, e eu não consigo me benzer, pensei. Daí ela riu, mostrando a gengiva nua, e apontou para mim, perguntando:

— Quêdê língua de galego d'olho azul?

Abri a boca, mas minha língua estava presa, imóvel, paralisada.

— Ô, galeguin, que meninu branco bonitu. Oxê, oxê. Tá mái branco ainda, se parece que vai desmaiá.

E então, tudo ao meu redor foi escurecendo, enquanto eu afundava na escuridão: desmaiei, desligando todos os sentidos.

Prestes e Müller, a origem

— *Ave-Maria, cheia de graça, o Senhor é convosco, bendita sois vós entre as mulheres, e bendito é o fruto do vosso ventre, Jesus...* — o coro rezava.

Um homem caminhava. A imagem turva ganhou nitidez. Vestia uma túnica branca. No colo, carregava uma ovelha. Olhou para mim e sorriu. Mas não era loiro, era um moreno de pele queimada. Então ele disse:

— Baiano, o coronel Prestes reuniu todos numa casa aqui. Não era tu que estava perguntando?

Despertei do devaneio O homem que falou comigo, na verdade, era um soldado, com um cachorrinho no colo. O animal e ele mastigavam um pedaço de carne seca. Eu estava deitado no interior de uma minúscula capela. O calor lá dentro era abrasador. Agradeci e me levantei. Ele alisou o cachorro e o soltou. Virou-se para o pequeno altar, benzeu-se e saiu. Eu não fazia ideia de como havia ido parar ali, e a lembrança da velha negra agora se embaralhava, tentando se afirmar como acontecimento real. Olhei para a imagem de Nossa Senhora segurando Jesus criança.

Mãe de todos nós, até de mim, que não tive uma, pensei e saí.

Quando cheguei ao QG à procura de Távora, logo me dei conta, pela discussão que se travava, da impossibilidade de requisitar atenção para Ana. Poucas vezes vi o general Miguel Costa em presença física, e ali estava ele, ao lado de Prestes, que bradava:

— Maldito Filinto, que um dia hei de levá-lo ao poste de fuzilamento, anotem!

Ao lado de Prestes e ao redor da mesa, reconheci boa parte do Estado-Maior. Em pé, Juarez Távora, Siqueira Campos, João Alberto, Ari Salgado e Paulo Kruger, Lourenço Moreira, o bacharel feroz, e Miguel Costa, o único sentado. Eu já me acostumara aos nomes e guardava bem a fisionomia de cada um para chamá-los pelos respectivos sobrenomes precedidos da patente.

Quando cheguei sorrateiramente, nenhum deles tomou minha presença como inoportuna, deixando-me quieto. Então, passei a ouvir tudo:

— O general Isidoro procura apenas entender as razões do boletim, ele questiona sobre essa carta em que Filinto Müller incentiva a deserção de seus subordinados. Müller nega as acusações e exige ver a prova, que diz que não existe — falou Miguel Costa, com muita serenidade.

Prestes tremeu e quis saltar mais uma vez, mas se conteve. Balançou os olhos rapidamente sobre a mesa, como se a procurar alguma coisa. Havia um silêncio constrangedor.

— Eu conheço aquele crápula, escroque; foi tudo armação dele, com o Estillac ferido e a possibilidade de general Isidoro continuar a revolução do exílio, ele armou tudo e levou o dinheiro. Que mais poderia ser? Que diferença faz a carta, se foi assim que ocorreu?

Eu não estava entendendo quase nada. Muitos nomes e situações que nunca presenciei, por óbvio. Mas notei que Prestes acusava esse tal de Filinto Müller de ladrão. Roubo no sentido comum da palavra. Aquela era a primeira vez que ouvia falar sobre Filinto Müller, o homem que cruzaria meu destino pelas próximas seis décadas, para quem trabalharia e faria coisas das quais me arrependo até hoje.

— Meu irmão morreu, e Filinto estava lá, eu também, lutamos juntos — Távora falou entre a pausa de Prestes.

— Eis mais um motivo de não desertar, como o gatuno abjeto o fez. Joaquim, seu irmão, deu a vida pela causa, e o mínimo que cada um de nós deve fazer é honrar os bravos que caíram. Mas ele, ele, aquele... — faltaram adjetivos, e então Prestes estourou, dando um murro na mesa ao dizer: — Maldito, filho de uma puta! Não veem a falta que fazem cem contos de réis?

Cem contos de réis, na época, equivaliam a dez mil dólares. Muito dinheiro, quase todo o dinheiro que estava na sede do Banco do Brasil de São Paulo, e que eles, revolucionários, levaram sob o pretexto de confisco.

Prestes continuou com sua voz metálica:

— Em Realengo ele trapaceou, eu vi, eu era instrutor...

— Isso quase todos fazem — Siqueira Campos cortou, ao que Prestes explodiu noutro acesso de cólera:

— Quase todos salvo eu e vossas senhorias!

Mais uma vez o silêncio. A tremedeira nos momentos de ira em pleno embate de argumentos enrubesceu seu rosto. A barba escondia as maçãs fundas. Ele suspirou e enterrou os dedos das duas mãos nos cabelos, penteando-os para trás. Enfim, disse:

— Tudo bem. Eu vou me comunicar com o marechal Isidoro, explicar a situação — Com mais parcimônia no falar, Prestes se afastou da mesa. Os outros se olharam. Miguel Costa se reclinou na cadeira de junco velha.

— Dispensados — o velho general falou, e todos começaram a tomar seu rumo.

— Sei que não é de minha conta, mas por que coronel Prestes estava tão nervoso? — perguntei a Távora quando consegui me aproximar. Seu rosto era um misto de apreensão e cansaço, refúgio de ideias usadas e perseverança reciclada.

— É uma história longa, mas basicamente é a de oficiais e praças que derramaram sangue por este país. A coisa só não foi pior porque saímos com dinheiro confiscado pela revolução.

Caminhávamos lado a lado. Távora simplesmente parou, absorto. Faltava pouco até a casa onde estava hospedado. A velha negra fugira da minha lembrança. Na frente da casa, e antes de entrarmos, ele falou sobre algo muito pessoal.

— Meu irmão, o Joaquim, era mais que irmão — seus olhos brilharam. Não fez questão de esconder a saudade asmática de quem fala de parentes que já passaram.

— Sinto muito... — eu disse. Queria dizer mais, mas não arrisquei.

— Não sinta. É a glória maior morrer sem ceder à corrupção da carne, da luxúria, da inveja, da ambição e do orgulho.

Ele desabotoou o coldre de couro no cinto e sacou um bonito e prateado revólver calibre .44. Parecia nunca ter sido usado, muito limpo e brilhante à luz solar.

— Ganhei dele quando estávamos em São Paulo — falou enquanto eu admirava aquela finíssima peça.

— Seu Juarez... — ouvi uma voz familiar, e uma pitada de assombro me assaltou novamente. Era a velha negra. — O cozido já está prontinho pro sinhô.

— Ah, tia Maria — ele respondeu —, muito obrigado, espero que esse ajude a parar essa dor.

— Não falha nunca, mas carece beber e lavar as partes assim que se alevantar bem cedo.

— Lavar as partes? — Távora perguntou, e eu ainda estava ausente da situação.

— Sim, sinhô, lavar as virilhas e se acocorar num balde, e molhar. Ficar timbugado ao menos quarto de hora. É tiro e queda — a velha disse e saiu. Quase não olhou para mim. *Certamente estava possuída quando me abordou mais cedo*, concluí.

— Senhor, ela é uma macumbeira — sussurrei.

Ele, com aquela cara larga, abriu o bocão, rindo e gargalhando de mim:

— E vosmecê tem medo disso?

— Tenho.

— Eu também tinha. Mas depois percebi que era bobagem. Superstição. A velha não faz mal a ninguém, a não ser a ela mesma. Era cozinheira do comando, mas só vive embriagada. Aí eu dispensei, e ela anda por aí vagando. Mas sabe fazer umas purgas de curar tudo.

Aquela reação dele me intrigou profundamente. Não seriam essas coisas males maiores? Bruxaria? Lembrei de padre Honório, e a referência à Iemanjá para deixar Ana mais sossegada. Na mesma hora, recordei também de minha prece profana para tentar escapar da morte. E ali, pensando comigo mesmo, refleti: *que deus ou entidade me ajudou esse tempo todo? Será que poderia ajudar a mim e à Ana também?*

— Mas me diga o que veio falar comigo — me instigou Távora, quebrando meu transe reflexivo.

— Nada, não era nada — respondi olhando com displicência para a tia Maria.

A velha ia longe, bambeando sobre as alpercatas. Torta e troncha, quase tombando. Voltei a Távora e recheei a resposta:

— Só queria me inteirar da movimentação, e se posso fazer alguma coisa pela Coluna — mal terminei de falar, ele já estava em marcha. Acertou que depois me chamaria, e fiquei parado, fixo no meio da rua, com o vento uivando de um lado para o outro. Tia Maria já ia longe, arrastando-se meio trôpega. Apertei o passo para acompanhá-la.

— Senhora tia Maria? — chamei e ela parou. Virou-se meio que caindo de banda. Os olhos, cobertos pela nata branca. Uma brisa quente soprou balançando as árvores da paisagem atrás dela.

— Menino galego me procura pra quê? — ela falou e cuspiu uma golfada marrom entre os pés. Precisei conter a náusea, quase engulhando de nojo. Mas não podia cuspir também.

— Eu preciso de um... um preparo desses que a senhora fez pro... Tenente Távora — falei tímido, embolando.

— Vosmecê não tá doente, que tou vendo tudo no lugar.

— Não é para mim, é para minha amiga, a Ana, ela é ne... — o resto da palavra foi outra coisa que engoli também. Ia falar "negra", mas rápido percebi que não havia sentido na colocação. Parei divagando...

— Que foi, galeguinho? Bora, fala! Onde habita sua amiga?

— Aqui perto — desembuchei num sobressalto.

— Pois então vamos.

Fui à frente. Minha cabeça era um turbilhão de ideias. Há pouco eu quase morrera de medo dessa mulher, e agora estava ali. Cheguei, entrei e procurei por Ana dentro de um dos quartos. O calor estava ameno, tanto em razão do vento forte quanto da chuva que molhou o chão no fim da tarde.

— Quem é? — Ana acordou atordoada.

— Vixe, minha filha — tia Maria sibilou para Ana, falou umas palavras que me escaparam à compreensão, e logo as duas se entendiam.

Eu saí do quarto para que Ana se despisse e tia Maria a avaliasse. Já na sala, aproveitei para contabilizar nossos mantimentos e tomei um susto quando reparei que, após quase um mês de romaria armada, sobrava muito pouco de rapadura e farinha.

— Paulo — alguém me chamou. Olhei para a parte da frente do casebre, mas não vi ninguém.

— Paulo, aqui atrás — virei o torso, e era sargento Barbosa. Estava nos fundos, ainda do lado de fora. Levantei dum pau velho que me servia de banco e fui. Ao me aproximar, vi o sargento visivelmente apreensivo, ofegante, suado, e alerta a olhos que pudessem vê-lo ali.

Fez algo errado, pensei no mesmo instante.

— Tu pode esconder algo pra mim?

— Posso, sim, senhor — falei prontamente, pensando que era produto de algum furto. Mas não era roubo. Bom, não de coisas e mantimentos.

— Ela tá ali atrás, naquele corredor de aipim — apontou, sorrindo, alegre. A expressão do sargento era agora a de um jovem feliz. Aliás, ele era jovem e feliz, mas agora estava radiante.

— Ela? - perguntei incrédulo.

— Sim, Paulo, ela, é uma donzela, uma guria, que conheci em... Vassuncê precisa me ajudar, bah — era quase uma súplica.

— Mas por que eu, sargento? Digo, se vosmecê quer esconder, acho que algo de errado tem aí.

— Não posso te explicar agora. Mas é só por uma noite. Talvez seja melhor que tu não saiba. Tá com sua china aí, e elas podem fazer companhia uma para a outra. Amanhã logo cedo eu venho, pego a minha e ganho campo. É perigoso sair hoje pela noite.

Ana não era minha companheira, embora ninguém acreditasse no contrário. Enfim, a colocação me fez perder o fio de sua explicação. Eu e Ana? Nunca! Eu queria cuidar dela, só isso. Mas não sentia nada além. Não quis iniciar uma contestação, e daí lembrei da velha.

— Ana tá com tia Maria lá dentro — falei alertando-o de que uma terceira pessoa, além de Ana e eu, saberia dos planos de fuga.

— A bruxa preta?

— É. Ela é bruxa?

— Sim, dizem que é — ele fez o sinal da cruz, católico que era. — Bah, será que a velha vai atucanar a cabeça da guria?

Não entendi nada.

— Não — respondi.

— Bom, então vassuncê vai lá dentro e avisa que tem visita. Avisa também tua china que não é para fazer perguntas a Maria das Dores. Este é o nome da minha donzela amada. Vamos nos casar.

Notei então que sargento Barbosa fora tragado por um redemoinho de paixão desenfreada. Eu não sabia como nem quando; e só de algo tinha certeza: ele estava completamente fora de si, arriscando uma deserção em pleno mato goiano, com tropas do governo espalhadas por todos os lados, sem contar com cangaceiros e bandidos. Devo admitir que fiquei um pouco preocupado com o risco que os jovens corriam, mas não podia fazer nada.

Entrei e pensei em como partilhar com Ana e tia Maria que teríamos de esconder amantes. Bem, ainda não eram.

Pigarrei do lado de fora do quarto, isolado pelas paredes e o pano da cortina na porta, mantendo o pudor de não invadir. Tia Maria irrompeu na minha frente, atravessando a chita rota, a única coisa que me impedia de ver o interior.

— Já vi a menina, amanhã volto — falou baforando na minha cara o hálito de cachaça. Apenas assenti, contendo o embrulho e arrepio. Depois ela saiu. Pedi licença, afastei a cortina e entrei com a cabeça baixa. Estava escuro, e só os olhos de Ana se destacavam na sua face acinzentada.

— O sargento vai esconder uma moça aqui — falei, mas ela não disse nada. Virou-se de banda, rosto para a parede. Eu, por outro lado, perdi qualquer interesse e coragem em saber como ela estava. A velha só tinha examinado, deixado para o dia seguinte. Mediante o silêncio de vergonha, saí.

Lá fora avisei Barbosa, que trouxe Maria das Dores para o barraco. Entraram pelos fundos. A escuridão sem lua deixou o interior num breu terrível. Eu não a enxergava bem. Vi só que seus cabelos eram loiros e supus ser branca. Mas não insisti em detalhes.

Enquanto eu procurava a pedra para acender o fogo e alumiar nossos aposentos com candeeiros de querosene, Barbosa e Maria das Dores conversavam no vão da casa. Comunicação muito baixa de se ouvir, e só pude captar palavras de conforto, todas vindas dele, ao passo que dela só se ouviam murmúrios, lamentos, interjeições interrogativas, fungados de choro.

Que loucura!

Nessa noite, dormi mal. Na sala, sem rede, sem esteira, com minhas tralhas de pano como travesseiro. Estava escuro quando despertei com o casal saindo. Entretanto, fingi que dormia. Não queria agradecimentos. O sono sumiu-se, e resolvi me levantar. O frio cortava com a brisa da manhãzinha. Eu não fumava, mas pensei que seria uma boa hora para aquecer os pulmões. Só que faltavam todos os apetrechos. A vila era só uma rua com casas nas duas margens. Olhei para o fim de uma das pontas e vi uma movimentação estranha. Soldados arrastavam outros dois. *O sargento, será?*, passou pela minha cabeça. Corri, mesmo sabendo do risco. Aproximando-me, vi que não era o sargento, mas um oficial e um soldado. Estavam sendo presos. Perguntei a um qualquer que assistia à prisão aos primeiros raios do sol.

— Quem é?

— Major Geri.

— E por que tá sendo preso?

— Conspiração. Ia dar um golpe.

— E o que acontece se for condenado? — perguntei assustado. Não vira nada igual até então. O soldado respondeu seco e sem emoção alguma:

— Vão fuzilar ele.

O julgamento

Estava encostado na cajazeira da rua da vila quando notei a movimentação e o burburinho. Soldados se amontoando em grupos, em trote para o local onde estava montado o tribunal especial. Ao final do inquérito, o perímetro foi liberado. Depois de quase um dia inteiro de julgamento a portas fechadas, enfim, tínhamos o veredicto da junta militar: culpados.

— E agora? — perguntei a esmo. Ninguém respondia. Sensação de angústia. Caras fechadas, desconfiadas, inertes, sombrias.

Ajuntamo-nos ao redor quando saíram da cabana os desertores, seis ao todo. Todos amarrados pelos punhos. A sede improvisada do tribunal ficava ao lado de uma estrada de barro, em cuja margem esquerda uma cerca de estacas e arame fazia as vezes do cadafalso. Para ali foram levados os condenados, onde seriam imobilizados.

A tarde quente deu lugar a um crepúsculo vermelho, com um sol que nos assistia atrás dos morros. Expressões distantes, inomináveis para quem sabe que a vida acabaria dali a pouco. Alguns oficiais saíram; não se viam Prestes nem Távora. O general Miguel também permanecia no interior da tenda.

Um grupo de soldados preparava as armas a serem usadas na execução. Estavam de prontidão desde cedo, meditando. Escolhidos a dedo, e de preferência pertencentes a outros destacamentos que não os dos acusados. As armas foram separadas por outro grupo, que municiou um terço delas com cartuchos de festim, para que os carrascos não tivessem tanto peso de consciência.

Olhei para os jovens enquanto eram presos aos troncos da cerca. Eu era rapaz, e eles também. Não diferiam muito na idade uns dos outros. O major, maior patente entre os condenados, respirava sereno, firme e sem arrependimento algum. Os demais titubeavam nas reações, ora iniciando um choro, uma lamúria, um pedido de clemência, ora apenas calados. A pior parte foi quando foram vendados. Faixas pretas em volta dos olhos, com o nó atrás da cabeça: estavam no escuro. Ao menos três caíram em prantos.

— Não! Não! — gritavam. — Pelo amor de Deus, me perdoem!

Atados e convulsionando, o desespero foi tão grande que um deles desprendeu as cordas, puxou a venda e empreendeu uma fuga inútil, pois logo foi derrubado, imobilizado e colocado novamente no poste.

— Eu não quero morrer! — implorava um soldado.

O padre Marcelo, que nem era mais padre, estava ao pé de cada um, em revezamento, tentando abrandar a agonia e dar conforto ao coração de quem sabe que vai expiar.

— Arrependa-se, filho, e sua alma já estará guardada com Nosso Senhor, nos céus, antes mesmo que teu corpo tombe, porque a bala que te perfurará não irá tirar de ti a salvação eterna. Em nome do Pai, do Filho e do Espírito Santo — terminava com o sinal da cruz na frente de cada do soldado. Fez isso com todos, mas era o tempo inteiro indiferente aos prantos dos que pediam perdão não a Deus, mas à Coluna.

Ao ver aquilo, senti vontade de vomitar. Lembrei de padre Honório. Ele com certeza não faria isso, não ficaria assim, tão frio, rezando pela alma de alguém tão novo, que errou, eu sei, todos sabiam, mas que não teve uma segunda chance. Quem, Deus, não merece uma segunda chance?

O burburinho começava a se espalhar: tenente Agrícola teria sido cooptado pelos conspiradores e os entregou ao comando.

Então lembrei do dia que ele alertava sargento Barbosa: "tome cuidado com o Garbi", ele disse.

Eu já não aguentava aquela tortura, naquele silêncio, cortado pelo silvo dos ventos e os berros e uivos estridentes, misturados aos coices no chão daqueles mais fora de si.

Mas chegaria ao fim. Havia de chegar. Duas filas de seis soldados, armados com fuzis, formaram-se em ordem na frente dos condenados. Uma fila se ajoelhou. Dois carrascos para cada pobre-diabo.

— Suas últimas palavras — o major Krüger concedeu a palavra a cada um, e cada um falou o que quis. Choro, súplicas. Discursos desconexos, pedidos e mais pedidos de anistia, seguidos de acusações mais graves ainda e, ao final, major Mario Geri falou:

— Eu não reconheço esse tribunal! — gritou, e se fez um silêncio pleno, do que se seguiu o desabafo: — Não reconheço essa sentença. Conspiramos, sim! Mas tudo ficou apenas nos preparativos. Confessamos, cada um de nós. Eu confessei, eu fiz isso para poupar meus colegas. Confessei que queria dividir a tropa, confessei que atacaria o QG, roubaria o caixa e marcharia para o exílio, onde me protegeria, junto de quem comigo viesse, da injustiça desse país, contra a qual essa luta inglória é inútil. Mas a minha verdade machucou demais os chefes...

— Já chega Geri, já falou demais — cortou major Krüger.

— Não, todos vão ouvir, são as últimas palavras de um homem condenado à morte — major Geri agora gritava, enquanto Krüger se afastava da linha de tiro. — A verdade feriu a vaidade dos chefes, e essa é a verdade dele, calar-me...

— Preparar — gritou o oficial de pontaria, e o uníssono som de armas sendo engatilhadas deu a contagem da morte. Alguns condenados caíram em prantos, mijando e defecando nas calças.

— Coronel, eu não mereço essa punição por contestar uma decisão que põe em risco a vida da tropa... — Geri, de olhos vendados, berrava em plenos pulmões. Eu cá prendia a respiração, sufocando-me, aquilo era um terror. Por que Távora e Prestes permitiram isso?

— Apontar! — os soldados apontaram.

— Ouçam meu vaticínio, essa Coluna perde hoje sua primeira batalha...

— PAREM! — ouvimos o grito monocórdio vindo da cabana. Era Prestes. Geri parou de falar, reconhecia a voz do coronel. Sua cabeça virou de lado, caçando a localização da fonte da contraordem. Estava ofegante, esbaforido pela força que fez para seu brado alcançar os ouvidos do destinatário.

Prestes caminhou entre os soldados que lhe abriam passagem. O pequeno chefe chegou ao limiar da tropa. Em riste, com as mãos cruzadas atrás de si, e com delicadeza peculiar disse:

— Pelotão, descansar armas! — O grupo de tiro obedeceu imediatamente.

— Tirem-lhes as vendas — E logo os soldados cerimonialistas assim procederam, tirando os condenados da escuridão.

— A pena foi comutada. Os senhores serão expulsos. Têm quarenta e oito horas de vantagem para seguirem na direção que quiserem. Levarão apenas as roupas, e nada mais. Se forem encontrados, serão tratados como inimigos. Nossa guerra de movimento não nos permite fazer prisioneiros. Então sabem o que o destino lhes reserva caso venham a ser aprisionados novamente. Dispensados.

Os anistiados agora choravam baixo, num gemido de medo passado. Menos Geri, que olhava para Prestes com uma altivez peculiar. Teria razão o major duplamente rebelde? O que movia aqueles homens? Para que, e até quando? A morte deles com certeza teria causado mais estrago, e o melhor que se podia fazer, vendo em retrospectiva, era mandá-los embora. Respirei, enfim. Lembrei de sargento Barbosa e me preocupei no mesmo instante. Senti-me culpado pelo risco à vida dele, e agora ganhava mais uma coisa para temperar minhas angústias.

Passamos mais um dia na vila, e do campo de fuzilamento voltei para o casebre.

— Tá melhor? — perguntei a Ana, que estava nos fundos, acocorada na trempe, com a saia no meio das pernas. Preparava algo que cheirava bem.

— Acho que sim. Mãe Maria fez uns trabalhos que vão ajudar. Vou ficar boa.

Pensei em falar "graças a Deus", mas logo me dei conta de que não tínhamos o mesmo deus. Então resolvi perguntar:

— Quem é La... quem é Exu? É um... — ia completar com a palavra "diabo". Mas estanquei e esperei.

— Exu é muitas coisas.

— Hum — lancei a interjeição. Claro que não fiquei satisfeito e presumi que ela não soubesse e não quisesse arriscar ensinar errado. Mas ela mesma continuou:

— É um mensageiro. Ele vem e vai, e leva e traz coisas das entidades poderosas. Mas ele é poderoso também. Sabido que só.

— Ele é mau ou bom? — perguntei, e ela respondeu:

— Depende. Cê é mau ou bom?

Que coisa. A pergunta não fazia sentido para mim. Via-me como alguém bom, e, na pior das hipóteses, não era mau. Então arrematei, não sem hesitação no início, dizendo:

— Sou bom.

— Então para vosmecê ele é bom. Mas não se engane, mal e bem tem em todo lugar, e essa luta é mais velha que o pecado, como se diz por aí. E já ouvi que Exu guerreou, enganou, ajudou também, mas fez tudo o que homem faz, inclusive matar.

— Eu matei aquele... — não tive coragem de terminar a oração. Titubeei.

Ana me esperou completar, mas permaneci calado. Ela virou o rosto para o fogo. Estufou as bochechas e assoprou, cerrando os olhos para evitar as faíscas.

— Tá falando daquele porco?

— Sim.

— Pois eu matava ele de novo — disse, séria. O rosto lacrado numa dureza de pedra de cascalho. Em seguida, me interpelou com força: — Vosmecê, não?

— Claro.

— Parece que não.

Hesitei mais uma vez em contestar, procurando mosquitos para me entreter sem ter que me preocupar com a necessidade de bravura.

— Frouxo — insultou. Depois brandiu com potência: — Exu é corajoso, valente e guerreiro. — As labaredas subiram como se fossem servas de Ana, e a luz do fogo mal-assombrado a deixou avermelhada, em cor de sangue. Pele negra encarnada numa mudança de tons de amarelo para o vermelho. Luz que de baixo para cima clareava seu rosto fazendo sombra nas sobrancelhas e dando a ela um aspecto de entidade poderosa, como o próprio Exu. Estremeci com a manifestação, arrepiando-me até o último fio de cabelo. Engoli em seco.

— A sopa tá boa toda, prova — ela me ofereceu uma colherada fumegante. Nem parecia a mesma pessoa que há pouco cresceu sobre as chamas. Provei, me queimei, mas, enfim, achei melhor que continuar naquele assunto. De toda forma, a sopa estava realmente boa.

Findos os dois dias, chegamos em Posse. A cidade não estava abandonada, muito pelo contrário. Por causa da expedição do sargento Barbosa, os moradores foram aconselhados pelas autoridades locais a permanecerem em suas casas. E devido a essa mesma expedição, o sargento e Maria das Dores trocaram olhares, palavras, promessas e fugiram. Eu, diante das condições de melhora de Ana, passei a dedicar mais tempo próximo aos chefes.

Num dos dois dias que passamos em Posse, aproveitamos para lavar as roupas dos soldados com água fervente. Eu haveria de coordenar a inspeção para assegurar a qualidade da tarefa.

Aproveitaria para ficar com roupas, digamos, mais novas e adequadas à minha condição de revolucionário: blusão, calça de bombacha, chapelão e lenço vermelho.

A instalação era uma casa espaçosa de alpendre no centro da cidade, bem protegida contra qualquer ataque-surpresa, que, para falar com franqueza, já não aconteciam há um bom tempo. Lá na residência estavam apenas alguns chefes e subchefes de destacamento.

— É preciso avisar a gurizada que não podem deixar as roupas tempo demais em fervura. Tem de matar os piolhos, mas também não dá pra sair com os panos só os fiapos — alertou o tenente-coronel João Alberto. Ele falava com seu ajudante de ordens, enquanto general Miguel, com Prestes e Távora, elaboravam, a seis mãos, uma carta que seria enviada a um deputado na capital.

— Precisamos enaltecer nossos feitos para provocar a ira dos bernadescos. Conhecendo o deputado Luzardo, ele sabe muito bem fazê-lo — disse Prestes com transparente euforia.

Eu me dividia em dois: parte nos redatores da carta, onde realmente gostaria de estar de corpo e alma, parte na missão dada a mim pelo destacamento do João Alberto, de eliminar piolhos e lêndeas das fardas.

Enquanto ouvia com reduzida atenção as normas para proceder com a eliminação das pragas, irrompeu um homem que logo fez os principais chefes o abordarem.

— Coronel José Francisco, seja bem-vindo às nossas instalações — disse-lhe general Costa, recepcionando o visitante. Ele era nada mais, nada menos, que o intendente da cidade, algo semelhante ao que se conhece hoje como prefeito. Estava acompanhado de outro senhor, chamado por dr. Diott, médico que se voluntariou para cuidar de nossos feridos e doentes.

Fiquei por ali, fingindo dobrar uniformes e pescando assuntos do interesse da Coluna naquelas bandas. Ainda pisávamos em solo goiano, e as forças políticas até então faziam vista grossa para nossa passagem. Távora se juntou a eles, e o assunto ancorou-se no meu interesse máximo: sargento Barbosa.

— Coronel — disse o intendente —, não podemos deixar que aconteça algo à moça. Ela é uma afilhada do coronel Abílio Wolney.

Fez-se silêncio em volta da mesa de madeira improvisada. Do lado de cá, em minha cabeça fantástica, começava a concluir que Barbosa sequestrara uma moça de família rica e importante na região.

— Isso é preocupante. Pensávamos que a passagem daqui a Porto Nacional seria sem tantos confrontos — general Costa falou, mas com a mesma serenidade de sempre.

Eu continuava como cego em tiroteio. Sabia apenas que Barbosa dificultara nosso trajeto manso por causa dessa desonra com o tal coronel Wolney. Talvez o apego pela afilhada fosse tanto que justificaria até uma nova guerra de Troia.

Então o médico fez uma ponderação:

— Tenho uma informação importante do dr. Marinho, nosso juiz de direito. Ele recebeu um telegrama — o médico fez uma pausa retórica — dando conta de que o coronel Abílio Wolney está bem perto de receber anistia de Arthur Bernardes.

— A moça não é problema nosso — disse Prestes. — Nossa guerra de movimento não nos permite ficarmos estacionados. Infelizmente, é melhor seguirmos para o Maranhão.

A reunião se desfez em outros assuntos amenos, e comecei a pensar que talvez ali pudesse ser minha verdadeira chance de aparecer e mostrar serviço. Só não sabia como, a não ser me voluntariando para caçar Barbosa. Mas para onde teria ido? E mais importante: como eu faria isso?

Eles estavam se dispersando quando tomei coragem de falar para Távora.

— Senhor!

— Tais por aqui? É bom cuidar de acabar com as pragas o mais rápido possível, não podemos passar muito tempo parados.

— Sim, senhor — falei e permaneci estacionado.

— Pois não? — ele perguntou me vendo parado, quando acabara de me exortar celeridade.

— Senhor, é que eu... eu posso achar o sargento Barbosa.

— Você? Como? Ah, você era do grupo dele, então... Não vai dizer que você participou dessa deserção.

— Não... Eu... Não, claro que não — falei gaguejando, engolindo tudo, e juro que ele desconfiou, muito embora não assinalasse nada mais para meu desatino verbal. Pensei em dar motivo ao voluntariado, mas a quase descoberta da mentira me deixou atônito.

— Bora, cristão, desembucha. Como é que tu vais buscar o fujão?

Limpei a garganta, lembrei da minha parceira de enroladas e falei:

— Ana... Ana sabe onde ele... quer dizer, ela acha que sabe. Ouviu coisas no fogão, enquanto fazia nossos preparos, algo sobre uma moça branca que viria para o acampamento, e sob os cuidados do sargento.

Ele não acreditou, certeza mais que absoluta que não acreditou em mim. Mas Juarez Távora percebia minha vontade em ajudar.

— Tudo bem — ele disse. — Mas não posso permitir que vosmecê comande pelotão. Prestes não concordaria com isso. Acho até que ele não irá concordar com isso. Fará perguntas, muitas, e nessas suas respostas pode ser que vosmecê escorregue.

Gelei e engoli em seco. Pelo menos ali tive certeza de que podia contar com Távora de verdade.

— De toda maneira, pegue alguma arma, algum mantimento, sei lá, se prepare e vá. Eu me viro aqui — ele me deu uma tapinha no ombro e sorriu ao terminar de falar.

Para falar a verdade verdadeira, eu não fazia ideia de como caçar alguém. E a princípio, não queria isso. Era só pelo desafio.

Também era muito provável que Távora já soubesse disso. Depois de padre Honório, ele seria o segundo a conhecer bem minha natureza de mentiroso e artista inveterado, sempre ficando entediado e procurando novas aventuras.

A caçada

— Ana! Ana! — cheguei arquejando a mandíbula de tão cansado que estava pela carreira que dei até a cabana.

— Que foi? — ela perguntou, assustada com minha chegada inesperada e daquela forma. Estava com tia Maria, as duas conversando coisas que não me interessavam.

— Precisamos buscar o sargento Barbosa.

— Por quê?

— Não sei bem, mas a menina que ele carregou é de família importante. Eu me voluntariei. Vamos, ajuda aqui a preparar esses cacarecos para irmos — falei enquanto ajuntava ferramentas.

— Vosmecê tá variando? — Ana perguntou. Parei o que fazia e finquei os olhos nela. Aliás, nelas. A velha também me observava.

— Galeguinho valente — disse.

Ia gritar uma pulha, mas matei o insulto na goela. Dois motivos: primeiro, o medo. O pavor do desconhecido demoraria para me deixar. Esse primeiro motivo me deu a ideia sobre o segundo, será que ela era mesmo feiticeira? Ana havia ficado curada em questão de dias, e isso só depois de que a velha preparou lambedores que mais pareciam poções mágicas.

— Tia Maria, a senhora pode vir também? — perguntei.

— Não — ela respondeu no seco.

— Maldição — praguejei e imaginei o que poderia fazer a velha mudar de ideia.

— Eu arrumo pinga para a senhora.

— Arruma nada.

— Bora apostar?

— Duvido, galeguinho só tem arranque.

— Pois se por acaso eu trouxer as aguardentes, exijo que me siga junto com Ana...

— Quem disse que eu vou? — Ana me cortou.

— Pai do Céu, que miséria! — estourei. — Depois de tudo o que fiz. Que diabo, justo na hora que preciso da sua ajuda para a mais importante coisa que vou fazer na minha vida, vosmecê dá pra trás. Não tá vendo que é agora que posso ser importante pra eles, ser importante de verdade!

A princípio, ela ficou em silêncio, irresoluta. Então subi um nível.

— Sabe, se não fosse eu sair por aí e fazer amizades com eles, e principalmente o coronel Távora, se não fosse por isso, vosmecê ainda estaria com aquele corrimento descendo pelas pernas.

Ana se ergueu furiosa e partiu para cima de mim.

— Tá direito, infeliz, vou 'causa que quero ver abrirem ocê do umbigo à goela com uma faca peixeira, pro diabo saber se seu fato é branco também — sussurrou a maldição travando os dentes. Era sua forma de aceitar, deixando bem claro que não queria ir, e só o fazia por pura obrigação moral. A velha riu que bolou. Pensei em descontar nela a raiva, mas também não tive coragem.

— Vai trazer a pinga?

Ao ouvir a pergunta, respirei fundo, engoli o orgulho e disse:

— Vou.

Ana já se afastara. Mas mesmo emburrada, deu-me uma informação de primeiríssima qualidade:

— A moça trocou umas palavras comigo. Não conseguia dormir, e nem me deixava pegar no sono. Era o tempo todo um gemido desgraçado. Perguntei a precisão da fuga, e ela disse que noivo ia pedir ao seu pai sua mão em casamento.

— Então eles foram para a casa?

— É, acho que sim. É um lugar chamado Barreiras.

A localização! Parei e pensei no que precisaria: croqui, ou mapa. Armas e alguma munição; montaria. Pediria ao comando, em troca da pista, a liderança do piquete, formado por mim, Ana e tia Maria. *Pouco demais, não vão confiar*, refleti e comecei a elaborar desculpas. Inútil, precisava de mais voluntários. Quem? Meu camarada mais próximo era exatamente o sargento Barbosa.

— Tia Maria, a senhora conhece mais alguém que pode vir com a gente?

— Não, galeguinho — ela falou e sorriu com a gengiva nua, a debochar da minha cara frustrada.

— Tu acha mermo que esse povo vai acreditar em vosmecê? — Ana perguntou.

Ela tinha razão. Ninguém viria comigo. Além do mais, faltava pagar o prometido à tia Maria, que ainda esperava pela cachaça. Certo mesmo só havia eu e Ana como dupla para essa caçada. Então me dirigi ao pequeno centro da vila, onde havia uma única mercearia.

— Coronel Prestes proibiu vender qualquer tipo de cachaça pra soldados — o dono da espelunca, limpando o grude das mesas, veio-me com essa.

— O quê? Mas não sou soldado, sou lavador de roupa.

Ele fez um muxoxo. A proibição alcóolica o deixara aborrecido com a decisão dos chefes. Coçou a barba imunda de óleo e me perguntou:

— Ocê num tá com eles?

— Sim, mas o que o coronel falou? "Não venda a soldados", não foi isso?

— Foi.

— Então. Imagine se o senhor for ter por soldado todo homem que estiver acompanhando a tropa enquanto ela está estacionada.

— Tem razão.

— Sempre tenho — falei.

Ele enrolou a garrafa num embrulho de papel roto, reutilizado. Pôs no balcão e contou os níqueis, parte do meu soldo pelo trabalho da fervura das roupas.

— Certeza de que não é soldado, né?

— Absoluta, juro por Deus — peguei o pacote e saí rápido da mercearia, escondendo-o por baixo do camisão.

De volta à barraca, entreguei a garrafa a tia Maria, que me saudou e começou a beber. Já ali vi que era inútil contar com ela para mais alguma coisa que não fosse um alvo ambulante e trôpego. *Talvez seja melhor deixar isso para lá*, pensei. Ana pareceu ter lido meus pensamentos.

— Cê não quer encontrar eles, quer? De verdade, cê acha que a gente consegue?

— Não, realmente, não.

— Apois então tá mais melhor.

— Como assim?

— Se nóis só for por aí, e passar uns dias rodando, e despois voltar, cê já fez sua parte. Cê inventa um monte de mentira pro seu amigo coronel, e dá no mesmo.

Naquele instante, senti uma enorme vontade de abraçar Ana e lhe dar um beijo. Como eu não havia pensado nisso? Meu fracasso já era certo, a missão nascia fracassada, e por isso não havia necessidade de mais gente. Nós só precisaríamos de mais alguns mantimentos, algumas poucas armas, e uma montaria a mais para tia Maria. Só!

— E aí? — Ana perguntou, vendo minha expressão de deleite que se abriu em alegria.

— Vou atrás dos mapas e croquis, pra pelo menos a gente chegar até Barreiras — disse e saí. Já do lado de fora da barraca, parei. Pensei em voltar para agradecer a Ana. Olhei para trás. Um sopro de vento forte moveu a lona e os panos num varal ao lado. *Depois agradeço*, pensei e fui.

Não foi difícil convencer Távora. Apenas disse que os soldados do piquete de Barbosa estavam comigo.

— Eles vão com vosmecê?

— Vão.

— Quem é o imediato deles?

— Agrícola.

— Ah, o que dedurou Geri e os outros. Ele perdeu o posto de tenente por não ter avisado logo ao comando. Bom, eu acho até que esses soldados foram reagrupados em outros...

— Eu só preciso dos croquis e algumas armas — cortei Távora. Foi uma das poucas vezes que fiz isso. Ele parou e me olhou atento. — Por favor, senhor.

— Ok — disse num tom mais baixo, quase num sussurro. Quase como um atestado de cumplicidade. — Leve aquela carabina, dois revólveres, e boa sorte.

Sorte: a última coisa que faltava.

Nossa posição era a de vila de Posse. Pelas informações de Ana, o casal de fujões teria ido para Barreiras, cidade ao extremo norte da Bahia. De nossa localidade, também ficava ao leste dos mapas. Muito longe. Para chegar lá, eles teriam de ultrapassar um lugar inóspito, seco e perigoso. Logo supus que sargento Barbosa, muito bom em noções de espaço, preferiria subir pelo território goiano, atingindo São Domingos, indo reto para o norte, e depois para o leste, na direção de Barreiras.

Sem muita pretensão, fomos. Saímos à tardezinha e cavalgamos boa parte da noite guiados pelo luar. A vila desapareceu atrás de nós, e a luz de alguma eventual fogueira confundia-se com vaga-lumes. Cansados, aproveitamos para armar uma barraca de dormir e fazer uma fogueira.

Ana, preparando o cozido de sempre, disse:

— A gente podia procurar um lugar pra ficar de vez.

— Você não quer voltar?

— Tô é cansada, sabe. Fugir a vida inteira também cansa.

Eu não concordava, mas ouvi o desabafo de Ana. Ela era tão evoluída, e ainda não completara nem quinze. Cogitei uma palavra de conforto, de esperança, mas não tomei iniciativa. Depois me imaginei a abraçando, acariciando, quem sabe, beijando-a. Ana não era feia. Seus cabelos cresciam selvagens, e combinavam com as mãos fortes, duras e ágeis. Sua pele brilhava violeta à luz da lua, e seus dentes brancos me faziam alegre quando ela raramente sorria. Os olhos negros segmentados por um nariz pequeno. E abaixo, onde gotículas de suor brotavam, seus lábios se espalhavam grossos e carnudos, meio escuros, meio vermelhos.

Ela os mordeu enquanto fez força para quebrar um galho. E de súbito, também tive vontade de mordê-los, mas contive impulsos maiores. Mantive a visão fixa, vendo-a se aproximar da panela, cerrando os olhos a evitar o vapor do cozido. Cheirou e girou a mistura com o galho quebrado. Desci o olhar para seu busto, negro em contraste com a camisa branca de alcinhas e encardida, suspensa pelos ombros musculosos, donde saíam braços também desenhados. O pano folgado da blusa balançava ao sopro da brisa, ora grudando na pele, ora abrindo pequenas frestas a mostrar a parte do interior. Então pude ter certeza de que seus mamilos estavam rijos, nascidos no centro de seios pequenos e duros.

Meu corpo respondeu ao estímulo visual, e, envergonhado, permaneci de cócoras. Assim, Ana não viria nada diferente em minha anatomia por baixo das roupas. Pelo menos, a excitação veio e foi rapidamente. Dali a pouco estaríamos mergulhando no sono.

— Vamos, cuide — acordei com Ana me chamando. Tive a ligeira impressão de que havia sonhado com ela, mas não conseguia lembrar como fora.

Já na estrada, cavalgávamos lentamente, e por mais um dia inteiro não vimos nada até chegar a uma casa abandonada.

— Será que tem alguém? — Ana perguntou.

— Vamo saber agora.

Avancei com o cavalo até a frente, pigarreei e falei alto:

— Louvado seja nosso Senhor Jesus Criiisto!

Esperamos.

— Para sempre seja louvado! — de dentro nos saudou uma voz masculina. E então meia-porta se abriu, dando a amostra um senhor negro, ainda mal-encarado, mas que logo se acomodou no peitoril da meia-porta abaixo.

— Viemos na paz de Deus, e só queremos fazer umas perguntas, se for do vosso agrado responder — eu disse.

— Sobre? — ele perguntou.

— Uns parentes nossos que se desgarraram da caravana. Um moço e uma moça.

Alguém cochichou lá de dentro da casa de taipa.

— Cala a boca, mulher — o velho murmurou, virou-se para mim e disse:

— Sinto muito, mas não passou ninguém por essas bandas. É só isso? — queria encerrar a conversa, me olhando ainda montado.

Olhei em redor. O lugar era só miséria. Até ali, já havíamos passado por várias ossadas de gado morto. Não era de surpreender, diante da falta de pasto e água. Se o homem tivesse uma família, certamente passavam fome.

— Podemos lhe deixar um agrado.

O homem continuava em silêncio.

Apeei, tirei a carabina com cuidado, pendurei a bandoleira no pito da sela, levantei as mãos para que ele visse. Aproximei-me um pouco e falei:

— Senhor, por mode Nossa Senhora, meu amigo pode de tá perdido, e carece de ajuda. Não faça essa desfeita.

A mulher que outrora fora ordenada a ficar em silêncio irrompeu do lado da casa. Baixinha, cabocla de cabelos lisos, e um rosto redondo, havia saído pelos fundos. Olhos miúdos que quase não se veem. Se aproximou agitando uma das mãos, enquanto a outra suspendia a saia de chita.

— Moço, eles passaram aqui tem ao menos uns quatro dias.

— Mulé do diabo! Cala a boca, traste! — o velho gritou, saindo da casa e quase derrubando a meia-porta de baixo. Investiu contra a mulher, tangendo-a com a mão: — Chispa pra dentro, índia arredia. Vamos, passa. E pra vocês, não tem nada a dizer.

A mulher não se acovardou, enfrentou o marido que era o dobro de sua altura.

— Luís, os meninos tão com um buraco na barriga, cê não larga de ser malvado?

— Senhor Luís, eu tenho farinha, rapadura. Podemos deixar um tanto para vosmecê e seus filhos — emendei o apelo. Olhei para as crianças, todos pequenas, que iam se proliferando, saindo pela represa da porta agora aberta. Uns cinco. A barriga que só uma bola. O velho, com olhos vermelhos em meio a uma cara dura repleta de fios brancos a se realçarem em sua pele negra, enfim, esmoreceu.

Entramos na casa. Fora já estava escuro. Dentro, uma vela só. O fogo a lenha ajudava a providenciar também alguma parca luminosidade.

— Passaram aqui tem uns dias. Eu tava longe, caçando algum preá para essas crias minhas. Chegaram quando já era tarde, e essa muié aí deixou eles dormirem no terreiro...

— A moça só chorava. Um choro sem fim — a mulher de Luís, Maria, completou. — Morri de pena da pobrezinha.

— Pois é. Daí arribaram ao raiar do sol. Ligeiro demais. Nem vi.

Fez um silêncio. Então Luís continuou:

— E o que vou dizer morre aqui, porque senão vosmecê coloca essas criaturas pequenas e inocentes no inferno, deixando órfãos de pai e mãe.

Assenti.

— Pois bem. Não demorou muito, o grupo do Nego Véio passou no encalço.

— Nego Véio?

— Conhece não?

— Não.

— O boato que corre é que esse tal Nego Véio era do grupo de Virgulino. Isso todos sabem.

— E? — perguntei, mas quase sabia a resposta.

— E a turma do Nego topou com seu parente, certamente.

Deixei um pouco de farinha, algumas rapaduras, e carne seca também. Pelo adicional, pedi abrigo só pela noite que já estávamos.

Teríamos que pensar no que fazer. Eu teria que pensar. Não fazia parte dos planos enfrentar um demônio, não agora, não com elas. Montamos uma barraca no terreiro dos fundos da casa de taipa, longe da vista de quem passasse pela estrada. Ainda assim, aquele assunto me preocupou bastante. Fiquei nervoso, ansioso. Não sabia o que fazer. Lá pelas tantas, perguntei à Ana:

— Que vosmecê acha de a gente voltar?

— Oxe, já tamo aqui, pra que voltar? — ela me respondeu enquanto azeitava a carabina.

— E tu sabe mexer nisso?

— Sei, sim.

— E por que não me disse que sabia?

— E por acaso eu vou andar dizendo as coisas que sei fazer, ganhando serviço de graça? Fiquei calada e tu ainda me trouxesse pra cá, imagina se ando tagarelando que sei isso, sei aquilo. Oxe...

Olhei para o rosto debochado dela. Ana mostrou aqueles dentes brancos e se abriu ainda mais, rindo de mim. No mesmo instante, perto da fogueira que nos aquecia, fui pego pela mesma sensação da noite anterior. Desejo por Ana. O medo do desconhecido foi mesmo que álcool naquela vontade em brasa que me queimava. Eu podia morrer, mas não queria morrer, eu queria outra coisa... *Que loucura de se pensar! Por que estou pensando nisso logo agora?*, me perguntei.

E aí, quando já não me aguentava, ouvi um barulho. Ela também ouviu. Olhamos de lado, rápido, se movendo em prontidão. Era um dos filhos de Luís, se mexendo numa moita perto.

— Saia daí, infeliz — Ana disse, e o menino chispou. Por pouco ela não disparou nele. O susto cortou dela a excitação, e perdi coragem para outra coisa. Na verdade, era a aflição de ser morto, ou pego por esse bando desse tal de Nego Véio, ou ainda os dois, capturado e morto. Resolvi tentar dormir, e dessa vez com o revólver engatilhado perto de mim.

Acordei apavorado. Sonhei que morria, que levava um tiro, e no céu eu estava numa fila onde só rapazes virgens aguardavam a vez da entrada. Ana e a velha já se preparavam para seguir. Haviam desmontado a barraca e colocado parte das coisas nos alforjes dos burros.

— Vamos voltar — disse, pegando o revólver e enfiando na cintura.

— Já desistiu, galeguinho? — tia Maria perguntou.

— Sim. Não vale a pena.

— Eu careço sempre lembrar que se um dia eu depender da tua coragem é mais melhor me matar — Ana soltou essa, e a outra danou-se a rir.

— Tá esquecida da última vez? Cê acha que vamos ter a mesma sorte? Eu, você e essa cachaceira não temos chances contra um grupo de cangaceiros. Se a gente topar com eles, vamos morrer!

Quando parei de falar, surgiu um pequeno hiato de silêncio. Nisso, o vento trouxe o som de tropel de cavalos. O trote vinha longe. Ana, por puro reflexo, se abaixou um pouco. Tia Maria ergueu a cabeça, e eu abri os ouvidos, procurando a localização sonora. Homens a cavalo se aproximavam. Desejei com toda a força que quem quer que fossem, seguissem caminho sem parar na casa de Luís.

— Tia, puxa os burros pra mais longe, e tu, ligeiro, jogue terra nas cinzas da fogueira — Ana falou para mim, e um pouco abaixada, fugiu para um amontoado de arbustos secos, saindo na diagonal, entrando caatinga adentro.

Tia Maria correu até as mulas e começou a puxá-las pelas cordas. Depois de alguns segundos imóvel, finalmente me destravei, indo à fogueira já apagada para despistar a fumaça que subia lenta. Comecei a empurrar areia com os pés sobre as cinzas ainda mornas. O som do tropel aumentou, e meu coração saltou para a goela. *Eles vão passar direto, vão passar direto*, pensava e continuava enterrando o resto de fogueira, que já não expelia fumaça alguma. Mesmo assim, o ato de continuar amontoando terra parecia ajudar a diminuir a tensão. Quando terminei e olhei em redor, não via nem Ana, nem tia Maria. *Onde estão?*

— Ô de casa! — alguém gritou da estrada. O som vinha da frente da casa de Luís. Fiquei parado, novamente paralisado, como se o ato de não me mover me deixasse transparente, invisível. *Para onde elas foram?* Um pássaro piou num pau de árvore, um lagarto se espichou nas folhas secas, meu coração bateu e o ouvi perfeitamente se expandindo no peito. *Nada deles, foram embora*, concluí. Então, resolvi seguir o caminho que Ana fez, e dando dois passos em direção à caatinga, ouvi:

— Parado aí, gaúcho, ou nóis lhe mete bala.

Roleta baiana

— Não é gaúcho?

— Não! — respondi. O cangaceiro continuou apontando a arma para mim. Havia outro com ele. Vieram parar nos fundos da casa de Luís sem fazer barulho algum e me abordaram no exato instante que estava escapando por onde Ana tinha ido antes. Eram dois, e o outro apareceu no flanco oposto do casebre.

— Eu sou da Bahia, daqui de perto — acrescentei, puxando mesmo no sotaque.

— Só tô acreditando porque ele não fala igual gaúcho — o segundo falou.

— E por que tá vestido assim, é mesmo um gaúcho todo? — o primeiro perguntou.

— Essa roupa eu achei — falei e pincei o blusão encardido com os dedos, esticando-o no meu torso para mostrar o quanto ficava folgado e malvestido em mim.

— Limão, ele tem até um revólver, cê num viu isso, não? — o segundo se espantou, dando conta só agora do cabo do 38 à mostra na minha cintura.

O que acabava de ser chamado de Limão se aproximou de mim, sem me perder de mira. Já bem perto, e com uma mão segurando a própria arma apontada, usou a outra para puxar o revólver atravessado no cinto da minha bombacha. Eu havia até esquecido que o colocara ali.

— E esse cano? — perguntou, referindo-se à arma.

— É... Tava com o morto que achei a roupa. Eu nem usei ele, pode ver.

— Hum, sei — concordou com indiferença. Na verdade, não pareceu acreditar. Se afastou e inspecionou a peça de um lado e do outro. Olhou para o comparsa e perguntou: — Quanto tu perdesse pro Jamelão?

— Alguns mirréis.

— Também perdi uma nota praquele macaco — Limão acrescentou. Depois, voltando-se para mim, sussurrou, falando de outra pessoa:

— Gaúcho miserável, aquele, sim, é gaúcho. Passou por quatro parada, e inda ficou vivo. Será que vosmecê é uma pessoa sortuda?

— Eu?

— Sim, galego, vosmecê mesmo. Vamo lhe levar e vê se nóis recupera um trocado que perdemo com a aposta.

Ele guardou meu revólver no meio da calça de brim e ordenou que viesse com eles. Fui obrigado a obedecer, do contrário, atirariam em mim sem hesitar.

Antes de sair, vasculhei pelos arredores tentando ver se encontrava Ana. Nada. Nem sinal dela ou de tia Maria. Era possível que já estivessem longe, ou muito bem escondidas para que não as vissem. Na estrada, Limão amarrou minhas mãos.

— Tá descansado pra andar? É longe — disse, rindo de mim. A partir daí, eu ia a pé, e eles, montados em seus respectivos cavalos. Minhas mãos fortemente amarradas, puxadas por uma corda presa à sela. Apesar do trote lento de caminhada, aqui ou ali eu precisava me apressar mais para não cair.

No percurso, soube que o segundo cangaceiro se chamava Ruivo. Era magro, com cara sardenta e cabelos vermelhos e cacheados. Eis o apelido. Quase não falava. Limão era moreno, e embora mais novo, quase não tinha dentes bons, o que lhe propiciava um hálito fétido, a ponto de atrair moscas e besouros que gravitavam por sua cabeça. Andávamos por uma vegetação seca da caatinga do noroeste da Bahia. Não demorou nada, e logo eu estava sufocado com o cansaço da marcha ininterrupta. Subíamos e descíamos por encostas, embrenhávamos em mata fechada, com pés de jurema e cactos que me arranhavam e cortavam. Comecei a sentir muita sede. Meus pés começaram a doer, e os calos me faziam gemer de dor. Devíamos ter andado por umas três horas, e quando ia pedir para parar um pouco, Limão disse:

— Cheguemo.

Foi quando me dei conta de que o esconderijo ficava numa grota, impossível de ser notada por quem passasse por perto. Uma espécie de escavação natural na base de um paredão de pedra, onde abaixo era possível se abrigar do sol. A céu aberto, e fora do buraco, três cavalos pastavam amarrados a pés de angico. Um pouco mais à frente, um pequeno rio serpenteava contornando rochas e ilhas fluviais.

— Água, por favor — falei e fui. Mas a corda esticou e estancou antes que eu alcançasse a margem.

— Calma, gaúcho — Limão disse e, ainda montado, afrouxou a corda. Dessa vez foi possível chegar. Ávido e sedento, caí de joelhos, levando as mãos em concha para água e trazendo à boca seca e estourada. Pássaros próximos bateram asas e voaram, e do meu lado os cavalos de Limão e Ruivo se juntaram a mim nas margens do rio para também beber água. Saciado, com o rosto e a cabeça molhados, ergui meu torso. À esquerda, os cavalos beberiam muito mais que eu. Notei outros pássaros a poucos metros. Se muito, cinco ou seis metros. Eram urubus. Com a imagem das aves negras, um cheiro de carne podre invadiu minhas narinas. Elas disputavam a bicadas pedaços de algo impossível de se definir. Minha visão se estendeu um pouco mais, e agora notava um corpo que boiava no rio, preso a galhos e pedras. O nojo de ter bebido a água onde aquele cadáver apodrecia me ergueu de um só solavanco.

Já de pé, reparei outros corpos estirados, vários deles sem roupas, outros mais distantes, em estado avançado de decomposição. *A sede me cegou completamente*, pensei aterrorizado. Engulhei e vomitei. Uma zombaria eclodiu atrás de mim. Virei-me e havia cinco deles, Ruivo e Limão, e mais três até então desconhecidos. Desses, um velho negro e careca, com uma testa enorme, sentado próximo à fogueira, era o único que não esboçava reação nenhuma. Ele se levantou e caminhou até onde eu permanecia parado, amarrado pelas mãos.

— Pra que trouxeram esse? — perguntou.

— Ôh, chefe, Jamelão arrancou nosso dinheiro quase todo. A gente achou ele, e queremo recuperar alguma coisa — Limão respondeu, ao que o tal Jamelão bateu o pé no chão, dizendo:

— E quem disse que ainda quero apostar?

— Ah, então agora vai abrir?

Enquanto os cangaceiros iniciavam uma pequena discussão, o velho preto continuou me olhando fixamente. Seu rosto quase não tinha carne. Os olhos, duas esferas negras, se perdiam em meio ao poço das órbitas oculares. Era como um esqueleto tingido de chumbo: face aterradora. De seus beiços finos pendia um cigarro de palha. As orelhas e o nariz grandes e finos, gastados pela ação do tempo, coberto de fuligem e penugem grisalha.

Pelos segundos que eu também o encarava, me desconectei do debate em que decidiam meu futuro. O velho pôs na cabeça um chapéu de palha e saiu. Só então me voltei para os outros quatro. Jamelão era outro negro, porém muito mais novo que o chefe. Insistia que não iria apostar porque não era obrigado a tentar a sorte novamente. Limão relutava em tentar convencê-lo. Ruivo pareceu perder o interesse na disputa, e foi até uma cumbuca de água, onde se saciou. Um quarto, que entrou na peleja ao lado de Limão, e cujo nome eu não sabia, propôs o seguinte:

— Três bala!

— Três? — Jamelão perguntou.

— Sim, meio a meio. Vai ser ligeiro, e começa pelo nosso — esse quarto ainda acrescentou. Era um nanico, que logo ficou eufórico com a ideia de uma última rodada de apostas. *Do que será que estão falando? Que será essa aposta?* Jamelão fez um muxoxo, mas aceitou, saindo para buscar seu competidor.

— Escuta só, vosmecê agora é nosso galo. Se senta aí no chão — disse Limão, ao mesmo tempo que se aproximava. Ainda sem entender, sentei-me. Ele se abaixou também e começou a me desamarrar. Durante o ato, disse:

— O Jamelão vai trazer o galo dele, o gaúcho. Pense num sortudo da peste, mandou quatro pra vala. Tá vendo aquele ali, com os urubu em cima, foi o primeiro.

Se ele achava que a afirmação me faria ficar mais calmo, errou desgraçadamente. Saber do que se tratava me deixou mais tenso ainda. Quando finalmente fui desamarrado, Ruivo e o pequeno sacaram as armas e apontaram para mim. Limão se afastou um pouco, tirou da sua cintura meu revólver, abriu o tambor e despejou as balas na palma da mão. Das seis que saíram das câmaras, ele retornou apenas três. *Então é isso! Três balas são três munições*, pensei, imaginando que aquilo certamente terminaria muito mal.

— Não se alevante, porque se não gente atira, entendeu?

Jamelão apareceu com o galo gaúcho. Mesmo àquela distância, percebi quem era: Barbosa. Estava com as mãos amarradas para trás. Caminhava sendo puxado, mancando e aos tropeços. À medida que se aproximava, eu ia notando detalhes de seu rosto enegrecido por hematomas. Um lado da cara inchado, os lábios estourados, o supercílio aberto com sangue ressequido. Os cabelos, outrora esvoaçantes e cacheados, agora eram um empapado de sangue e terra. Jamelão o jogou de joelhos, e ao cair assim, Barbosa ergueu a cabeça e olhou para mim. Havia sangue extravasado no interior do olho esquerdo, olhos claros que se destacavam em meio ao derrame das varizes do globo ocular. O direito estava completamente fechado. Sangue que escorreu pelo nariz formou cascas entre os fios da barba e bigode. Ele quase não piscava, ele quase não movia nenhum músculo do rosto.

Enquanto Barbosa e eu nos olhávamos, trocando o silêncio como palavras, os cangaceiros jogavam no chão pertences valiosos. Dinheiro, moedas, anéis, joias e cigarros. Era o pote final, a soma das economias de três deles, contra a do único invicto. Ao fim da coleta e contagem, Limão entregou a arma para Jamelão.

— Tá aqui o revólver, veja se tá direito.

O cangaceiro primeiro abriu o tambor, viu a posição das balas e o girou com bastante força, fazendo ressoar um barulho peculiar das engrenagens de catracas, barulho de roleta, barulho de sorte ou azar, barulho da morte. Num movimento ágil, fechou o tambor, travando e selando nosso destino. Olhou para os outros, que apontaram as armas para nós, eu e Barbosa.

— Tome — Jamelão ofereceu o revólver para mim.

— Para quê? — perguntei.

Eles se entreolharam e iniciaram outra rodada de zombaria.

— Aponte para a cabeça e puxe o gatilho — disse Jamelão.

— Não posso, não consigo — falei choroso, e o nanico, cujo apelido era Pena, me acertou um chute no estômago.

— Atira! — gritou.

A dor me dobrou ao meio, como uma lesma que se encolhe. A vista embaçou, e a visão de Barbosa sentado na minha frente me fez ver três dele em desfoque. Estava sem ar, envergado, quando senti puxarem meu cabelo para trás. O tranco deixou meu rosto à mostra, e ainda hoje não sei qual deles me acertou um tapa de mão aberta na cara. A pancada me levou ao chão num tombo vertiginoso. Mais insultos, e entre eles, mãos me erguiam e espancavam. Eles batiam e gritavam: *Atire! Atire! Bora!*

Depois da sessão de insultos, tapas e gritos, Jamelão me colocou na posição original, sentado sobre as pernas.

— Bora, pegue o revólver, frouxo! Bora!

Diante de tantos gritos, ameaças, insultos, cuspidelas e pancadas, peguei o revólver para fazê-los pelo menos pararem de me bater.

— Bora! Bota na cabeça.

— Puxa o gatilho, frouxo, cachorro, bora!

— Atira!

Mesmo gritando e batendo em mim, pelo menos dois continuavam apontando as armas, dois rifles de papo-amarelo, mirados para cada um de nós, prontos para dispararem no coração, se preciso. Eu já não aguentava mais os insultos e as agressões físicas. Lá pelas tantas, simplesmente passou pela minha cabeça que talvez fosse melhor morrer, pois um tiro com certeza causaria menos dor que aquela orgia de humilhação. Então gritei, pus o revólver na têmpora, e puxei o gatilho...

Nada. Apenas o clic de câmara vazia.

Larguei a arma e comecei a chorar. Limão e o nanico começaram a pular de alegria, ao passo que Ruivo pouco esboçava reação. Jamelão é quem não gostou nem um pouco, já que era a vez de Barbosa. Quanto a esse, a expressão era a mesma: serenidade e tristeza. *Ele passou por isso quatro vezes*, refleti, lembrando do que o cangaceiro havia dito. Vê-lo entregue pareceu ser pior que as pancadas que tinha levado até ali. O ar melancólico de um destino degradante, morrer daquele jeito.

Num só ato, Barbosa foi ao revólver, levou à cabeça e puxou o gatilho, tudo muito rápido e quase ensaiado.

Clic. Outra câmara vazia, e Jamelão caiu na zombaria, gargalhando, dando saltinhos de alegria. Também queria sorrir de alívio, já que eu e Barbosa ficaríamos vivos. Mas algo me dizia exatamente o contrário. Olhei para Limão, e sua expressão era de total desolação. *Por que está assim, se o jogo acabou?*, pensei ingenuamente. Barbosa pousou lentamente a arma no chão.

— Sua vez — Jamelão me falou, depois de tanto rir.

Minha vez? Foi só daí que o mundo desabou sobre minhas costas. A morte que com antecedência avisa quando está chegando. Lágrimas e lágrimas e lágrimas.

— Por favor, não, não... — comecei a implorar. O desespero tirou de mim qualquer forma de raciocínio, qualquer capacidade de argumentar; eu estava dominado pelo pavor. Limão pegou a arma e colou na minha mão frouxa.

— Bora, vamo, vai que dá, bora, acaba logo — ele incentivava, renunciando à violência dessa vez, mas resoluto, sendo apenas um agente de meu destino cruel.

Sabe, é fácil para você que lê saber que não morri. Aliás, quase sempre não vou conseguir transferir minhas emoções de medo da morte, pois a história me trouxe até aqui inteiro. Todavia, assim como obviamente é ruim perder a própria vida em situações trágicas ou desumanas, assim também é ver alguém que temos carinho ou estima, ou qualquer outro sentimento de afeto, passar por situação semelhante. Era o caso de Barbosa, um jovem saudável, achado agora em calamitoso estado. Ou seja, eu viveria para ver meu primeiro e único amigo morrer.

Peguei o revólver, pus no queixo, fechei os olhos, e puxei o gatilho.

Clic.

— Ganhamo! — gritou Limão, se abraçando com Pena. Aliviado abri os olhos, e vi Barbosa na minha frente, já parecendo um cadáver. Um pensamento fraternal me atravessou o ânimo: será que ele iria querer que eu puxasse o gatilho? Talvez fosse melhor. Se eu estivesse em seu lugar, e ele com a arma, ficaria grato se não precisasse me matar. Foi o que pensei, quando uma voz grave e estranha invadiu esses pensamentos, e sussurrou aqui, dentro da minha cabeça:

Paulo, o que você está esperando?, a voz perguntou.

Quem é?, perguntei de volta, e o tempo parou. Jamelão era só uma fotografia. Um cangaceiro de pele morena e queimada, que, com a mão aberta, se aproximava para tomar de mim a arma.

Não acredito que você não saiba quem sou.

Não sei. Você é Jesus?, sugeri, e a voz zombou.

O carpinteiro está ocupado com outras coisas. Agora, não posso continuar esperando, você vai ou não fazer o que deve ser feito?

Jamelão estava apenas a um metro quando estiquei o braço, apontando o revólver para sua testa, e puxei o gatilho. O estouro silenciou o ambiente antes barulhento; em seguida, ouviu-se apenas o tombo de Jamelão, que caiu sem vida e de olhos abertos.

O que aconteceu logo após foi rápido demais. Barbosa avançou sobre Ruivo, e eu me virei para Pena e Limão, que ainda abraçados e incrédulos com minha reação se tornavam o mesmo alvo. Neles disparei duas vezes, apenas as munições que restavam. Um caiu, o outro tropeçou, e deixou cair o rifle que desde a comemoração estava pendurado apenas pela bandoleira. Sem munição no revólver, avancei sobre as pernas deste último, agarrando-as e puxando para mim. Uma força sobrenatural dominou minhas ações, como se algo possuísse meu corpo. Ele, deitado, alcançou o rifle, que felizmente, era grande demais para manusear daquela posição e me ter com alvo, tão perto que estava. No jorro de adrenalina, urrei feito um animal, me arrastei sobre ele — que juro não sabia qual dos dois era. Logo estávamos atracados, disputando a arma. Eu e ele usávamos as duas mãos. Ganhei mais posição e montei por cima. Só então percebi que era Limão. Nisso, segurando no cano e na outra extremidade, empurrei o rifle em seu pescoço para esganá-lo. Ele resistia deitado com as costas no chão, com as mãos supinadas, empurrando para cima. No encontro de forças contrárias, minha vantagem era usar meu próprio peso, e por essa razão o rifle foi aos poucos chegando próximo do pescoço de Limão.

— Para, para... — ele ia dizer "para" novamente, mas a pressão interrompeu a passagem do ar na traqueia, e seu rosto moreno foi ganhando uma coloração azulada. Os olhos, primeiro, se encheram de água, para depois se avermelharem, das bordas para o interior até a íris. Daí, à medida que milésimos de segundo se passavam, menos força contrária eu sentia. Lembro do exato instante em que suas pupilas se dilataram e a vida deixou seu corpo.

Durante todo esse ato de selvageria, eu prendera a respiração, e agora, ao soltar, parecia-me que era eu quem estava sendo enforcado. Ofegante, caí de lado, e vi Barbosa também deitado, respirando com dificuldade. Ele e Ruivo, ambos estirados, costas no chão, torso e barriga para cima. O cangaceiro permanecia imóvel, morto, com o rosto em semelhante estado ao de Limão. Barbosa, por sua vez, tinha uma mancha vermelha que brotava no seu blusão amarelado, e só aumentava. Corri para acudi-lo. Na mão de Ruivo, vi um pequeno punhal. Fora com ele que esfaqueou Barbosa, que sangrava muito.

— Maria... — balbuciou.

O golpe havia acertado o flanco direito, na lateral do ventre.

— Vosmecê vai ficar bem, a gente... — falava para ele, quando vi algo surgindo na periferia da visão. Parei, virei e lá estava o velho negro, parado há poucos metros, segurando um revólver. Novo silêncio, cortado pelo murmúrio da água do riacho roçando nas pedras.

— Chefe, inda tô vivo — Pena resmungou se esforçando muito para se mover. Meu tiro acertou sua barriga, mas não o matara.

O velho deu dois passos, e, emparelhando-se com o cangaceiro moribundo, olhou para mim. Eu estava paralisado, da mesma forma que ficara quando vi tia Maria pela primeira vez. Ele apontou a arma na minha direção. Tentei abrir a boca, mas a língua grudou no assoalho da mandíbula. *Maldição, por que ele não atira em mim logo? Atire!*, pensei injuriado.

— Laroiê, Exu — ele disse. Depois mirou a arma em Pena, que nem sequer teve tempo de implorar: já estava morto, com um tiro na testa. Desse último disparo, pude ouvir o eco reproduzir o som para longe, entre as árvores secas da caatinga. O velho negro virou as costas e se foi.

Desgraças infinitas

Sargento Barbosa não morreu. Respirava lentamente, mas respirava. Talvez aguentasse e vivesse. A punhalada de Ruivo não atingiu nenhum órgão vital. Depois de estancado o sangue — pelo menos eu achei que estancara —, coloquei-o num canto da grota, abrigado do sol.

— Maria — ele balbuciou uma segunda vez.

— Onde ela está? — perguntei.

— Do outro lado... — apontou para o rio.

Meu receio era de encontrá-la morta. Mesmo assim, saí à sua procura. Atravessei o rio com água pela cintura, chegando à outra margem, e tentando seguir rastros no chão. Não foi fácil, e demorou bastante. Já pensava em desistir quando arbustos secos se abriam, e a visão que tive me deu um susto.

A moça de traços finos e sutis estava no matagal, amarrada a um pedaço de árvore derrubado. Muda, catatônica, inerte. Das roupas restavam frangalhos, pedaços de pano desfiados, cortados à navalha e punhal, prova da impaciência dos agressores.

Quando cheguei perto e ela me notou, começou a chorar e se esgueirar para trás.

— Não, não; sou eu, Paulo, amigo de Barbosa — falei, tentando fazer com que seu cérebro processasse ajuda, e não ameaça.

Nunca soube em detalhes o que de fato aconteceu. Melhor que ficasse assim, a reconstrução dos eventos era inútil àquela altura, e desnecessária para o enredo. Ainda assim, supus o pior.

Carreguei Maria das Dores em meus braços, cuidando para não lhe machucar ainda mais em sua leveza de pássaro. Meus olhos tentavam fugir dos hematomas, do roxo da cara, do sangue duro na boca, dos cabelos desgrenhados.

Quando voltei para a grota, deitei-a em outro canto e imaginei que seria melhor fugirmos os três. Então, exauri todo o resto de minhas energias tentando colocar Barbosa num dos cavalos. Movê-lo era impossível devido ao seu estado de inconsciência. Por outro lado, eu não podia contar com Maria das Dores. Era como se ela já estivesse morta, como se fosse um cadáver que respirava. Mas eu tinha que fazer alguma coisa. Então pedi:

— Preste atenção, Maria. Eu vou buscar ajuda, fique aqui.

Montado num dos cavalos, e com o sol da tardezinha dando lugar à lua e ao frio, alcancei a estrada. A bem da verdade, eu não sabia como retornar para a casa de Luís, mas algo me dizia que o oeste poente era a direção a seguir. Escureceu, e enquanto eu pensava em voltar, ouvi o grito:

— Galeguinho!

Eram tia Maria e Ana, refugiadas nas margens de estrada. Ambas desmontadas, assustadas. Passaram o dia inteiro escondidas, sem usar as vias vicinais, evitando serem encontradas. Ver Ana, de alguma forma, me deixou aliviado. Resumi para elas os acontecimentos, sonegando o estranho fato de o chefe ter eliminado um deles. Não consigo entender a razão de esconder isso. Para não deixar um furo na história, disse apenas que ele tinha fugido. Assim, decidimos voltar para buscar Barbosa e Maria das Dores. Com o caminho fresco na cabeça, rápido estávamos na grota. Ao chegarmos lá, imaginei que seria melhor passar a noite por ali.

— Vosmecê tá doido? — Ana exclamou. — E o preto que sumiu, que cê mesmo disse que era o chefe? Vai que ele aparece?

— Acho que ele não vai.

— Como é que você sabe? Vamo embora, home.

— Ele não vem! — falei firme. Ana desistiu de insistir. Acredito que ela, a partir daí, soube que eu estava escondendo algo e, por isso, não queria dar mais explicações.

Depois de acomodados, e com tia Maria cuidando do ferimento de Barbosa, senti o cansaço bater forte. Exaustão total. Mesmo extremamente esgotado, tentei dormir, e nada. O sono fora sequestrado por cortes de pesadelos em que eu atirava em minha própria cabeça.

Acordei com um sobressalto, assustado.

Sargento Barbosa, de joelhos, uivava, gritava, praguejava, insultava, rasgava com as unhas a pele do peito pelo que via a sua frente. Maria das Dores, com um laço no pescoço, enforcou-se com as tiras do próprio vestido, amarradas a um galho de árvore seca.

Então a tristeza nos consumiu de verdade.

Tentei puxar ele de perto do corpo dependurado, mas ele parecia possuído por uma tormenta de dor. Depois tentei consolá-lo, e não sabia como, aliás, não sabia o que dizer ou fazer. Estava perdido, consternado, apavorado pela imagem. Mesmo suspensa, com pescoço caído, era tão linda, tão moça, tão jovem. Parecia um anjo. De súbito, ele parou. Procurava algo na própria cintura, apalpando os quartos. Então gritou:

— Eu também vou!

A suspeita de que ele também lhe fizesse uma desgraça me fez agarrá-lo. Nem parecia que tinha apanhado tanto, nem parecia alguém apunhalado, tamanha era a força para se debater sob meu agarro.

— Ela não pode ficar sozinha! Meu Deus, perdoe minha menina...

Foi preciso eu, Ana e a velha para contê-lo. Depois de um tempo, recuperado do ataque de choro e exausto, sargento Barbosa calou-se, fechando-se numa urna hermética, um túmulo de silêncio.

Ninguém dormiu mais, mesmo com o céu escuro da madrugada. Vasculhei por um local perto e uma árvore viva que parecesse marcante. O pé de timbaúba, frondoso e verde no contraste terroso, viveria mais que qualquer um de nós, e faria uma sombra para o local onde Maria seria sepultada. Cavamos uma cova funda, Ana e eu. Barbosa, por causa do surto, caiu novamente na inconsciência.

Tia Maria cuidou do resto de roupas que Maria vestia. Antes lavou o corpo com um pano molhado, momento em que me retirei. Finalmente, enterramos, e no lugar preguei uma cruz improvisada. Fiz uma reza. Tia Maria também fez a prece dela. Ana a acompanhou. A ausência de Barbosa foi inevitável. Na verdade, ele lutava para sobreviver, e exatamente por esse motivo refleti sobre sua fé. Era católico, e só fugiu porque queria casar-se numa igreja, com sua noiva casta.

Meu Deus, por que, procurando fazer o que manda a igreja, sofreu essa desgraça? Foi por aí que comecei a imaginar o que esperava Maria das Dores no outro lado. Era o suicídio um pecado mortal? Mas, se já estava morta, como poderia o pecado ser pior que a própria morte; ou pior que as coisas que a precipitaram? Por que após o sofrimento, após a violação de seu corpo e espírito, quando não mais suportaria viver e reviver todos os dias os instantes de horror, por que Deus, ainda assim, exigiria a manutenção da vontade de viver? E por que Deus lhe negaria perdão em face desse dito pecado mortal, se a vida aqui ficou tão pior quanto no inferno? Será que uma pessoa que desiste de viver já não está morta espiritualmente, e isso não faz diferença para se redimir de qualquer pecado? Será que Ele não colocava isso em conta? Certamente, Deus a perdoaria, certamente. Impossível existir um ser assim, mais perverso, ao que parece, que os homens que fizeram isso com ela. Não. Jesus a perdoou, Ele sempre perdoa. Ele é amor.

Então rezei de novo.

Senhor Deus, sou eu novamente, Paulo. Peço por obséquio e humildemente que livre Maria das Dores do inferno, lugar de sofrimento, e para onde devem ir os covardes que fizeram isso com ela. Ela só era uma moça que não aguentaria viver nesse lugar ruim, lembrando-se e revivendo todo o tempo a mesma desgraça. Se for possível, e tudo é possível para o Senhor, Deus, peço que aceite o perdão da moça, mesmo depois que ela já morreu, de onde ela estiver. Certamente Nossa Senhora Maria, mãe de Jesus, concordará comigo. Mãe que foi e ainda é, sabe o que é perder um filho...

Então parei de rezar para refletir que Deus também perdeu um filho. Mas essa reflexão me levou à outra, a de que Ele ofereceu o filho ao sacrifício para nos salvar. Nos salvar de quê? *Do pecado*, respondi no pensamento. Daí lembrei que rezava, e que a reflexão era um devaneio. Logo retomei:

Por isso, peço encarecidamente que releve esse pecado de Maria das Dores, nesse caso. Está só no Seu querer. Perdoe-me também meu jeito de me dirigir ao Senhor, mas é que às vezes eu nem acredito que isso é possível. Às vezes eu acho que o Senhor nem se importa, ou nem tem tempo para um mundo de gente pedindo de um tudo. Bem, está aí meu pedido, e faço em nome e por intermédio de seu Filho, nosso Senhor Jesus Cristo, que morreu por nós, am...

Eu não disse "amém". Aliás, estava rezando em pensamentos. Então não pensei "amém". Digo, até pensei, mas na prece, na oração, na colocação das palavras, matei a palavra na narrativa. Despensei o que pensara. Voltei atrás. Voltar atrás um pensamento é como voltar no tempo. Não se faz, mas fiz. Algo me corroía por dentro, dizendo-me que aquilo tudo era uma idiotice, uma tolice, uma perda de tempo, uma balela. Tive vontade de xingar, praguejar, insultar. Mas logo tirei da cabeça os rogos de blasfêmia. Saí de perto da cova.

Fizemos o resto do caminho em silêncio. Não havia espaço para brincadeiras, para sorrisos, gargalhadas, piadas. Nada disso. Nesse meio-tempo, topamos com um destacamento dos soldados de Cordeiro de Farias, muito parecido com os que Barbosa liderava quando nos achou nas terras de coronel Salvador. Isso nos deu certo alívio, embora nossa cara abatida nos traísse o fracasso da missão. Sim, pois a integridade da moça era nosso objetivo principal. Enfim, eu já cagava e andava para a missão, queria só esquecer tudo aquilo.

Mais dois dias andando com o destacamento, e logo estávamos todos no QG, que estacionara num lugar chamado Natividade, bem próximo de Porto Nacional. Nem precisa dizer que o sargento se tornou um prisioneiro de imediato, em que pese o seu estado de inércia molestável o impedisse de qualquer reação.

— Coronel Abílio se voltaria contra nós de toda forma — Távora mencionou ao final do relatório. — A pretensa honra da moça nunca seria o motivo verdadeiro. Queríamos, claro, evitar o pior, e no fundo não carregar o fardo. Mas fardo por fardo, isso parece não ter mais importância.

Nesse instante vi o fraquejar no falar do tenente-coronel, sinal de cansaço, traduzindo outro sinal sobre a luta sem propósito que travavam.

— Nossos pecados se acumulam. Acima de tudo, fez um bom trabalho, Paulo — Távora me congratulou, esboçando um sorriso. A situação não permitia mais que um gesto ligeiro e simples.

A chuva castigava a cabana, açoitando a lona. Do lado de fora, já no relento úmido do exterior, pensei nessas palavras, no desânimo do tenente-coronel, e em como nós somos seres desgovernados, sem limites. Será que Deus se surpreende com a maldade do homem? Pensei na minha rebeldia. Pensei que poderia ter morrido com a roleta baiana. Sorte? Talvez.

Mais tarde, durante a noite, e antes de fechar os olhos num sono de enfado, terminei um pensamento, e falei num sussurro comigo mesmo:

— ... Amém!

Dias atuais, 1983

Já há algum tempo venho tendo dores ao pé da barriga. Elas quase sempre demoram um pouco, e vão, passam. Pela recorrência do mal-estar, passo a fazer caretas enquanto perambulo pelos corredores da escola, e isso chama a atenção de algumas professoras. Para minha sorte, Cláudia não está entre elas, e não sabe de meus problemas de saúde.

Minha filha anda muito preocupada com assuntos da escola, e ainda se divide entre as tarefas dos conselhos e o marido, esse que não conheço bem, e por tal pretexto não me é tragável. Pior: suponho que a jornada voluntária e exaustiva seja a forma que Claudia tem de escapar do assédio político de quem deseja se aproveitar de seu carisma. Assim, tenho evitado encontros com ela, me furtando de sua atenção e evitando sua preocupação para com um velho adoentado.

Enquanto isso, procuro me medicar por conta própria, indo à cidade, onde na única farmácia há um médico que atende e prescreve remédios.

— Bom dia — o médico diz. Seu consultório fica nos fundos do prédio que abriga a farmácia. O cheiro é de puro cigarro, madeira velha e papéis, muitos, todos espalhados.

— Bom dia, doutor — respondo enquanto me acomodo na cadeira que fica à frente do birô. Ele nem sequer me olha, permanece nas suas anotações ininteligíveis.

— Você de novo — do nada, fala, e só depois ergue o olhar para mirar em mim por cima dos óculos.

— É, doutor, a dor não passa.

— Vamos tentar uma coisa mais forte dessa vez.

O médico abre uma gaveta, puxa de dentro um frasco de vidro e me entrega. Depois de me dizer como tomar, agradeço, levanto-me e vou ao balcão para pagar.

— 190 cruzeiros — o rapaz diz o valor.

— Pode ficar com o troco — pago com uma nota de duzentos e me viro para a rua principal da cidade. Imponente, no meio e rente à praça, há a igreja, cercada de todos os lados por ruas de pedras de calçamento.

— O senhor acompanhou a missa da manhã?

— Oi? — me voltando para o balconista.

— A missa, tem um padre novo... — ele ia continuar, mas para. Se assusta, talvez por ver meus olhos marejados. Devo ter os inundado de água sem perceber, ou provavelmente seja a nata dos olhares de velhos.

— Ah, não. Não tenho mais tempo para isso. Com licença — digo sem jeito, baixo a cabeça e deixo o lugar.

Volto, tomo meus remédios, trabalho pela tarde, e à noite, no meu recanto, puxo as folhas da minha história.

Pego no lápis.

A Catedral

Sargento Barbosa perdeu a graduação. Não chegou a ser expulso. A decisão sobre sua sorte levou em conta o próprio infortúnio. As lesões quase o colocaram numa maca, o que significaria arriscar ficar para trás, à mercê de inimigos que nos seguiam como abutres sobrevoando carniça.

Além disso, nenhum dos seus antigos companheiros quis saber dele. Então, agora era eu, Ana, tia Maria, e Barbosa, todos em marcha lenta pela estrada empoeirada, acompanhando a Coluna. Para não dizer que foi de todo ruim, tínhamos conosco o espólio dos cangaceiros de Nego Véio, que não era muito, mas o suficiente para um grupo pequeno, agora autônomo e bem equipado.

Avançamos por alguns dias até que, à certa altura, era possível ver a cidade de Porto Nacional, com um enorme rio serpenteando seu flanco e se derramando na linha do horizonte. Aqueles eram os meses de chuva de verão, que, combinada à temperatura alta, umedecia o ar e tornava tudo como que uma estufa, fazendo-nos suar por todos os poros.

Enquanto apreciava a paisagem desejando uma brisa fresca, vi copas de árvores se dobrarem em minha direção: era uma lufada de vento, que imediatamente resfriou meu corpo molhado.

— Uh-rá — tia Maria sibilou.

Ao ouvi-la soltar aquela interjeição, minha cabeça foi inundada de lembranças que me impeliram a questioná-la:

— Tia Maria.

— Oi, galeguinho.

— Aquele dia que a senhora estava no barraco do coronel Távora, aquela primeira vez... — parei, amputando o resto da frase e raciocínio.

É melhor deixar isso quieto, pensei. *Para que quero saber sobre esses assuntos?*

— Hum, fala — ela instigou.

— Nada, deixa quieto.

Outro vento soprou. Tia Maria, ainda olhando para mim, arqueou os lábios mostrando a gengiva num sorriso estranho. Um sorriso de um rosto que não era o seu, numa face que também não era sua. Logo senti um ligeiro desconforto. A coisa desandou de vez quando ela disse:

— Se parece que galeguinho é cavalo de Exu?

Esfriei. Os pelos da minha nuca e dos braços se eriçaram juntos, e a barriga roncou com um golpe de tripas se revirando. *Por que será que ela falou isso?*. Tentei organizá-los, mas o corpo enfraqueceu, e tive que me segurar no pescoço do cavalo para não cair. Depois de recuperar o fôlego sequestrado, disse exausto, porém, firme:

— Eu renego esse demônio!

— Oxe, galeguinho! Sem nem saber o que Exu tem pra vassuncê?

— Chega! Pare! E não me chame de galeguinho nunca mais! — gritei, adiantei o passo e saí, deixando Ana, a velha e Barbosa para trás.

Foi repetido o mesmo esquema de mandar emissário à frente para avisar que vínhamos em paz. Assim, entramos em Porto Nacional com toda população à nossa espera. Impressionou-me a recepção, se não calorosa, ao menos amistosa. Havia o padre, um senhor conhecido como Frei Audrin. O juiz de direito, um deputado estadual de apelido Joca, entre outros. Fiquei por ali, como sempre, nos arredores do QG, e depois presenciei as trocas das primeiras palavras com as autoridades que nos recebiam. Na ocasião do encontro na entrada da cidade, foi dito aos chefes que seriam abrigados no convento de dominicanos.

Então passamos a desfilar pelas ruas com Prestes à frente feito um César num triunfo romano. Porém, a verdade era que íamos numa marcha desordenada e esparsa, o que não impedia que todos parassem às portas e janelas para nos admirar.

A fala de tia Maria vinha comigo, reproduzindo um eco nos meus pensamentos. Foi aí que a vi pela primeira vez. Feita de tijolos amarelos e vermelhos, majestosamente plantada ao lado da margem direita do rio Tocantins: era a Catedral de Nossa Senhora das Mercês. Um bloco em forma de caixa retangular, alta o bastante para seu pé-direito ofuscar o sol acima e atrás. À medida que me aproximava, espanto e comoção, experiência espiritual pujante de paz e tranquilidade. Finalmente, estava eu parado na frente da catedral, cercado de uma esplanada, com pessoas curiosas para ver Prestes, que eu ignorava naquele instante.

Apeei do cavalo e larguei a corda, desprendido de qualquer cuidado. As portas estavam abertas, escancaradas tal como deve ser a casa do Senhor. Fiz o sinal da cruz e entrei.

A nave era enorme e tinha o teto abobadado. Incontáveis imagens de santos, cada uma do tamanho real de pessoas, imagens tão perfeitas que pareciam vivas e atentas aos meus passos, quase apontando o dedo para mim. O que queriam? Além dos santos, nos vitrais e nas paredes, gravuras de anjos, querubins, serafins, asas, espadas, na luta eterna entre o Bem e o Mal.

Caminhei pelos corredores das bancadas, pisando sobre botas cujo som reverberava no mosaico, e parei no centro da nave principal, num átrio cercado por colunas, sustentando o céu acima, e o inferno abaixo. Caminhei mais um pouco; e perto do altar-mor, ergui o olhar para vê-Lo. Enorme, com o corpo perfeitamente esculpido, dependurado numa cruz de madeira, mostrando cada detalhe de seu sofrimento, dos lanhos ao corte de ponta de lança entre as costelas sob a pele. A cabeça pendia sobre o ombro, os olhos fechados. Lágrimas vieram aos meus olhos, pois jamais vira Jesus com tanta inteireza como aquela.

Como seu Pai deixou fazerem isso com você?, pensei, e após essa reflexão, senti uma leveza de sono. Enquanto fechava meus olhos, creio ter visto, se abrindo, os Dele.

— PORQUE EU SOU O CAMINHO, A VERDADE E A VIDA. NINGUÉM VEM AO PAI, SENÃO POR MIM.

Dei um sobressalto. Sufoquei um grito de angústia no peito, atingido que estava por uma forte comoção interna. O urro subiu em forma de nó na garganta. Transmutou-se em vontade de chorar, escareada por um remorso, um arrependimento de coisas que fiz, que deixei de fazer, que disse e que não disse, que pensei e deixei de pensar. Pecados. Lembrei de tia Maria, de Ana, de Nego Véio, de padre Honório, de Barbosa; e na agonia, nem percebi quando outra voz tomou forma ao meu lado:

— Filho, deves retirar o chapéu quando entrar numa igreja.

Era um sacristão, padre, prelado, não sei. O fato era que nem percebi que entrara de chapéu com barbicacho apertando o queixo e era agora repreendido pela falta de reverência.

— Perdão, padre — falei com tanta vergonha que nem olhei para sua cara.

O carão me afastou da manifestação divina. Veio-me então uma vontade de fugir, sair correndo. As portas por onde entrei agora me convidavam para isso. E foi o que fiz.

A experiência com o mundo espiritual me enfiou num estado de fervor que nunca havia ocorrido em minha vida. Parecia ser a única forma de fugir da ideia louca e pagã de explorar a curiosidade sobre a religião de tia Maria e Ana. Pensei em me confessar, só que eram numerosos pecados, numa lista infindável, eu nem sabia por onde começar. Por isso, adiava o quanto podia.

Mesmo com esse fervor, foram dois dias de abatimento e tristeza. Andava soturno, angustiado, sofrendo pela vida que levava, e o pior é que não sabia bem as razões dessa depressão, dessa inquietação. Pensei diversas vezes em deixar a marcha, pedir para entrar no convento. Talvez fosse melhor seguir os passos de padre Honório, que certamente era um pecador como eu, mas não se deixava levar. Nada obstante, passara tanto tempo me vendo um soldado que largar a empreitada também me deprimia bastante: a dúvida me comia como um verme maldito. Compartilhei as ideias com Ana, que só sugeriu que fizesse o que o coração mandasse. Como sempre, economizou palavras.

Foi então que Távora, captando minha presença humilde no convento, perguntou se queria acompanhá-lo nuns afazeres ordinários.

Aceitei.

— Tá mais calado. Que há?

— Nada, só reflexões.

— Posso saber sobre?

Hesitei a princípio em falar, mas o tenente-coronel era meu confidente, aquele em quem mais confiava.

— Penso em ficar e me internar no convento dos dominicanos.

Ele me olhou com claro espanto. Sorriu, alargando ainda mais o rosto quadrado com sua forte mandíbula. Fez uma rápida careta de dor. Voltava a crise de rins. Mas então falou:

— De onde vim, os jovens pobres têm duas opções: seminário ou escola militar. Por que pensa em desistir da vida da caserna?

A pergunta soou como se eu já fosse um militar, de maneira que me pus a pensar na minha importância para a tropa como membro efetivo.

— Não sei, na verdade. É só um pensamento.

— Logo agora, macho? Mas a escolha é sua. A depender de mim, eu não o impedirei. Prestes não é católico, poderia objetar. Mas eu sou, e muito. Homem de fé, e sei como é penoso pegar em armas, lutar, ter de matar um irmão. De toda forma, posso interceder por você. Inclusive tenho mantido boas relações com Frei José Audrin. Ele nos trouxe reclamações plausíveis sobre nossa presença.

— Vou pensar — ouvir o nome "Prestes" me trouxe outras ideias inconciliáveis. O líder supremo da tropa era um ateu. Como? Como Deus também derramava bênçãos em tipos que nem sequer depositavam fé na graça da salvação?

Enquanto Távora falava, um dos soldados irrompeu no gabinete para anunciar um fato grave: Barbosa tentara se matar.

— Como aconteceu? — perguntei a Ana.

— Ouvi um barulho, corri pros fundos da barraca, e ele tava caído no chão com a corda no pescoço, e o galho de árvore quebrado por cima dele.

Ana, tia Maria, eu e ele nos alojamos afastados do centro urbano. Aos fundos da nossa barraca, alguns pés de mangaba nos faziam boa sombra e davam proteção do vento leste. Já era tardinha, com o sol avermelhado, assim como o pescoço de Barbosa, machucado pelo aperto do nó, embora o edema fosse incapaz de voltar a colocar sua vida em risco.

— Ia cometer o mesmo pecado de Maria — falei, sem sequer pensar no que falava.

— O que tá dizendo? — Ana me interrompeu.

— Não é da sua conta, deixe que eu falo com ele, não tá vendo que sua alma aflita precisa de ajuda?

— Vosmecê é que ficou maluco com essa ladainha.

— Olhe como fala! — levantei a voz, crescendo sobre Ana. Barbosa, encolhido, parecia nem notar a peleja que se instaurou por sua causa.

— Amarelo da peste, inventou essa história de querer ser padre por mode deixar de ser soldadinho. Pensa que não sei que é um medo dos infernos de morrer. Eu sei que é.

— Não sabe de nada, negra! — quase rasguei a garganta com o grito.

— Negra sim, mas não um frouxo como vosmecê é! Mijão! Cagão!

Ah, não! Esse insulto, não. Era a forma que Ana tinha de me ferir, de me maltratar. Senti tanta raiva dela que o pensamento que me ocorreu foi surrá-la com um cinto, uma vara... um chicote. E assim corri para a mula, peguei o rebenque e tornei para ela. Apertava-o com a mão sedenta, visando atentamente àqueles olhos negros, grandes e acesos.

— Sinhozinho não tem coragem, duvi-de-o-dó — ela falou calma e serena. Depois se aproximou quase encostando, e repetiu:

— Vamos, faça... é só um menino frouxo.

Maldita! Levantei alto o rebenque, mirei para golpear em seu rosto, para cortar e marcá-lo, e ela jamais esquecer deste momento. Eu não sou um fraco, eu não sou um fraco! Fechei os olhos e gritei:

— Não sou um fraco!

Então, golpeei.

Mas, antes, esqueci de abrir os olhos.

— Galeguinho, galeguinho...

Acordei alta madrugada. A visão toda embaçada. Vultos à minha frente se moviam, indo e vindo. Uma dor latejante na cabeça, parecia que dentro havia um relógio. E a cada vez que tia Maria falava, sinos sibilavam em meu cérebro.

— O que aconteceu? — perguntei.

— Vosmecê apanhou da menina.

Eu não lembrava de nada. Soube depois, por detalhes que tia Maria me contou, que meu golpe de rebenque acertou só o ombro de Ana, que me derrubou, lançou mão de uma pedra e me bateu na cabeça. Atingiu-me apenas uma vez, e fiquei inconsciente. Ela poderia ter continuado, mas parou e saiu. Foi embora.

Não conseguia mais dormir. No fundo, Ana estava certa quanto à minha covardia medonha. Tentava eu me convencer do contrário, mas a verdade verdadeira era exatamente aquela: era um frouxo, um menino, um cagão. E pior: sem fé. Como haveria de ter coragem sem fé? O que era a fé? Será que eu só simulava fé? Daí o motivo e a explicação de tanta aflição.

Olhei para Barbosa, que continuava no mesmo local, encolhido. Perdeu a fé na salvação em razão da perda da amada. Onde teria eu perdido minha fé, onde? Se soubesse, voltaria para buscá-la. A verdade é que acho que nunca a tive. Como se perde o que não se tinha?

Deitei-me novamente. Por mais que me esforçasse, meus pensamentos eram apenas de Ana. E como doíam esses pensamentos, mais que a dor do ferimento na cabeça. Chorei até cair no sono.

A confissão

Acordei e Ana ainda não havia voltado. Aliás, quando saiu, deixou tudo como estava, carregando consigo apenas coisas próprias, e simplesmente desapareceu. Tia Maria pouco acrescentou sobre quando eu perdera a memória. Barbosa também não estava mais ali, e a velha, da mesma forma, não fazia ideia de seu paradeiro. Levantei-me e decidi ir à igreja, fazer algo que já deveria ter feito havia muito tempo: me confessar.

Então, a cada passo que dava em direção ao convento da catedral, pensava no que diria ao padre na confissão, e em como depois pediria para me aceitarem no convento. A aflição não me deixou um segundo sequer. Nunca antes minha cabeça se tornara tão pesada, tão carregada, nunca antes pensei tanto numa mesma coisa e em tão curto período, nunca antes me vi tão indeciso e arrependido de coisas que fiz e até de que ainda iria fazer. Era hora da verdade, essa que era cáustica. Queria me livrar do remorso pelo que fiz a Ana. Eu sabia que errara, mas ela... ela também. Quem sabe o padre acolhesse meu argumento, corrigisse meu erro e me afastasse da mágoa própria carregada por tal deslize. Ouviria que estava tentando fazer o que era correto aos olhos de Deus, e se cometera erros, foi tentando acertar. Erramos tentando acertar; não é?

Entrei, e da mesma forma que no primeiro dia, senti renovação. As naves naquela manhã estavam quase vazias. Alguns fiéis, irmãos a rezar, entre as fileiras, arrastando passos lentos pelos corredores. Tirei o chapéu, caminhei ao confessionário. Passei pela capela onde ficava o Santíssimo Sacramento, num altar abaixo do qual a porcelana com água benta diáfana refletia meu rosto. Havia me esquecido de minhas feições. Meu cabelo loiro estava emaranhado; minha pele, queimada, ensebada. Nem me dei conta de que era eu; na verdade, pensei ser outra pessoa. Mas era como se fosse. Era um estranho, outro Paulo, que olhava para mim, buscando me dizer algo. Toquei a água levemente, e ondas se espalharam deformando aquele Paulo triste que me olhava. Ergui a visão ao Cristo, que também me olhava. Estremeci. Parecia ter ouvido novamente a voz grave. Com os dedos molhados, risquei a cruz em minha testa e fui.

Ao lado, para onde ficava meu destino, vi a movimentação de um monge dominicano. Ele estava com a bata branca, com a sobrecapa preta, cujo capuz encobria toda a cabeça, escondendo-lhe a face. O padre dava passos largos e apressados. Entre uma piscadela e outra, o perdi de vista. Não notei estranheza. Provavelmente já aguardava fiéis a pretenderem despejar pecados aos seus pés. Fui e entrei. Uma tela nos separava, o que facilitava, porque não desejava conhecê-lo, nem arriscava o constrangimento ao topar com ele pelos corredores.

— Perdão, padre, pois eu pequei.

Então lembrei que era preciso rezar o credo, mas antes de começar o padre me interrompeu com um acesso de tosse:

— Quais são seus pecados, filho? — ele perguntou, depois de recuperar o fôlego. Sua voz arranhada e rouca indicava que se convalescia de alguma doença.

Respirei fundo.

— Eu menti, padre. Menti muito.

— Hmm, continue.

Mas aí eu não me lembrava de outros pecados. Era incrível como eles todos fugiram da mente que protegia meu ego, atacada pelo branco. Pensei em inventar pecados como ter matado alguém, e só o ato de pensar em mentir sobre isso me fez lembrar dos cangaceiros.

— Eu matei — falei rápido, e até com certa satisfação, talvez por ter sido socorrido pela memória do recente episódio. E a euforia me fez lembrar de outro morticínio, o capataz Manuel. — Assassinei vários.

— Hmm, é grave, filho.

— Sei que é, padre.

— Sob quais circunstâncias você tentou contra a vida de um irmão?

— Em todas elas, fiz isso para sobreviver.

Houve um silêncio. Ao que pareceu, eu e o padre nos demos conta de que naquelas circunstâncias o pecado não era tão grave. Mas eu queria que fossem, queria muito, pois ele me repreenderia, me absolveria e eu iria embora, salvo.

— É grave, não é, padre?

— Hmm. A Bíblia diz não matarás, mas nesse caso acredito que haja exceção. Que mais?

Parei e fiquei procurando. Lembrei de Ana, e a vontade que tive de levá-la para a cama. Então falei que me masturbei dias seguidos, pecando contra a castidade, ainda que em pensamento.

— Hmm, grave — ele disse. E como que antecipando meus pensamentos, perguntou:

— Mas essa moça, essa moça lhe tentou?

— Sim, ela é usada pelo diabo, por demônios, o povo dela, o povo...

Parei e recordei-me da discussão e do que fiz contra Ana. Abateu-me grande melancolia, mas precisava falar.

— Eu também a agredi. Ela me provocou, e ataquei-a com um rebenque. Chamei-a de negra, em forma de insulto. Queria magoá-la pela cor da pele. Ela é negra.

Daí também lembrei que, quando estava machucado, muito ferido em decorrência das lesões que me causaram os jagunços do coronel Salvador, Ana dormia ao meu lado, deitada na esteira e colada ao meu corpo. Nas altas horas da madrugada, quando as dores me abriam os olhos, ver aquele corpo negro era como um conforto que me ajudava a pegar no sono novamente. Tê-la ferido com palavras, e em seguida recordar o quanto Ana me fazia falta, trouxe-me às lágrimas. Baixei a cabeça e só voltei a mim quando o padre falou:

— Ah, estou vendo. Isso também é um pecado, pois somos todos iguais, e Deus não enxerga cores. Brancos, negros e índios, todos são filhos do Criador. Insultar um irmão com base na cor da pele ou raça é insultar a própria criação de Deus, pois foi Ele quem escolheu fazer assim. Não faça mais. Mas também não se aflija mais, porque Deus, em sua benevolência, tratou de tirá-la do seu caminho, porque vosmecê não a merece. Mais algum pecado realmente grave?

De imediato, não entendi a questão do merecimento. Depois se clareou. Ele adivinhou que eu sofria por causa da falta que Ana me fazia, desde o dia em que a conheci presa à pedra. Foi quando me acudiu à memória o que realmente me agoniava.

— Sim, há outro pecado. Eu neguei, em pensamentos, Jesus, Deus.

— Negou com convicção a existência Deles, ou tens dúvidas?

— Tenho dúvidas, porque ora acredito, ora não acredito. É aqui na minha cabeça. Às vezes, não posso mentir, neguei a existência.

— Entendo. É comum, até os próprios apóstolos de Jesus passaram por isso. Até o próprio Paulo de Tarso e também Pedro. Não lembra do galo?

Galo, galinha, sítio, infância, tio Almir, padre Honório. O fluxo de consciência me levou à causa de tudo!

— Mas nem sempre foi assim — retomei. — Começou depois de que aprendi a ler. Depois que peguei uns papéis, um livro, e comecei a ler muito. Comecei a fazer muitas perguntas. Sabe, padre, conheci outro padre, aliás, ele era maçom ou judeu, não sei, mas dá no mesmo...

— Que tem esse padre? — ele perguntou um pouco abusado. Pigarreou e depois tornou a tossir muito.

— Então, acho que ele não é padre. Ele é um impostor. Matou gente, matou assim como eu. Ele mente também, mentiu, mente muito. Ele é má influência...

— E como é o nome dele? Vamos, fale logo!

— É Honório, Honório.

— Maldito! Maldito!

— Sim, padre, ele é maldito!

Houve um silêncio, um longo silêncio.

— Padre?

— Reze cem pai-nossos e cem ave-marias, ambas as orações de joelho todo o tempo. Faça jejum por um dia inteiro, sem beber nem água. E não fale com ninguém sobre esse padre, pois isso é assunto que a igreja deve resolver. Agora vá.

— Isso tudo de ave-maria e pai-nosso? — não pude deixar de perguntar. Aliás, era uma quantidade tão absurda que achei que tivesse ouvido mal. Mas ele confirmou, e me conformei com sua justificativa:

— Deveria ser mais, negar a Deus é uma blasfêmia mortal. Sorte a sua é que não ordeno vosmecê ao Santo Ofício, para ser queimado numa pira. Agora vá!

— Não vai me absolver, padre?

— *Ego te absolvo, in nomine patris et filii et spiritus sancti.* Vá!

Ergui a cabeça para vê-lo pela tela, mas não era possível identificar suas feições. Quando eu ia saindo, ele me chamou.

— Pois não, padre.

Pigarreou e disse:

— Sabes que essa absolvição é para todos os pecados de hoje para trás, não é?

— Sim — respondi sem ter certeza.

— Pois bem. Nas próximas confissões, não precisa repetir os mesmos pecados ao confessor, obviamente, e, portanto, não há necessidade de falar desse tal de padre Honório. Entendeu?

— Sim.

— Não fale dele. É uma vergonha para a Santa Igreja. Eu mesmo, em pessoa, vou tratar de investigar essa pústula. Por isso, não fale; aliás, não fale para ninguém. Entendeu?

— Sim — respondi pensando comigo que padre Honório estaria encrencado.

— Agora vá — ele me enxotou, daí teve outro acesso de tosse e saiu antes de mim. Bom, já era um começo ter me confessado. Deixaria para depois a questão de entrar no convento. Pelo menos agora o peso que sentia era menor, o que me fez ter mais paciência.

No dia seguinte, participei da burocracia na ordem do dia dos chefes da Coluna. Prestes pretendia lançar uma edição d'*O Libertador*. Era um jornal para dar nossa versão dos fatos. Sempre que parávamos em uma cidade com tipografia, uma edição do jornal era lançada. Foi a primeira vez que presenciei aquelas máquinas em pleno funcionamento. Imprimiam folhas e papéis, dezenas, centenas. Estava velha, antiga, mas funcionava, não tão bem quanto se esperava. O jornal ficou borrado, um pouco ilegível. Eu só não entendia por qual motivo distribuir uma peça publicitária para uma população onde a esmagadora maioria era de analfabetos. Enfim, preservei a dúvida.

Ao final do dia, uma grande aglomeração de pessoas realizou piqueniques às margens do rio Tocantins. Banhos à beira do rio, banho de sol; um ou outro bebendo escondido. Mais uma vez, vista grossa dos chefes, que estavam, quase todos, lá.

Descemos, Távora e eu, para a margem do rio, onde nos encontraríamos com os outros. À minha frente, paralela à larga rua de pedra que margeava o Tocantins, vi o início da encosta de ribeira, íngreme e cheia de cascalhos e pedras negras, para depois se constituir de areia escura. A grande faixa de terra se estendia até a água, que em alguns locais servia para o banho no raso. O lugar estava cheio de gente, curiosos que nos viam com certa admiração febril. E entre os curiosos, mulheres, moças, muitas moças, a maioria com trajes de banho, algumas compostas e outras decompostas.

— Não vai dar um mergulho? Você sabe nadar, sabe? — perguntou-me Távora enquanto caminhávamos com cuidado pelo cascalho.

— Sei, mas é que é melhor não.

— Macho, deixe disso — mal completou a frase e já estava sem a blusa, vestido apenas com um calção. Homem enorme. Eu também era enorme, mas ele era largo. Ombros largos, braços russos, pernas torneadas. Távora não perdeu tempo:

— As moças daqui são umas beldades. Estão todas olhando.

Realmente estavam.

— Me faz um favor, Paulo?

— Pois faço.

— Fique aqui. Eu vou até aquela pedra ali; e quando chegar lá, você me chama.

— Chamar para quê?

— Só chame. Agora você precisa gritar: "coronel Távora!". Entendeu? Não esqueça o "coronel", tornei-me coronel esses dias.

Ah, cabra safado, pensei. O sem-vergonha queria se amostrar. Pior que eu não tinha o que fazer. Era o jeito obedecer e servir de baba-ovo.

— Coronel Távora! — gritei, e as moças em redor logo se ouriçaram, esticando o pescoço para achar o homem que atendia ao meu chamado. Fiquei muito injuriado, servindo a ele como chofer de libertinagem.

Mais tarde, os outros chefes já reunidos, e que não ficavam atrás, logo inventaram disputas olímpicas. Uma delas era atravessar o rio Tocantins. Tarefa perigosíssima. As moças começaram a duvidar, pilhar ainda mais a coragem deles. Em questão de segundos, formou-se na margem um cardume de gente disposta. O desafio: nadar quase um quilômetro de margem a margem, numa correnteza de cheia. Minha visão não alcançava as pessoas e construções do outro lado. Via só diminutos objetos em suspensão, e quando muito, uma ou outra embarcação que fazia a travessia.

Eu fiquei e vi irem Távora, Prestes, Siqueira Campos e outros batendo braços e pernas, agitando e espumando a água ao arredor. Enquanto esperava, molhando meus pés, ouvi uns cochichos estranhos atrás de mim. Virei-me e notei um grupinho de moças, das quais guardei lembrança do instante em que chamei o sem-vergonha de coronel Távora.

Então, vindo das minhas costas, ouvi:

— Psiu.

Será comigo?, pensei. Porém me mantive firme. Sabia que o certo era ir embora, mas o sol agradável me ajudava a pensar melhor.

— Psiu, moço...

Não é comigo, dei de ombros.

— Ele parece que é surdo.

Aí era demais, virei:

— Estou ouvindo, moça, sou mouco não — falei sério, firme.

— A gente pode se sentar perto de você?

E agora? Melhor dizer não, pensei e disse:

— Fiquem à vontade.

— Obrigada.

E vieram. Três. Sentaram-se e começaram a perguntar coisas. De perto, não eram tão moças assim. Uma delas quase não abria a boca, e depois percebi que lhe faltavam alguns dentes. Outra, loira com olhos claros, verdes, de razoável beleza, mas com muitas pulhas no palavreado, ficava a todo instante me pedindo para tirar a calça e ficar só com calção. A terceira, mais séria, tinha os cabelos pretos e longos. Parecia incomodada em estar ali, olhava repetidas vezes ao redor, resmungava do horário, porque logo ficaria escuro. Tínhamos isso em comum, pois eu também queria sair.

Em vista do assédio das outras, eu só respondia, explicava e falava só a verdade para variar. Mais moças chegaram; e alguns soldados, vendo que eu me tornara um ímã, uniram-se também a nós. Logo estava cercado de pessoas em trajes de banho e ingerindo bebidas alcoólicas. Sim, a bebida foi distribuída entre elas, que nem faziam careta com as goladas. Gargalhadas começaram a ficar mais sonoras, expansivas; tentativas de abraços, beijos roubados, passadas de mão. E eu ali. Sei que o certo era não estar ali, mas apenas uma coisa ainda me impedia de ir embora: a moça de cabelos pretos. Queria perguntar-lhe o nome, sugerir que fôssemos para outro lugar, mas faltava a coragem da iniciativa. Foi quando resolvi tomar uma dose de cachaça. Só um golinho.

Uma dose tornou-se duas, e duas, três, e três, quatro, e perdendo a conta, nem reparei quando ao derredor se encontraram vários soldados, e entre eles uns desgarrados do destacamento do coronel João Alberto.

A luta disciplinar que o coronel João Alberto enfrentava era demais da conta, principalmente quanto a Benício, um civil assim como eu. O problema era seu irmão, um coronel velho dos tempos de guerra federalista do Rio Grande chamado Luís Carreteiro. Talvez por isso se achava com direito a ascender sobre os outros. O próprio Barbosa confidenciou-me (quando ainda era sargento) coisas sobre esse grupo, falando barbaridades infaláveis que eles praticaram no curso da marcha. De roubos, assassinatos, estupros, e assim por diante. Bem, o Benício me viu com as meninas, e não demorou para se encostar com sua turba. Logo estávamos todos ébrios demais, e as mãos soltas começaram a caçar as pernas das moças. Umas fingiam que não queriam. Outras realmente nem ligavam. Algumas dissimulavam com sorrisos que não interditavam a apalpada nas coxas e nádegas. Eu olhava e, mesmo bêbado, não me atrevia a imitar.

Mas a coisa ficou embaçada quando um deles encostou na de cabelos pretos, justamente quando o medo de falar e a distância diminuíram. O intruso era o Almeida, afilhado de Luís Carreteiro. Talvez estivesse mais embriagado que eu. Sujo e seboso, o sujeito não fazia a barba havia dias. Grudou na menina e sorriu baforando álcool naquele rosto alvo. Ela ficou visivelmente constrangida com a impertinência do roça-roça que o maldito empreendeu. Ele não a largava do pé. Aquilo foi me enchendo; e bêbado ou contrariado, eu queria falar alguma coisa, passar um corretivo. Então estourei:

— Ó féla da puta, se largue da menina — falei firme, embora embromando a língua.

— Baiano tá nervoso, bah! Te aquieta, senão lê faço um talho.

E nisso ele puxou um punhal. Do meu lado, apalpei-me e não tinha nada. Nunca passou pela minha cabeça ir armado para lá. Mas agora tinha comigo ousadia, e firme e duro esperei a aproximação que não vinha. Ele hesitou, e deu tempo para seus colegas, inclusive Benício, se colocarem entre a gente. Ao mesmo tempo, o vi puxá-la pelo cotovelo.

— Ela quer ir? — perguntei.

— A china não tem querer — Almeida cuspiu, e seus colegas fizeram uma barreira. Não tinha mais o que fazer.

Senti-me um inútil, um fraco, vendo a moça indo e me olhando por cima do ombro, como a implorar pela ajuda que eu, maldito que era, não tinha coragem de prestar.

Eles entraram numa canoa. Almeida iria a uma ilha fluvial, um banco de terra no centro do leito do rio, lugar isolado. A bordo, os dois, e o cafajeste ia remando, sequestrando a inocente moça de cabelos pretos. Uma forte tristeza me abateu. Vendo-os ir, refleti tentando entender o motivo de ter ficado tão mal se a moça não era nada minha. Daí lembrei do padre Honório. Que hora ruim para lembrar dele, com aquela maçã na mão, me ensinando sobre bravura e covardia. Diabo! Era tão mais fácil se esconder, fingir que não via, virar o rosto. *Não se envolva, Paulo*, eu dizia a mim mesmo no pensamento.

Passei a vista na prainha e vi outras canoas, fui até a primeira que boiava ali perto. Nas minhas costas uns começaram a rir, zombar e até bater apostas. Entrei na água até a canela, subi zonzo na canoa, me equilibrei no convés úmido e escorregadio de lodo e peguei o remo. Sentado no centro da canoa, puxava o remo e me via ir também. No meio do caminho pensei no que estava pensando em fazer. Daí, quanto mais pensava, mais passava a vertigem da bebida, e mais ia adquirindo lucidez. De fato, quando subitamente acordei de toda a embriaguez, estava já na aguagem bruta e traiçoeira, longe da margem, ouvindo uns sussurros de desamparo da correnteza, com o rio Tocantins me puxando, todo barrento vermelho. Aquilo me desesperou, e imediatamente freei a inércia que me levava pelas remadas anteriores. Foi aí que pude ver que o miserável não se conteve em chegar na ilha e entrou nas preliminares, se debruçando por cima da moça. Ele tinha parado de remar, e sua canoa boiava à deriva. Tentava beijá-la à força, puxando-a para si, embora sem sucesso tanto pela resistência da moça quanto pela mudança do centro de gravidade da canoa.

Assistir àquilo me fez lembrar do jagunço Manoel e da bagaceira que ele faria em Ana. Num átimo, fui tomado pelo ódio. Ódio de mim, porque machuquei Ana, porque fui covarde, e foi novamente quando senti inveja por ela ser quem era: a pessoa mais corajosa que conheci. Apertei meu remo, dei uma puxada forte na maré, preparando para abalroar. Fiquei de pé, ergui o pau e esperei. Gotas d'água escorriam e molhavam-me a cara. Faltavam poucos metros para o choque das canoas, e o pavor que eu sentira pouco antes sumiu-se com a coragem repentina que explodiu aqui dentro.

É agora, só deu tempo pensar.

Mirei nas costas e desci a tora do remo num ataque de cima a baixo.

Não lembro onde a pancada pegou, porque fechei os olhos devido à força que fiz. Suponho ter sido na cabeça, mas só suponho por causa do som oco de pau com osso se quebrando. O problema foi que exerci tanta força no golpe de remo que meu corpo pendeu para a frente, e meu peso fez minha canoa emborcar.

A última coisa que vi, antes de sumir de vista, foi a moça de cabelos pretos me fitando com o olhar preocupado, mas ao mesmo tempo agradecido. Eu estava agarrado à minha canoa emborcada e sendo levado pelas traiçoeiras correntes do Tocantins.

Coronel Fawcett

Meus dedos se crispavam na madeira da canoa emborcada, na tentativa de me manter agarrado. A visão molhada procurava as margens, as distantes margens, cada vez mais. O povo lá tornava a ficar pequeno e embaçado, principalmente quando a onda fluvial inundava meus olhos, e eu, de mãos ocupadas, não podia esfregar para tirar o turvo da imagem.

Enquanto a canoa ia afundando, guardei forças, economizei respiro, e no tempo que a última lasca de pau desapareceu água adentro, me soltei para dar braçadas. Nisso, as pernas se cansaram. Virei de barriga para cima tentando boiar. Água entrando por todo buraco aberto, boca, nariz, ouvidos. *Me ajude, meu Deus*, pedi no pensamento. Nada. Deus esqueceu de mim, refleti logo em seguida que me vi perdido, com a corrente me levando rápido e meu peso me submergindo.

Ia gritar socorro por Ele, mas uma golada d'água cessou a palavra. A dor no corpo me fez esquecer do pedido, da ajuda que poderia vir. Doía tudo, e até me manter boiando era penoso, desgraçadamente penoso. *Vou morrer, agora vai*, imaginei e comecei a esperar passar o filme da minha vida, que não passava. Deu tempo de lembrar de Ana, e do mal que tinha feito a ela, palavras horríveis que havia dito. A força faltou, e senti-me descendo, a água me cobrindo. Prender a respiração era sofrível, exausto que estava, arfando e ofegando, e em vez de ar, entrava água. *Deus, o Senhor me abandonou. Quando mais preciso de sua ajuda, Você me abandonou. Logo agora? Eu estou mudando, eu estava mudando. Bem, talvez não faça diferença a quem pedir ajuda.*

— Por favor... — gritei na subida quando emergi, para logo em seguida engolir mais água na descida que se sucedeu. Desci sem fôlego e sem força nenhuma para me manter fora d'água. A consciência me deixou, e as memórias se perderam naquele rio que se tornava minha sepultura.

Acordei sendo puxado para fora do leito do rio, com algo, alguma coisa, me suspendendo como um guincho. Contudo, logo me dei conta de que estava na boca de um hipopótamo, atravessado e perpendicular a ele, como se o bicho me carregasse nos braços, embora não fossem braços. Eram presas que nasciam na base da boca. Quase um palmo cada uma. Só lhe bastava a vontade, e meu corpo seria estraçalhado ao meio. Não tive como me assustar, porque tudo me parecia um sonho, uma realidade onírica, ou uma loucura sem igual. Fomos indo e saindo, e indo, até que reparei na pata dele. Uns dedinhos gordinhos e curtos, com unha e tudo, deixando uma pegada na lama da margem do rio. Depois entramos na mata ciliar, afastando cipós e vitórias-régias. E aí ele me largou no chão. Levantei-me tonto. Olhei para ele. Suas orelhinhas pequenas balançavam rapidamente, espanando água. Seria um sonho? É claro que era. Foi quando ele se sacudiu, levantando uma poeira no molhado, algo estranhíssimo, como tudo até então. No lugar surgiu um menino do meio da bruma, um galeguinho de olho azulzinho, cabelo loirinho, branco que dava dó. Segurando as alças de uma mochila de couro de costas, ele falou:

— Quase tu morreu, hein? Mas deu tempo de eu chegar.

— Quem é você? — perguntei.

— Tá reconhecendo não?

— Não... quer dizer, acho que sim, você sou eu quando criança?

Ele riu. Tirou das costas a mochila, abriu e de dentro puxou um livro. Passou o dedo indicador na língua e começou a folhear.

— Achei, tá aqui nosso nome; só falta você assinar, venha.

— Mas eu não tenho um lápis aqui — falei enquanto apalpava e procurava pelos bolsos ensopados de água.

— Carece de lápis, não; é só duma gota de sangue que ele precisa.

— Sangue? Ele? Ele quem? E o que é isso?

— Vixe, que tanto de pergunta. Lá no meio do rio cê num tinha esse monte de dúvida, n'era?

Daí me dei conta dos instantes que antecederam minha perda de consciência. Meu corpo esfriou. Mesmo estando em um sonho, era como se a sensação fosse real; podia sentir o gelo percorrer das extremidades ao meu ventre.

— Eu... eu... — gaguejei.

— Você fez o pacto, só falta assinar. Venha, caminhe; é só uma furadinha. O chefe tá esperando.

— Não! — exclamei mostrando a palma da mão para ele.

— Não o quê? Cê tá doido, é? Pede pro chefe lhe salvar, e agora não vai fechar o acordo.

— Mas não fiz acordo nenhum.

— Claro que fez, cê falou "Por favor, satanás, faço qualquer coisa pra não morrer".

— Não! Não falei!

— Mas pensou, amarelo.

— Como você sabe, você, vocês... não leem pensamentos.

— Não preciso. Esqueceu que sou você? Tudo o que se passa aí, passa aqui — ele apontou com o indicador para a própria cabeça. — Vamo logo com isso.

— Mas... mas como é que vou saber que foi ele ou você quem me salvou?

— E agorinha mesmo eu num tava tirando tu da água, seu safado. Bom, cuide; venha assinar, até porque sua parte do trato é muito simples. Nunca vi um contrato desse, e nunca vi o chefe ter tanto interesse por alguém assim. Eu tava bem longe, e tive que vir correndo.

Interesse em mim? Ele percebeu minha hesitação. Se aproximou e virou o livro para meu lado, apontando para o espaço em que eu deveria gotejar meu sangue.

— É só uma gota de sangue.

— E qual é a minha parte do acordo? — perguntei. O tom da voz mais baixo, reflexo de uma espécie de vergonha que sentia pela curiosidade de ocasião.

— Negar... não posso falar o nome Dele — ele disse, e olhou para cima, para o céu.

— Deus? — sussurrei.

— Não, o outro.

— Que outro?

— Ixe, como tu é cabeção! — gritou. Depois falou baixinho, num cochicho de conspiração. — O filho, negar o menino Dele, o carpinteiro.

— Jesus? Não! Eu não posso fazer isso! Quero acordar desse sonho, quero voltar pro rio. Prefiro morrer.

Ele começou a rir; na verdade, começou a gargalhar. Fechou o livro e o jogou dentro da mochila, para colocá-la nas costas logo em seguida.

— Deve de ser por isso que o chefe gosta tanto de tu.

Uma luz me fez fechar os olhos.

Foi um sonho ou não? Um delírio? Com certeza! Abri os olhos com muita dor de cabeça. Dessa vez não era sonho. Corpo letárgico, roupas encharcadas, esforço excessivo para mover até um dedo. Deitado, tentei virar a cabeça de lado, olhando ao redor. Vi que estava numa clareira, no meio de uma mata. Foi aí que o cansaço retornou, e fechei os olhos, ouvindo ao longe vozes estranhas, muito parecido com o sonho. Fiz esforço para abrir as pálpebras e vi vultos lá e cá. Fechei os olhos e adormeci. Acordei novamente. O lugar era outro, e se movia. Tudo se movia ao redor. As copas das árvores, lá em cima, passavam para trás, acompanhando as nuvens. Senti meu corpo comprimido em algo, como se enrolado num lençol, um pano, uma rede. Sim, estava numa padiola, uma espécie de transporte. Quem me carregava? A consciência retornou com mais vigor que da última vez. Levantei a cabeça sem tanto esforço e vi indígenas me carregando. Três ao todo, que por sinal eram enormes, quase sem roupas, e com indumentária diversa do único que vestia roupas e que liderava. Era um indígena também. Seu cabelo e suas feições com olhos oblíquos não me enganavam.

— Onde estou? — ainda tive força para falar.

O guia da frente, ao ouvir-me, retornou para mim e falou para os dois em uma língua que não entendi. Eles estancaram, desceram-me, e o estranho acocorou-se ao meu lado.

— Onde você estava, por acaso encontrou alguém chamado Jack? — ele me perguntou. Seu sotaque não era tão carregado como de comum esperar, e o tom era leve, um calmante natural. Na hora minha cabeça doía, e isso me deixou sem a certeza de que algum Jack poderia ser soldado da Coluna. Então era melhor ter cautela.

— Eu não sei quem é Jack, mas pode ser que conheça por outro nome.

O indígena se levantou. Seus ombros eram largos, e seu tamanho fez uma sombra sobre meu rosto, amenizando a dor causada pela luz que incidia diretamente em mim. Ele olhou para os lados e depois para o nada, sem mudar a expressão que tinha antes de me fazer a pergunta. Deu uns comandos aos outros dois, e eles me suspenderam novamente. Eu queria saber quem era Jack, mas meu peito doía demais para respirar, ainda mais falar. Adormeci.

— Seu bugre maldito, trouxe um estranho. Você saber que não era Jack!

Acordei com um princípio de gritaria. Mais uma vez, estávamos numa clareira, abaixo de árvores enormes. Não tenho exata noção de quanto tempo havia se passado. Minhas roupas estavam secas, e já respirava melhor; e as forças, apesar de debilmente me mover, retornaram. Estava deitado, escorado num tronco de uma árvore, um buriti. O homem que distribuía gritos era um branco, mediano, magro, com roupas folgadas, talvez pela magreza ocasional. O rosto barbudo, duma barba negra. Calvo e cansado, ele olhou para mim de onde estava. Olheiras profundas e escuras. Tinha gritado tanto que o rosto corou. Fitou-me mais uma vez com cuidado, meneou um negativo e saiu. O indígena com quem esse homem gritava, o mesmo que falara comigo antes, permanecia sentado na raiz duma mangabeira. O semblante de silêncio o caracterizava. Outros indígenas, que àquela altura eu não diferenciava uns dos outros, também estavam de cócoras alguns comendo, outros no mesmo modo tumular de ausência de som.

Fiquei esperando o indígena me encarar. Certamente pelo teor do esporro que o branco deu, eu teria sido a causa, porque não era o tal Jack. Precisava saber o que fazer, o que dizer, uma vez que minha estadia ali poderia também ser indesejada. Com dificuldade, pus-me de pé, atraindo os olhares. Caminhei até o índio samaritano, que agora me fitava sereno. Ele tinha a pele escura, o cabelo em forma de cuia, caído em toda a circunferência da cabeça. A face limpa de pelos, pela qual eu dava a ele no máximo vinte anos. A poucos metros me detive, agradecendo.

— Eu gostaria de saber quem é Jack — acrescentei. — Mas infelizmente não sei quem é.

— Acalme seu coração — ele me respondeu, sem perder a serenidade. A fala passava tranquilidade. Ele não era tão alto; aliás, mais baixo que eu, e mais baixo ainda que os indígenas que nos cercavam. Era diferente.

— Como é seu nome? — perguntei.

Ele olhou para mim, lendo-me. Esperou um pouco, e conheci ali como falar mais sem falar nada. Então ficou de pé e finalmente disse:

— Báro-Ihedága. Mas pode me chamar só de Baro.

— Eu me chamo Paulo — falei, e ele moveu a cabeça com um cumprimento. A despeito de não saber o que aconteceu comigo, creditava a ele a minha salvação. Depois, Baro olhou para o lugar para onde o homem tinha ido. Foi aí que aproveitei e perguntei.

— E quem é ele?

— Chamam de coronel. Coronel Falcê.

E assim soube pela primeira vez do lendário coronel inglês Percy Harrison Fawcett.

Tudo o que ouvi falar sobre esse coronel das Forças Armadas britânicas chegou a mim muito depois. Mas aposto que ali, naqueles dias, ninguém o conheceu melhor que eu, quando Fawcett desceu ao fundo do poço. Primeiro, estava perdido. Segundo, perdeu-se também do filho, o tal de Jack. Por fim, carregavam outro sujeito em calamitosa situação, um terceiro do trio, cujo tornozelo apodreceu por causa de mordida de carrapato, tornando-o incapaz de andar. Por que esse homem saiu do Reino Unido para vir se perder nas florestas brasileiras? Isso me intrigava.

O acampamento era só barraca em vara e lona. Vi um vestígio de brasa de fogo consumido que apontava estadia longa. Apesar disso não senti nenhum cheiro de comida, se é que comeram algo. E aí comecei a ter sede e fome, mas não tinha coragem de pedir por alimento e água. Num dos pontos da clareira, percebi quando o coronel moveu-se trocando sôfregos passos na direção do acamado. Eu já caminhava com minhas pernas e, por curiosidade, levantei-me e me aproximei também. Assim que nossa distância se encurtou, inalei o fedor de carne podre a poucos metros, e só então me pus a par da gravidade. Ele, o coronel, a princípio me olhou de cima a baixo, e depois ignorou minha presença. Prostrado de pé, se voltava em atenção para o jovem deitado no chão sob uma esteira de palha. O rapaz se chamava Rimell. Quase um garoto, talvez não passasse de dezesseis. Escancarava no rosto uma palidez mórbida, trêmula; respirava com dificuldade e delirava consigo em monólogo, falando todo o tempo em inglês. Provavelmente queimava de febre e, se esse fosse o caso, a única saída para evitar a morte seria a amputação da perna, algo impraticável naquelas circunstâncias. Não me lembro do que me fez falar com Fawcett, além da curiosidade, mas me aproximei na tentativa de confortá-lo de alguma forma, dizendo:

— Não sei a quantos dias estou de meu grupo, mas talvez não seja tão longe. Podemos buscar ajuda pra ele.

O coronel cravou os olhos brilhosos em mim, pôs o chapéu e perguntou com seu sotaque britânico:

— Você não ser brasileiro, ser?

— Ser, sim, nasci aqui.

— Não parecer, e aposto que não é — ele insistiu, proferindo as palavras pausadamente.

— E o que faz o senhor pensar assim?

Ele ficou em silêncio, ouvindo o murmúrio de Rimell. Pareceu esquecer da minha pergunta por uns dois segundos, talvez por ter lembrado do filho perdido por aí.

— Vamos! *We must go...* — falou e passou por mim, distribuindo a ordem aos outros também.

Então entramos mata adentro. A princípio, não ouvi absolutamente nada de som humano, a não ser os gemidos de Rimell. Silêncio total preenchido pelo som das coisas: um córrego, uma ave, um bando de capivaras. Se fechasse os olhos, podia ouvir as formigas andando, em fila indiana, no carrego de alimento, no labor incansável. A certa altura, achei que me fundiria à terra, que criaria raízes. Não no começo, não nos primeiros dias. Nesses se perde a noção de espaço e tempo, e o desespero bate a ponto de deixar qualquer um à beira de um ataque de nervos. É só depois da consciência de que o tempo é uma invenção nossa que a paz assenta no coração.

Baro nos guiava, e a fome era enganada com mesquinharias, caça simples e fraca. Uma anta, quando a sorte sorria. Fora isso, só frutas e raízes. Dos cinco indígenas, dois nos abandonaram. Mesmo assim, comecei a conhecer muito sobre eles. Faziam parte de um povo de nome Xavante. Homens altos e fortes, talvez por isso a preferência do coronel para tê-los na expedição. Acontece que a forma como ele os tratava, na maior parte do tempo como se fossem estorvos, seres inferiores — e a grosseria —, tudo contribuía para o afastamento e deserção.

Foi aí que me abateu um pensamento: pouco me lembrava da Coluna, de Ana, de Távora, de Prestes, de tudo o que ficou para trás naquele rio. Isso me entristeceu fortemente. Vi-me só, solitário em mata virgem e fechada. Passei a perder o interesse em querer perguntar coisas como "de onde vieram, para onde vão?". A sensação era a de que eu ainda flutuasse, boiasse naquele rio, sem destino certo, senão o do próprio leito, a semelhança de um caminho já traçado pelas águas, que tudo perpassam, não importa o que encontrem à frente. Os dias eram iguais, as horas, semelhantes, os minutos e segundos, idênticos entre si, e eu podia vê-los passar. À noite, sons estranhos, vultos noturnos, a floresta ganhava outra vida, e as coisas inanimadas pareciam respirar. Aí sonhei novamente, aquele menino que era eu, aquele contrato. Que mais eu ganharia se aceitasse? Sonhei mais de uma vez. Perdi a noção do tempo. A de espaço já nem me fazia falta mais. Sempre sonhava. Sonho besta. Tolice, bobagem. Comecei a lembrar de coisas esquecidas, da minha tenra infância, de como era bom. As brincadeiras nos riachos, nos brejos, as conversas de assombração, de espíritos, e o fato de nunca jamais ter visto nada anormal. Acostumei-me com a fome, passei a pensar menos em comida. Água para beber não faltava. Tentei falar com um xavante. Eu falava, falava, e eles ouviam, ouviam, escutavam atentamente, olhando para mim, mas não respondiam nada. Nada! Um dia, os três xavantes trouxeram urubus mortos. Arrancaram as penas, queimaram, e com as cinzas pretendiam curar a perna de Rimell. O coronel, ao ver e decifrar a sugestão, xingou tudo e todos, gritando e impedindo que se aproximassem do doente.

— *Fucking savages, get out of here!*

Naquela noite, Rimell morreu. Fawcett ficou irreconhecível, uivou a noite inteira, socando-se no peito seco e ossudo. Imaginei que seus prantos, ao ver um cadáver jovem, fossem mais pela hipótese nada improvável de o filho estar morto também. Todos ficaram sem dormir, e ainda que quiséssemos ajudar a enterrar o corpo, o coronel não deixou ninguém se aproximar. Cavou ele mesmo uma cova, colocando a última pá de terra ao primeiro raio do sol a penetrar pelas frestas das copas.

— Paulo... — Baro me chamou com bastante sutileza, enquanto eu observava o corpo esquelético de Fawcett. Desviei o olhar da esfinge do coronel e atendi ao chamado de Baro no mesmo tom silencioso.

— Não é bom continuar — ele me sussurrou, aparentando cuidado incomum. Daí continuou: — Falei com Cavalo-branco. Vai levar vosmecê pra vila mais perto.

— Por que está me ajudando?

— Pedra-Vermelha disse que rio trouxe vosmecê, disse que "Jabuti salvou menino branco".

Mas no meu sonho era um hipopótamo, pensei, apesar de apenas assentir. Aquilo me estranhava muito. As interrogações eram muitas e longas.

— Mas não pode ir agora. Ele — apontou para o coronel — está muito doente do espírito, é uma alma perigosa, e não é bom que vosmecê se vá da vista do homem — Baro cochichava a uma distância segura do coronel. Em seguida, falou que soube histórias de que Fawcett matara não um, mas vários indígenas. Se de outras vezes a loucura não teve parte, agora poderia ser a protagonista de uma desgraça maior. Além disso, estava sempre armado, levando na cintura uma pistola mauser carregada. Foi aí, enquanto conversávamos, que Fawcett reparou o estranho e súbito encerramento de palavras das nossas bocas, pelo silêncio que se fez quando ele apareceu.

— A culpa ser toda de vocês — disse em meio à clareira.

Vi a arma, que não estava mais no coldre, mas na sua mão. Ele passou o olho em todos, girando o torso sobre o quadril. Repetiu algo que não entendi, e então parou a visão em mim. Cerrou os olhos e apontou a mauser em minha direção. A princípio, tremi.

— Você deveria não se misturar com eles — falou-me como se me alertasse, apontando com o queixo para os outros ao se referir a "eles". Percebi então que a arma na minha direção era só um gesto, como se fosse o dedo indicador. Não havia ameaça. Ele logo continuou:

— Índios ser traiçoeiros, *decived.* Essa ser a razão de nós exterminar aborígenes na Austrália. *All of them. See?* Esse aí — apontou para Baro — ser o pior. Claro. Seu pai gabava ser amigo de Roosevelt... *bullshit,* como dizem os americanos. Filho do pequeno mestiço, um *half-indian* no exército brasileiro, guiando um ex-presidente dos Estados Unidos. *We do not need a president.*

Olhei para Baro sem entender as relações.

— Aposto todas as fichas que o índio aí nunca nem viu o pai, Rondon. Não? Rondon, seu pai, não ser? Bastardo! *You bastard!* — Fawcett insultou, cuspiu e saiu. Deu alguns passos e caiu inconsciente. Corri para acudir e, ao mover seu corpo, notei a temperatura de quem ardia de febre. Estava vivo, mas adoecera de malária, e sua vida agora dependeria da ajuda dos xavantes. Aqueles mesmos que ele acabara de insultar.

Quem é Rondon?

Os indígenas conversaram entre si, e Baro disse que eu precisaria ir com eles para um local onde vivia uma comunidade de xavantes. Era muito mais simples apenas deixar o coronel à própria sorte, mas, de forma inusitada, Baro foi à procura de ajuda. A caminhada levou só mais um dia. No trajeto, ouvia a todo o tempo o murmúrio de Fawcett carregado numa padiola, a mesma que me levou quando fui retirado do rio. A maior parte do que resmungava era em inglês.

Ao arriarmos nossas coisas num enorme terreno desmatado, a primeira coisa que notei foram as malocas, ou ocas: todas enfileiradas, umas ao lado das outras, num desenho como de uma ferradura de cavalo, para formar no centro um descampado, uma espécie de esplanada e ao mesmo tempo praça, na qual não havia nada além do chão batido.

— Onde estamos?

— Aldeia xavante — respondeu Baro, logo sendo arrodeado por crianças, meninos e meninas. Não tardou para que muitos outros se ajuntassem. A minha presença era motivo de curiosidade. Os xavantes que carregavam Fawcett o deixaram no centro da aldeia e buscaram falar com os anciãos, os três dos três clãs. Baro me disse que se chamavam Girino, Grande Rio e Tob'ratato. Dali a pouco fomos avisados de que o tratamento para o coronel havia sido autorizado, assim como nossa estadia. Fui apresentado aos líderes, velhos índios com brincos atravessados nas pontas das orelhas enormes. Todos estavam de alguma forma tingidos de vermelho e preto, no rosto e no corpo, e me olhavam sem curiosidade.

Durante a noite, os xavantes dançaram na esperança de expulsar os espíritos malignos que consumiam o corpo de Fawcett. Baro não participou, mas assistia e me explicava. Demorou um pouco para que eu ganhasse a confiança dele, mas assim que se sentiu seguro, tudo me falava:

— Vão começar o *wai'a*. O ritual chama os espíritos bons, os *danhimite*, para vencerem os ruins, os *tsimihöpãrī*.

A dança consistia numa simulação de luta, onde um grupo pintado de preto tentava assustar Fawcett, que permanecia deitado, em delírio, sufocando, não sei se pela fumaça das fogueiras ou pelos sintomas da malária. Então me lembrei do que ele mesmo disse sobre Baro e sobre seu pai, o Rondon, que àquela altura eu ainda não sabia quem era. Deduzi que, como eu, Baro não conhecesse o próprio pai.

— Eu também não conheci meu pai — falei para Baro. Ele ficou em silêncio.

A cerimônia atravessou até altas horas, e eu já tinha me recolhido a uma rede quando enfim acabou. Pela manhã, acordei com o cheiro de guisados e o riso das crianças, das mulheres, que vinham e iam ao local em que eu, Fawcett e Baro estávamos alojados. Baro já não estava, e o coronel ainda dormia, em que pese não apresentasse sinais dos sintomas. Lá fora vi as cinzas das fogueiras e suas brumas fracas e pálidas misturadas à garoa. Também senti o cheiro da manhã, o que me trouxe instantaneamente uma paz inexplicável. O sol frio, a brisa agradável e úmida. Ali comecei a rifar sorrisos para quem me olhasse, qualquer um, principalmente as crianças, que me lançavam olhadelas de traquinagem.

E assim, nessa tranquilidade de espírito, um dia se passou, no qual vi vários outros rituais, a maioria de banhos no rio rente à clareira. Incrivelmente, Fawcett mostrava sinais de melhoras e me lembrava de como eu fora parar ali. Onde estaria Ana? Em padre Honório nem pensava mais, porém senti falta de um pai. Será que era algo a ver com o silêncio de Baro? Pois ele e eu tínhamos isso em comum: um pai ausente. Será quc meu pai teria ficado assim como o coronel, ao se perder do filho? Acredito que não. Meu pai me renunciou, deixou que eu fosse com padre Honório. Passei a imaginar se tivesse um pai com coragem, valente, inteligente e sagaz. Eu teria orgulho de um pai assim. Quem era Rondon? Alguém que esteve com um presidente, o presidente dos Estados Unidos, uma grande potência. Mas Baro não queria me falar nada, e respeitei sua decisão.

No segundo dia, novamente o sonho com o hipopótamo e o menino de mochila.

— O chefe tá esperando sua assinatura. Você não vai querer ele como inimigo, vai?

Acordei esbaforido. Aproximei-me de Baro, e quando ia falar sobre o sonho, ouvi um tropel de passos passando ao largo da aldeia. Grupos, como sempre caracterizados, seguiam, barulhentos, em cantos e hinos semelhantes aos da noite anterior.

— Venha — ele disse —, vamos participar. É uma competição, vosmecê vai gostar da corrida.

Mesmo sem saber exatamente de que se tratava, fui. Saímos nos esgueirando por entre a vegetação da ribeira do rio Tocantins, numa trilha que dava noutra e que dava numa terceira, para enfim abrirmos num descampado, onde o grupo reunido não parava um segundo de entoar o coro. Logo ao chegar, reparei as toras de buriti deixadas em posições devidamente representadas por serem as largadas. O buriti é uma árvore de tronco grosso, tanto quanto o de uma palmeira-real; alguns com duas vezes o diâmetro dum coqueiro. Baro me repassou as regras da disputa, que se resumia aos membros do grupo se revezarem entre si carregando o portentoso tronco. Certamente, o peso ultrapassava os cinquenta quilos. O local, o cheiro, o som, o tempo, a música, a entonação de um grito de guerra, tudo me arrepiava da nuca aos pés. Não fizeram objeção alguma à minha participação com Baro. Nosso grupo era formado por quatro integrantes. Ficamos a postos, e ao som da largada saímos acompanhando o membro que carregava nas costas o buriti. Baro foi o segundo, e vi, abismado, a habilidade daquele jovem largo de força excepcional. Os incentivos eram muito importantes, gritávamos sem parar; eu em minha língua, eles no idioma deles. A pista era uma espaçosa trilha de chão batido, aberta o suficiente para dois ou três membros correrem lado a lado. Principiamos perdendo, mas Baro recuperou a segunda posição ao final de seu trecho. Então, o último xavante do nosso time, Pedra-Vermelha, alteando e baixando posições, logrou bater a primeira colocação, e até ganhando boa vantagem. Xavantes são enormes, fortes, e muito do desenvolvimento físico deles vem da vida regrada em atividades físicas. Só de acompanhar, gritando e urrando, eu já estava exausto. Daí me vi face a face com meu desafio e corri à frente de Pedra-Vermelha para receber o buriti nas costas. Os testes que fiz antes de começar me deram uma noção do peso, mas nada se compararia ao que recebi depois de ter corrido quase quatro quilômetros, aos berros. Os primeiros passos já traíam minha reles resistência. "Não vou conseguir nem terminar", foi o que primeiro pensei. Corria olhando para o chão, com a inclinação do meu torso em quase quarenta e cinco graus, distribuindo o peso do tronco nas passadas firmes. Meus pés descalços já me atacavam com dores difusas de pisões em pedras, galhos, espinhos, torrões de barro, e todo tipo de obstáculo extraviado das margens da trilha para o centro dessa. O tempo de me faltar força chegou, inclusive de me manter acordado, ciente de onde estava, numa alucinante estrada de barro para lugar nenhum. Ouvi ordenanças, de todo a todo, de incentivos, mas percebi que ficavam gradativamente mais longe. O suor lavava meu rosto, entrava nos olhos, ardendo até a íris. Não me vinha a certeza, mas podia apostar que todos os outros grupos passaram do nosso, e eu já pouco ouvia gritos, não só porque os do meu se cansaram de me conceder urras, mas também por já nos encontrarmos muito atrás. Minha força de vontade, ali, revirou minhas intenções, e tudo o que queria era só terminar. Desistir era um ato de fraqueza, e eu já vivia fraqueza demais em minha existência. Eu precisava de mais, carecia renascer e crescer, deixar de ser aquele menino fraco e indefeso. Os gritos voltaram, ou, a bem da verdade, nunca me deixaram só. Era eu que, surdo de dor, não os ouvia. Foi num deles, um urro, que notei palavras conhecidas ao meu intelecto. Era Baro, ele falava "Vamos, vamos, você consegue!". Será que Baro era órfão como eu? Será que o pai de Baro, o tal Rondon, se vivo ainda, preocupava-se com a prole assim como Fawcett? O coronel foi irresponsável com o filho, do mesmo modo que o meu pai foi comigo. Criminoso, matou minha mãe! "Falta pouco", alguém gritava. Era Baro, ele sim, um guerreiro, forjado nas adversidades. Permanecia ali, do meu lado, por pouco me carregando com palavras como liteira, me forçando, vendo meu rosto crispado pela algia de que todo meu corpo padecia, vendo meus olhos vermelhos, sim, inundados de lágrimas, pois eu chorava sem nem perceber que chorava.

— Não dá mais — parei com a tora nas costas.

— Dá, sim, não derrube o buriti.

Apertei no tronco os dedos, calejados pela fricção. Não só os dedos, mas meu lombo, no local onde a tora roçava. Puxava o ar e o odor daquela madeira macilenta penetrava fundo.

— Vamos, venha, levante a cabeça e veja que falta pouco — Baro me dizia, de frente para mim. Minhas pernas tremiam, e usando forças últimas, dei alguns passos. Mais uns, mais outros, e quase caminhando entrei em marcha. Não pensava em nada, pensava? Não. Era só um vazio, uma ideia de deixar de ter ideias. Fechava e abria os olhos para expulsar o suor, já que as mãos não podiam soltar o tronco. Fui, e fui, e não sei quando cheguei, porque em dado momento, eles mesmos tiraram a tora das minhas costas, ao que caí, apagando de vez.

Quando acordei, estava na beira de um rio. Baro ao meu lado, outros também, espalhados, banhando-se. Levantei só a cabeça, doía-me tudo. Pés, mãos e dedos em viva carne. O ombro lacerado, tanto que colocaram uma folha de bananeira com algum tipo de pasta medicinal.

— Foi muito bom, vosmecê foi — Baro me parabenizou.

Permaneci em silêncio. Daí ele falou:

— Meu pai é o homem mais corajoso deste mundo...

Parei os pensamentos, que iam distantes. Era a primeira vez que ele falava do pai. Com certo esforço, me sentei completo, porque queria ouvir de perto. Fiquei na dúvida se perguntava quem era seu pai ou a razão pela qual dava ao homem a qualidade única de maior coragem mundial. Optei pela segunda opção, tamanha a segurança na voz de Baro ao referi-la.

— ... mais corajoso do mundo?

— "Morrer se for preciso, matar, nunca!", ele sempre fala assim, e não só fala como faz — completou. Pelo tempo do verbo das duas referências, presumi que ainda estava vivo. Então ele prosseguiu: — Carece coragem, carece de a gente ter muita coragem para aceitar a morte sem condição nenhuma. Só assim ela nos deixa em paz. Esquece até que existimos. Porque a morte está bem no meio do redemoinho, lá dentro, onde o vento é fraco, e lá dentro onde, para chegar, tem de ter força nas pernas, manter firme no chão, ao mesmo tempo que fecha os olhos, para se proteger da areia fina, e indo assim, no escuro de detrás dos olhos, vosmecê pisa, e pisa, pisa até onde o vento faz trégua e lá, abrindo e dando luz às vistas, a morte dá conta de que cuidar de assustar vosmecê é perda de tempo, pois ela se alimenta do nosso medo.

Baro tinha falado naquele quarto de minuto muito mais do que em todo nosso tempo de andada. E ele ia falar mais, mas uma agitação tomou conta dos xavantes ao nosso derredor. Falavam em alvoroços, com indicações de que uma perturbação ocorria na aldeia.

Ao chegarmos lá, Fawcett, de arma de fogo em punho e espumando de ódio, ameaçava de morte a todos, determinando que lhe dissessem quem havia remexido suas coisas. A aldeia em peso se agitou, e todos, velhos, mulheres e crianças cercavam a oca donde originou-se o tumulto. Baro e eu nos aproximamos; e quando parei a dois metros, ele se voltou para mim:

— *You!* Espião alemão, quem o mandou? — falou, apontando a arma. Por um instante achei que fosse encenação. Aquela era uma acusação tão sem pé nem cabeça; e de onde ele tirara o "alemão"? Eu era meio baiano, meio alagoano, matuto do mato. Mas o brilho no olhar do coronel mostrava que seu delírio, que antes era de enfermo, agora, com a parca convalescença, era mais ameaçador do que se podia imaginar.

— Não faço ideia do que está falando, eu não sou alemão.

— Quem mandou você? *Who sent you?* Eu ouvi, ouvi quando falava sobre o documento 512. Baro, prenda ele, amarre as mãos dele... AGORA! — terminou com um grito. Baba e perdigotos escorreram de seus beiços estourados pela febre. Apesar de se manter em pé, não havia se recuperado totalmente. Baro hesitou, e aí Fawcett não poupou insultos:

— Vamos, bugre, não vai esperar seu pai mandar, *will you?*

O indígena borrou o semblante, formando-se uma nuvem negra de hostilidade na nata dos olhos. Sua paciência, até então nunca daquela forma testada, vinha sendo esticada ao limite. Vi que algo pior estava para acontecer, e, como se a fechar os olhos para entrar no remoinho, eu próprio falei:

— Está bem, Baro — e estendi as duas mãos em sinal de que ele fizesse o que o coronel exigia. E assim me entreguei à prisão.

A Cidade Z

O ano era 1925, e o lugar... Bom, o lugar era alguma floresta do Brasil. Depois de amarrado pelas mãos, fui levado por Fawcett e Baro para outro local. Não fazia ideia de onde estávamos, até porque toda a vegetação era a mesma, com a diferença de que tínhamos passado por várzeas e igarapés, entrando num lugar cheio de vitórias-régias, seguido mais um pouco com água pela cintura, para descampar numa outra área cercada por árvores altas e pouca sombra.

— Para quem você trabalha? — Fawcett voltou-se para mim, aproximando-se de minha cara. Senti seu hálito fedorento, de quem não comia bem e só fumava num cachimbo imundo.

— Já disse que não sou espião.

Ele não correspondeu em nada minha afirmação. Ficou apenas mirando em mim, caçando inconsistências. Baro não escondia o rosto trincado. Alternava a visão entre o coronel, eu e os arredores. Algo me dizia que não estávamos a sós, ainda que detido em um local pretensamente ermo. Daí emendei:

— Nenhum espião vai dizer que é.

— Exatamente, não diria se fosse.

— E por que me pergunta?

— Para dar a chance de falar antes de começar a ter que arrancar à força a informação.

— Vai me torturar?

— Até que fale onde ouviu dizer sobre o documento 512.

— Eu nunca ouvi falar sobre esse documento.

— Mentira! — ele gritou e logo sacou da bainha uma faca. A tensão ensurdeceu o local; eu não ouvia nada além de seu ofegar, arfando, cansado. A recuperação da malária não fora completa, estava se exigindo demais. Baro olhou para a faca e para mim, mas baixou a cabeça. Que será que impedia ele de tentar algo? Fawcett caminhava de um lado a outro, ruminando um ódio irracional, tanto que a boca mexia sem que palavra alguma saísse. Mas daí abriu os olhos em espanto, como se a luz o encontrasse na escuridão. Parou, olhou para Baro e acusou:

— *You*, foi você, é você, sim, por que eu não me dei conta logo, é você o agente de seu pai, o plano perfeito: mandar um bastardo para espiar, seu pai deseja encontrar a cidade também, *of course, it's a dream* de todo explorador, mas não é para qualquer um, não é para um selvagem, um mestiço, assim como são você e seu pai...

Coronel Fawcett balbuciou outras coisas ininteligíveis e virou-se para mim, com estranho prazer na face. Riu-se e disse:

— Sabia que esse país é um dos maiores em extensão? Falo em extensão, somente, claro. Hein? Pois é. Esse lugar selvagem onde a civilização ainda não chegou. Pois bem, o pai desse índio aqui... — ele apontou a faca para Baro e se engasgou, procurando uma palavra em português, mas, na demora para encontrar, continuou — *whatever*, sim, o pai desse aqui, quando saiu por essas selvas, teve que misturar seu sangue com os dos índios para abrir caminhos. Por que tamanha humilhação? Tenho certeza absoluta de que ele queria encontrar o mesmo que eu, mas sou o único a portar o segredo.

— Qual segredo? — perguntei o interrompendo, apesar de ter ficado curioso também sobre essa história de misturar sangues. Mas pela indagação sobre o "segredo", Fawcett demorou-se a responder. Fez um balançado e lento "sim" com a cabeça, uma aprovação. Mirou a faca em mim, com o punho frouxo, quase a derrubar a lâmina, buscando no vocabulário a palavra para dizer:

— Inofensivo. Agora é inofensivo. Ok. Vou contar.

E foi aí que, pela primeira vez, ouvi aquela mentira, maior que todas as mentiras juntas que eu já contara na vida até ali.

Era uma vez um navegador que chegou no Brasil pelos idos de 1500. O nome dele era Diogo Álvares. Seu barco encalhou perto da Bahia, e toda sua tripulação pereceu, só sobrando ele. Dizem que ele disparou uma arma de fogo, e os Tupinambás reconheceram-no como o dragão do mar, chamando-o de Caramuru. Logo após, Diogo Álvares se casou com a filha do chefe, a índia Paraguaçu, e reinou branco no meio dos índios. Depois, muito depois, descobri que essa história poderia ter sido um plágio de um escritor, o mesmo que escreveu a saga do Peri, que eu lia para Sérgia. Enfim, Diogo Caramuru teve um sobrinho chamado Muribeca. Esse, nas andanças, descobriu minas com diamante, ouro e prata. Muribeca teve um filho, chamado Roberto Dias, e que à certa altura quis ser nobre. Para tanto, viajou para a Europa, com a intenção de pedir um título de nobreza ao rei de Portugal, sua Majestade Dom Pedro II. Não confundir com o magnânimo Dom Pedro II do Brasil. O primeiro era rei de Portugal no século XVII , o segundo foi o imperador só do Brasil.

Pois bem. Esse Roberto Dias disse ao Pedro II de Portugal que sabia onde estavam as minas que o pai, o Muribeca, havia encontrado e, em troca da localização, estaria disposto a receber de bom grado o título de marquês. Sua Majestade perguntou "onde?", e o súdito brasileiro disse que só diria o local quando recebesse o papel do título. Isso deve ter irado o rei, que concedeu ao ousado rapaz apenas o título de oficial de quinta categoria. Roberto Dias calou-se, não disse nada, e foi preso. Morreu guardando o segredo, ou a mentira. O fato é que essa história de minas de prata e ouro arrodeou o mundo, e, salvo eu, quem conta um conto aumenta um pouco.

Uma mentira com raras pernas longuíssimas, a história chegou ao ouvido de Fawcett, pois ali, na nossa frente, ele disse que sabia de uma cidade do passado, de milhares de anos atrás, num local onde havia de ter sido atingido por um terremoto ou um dilúvio. A cidade se chamava Atlântida, e era lugar de seres com poderes místicos, como a habilidade de controlar o fogo com as mãos, chamar raios dos céus e invocar criaturas dos mares, além, é claro, de construir palácios em ouro puro. Ao que parece, o local ficava ao norte do mar costeiro do Brasil, e bem no meio do maremoto que destruiu tudo. Mas alguns do seu povo se refugiaram nas montanhas para escapar da inundação. Enfim, voltando ao coronel, ele explicou ainda que procurava outra cidade, velha de igual maneira, mas refundada no coração das florestas brasileiras, por esses habitantes poderosos da antiga Atlântida. E toda sua investigação se baseava numa estátua de vinte e cinco centímetros que continha descrições estranhas, caracteres de um idioma desconhecido. Não me pergunte como, mas ele conseguiu extrair desses hieróglifos a conclusão de que aquele era um artefato místico de um feiticeiro habitante dessa nova Atlântida aqui, e que Roberto Dias sabia, e as minas eram, na verdade, um pedaço da cidade já soterrada.

Lá, naquele instante, eu acreditei. Juro que sim. Agora, hoje, longe do fato, e muito vivido, é fácil dizer que aquilo era invencionice. Para auxiliar na crença, o modo como ele contava não deixava dúvidas. O coronel era preciso em detalhes e falava exultado, confiante. No fim de tudo, com minha cara de espanto, não escondi a empolgação e falei:

— Nunca tinha ouvido falar dessa história.

— É pena, pois vai aproveitar pouco tempo o conhecimento do segredo — ele falou e sacou do coldre a mauser. Caminhou na minha direção. Nem tive tempo de pensar mais sobre como seria uma cidade de ouro. A poucos metros apontou para mim, e o olhei nos olhos. Eu falava a verdade, a verdade não vira mentira nem que se queira. E se fosse para morrer por falar a verdade, como era o caso, nada eu poderia fazer. Não sei por qual razão, mas me lembrei de Ana. Morreria sem pedir desculpas, era só o que me fazia me arrepender de estar ali. Olhei para a arma, vi seu cano frio fazer uma linha reta com minha testa, com o segundo plano desfocado, e Fawcett era um borrão. Mas notei a mão vacilante, hesitante, apertando a arma, sem a vontade de segurá-la, sem a coragem. Mudei o foco, a arma virou um borrão na minha visão, e o rosto do coronel era só um contorcido de angústia e aflição. Lágrimas escorriam para a mata ciliar de suas barbas. Ele baixou a arma e a própria cabeça, chorando e olhando para o chão.

— *Just a boy. My son, my boy. I'm sorry, Jack...*

Disse. Depois levantou a cabeça e olhou para mim. Concedeu-me um sorriso paternal, que se formou na contradição do momento. Pressupus serem reminiscências de coisas boas, momentos bons com Jack, e que era uma miragem. Naquele átimo, somaram-lhe à sensação verdades que emergiam em seu rosto já acabado. Vi toda hesitação se esvair, e ao seu lugar retornar uma coragem anormal, um desarme de toda a arrogância, uma consciência da própria existência e, mais importante, da própria insignificância.

Fawcett ergueu a arma novamente, mas dessa vez para a própria cabeça, e puxou o gatilho.

Xavantes se aproximavam do corpo de Fawcett enquanto Baro me desamarrava.

— Já é a segunda pessoa que vejo tirar a própria vida — falei enquanto esfregava os punhos onde as cordas apertaram e deixaram marcas. Da cabeça do coronel, um fio de sangue brotava e escorria por baixo das folhas secas caídas das árvores.

Eles me perguntaram o que deveriam fazer com o corpo do coronel.

— Acho que ele iria querer um enterro cristão — falei, e assim fizeram, enterrando-o num lugar que eu jamais encontraria novamente. Cavaram uma cova, enrolaram-no no seu saco de dormir e o desceram para o fundo daquele túmulo.

Estávamos à espera de suprimentos para nossa viagem de volta. Baro se prontificou de me devolver. E talvez por isso que minha ligação com ele só se fortalecia, a ponto de dali em diante me contar tudo, tudo conforme soube, sobre seu pai, o grande pacifista Cândido Rondon.

— Uma vez, índios acertaram uma flecha nele. Seus soldados queriam matar todos, mas ele não concordou — disse Baro, lá pelas tantas. — Retornou para o acampamento, com a flecha cravada no ombro.

Fiquei espantado. Como um homem flechado por um pretenso inimigo, como esse homem pode ainda manter a calma e não revidar?

— Dizem também que o corpo dele é fechado, que a selva, a floresta, protege ele de todo veneno, de toda lâmina, de toda pedra e de toda fera carnívora — ainda me falou Baro com real convicção.

— E tu? Já o viu? Vocês já se encontraram? — perguntei também me inclinando para perto de Baro. Ouvir parte da história sobre uma personalidade tão instigante me fez querer saber mais. Baro baixou a cabeça. Não escondeu a aflição que viria com a resposta.

— Já, mas não lembro dessa época.

Fiquei em silêncio, e após alguns segundos Baro me falou que seu pai era muito ocupado, e que o Exército brasileiro estava, inclusive, comissionando Rondon para perseguir os revoltosos dos motins em São Paulo e no Rio Grande do Sul. *Então Prestes e o pai de Baro lutam em lados opostos*, pensei.

— Vosmecê deve saber que eu sou soldado da Coluna, não é?

— Sei, sim; e isso nada muda.

— Por quê? E seu pai?

— Ele talvez nem saiba que estou por aqui. Não sou um soldado do Exército brasileiro. Vim com o coronel inglês porque queria me aproximar de São Paulo ou Rio de Janeiro.

Parei e imaginei por que razão o próprio Rondon não daria importância a sua prole indígena. Aguardei sem novas perguntas, porque Baro poderia complementar. Foi exatamente o que ocorreu, quando ele disse:

— Há vinte anos, Rondon levou oitenta soldados para colocar postes...

— Postes?

— Sim, postes que seguram os fios.

— Ah, telégrafos.

— Exato. Desses oitenta soldados — Baro continuou —, cinquenta fugiram antes de entrar nas matas e florestas, e não tinha como continuar. Foi quando Céu Claro e Andorinha Amarela, meu avô, se reuniram com Rondon. Ninguém nunca soube, mas nesse dia selou-se a união de minha mãe com meu pai...

Baro parou de falar. Num súbito impasse, que lhe veio com a recordação da infância, disse apenas que a mãe morreu quando ele era pequeno, e foi Andorinha Amarela quem o criou. Rondon, entretanto, era casado civilmente e tinha uma família no Rio de Janeiro. Só depois de saber que a filha de Andorinha Amarela morreu, foi que voltou algumas vezes para a aldeia, mas Baro não sabia que ele era seu pai, ou talvez a pouca idade e os costumes dos Bororó não propiciassem um laço fraternal tão só sanguíneo.

— Tudo o que guardo dele é essa foto — Baro tirou do bolso um envelope, em que dentro havia uma foto revelada, mas gasta e amarelada. Nela, um senhor simpático de bigode esbranquiçado estava abraçando um menino. O garoto retornava o gesto com um braço pela cintura do senhor, enquanto o outro o segurava pela mão. Os dois mostravam sorrisos. Na foto, o jovem deveria ter uns onze anos. Com os cabelos lisos e descidos pela testa, estava descalço e vestia uma calça rasgada e muito curta. Era Baro, ainda menino. Lembrei imediatamente da minha infância com padre Honório.

— E o que aconteceu depois que eles fizeram um acordo... para seu pai e sua mãe se casarem?

— No outro dia, Céu Claro apareceu com mais de cem pessoas, e no outro, Andorinha também chegou com mais ainda. Homens, mulheres, crianças, todos ajudando para colocar os postes e a ligação dos fios.

Então realmente vi que nível de influência tinha o sr. Cândido Rondon entre as tribos. Além do mais, ele era militar de alta patente, que venceu os confrontos e batalhas contra os rebeldes da Coluna. Começava assim a se desenhar na minha cabeça a admiração pelo pai de Baro.

— Você tem orgulho dele? — perguntei e devolvi a foto. Ele pegou-a, mas não respondeu com palavras exatas.

— Me ensinaram que não é bom gostar demais das coisas aqui na terra. Mas com Rondon é diferente. Ele não só é respeitado entre nós, como também no meio do homem branco.

Baro prosseguiu me contando que sua vida, depois dos doze anos, começou a mudar, pois foi nessa época que ele descobriu quem era seu pai, no ritual de passagem.

— Então deixei meu povo, minha casa, minha terra, e fui pra cidade procurar ele — terminou, com olhos marejados, respiração entrecortada, e uma emoção contida que eu simplesmente não conseguia entender como ele a mantinha agrilhoada assim.

No mesmo instante, lembrei de meu pai e senti uma profunda inveja de Baro. Ele pelo menos vivia com um propósito de encontrar, ou melhor, de reencontrar Rondon. E eu? Meu pai provavelmente foi um sujeito ordinário qualquer. Mas nem por isso eu me entristecia, não era a eventual simplicidade de uma vida comum que me dava asco de meu ascendente. Não! Era o rumo que minha vida tomara quando, por causa do ciúme dele, minha mãe perdeu a vida.

No dia seguinte, Baro me levaria de volta à Coluna.

A transformação

Abri os olhos e vi Baro me esperando, ao pé do limiar da saída da maloca. A luz barrada fazia seu corpo grande desenhar uma sombra para o interior da cabana. Em suas costas repousava a aljava com flechas, e, em sua mão, seguro pelo punho forte, o arco. Ainda estava escuro.

— Vamos — ele disse e saiu.

Arrumei alguns pertences de Fawcett numa mochila, e a última coisa que restava colocar dentro era sua pistola mauser C96 e o resto de munição. Bastante por sinal. Na minha mão, ela era enorme. Provavelmente teria sido usada pelo coronel ou algum conhecido dele durante a Guerra dos Bôeres, quando o Reino Unido dominava parte da África e principalmente o sul-africano. Uma bela arma. Virei-a de um lado e de outro e pensei no que poderia fazer empunhando-a ou carregando-a num coldre. Daí uma estranha sensação me enredou, me fazendo refletir: o que será de mim empunhando essa arma?

Naquele instante, meu coração se tornou ainda mais movediço, me tragando para seu interior, onde uma coisa escondida me aguardava. O pai de Baro era um homem importante, o coronel foi um homem importante, Prestes era um homem também importante; e não só ele, mas todos que estavam ali naquela marcha, lutando contra o presidente Arthur Bernardes, o mais poderoso, assim eu imaginava, de todos os homens importantes.

— Estou pronto! — disse a Baro quando saí da maloca com a mochila nas costas, e a mauser no coldre. Vestia as botas do coronel, que cabiam perfeitamente em mim. Coloquei também seu colete, e por fim enfiei um chapéu de abas largas. Os cinco xavantes que iriam com a gente me olharam intrigados, talvez vendo em mim uma aparição do próprio Fawcett. Aproximei-me de Baro e falei:

— Vamos voltar à Coluna, e com ela vamos marchar até onde esse presidente Bernardes está. Depois, eu e vosmecê vamos atrás de seu pai.

— E o que acontece se meu pai me vê com vocês, do lado de vocês?

— O lado não importa. Eu sei o que fazer. Preciso apenas que confie em mim.

Ele assentiu com a cabeça. Essa era a melhor característica de Baro. Sua paciência e tranquilidade com problemas sem aparente solução davam-lhe tempo para refletir. Entramos em canoas que desceram rios desconhecidos para mim, num serpenteado comum, trocando de afluentes e entrando em outros que certamente desaguariam de novo no Tocantins. A certa altura, Baro me disse que teríamos que ir a pé, o que foi feito. Nessa travessia, saímos da mata densa para entrar em descampados do cerrado. Vi árvores com troncos grossos, grandes árvores, como angico, ipê e o pequi. Numa dessa última, paramos para colher frutinhas amarelas e saborosas. Suas folhas verdes, recebendo a luz do sol, brilhavam acima, ao passo que debaixo nos concedia a sombra para o descanso. Foi nessa travessia que também vi todo tipo de animal, desde bandos inteiros de araras de todas as cores, tucanos, e outras aves, até um tamanduá-bandeira e sua predileção por cupins. Tive a oportunidade de me aproximar de um e vi com detalhe a forma como ele deixava as formigas beliscarem sua língua, para em seguida engoli-las sem sequer mastigar. Passamos por capivaras, jacarés, teiús, tatus, porcos-do-mato, enfim, animais que ao nos verem, corriam e se escondiam entre os arbustos. O lugar era um zoológico sem grades, cercas ou paredes. Nosso único medo era encontrar com alguma espécie de onça, mas isso não ocorreu. Durante esse tempo de contemplação da natureza e daquele bioma riquíssimo, refleti sobre meus planos, sobre como poderia fazer para pôr em prática minhas intenções. Na reflexão, repassava hipóteses sobre o que teria ocorrido com os outros, especialmente com Ana.

— Seu grupo está a algumas léguas daqui — Baro me reportou enquanto eu ainda planava em devaneios, sentado num tronco de pau-terra derrubado. Levantei a cabeça para Baro e assenti. Já de pé, pus a mochila nas costas e fui à frente. Era possível que topássemos com algum piquete, e isso poderia até nos ocasionar algum perigo. Mas eu estava seguro, caminhando com uma firmeza incomum para mim; era um personagem novo. Entramos no perímetro de segurança, e logo fui reconhecido por alguns, apesar de me vestir completamente diferente.

— É o soldado Paulo... — um falou de lá.

— O que aconteceu com ele? — perguntou outro. Ergui a mão em sinal de saudação, mas ao mesmo tempo indaguei quase que dando uma ordem:

— Onde está instalado o QG?

Eram todos jovens, a maioria garotos. Estávamos mal aparelhados, vestidos com roupas rotas, quase descalços em vista da condição das alpercatas.

— Lá na vila, senhor. Dá meia légua — um deles respondeu.

Então, já ao longe, podíamos ver o rio Tocantins, aquele mesmo que quase me matou, e dele saindo, numa serpente ao leste, o rio Sono. A tropa estava ali estacionada. Pedi a Baro que esperasse nas intermediações e entrei na vila caminhando serenamente. Ninguém me parou ou me impediu de ir até o local onde supunha estarem os chefes. Passando por entre os soldados, reparei que não conseguiam esconder o espanto. Por que seria? Talvez achassem que eu estava morto. Era a hipótese mais provável. Cheguei à barraca: sempre a mesma, isto é, com a lona que lhe servia de coberta. Não havia nenhuma sentinela, a não ser ordenanças que acudiam aos pedidos de oficiais. Todavia, me dando autoridade, entrei. No interior estavam apenas Prestes, Távora e João Alberto. Os três olharam para mim apreensivos, quase que assustados. Eu os saldei com respeito, pés juntos e continência:

— Soldado Paulo se apresentando, senhores.

— Onde estava? — perguntou Távora. Seu rosto traía um misto de satisfação e desconfiança.

— Me perdi no rio, senhor. Teria morrido se não fossem os xavantes que vieram comigo.

— Xavantes? — Prestes perguntou.

— Sim, novos recrutas. Eles querem ajudar. Trouxe cinco, mas mais estão vindo — falei e, antes que me perguntassem novamente, completei: — Eles fazem parte de tribos que também se voltaram contra os legalistas. Dizem que Rondon não cumpriu com as promessas.

Ao falar o nome Rondon, e ainda mais em desprestígio, Prestes logo acentuou a atenção para o que eu dizia. De todos os oficiais de alta patente do Exército, soube depois, Rondon era o único que causava em Prestes um misto de estima e inveja peculiar.

— Paulo, não é? — ele referiu para se certificar do nome, porque fazia tempo que não tínhamos interações.

— Sim, senhor.

— Já que você estabeleceu a comunicação com o grupo de índios, eu o encarrego de organizá-los. Seja como for, pelotão, esquadrão, grupo, bando, eles respondem a você, e são de sua responsabilidade. Não quero saber de saques, roubos ou outras violações. Está entendido?

— Sim, senhor.

— Além disso, estamos mesmo precisando de novos integrantes. O paludismo dizimou nossas reservas. Bem, se era só isso, dispensado.

— Senhor? — ainda falei, e ele me concedeu a oportunidade para continuar, ao que prossegui: — Gostaria de integrar alguns outros ao meu grupo.

— Quem?

Falei os nomes, e ele assentiu. Saí da cabana, e, do lado de fora, encontrei um círculo de pessoas aglomeradas, como que a aguardarem minha saída. Muitos rostos novos, outros velhos, e no meio deles o de Ana, escondido entre os ombros. Ela estava do mesmo jeito, salvo pelo chapéu de couro, o bornal, e o rifle cruzado nas costas. O mesmo olhar duro, que escondia por trás uma tristeza, mas ao mesmo tempo um apurado cuidado. Foi ela quem cuidou de mim, eu lembro, e fui eu quem cuidou dela. Cruzei em direção ao meio, em sua direção, e os outros abriram passagem, como se eu fosse um ser estranho, contagioso; e o grupo, uma ameba que se afastasse do risco. Quando cheguei próximo de Ana, falei:

— Me perdoe — e ela só balançou a cabeça que sim. Depois disse:

— Guardei sua maleta.

Reparei ali a ausência que sua pessoa me fez, e a ausência que a minha fazia a ela. Tínhamos vivido um momento de horror, que selou para sempre nosso destino. Não só um, mas muitos.

— Ora, ora, e num é o galeguinho! — a voz de tia Maria se sobressaiu no silêncio, e todos, como que movidos pelo susto de um trovão, viraram-se para ela. Agora era a velha que se ilhava dos outros, num círculo em volta. Mas o aspecto tenebroso de outrora não mais me assustava.

— Eles têm medo dela — Ana sussurrou ao meu lado.

— Eu sei, e agora é que vão ter medo de verdade. E não só dela, agora vão ter medo de mim. Muito medo.

Ana me fitou e não escondeu a cara de preocupada. Claro, em mim se estampava um sorriso malicioso. Só eu sabia o que pensariam de mim, porque preparava todo um circo para espalhar a maior e mais poderosa mentira que inventaria até então. Uma mentira que, com um pouco de verdade, poderia me levar à completa danação.

Quando escolhi meus novos integrantes, o critério que levei em conta não foi a habilidade com armas, formação militar ou coragem e valentia, mas sim o tamanho da língua. Quanto mais bocudo, linguarudo, fofoqueiro, e todos os adjetivos para quem vive de porta em porta a falar da vida alheia, quanto mais isso aí, melhor. Não posso deixar de mencionar que também trouxe Ana e tia Maria.

— Mas isso tudinho é uma mentira — Ana me reclamou.

— Eu sei, só que quero que eles ouçam nossas conversas. Vamos cochichar deliberadamente sobre esses assuntos.

— Eu, hein?! Isso pode deixar os orixás brabos.

— Não vão ficar.

— Hmm — Ana murmurou sem endossar meu parco conhecimento. — Tu não tem medo?

— Não, não mais — respondi e encurtei: — Você entendeu, eu quero que esses boatos se espalhem, só isso.

Francamente, eu tinha um pouco de medo, mas tentei não ficar pensando no outro mundo. Aqui, nesse mundo, o plano deu certo, e os boatos se espalharam. Em poucos dias, na vila de Pedro Afonso era só do que se falava. Então bolamos a seguinte narrativa:

"O soldado baiano foi quem puxou o Almeida pro fundo do rio. Levou o gaúcho para as profundezas, e lá amarrou-o numa pedra com as próprias tripas. Diz que era uma oferenda ao Coisa. Mas não parou por aí. Soube que ele conseguiu sair do Tocantins caminhando sobre as águas feito Jesus, entrou na floresta densa, enfeitiçou os índios, ficou invisível e penetrou no acampamento dos soldados legalistas pra roubar armas, roupas, botas e munições. Tudo isso por conta da magia negra que a velha tinha lançado sobre ele."

Devo admitir que eu até achava engraçado, hilário e divertido encenar com Ana falas sobre o que passei enquanto estava fora. Na maioria das vezes, contava as histórias à noite e fingia que não me lembrava de tudo, e que apagava, que sonhava, e que no sonho estava vagando pelos círculos infernais. Servi-me d'*A Divina Comédia* de Dante para amedrontar aqueles inocentes, dizendo em detalhes do sonho como cada círculo era e quais os castigos eternos que os pecadores sofriam lá. Passei a ganhar uma áurea mística.

— Eu só cheguei até o sexto círculo, onde estão aqueles que não acreditam em Deus. São trancafiados em caixões minúsculos, imobilizados e consumidos por uma chama viva e por vida, para todo o sempre... — repeti um dia, mirando a fogueira, como um cego que nada vê além da escuridão. Mas eu vi, enxerguei pela periferia de meu olhar pretensamente absorto, quando os outros se benzeram e engoliram em seco.

Depois disso, alguns desertaram do nosso grupo, apavorados, pedindo para se unirem aos pelotões de protestantes. Esses soldados protestantes, liderados pelo pastor João Baiano, começaram a fazer petições aos chefes, sob os fundamentos de que eu estaria trazendo o diabo para a Coluna. Queriam que me expulsassem, e que a velha fosse inclusive queimada! Prestes, horrorizado com a sugestão, afastou a ideia sem pestanejar.

— Vocês têm é mais com o que se preocupar. Coronel Krüger foi preso, e temos que resgatá-lo.

Somente essa notícia aplacou a avalanche de indignação dentro da tropa. Prestes designou o coronel João Alberto para uma missão de resgate em Grajaú, já depois de Carolina, no Maranhão.

Paulo Krüger tinha partido para lá com o propósito de chegar primeiro e se ajustar com os líderes revolucionários do estado do Maranhão. Mas alguém o traiu, e ele foi preso. Daí a operação de resgate, que deveria ser conduzida por um destacamento pequeno e rápido, uma vez que de onde estávamos até Grajaú seria necessário vencer mais de oitenta léguas, ou seja, aproximadamente trezentos e oitenta quilômetros. E para isso, Prestes ordenou que meu grupo fosse junto. Assim ele diminuía a onda de insatisfação. Mas o estrago já estava feito. Todos na nossa tropa já falavam abertamente e aumentavam exponencialmente o conteúdo de meus feitos macabros. E os assuntos não ficavam só entre os da tropa. Toda vila, povoado, cidade, recebia, em doses cavalares, as falsas e ignominiosas histórias de feitiços e invencibilidade.

Foi quando soube que iria também com João Alberto. Daí reuni todos na noite que seria a última antes da partida. Estávamos juntos eu, Baro, Ana, tia Maria e Piaba, o único fofoqueiro que não desertou do meu grupo. Era um menino de olhos pequenos e puxados, a se presumir ser descendente de indígenas. Falava também que a mãe morreu de malária e que o pai sumiu, então resolveu entrar para a tropa ainda próximo da Bahia, a contragosto de todos os chefes. Se muito tivesse era doze anos. Pequeno, apesar de grande em ambição, ele não só não tinha medo como também queria saber mais sobre os pactos, e eu — sem fazer ideia do que me esperava — contava mais e mais a ele. Inventei tanto a ponto de me abusar, ao que ele não se entediou de enveredar em minúcias. Jurava, sem reserva nenhuma de receio, que também poderia fazer um pacto. Cheguei a ponto de realmente me aborrecer, mas não podia falar a verdade.

— Piaba, vosmecê tem que ficar longe disso, os sonhos e pesadelos são horríveis — eu sempre falava, embora de nada adiantasse. Ele queria porque queria ter o corpo fechado.

Então tentei explicar que o ritual, que obviamente fantasiei ali na hora, consistia em arrancar o coração de uma virgem e enterrá-lo numa encruzilhada, gritar pelo diabo três vezes e esperar. Ele nem sequer pestanejou enquanto eu falava aquele monte de coisa macabra. Vi que não adiantaria acrescentar empecilhos ou deixá-lo mais enojado. Achei melhor, então, simplesmente pedir que o menino fosse transferido para outro destacamento. Foi quando ele me veio com essa:

— Desgraça! Bom, no lugar de uma virgem, será que pode ser um virgem, um donzelo? Hein? Se servir, acho que já sei quem vai pro saco...

Naquele instante, notei que o problema poderia ficar bem pior. Falar que não funcionava sacrificar alguém do sexo masculino levaria Piaba a ter que esperar a presa adequada, qual seja, uma jovem virgem, e mulher. Isso me causou imediata repugnância, uma vez que Piaba poderia inclusive se servir de crianças. Mas dizer que um virgem másculo era capaz do mesmo efeito colocaria alguém, evidentemente inocente, no caminho de Piaba, quem eu começava a considerar uma ameaça real, um psicopata de carteirinha, ainda que relativamente jovem. Então resolvi apenas dizer que não sabia e dar uma bronca nele.

— Não faça nada, vosmecê me ouviu?!

— Sim — ele respondeu sem muito ânimo.

— Pra que essa invenção, Piaba? — falei, me arrependendo amargamente de não ter cortado aquele mal pela raiz.

— Causa que a vontade que eu tenho é de sangrar o Sinésio.

Era só o que faltava. Esse tal de Sinésio, um coroa alto e forte, era um dos integrantes do esquadrão de Benício, com quem eu já tinha problemas mal resolvidos. O sujeito andava sempre desnudo da cintura para cima, reclamando do calor. Falava que sentia falta do vento minuano, e que, segundo ele, mataria mais fácil os soldados legalistas baianos. Vestia só uma espécie de ceroula ou jardineira, cujas alças sumiam-se nos pelos do torso e costas e o confundia com um urso, porque o homem era enorme. Os grandes braços roliços, bem como uma protuberante barriga, com um umbigo para fora, quase expulso do ventre pela ação das vísceras em excesso de tamanho. Também por isso ele estava sempre sem camisa, coberto apenas pelo poncho, já que seu tamanho exigia numerações de roupas raramente encontradas por onde andávamos. Era o encarregado de abater e preparar a carne nas churrascadas. Careca, e com uma barba cinza, coberto por cicatrizes espalhadas pelos dedos e pelas mãos nodosas. E para fechar o conjunto, Sinésio era, sem dúvida, o mais perigoso e psicopata dos soldados que marchavam conosco.

O boato era o de que ele andava falando aos quatro ventos que me mataria para vingar a morte de Almeida. Que quebraria meu pescoço como um galho. Até então, eu não ouvira do próprio nenhuma ameaça, apesar de não me descuidar. A questão com Piaba, que aparentava ser tão sem importância, se resumia à morte de Bebita.

Bebita era uma cabrita de um garoto, filho de um dos moradores em algum sítio ainda no norte de Goiás, e por onde a Coluna passou em marcha. Como sempre ocorria, as requisições não dispensavam carne para alimentação da tropa e, quando não havia reses, bois ou vacas; bodes, carneiros, cabras e cabritas eram os animais escolhidos para o abate. Não sei se já disse, mas se não, está aí novamente: o maior problema de um exército é comida. O menino, que tinha a cabrita Bebita como animal de estimação, rogou ao soldado Sinésio que não a matasse, implorando, chorando aos pés. Mas o ogro, que já arrastava a pequena cabra pelo cabresto, enxotou o moleque da frente, sem se sensibilizar diante dos pedidos de clemência. Compadecido, Piaba tentou intervir e foi violentamente repelido por Sinésio, que, além de lhe atacar com uma coronhada de rifle, pisou em seu pescoço, forçando-o a ver o abate do animal.

— O coronel Jajão devia ter expulsado aquele maldito. Mas ele é meu — Piaba falou-me, sedento por sangue depois de me contar a história toda. E como não bastasse, o menino andava espalhando vingança, ao estilo draconiano, onde ele arrancaria o fígado de Sinésio para fazer um guisado e comer no jantar. Deus, eu estava cercado de malucos! Por sorte, ninguém o levava a sério pelo simples fato de ser quase um garoto.

O garoto saiu, e algumas horas depois, outro apareceu: Barbosa. Já não era, e não voltaria mais a ser sargento. Ele fora dispensado e acompanhava a Coluna como um andarilho errante. Ana o acudiu nos dias seguintes ao quase enforcamento, cuidando das feridas e oferecendo-lhe comida. A depressão que se lhe abateu após a morte de Maria das Dores foi com o tempo dando lugar a outra doença: indiferença. A barba e os cabelos cresceram engrenhados, e Barbosa só vivia imundo. Pouco falava, pouco aparecia, pouco convivia no meio dos outros.

— Posso ir? — ele me perguntou.

— Claro.

— Vou poder usar armas?

— Se me prometer não as usar contra você mesmo.

Ele assentiu com a cabeça. Eu quase não o reconhecia dos tempos atrás. Estávamos nos preparando quando ele apareceu, à véspera da partida. Ao terminar de conversarmos, ele se sentou num canto do lado de fora da barraca e começou a descascar uma laranja. As unhas imundas, com pontas pretas e sujas de barro. Não apenas as unhas e mãos, a roupa toda. Parecia que tinha cavado um buraco. Mas no mesmo instante lembrei que ele dormia ao relento, ou nos currais e chiqueiros.

No outro dia, logo ao amanhecer, coronel João Alberto nos juntou para passar em revista todo o destacamento. Teríamos marcha forçada pela frente. Foi a primeira vez, após ter voltado, que via o grupo do Benício, agora formando um pelotão completo. Lá estava também o Luís Carreteiro, velho maragato que enfrentou governistas na Revolução Federalista. O único que faltava era o Sinésio. E do lado de cá, faltava-me o próprio Piaba. Achei estranho, mas relevei, até porque dali a pouco avistei Sinésio se unindo aos outros em marcha, trazendo nas costas nuas suas tralhas de facas e cutelos.

— Viram o Piaba? — perguntei a esmo a quem me ouvisse. Aguardávamos as balsas para atravessar o rio Sono, e uma inquietação me prenunciava um fato grave, muito grave.

Foi Baro quem me trouxe a notícia.

Antes mesmo do raiar do sol, o corpo de Piaba foi encontrado às margens do rio Tocantins. Havia um rasgo feito à faca, bem abaixo do peito. E do buraco fora retirado o coração.

Desafio com a Morte

Ao redor do corpo de Piaba se formou uma turba de curiosos. O rapazinho estava deitado de costas para o chão, com os braços abertos e estendidos, à semelhança de um crucificado. Seus pés apontavam para as margens do rio. Venci o aglomerado e me abaixei. Os olhos com pálpebras semiabertas não fechavam, por mais que tentassem. Baro disse que um dos xavantes o encontrou, e desde então a posição não havia sido modificada. Logo se instalou, inevitavelmente, um clima de desconfiança. Olhares ora inquisidores, ora caluniadores, transitavam entre os grupos. Nada obstante, a maioria reputava que o culpado estava ou no grupo de Benício ou no meu.

— Essas pragas tão falando que vosmecê entregou o menino ao diabo — Ana me cochichou quando ainda estávamos na cena do crime. Eu ia berrar um despautério a esmo, ou com o primeiro a minha frente, porque por mais que a tese tivesse plausibilidade, era ainda assim uma mentira deslavada. Mas Prestes surgiu com um rugido, dispersando a multidão. Ele olhou para mim, achando que eu estivesse envolvido, pelo menos indiretamente, com aquele ato medonho, embora algo no fundo lhe dissesse que não. Prestes conhecia cada um dos soldados, e vezes sem conta chegou a simular desinteresse para aprender mais sobre um ou outro.

"Paulo, não é?", lembro que ele perguntou, a despeito de saber quem eu era. Aliás, ele sabia que a ideia e a execução de resgate do sargento Barbosa eram obras minhas. Prestes conhecia cada um dos soldados.

No primeiro dia, entramos em marcha rápida e extenuante, a ponto de quase não nos darmos tempo para pensar no ocorrido. Foi só à noite, sob a fraca luz da lua, e entre as barracas e os sacos espalhados, que senti o cheiro do perigo. Primeiro, o aroma de um churrasco. Não de uma festa ou dum regabofe gaúcho, não. Era tão apenas aquele perfume da carne assada no sal grosso. O sabor que a brisa trazia; sabor que antes se desprendia da gordura que escorria pelas grelhas comandadas por Luís Carreteiro. Cheiro de carne. Devo dizer que fiquei apavorado, apesar de me conter e não demonstrar. Eu era o comandante do meu esquadrão, deveria dar o exemplo. Medo? Não, não mais. Mas esse sentimento não é tão simples de controlar, a não ser que me sentisse seguro. E a melhor forma de sentir-se seguro é diminuindo o risco. Por onde começar? Uma trégua? Talvez. Foi então que eu mesmo tomei iniciativa. Atravessei o acampamento, passando entre alguns que dormiam no chão, e despontei no meio do grupo de Benício. Ele foi o primeiro que notou minha presença. Estavam conversando alto, comendo pedaços de um boi que mais cedo tinham cortado e salgado. Me vendo parado, Luís Carreteiro falou:

— Estrangeiro, se sirva — e me mostrou um naco de carne espetado numa enorme faca. A peça brilhava à luz da fogueira. Tinha um cabo com detalhes de marfim envelhecido. Provavelmente fora usada para degolar republicanos nos campos do continente do Rio Grande, como eles diziam. Para alguns, todo não continentino era estrangeiro, e eu mais ainda, porque nascido no Nordeste. Precisava me manter firme, seguro, sem titubear para não expor meu medo.

— Agradecido — falei e fui buscar um pouco da carne em espetos, suspensa sobre a brasa viva, embora sem chamas. Puxei o punhal e cortei um bom pedaço. Devo dizer que o cheiro me gerou fome imediata. Daí me abaixei, ao melhor estilo de sertanejo, de cócoras. Benício se voltou para sua carne, e Luís Carreteiro, com a barba amarela tanto pelo sarro do cigarro quanto pela luz vermelha da fogueira, me espiou com cuidado. Eu comia minha carne, eles, a deles.

— Vim eu mesmo saber se minha pessoa incomoda vosmecê — falei olhando Benício nos olhos: negros, iguais aos cabelos também escuros e untados em óleo. Um fio de gordura escorreu da carne espetada, caiu, e a faísca da brasa estalou.

— Por que deveria incomodar? — perguntou inteligentemente. Minha frase, na verdade, indagação indireta, era quase uma confissão.

— Porque acham que matei Almeida. Mas no dia que sumi, ele surrupiou minha china, vosmecê mesmo viu. Só fui buscar o que era meu.

— E na tua busca, vassuncê matou ele na traição.

— Traição que nada — falei firme, mesmo lembrando que a porrada que dei na cabeça daquele verme foi pelas costas. Benício se levantou, e o tilintar de suas correias e esporas subiu junto. A luminosidade das cinzas e brasas, luz de baixo pra cima, fez seu rosto escavado ganhar aspecto maléfico. Uma barba com falhas aqui e ali, um lábio fino, uma testa enrugada, apesar de não ser tão velho. Eu também teria que me levantar, e assim fiz, pondo-me de pé com razoável lentidão. Coragem às vezes não combina com gestos rápidos.

— Bah, a menina me contou. Falou tudo depois que lhe dei um trato.

Agora eu carecia de dizer algo. De pé, olhei com frieza, ainda segurando firme meu punhal. Na cintura e no coldre, repousava tranquila a mauser completamente carregada. *Ele torturou a menina de cabelos pretos*, pensei, mas faltava a coragem para falar. *Vamos, acuse*, me impus para dizer:

— Bom, sob tortura, qualquer um fala o que o outro quer ouvir.

— Má que pica-pau cachorro. Tu tem coragem de me acusar assim?

— Vamos parar os dois com essa ladainha a essa hora... — a voz que precipitou às minhas costas era de João Alberto. Com o sotaque recifense raiz, passou por mim e catou um pedaço de carne.

— Você tá bom é de voltar pra seu fogão — ele disse. Embainhei o punhal e retornei o olhar para Benício. Depois assenti para nosso comandante e dei as costas. Ainda pude ouvir quando João Alberto falou alguma coisa sobre cobrar de cada um se ocorressem novas mortes suspeitas.

Na volta para meu fogão, já longe em certa medida, ouvi novamente a voz de João Alberto me repreendendo:

— Você tá sem juízo? — ele falou, e fiquei calado. Eu sabia no fundo que fora realmente imprudente. Então só assenti com a cabeça, e ele continuou, me puxando pelo braço para um canto, antes que olhares do meus nos vissem.

— Não há trégua em guerras como essa que vocês começaram.

— E o que devo fazer se me sinto ameaçado?

— Bom, isso eu não posso lhe dizer, mas certamente não deve demonstrar medo, e ir tentar as pazes é um bom começo para eles perceberem que você está com pavor. Isso é ruim.

João Alberto era um homem que dizia muito pouco sobre si a qualquer um que o tomasse apenas pelo olhar. Estava quase sempre em andrajos militares, a barba por vezes grande e estranha. Ou seja, era facilmente confundido com um bruto, ignorante, sem qualquer estilo ou traço de cultura. Mas isso era só uma carcaça, porque por dentro ele guardava muito de qualidades inimagináveis para mim. Assim, graças à minha intuição, decidi fazer exatamente o que ele sugeriu: não demonstrar medo; agir sem medo.

Hoje, de alguma forma, percebo que encenar o que você não acredita possível de fazer, até mesmo num delírio voluntário, agir assim é o melhor modo de fazê-lo. Simplesmente entrei no pretenso papel de militar, chefe em comando, guerrilheiro e guerreiro ao lado de outros guerreiros. Não era fácil. Aliás, simular bravura não é algo que se faça em situações reais, com perigos reais. Então eu precisava acreditar em mim. E para ajudar, passei a ver, a observar, a imitar aquilo que em cada um eu queria ter para mim. Em Ana, a coragem, em Baro, a paciência, e em tia Maria, a aurora mística, sobrenatural, que eu sabia não ser nada mais que ilusão, o que, todavia, inculcava em nossos inimigos o medo que em mim deixava de existir.

Deu certo, pois, nos dias que se passaram eu era o primeiro a levantar e o último a deitar. Inspecionava tudo e todos, e cuidava do que cada um desejava, para, na medida do possível, garantir a eles. O cansaço vinha forte, e eu sabia que não poderia me manter naquele ritmo por muito tempo. Era como um vulcão em erupção que não tarda para voltar ao seu estado natural de dormência.

Quanto à estratégia, o primeiro passo, e que reputo ter sido o melhor, foi encarregar Baro e os xavantes como nossos batedores. Os gaúchos queriam ir na frente, com piquetes avançados, que se beneficiavam quando encontravam gado e víveres para praticamente saquear sob o pretexto de requisições. Isso, sem dúvidas, atrapalhava e muito o acolhimento das pessoas e a adesão à causa. Eram os primeiros erros que notava, tanto para a Coluna como um todo, como ali, especificamente no destacamento de João Alberto. Por exemplo: a gauchada não queria dispensar os cavalos, que uma vez montados eram barulhentos, e muito mais fáceis de serem vistos, afugentando todos que percebiam a presença a quilômetros de distância, independentemente de ser aliado ou não. Quando por poucas ocasiões nosso fogão ficou na vanguarda, ou seja, à frente do destacamento e sendo os primeiros a se encontrarem com inimigos, sempre tínhamos a iniciativa e o elemento surpresa conosco. Numa das vezes, Baro, com a furtividade de uma onça, cortou a ligação do piquete adversário, isto é, impediu que um pequeno grupo de exploração das Forças Legalistas voltasse ao grosso da tropa deles e avisasse que havia nos visto. Três morreram instantaneamente quando atacados pelos arcos e flechas de Baro e dos xavantes. Desprotegidos, e sem sonhar com nossa presença iminente, o restante das tropas inimigas foi surpreendido. Obrigados a recuar, deram com uma parte de nós que já os esperava na retaguarda para emboscá-los. Foi um massacre, e pela primeira vez senti uma emoção indescritível. O sangue esquentando e correndo rápido pelo corpo, bombeando adrenalina para meu cérebro, me dando a euforia e o clímax de me sentir no poder do comando, do combate, das ordens e da vitória. Sim, nossa estratégia, logo de cara, traçou o inevitável resultado favorável. Os fugitivos perdiam o senso de direção, e muitos, ao invés de irem para longe de nós, vinham ao nosso encontro, tendo a morte certa. Ana atirava quase sem errar um tiro, Baro sumia e surgia em locais dos mais improváveis; e lá, no calor de batalha, onde até eu, empunhando a mauser, atirava num ou noutro vulto, lá, eu vi Barbosa, e não acreditei na loucura que ele fez.

Um pequeno grupo de soldados inimigos se barricou num casebre, acima de um lajedo, com uma serra em pedregulhos por trás, o que nos impedia de um cerco por completo. Da casa, que caía aos pedaços, e mais ainda quando alvejada por nossas armas, eles atiravam com razoável precisão, pois lograram posto em solo mais alto, fato que infelizmente resultou na morte de alguns do destacamento. Não só um ou dois, mas seis dos nossos foram baleados na tentativa de subir a ribanceira.

Estávamos eu, Ana e Barbosa, todos entrincheirados, escondidos atrás de troncos de cedro-rosa espalhados como barricadas em meia-cobertura. A bala que vinha de lá assobiava sobre nossas cabeças, arrancava cascas e lascas da madeira seca; e eu não só imaginava, como também rogava, que uma hora a munição deles se acabasse. Todavia, não acabava. Passamos muito mais que o tempo que se levou para o combate empacar naquele local. O sol já esquentava em demasia, o calor dificultava o raciocínio, a sombra rarefeita nos impelia a pensar todo o tempo em desistir. Dei ordem de cessar fogo e apenas observar o esconderijo. De fato, o tiroteio, após minha resolução, deveras esfriou. Eles também fizeram o mesmo, e os insultos começaram.

— Subam aqui, filhos duma égua!

— Desçam, seus putos, macacos!

Eu poupava fôlego, pensando no que fazer. João Alberto tinha levado o grosso do destacamento à frente, e eu não poderia deixar aquele grupo sair dali sem rendição, menos ainda vivos e livres. Numa distância de algumas braças, vi Benício também encolhido, dentro de moitas, em compasso com nossos desígnios de derrubar tudo na casa. Porém algo me dizia, e dizia a ele também, que o grupo aguerrido escondia alguma coisa valiosa. Munição, armas, dinheiro, ouro, sei lá. Não é possível que resistissem daquela forma, por tanto tempo, sem nada em troca, ou só pelo medo de morrer. Aliás, o pedregulho na retaguarda desses inimigos nos impedia de dar a volta, mas servia como rota de fuga para eles. Porém não fugiam, não moviam um dedo. Foi aí que me chegou um gaiato do grupo do Benício.

— Chefe disse que vai subir, e quer que tu suba junto com os teus.

— Mas bem capaz — falei na gíria gaúcha, que queria dizer exatamente o contrário. Meu receio era o de ficar de costas para Benício, no meio do fogo cruzado.

— Vou voltar e digo que teu grupo não quer... — ele perdeu a paciência de esperar minha resposta e saiu.

— Se eles chegarem lá, vão ficar com tudo — falei, prevendo que de toda forma perderíamos.

Foi aí que vi a loucura. Barbosa se ergueu, apontou o rifle, escorou a coronha no ombro e começou a andar na direção da casa, sem cobertura nenhuma.

— Tá doido? Vai levar tiro — gritei, mas meu aviso pegou só em suas costas como alerta ineficaz. Fiz menção de ir também. Não sei de onde — acho que do nada — veio-me a coragem igualmente louca. E para minha valência, Ana me segurou pelo braço.

— Vai não, vai não, que ele tá em *desafio com a morte.*

Desafio com a morte, pensei.

O inimigo viu o sargento de pé, alvo feito e livre, e mandou bala de lá para cá. Nada obstante o fogo cerrado de mosquetão, revólver, rifle e carabina, uma coisa sem explicação começou a acontecer diante dos meus olhos. Os tiros assobiavam por cima e por baixo; ricocheteavam no chão, arrancando poeira e pedra. Mas a cada oponente que botava meio-corpo para atirar, Barbosa mandava um balaço certeiro. O homem tinha uma mira do satanás. A casinha tinha suas janelas, com aberturas de só se escorar o braço e a arma, e era nessas brechas que Barbosa fazia alvo para derrubar quem de dentro disparava. Para os inimigos, a ânsia de derrubá-lo era o pior, o erro fatal, já que, ao avistarem ele subindo quase que de peito aberto, saíam das parcas coberturas que ao menos os protegiam, entravam na trocação franca, e nisso eram alvejados mortalmente. Barbosa ia caminhando um pouco acocorado, com a coronha no ombro e dormindo na pontaria, atirando e recarregando a cruzeta do rifle winchester que fica abaixo do gatilho. Era um tiro e uma recarga. Ele empurrava a alavanca, e a cápsula vazia e fumegante saltava alto para cair nas pedras e fazer o barulho de cobre quicando no lajedo. Todo mundo ficou parado, só esperando o instante certo em que um tiro acertasse nosso homem, momento tal que nunca, jamais, sucedeu. Quanto mais ele se aproximava da casa, menos disparos os inimigos desferiam, porque mais eram mortos ou baleados. Um tentou fugir pelos lados, largando as armas e correndo mato adentro. Inútil. Barbosa mandou a morte montada numa bala calibre 44 bem na nuca do condenado, que ao ser atingido borrifou sangue no ar.

— Tô entregue! — um gritou do interior do barraco, quase feito uma peneira. Levantei empolgado. Ainda pude ver, em meio a fumaça e poeira do furacão de disparos, quando Barbosa entrou na casa de arma em riste para render o último que sobrara. Mas assim que ele cruzou a soleira, ouvimos um urro de investida e barulho de peleja. Então todos embaixo se sacudiram para subir. Como um enxame de abelhas, irrompemos pelas portas e janelas e demos de cara com o último inimigo deitado de costas, e Barbosa montando por cima, segurando com as duas mãos um punhal, enquanto o homem tentava fazer força contrária nos punhos de Barbosa, para impedir que a lâmina descesse em seu peito.

— Shhh, shhh, não resista, não se agite — Barbosa sussurrou maliciosamente, deixando escapar uma gota de saliva. A boca se enchera de água, já sabia que sairia dali vivo. Todos ficamos imóveis, esperando o desfecho que parecia favorável ao nosso soldado, embora eu repugnasse a cena. Era um flashback de quando matei Limão esganado, com a diferença de que dessa vez a vítima morria na ponta do punhal.

O homem gritou, se empertigou, tentou dar um solavanco, sair debaixo de Barbosa, e fazendo isso exauriu a última gota de energia que ainda sobrava.

— Por Nossa Senhora, por Jesus, não...

Barbosa nem o deixou continuar. Usou o próprio peso, e a lâmina brilhante primeiro rasgou a roupa rota do soldado legalista, depois venceu a pele, em seguida a carne, desviando-se dos ossos das costelas, para enfim encravar-se no coração. Ninguém fez nada, ninguém disse nada, todos só olhavam, viam, observavam, até quando o ex-sargento se levantou e limpou a faca no tecido da bombacha, sem esconder o sorriso medonho de satisfação. Pude reparar um real regozijo em sua ação ao executar o pobre-diabo a sangue frio. Uns poucos comemoraram a finalização, outros ficaram calados e se puseram a vasculhar o interior da casa.

Havia apenas dois cômodos, todos sem móveis, num dos quais encontramos caixas de madeira empilhadas e cobertas por uma lona empoeirada. Eram armas e munição. Chamou a atenção pela quantidade: muitas e de todos os tipos. Provavelmente o grupo — agora todos mortos — estivesse desviando material enviado pelo governo federal, e essa era a única razão pela qual tanta coisa ter sido escondida naquele fim de mundo. João Alberto ordenou que no dia seguinte meu grupo retornasse com parte do espólio. E nisso só passei mais uma noite com o destacamento.

Desconfiança geral com a atitude impensada de Barbosa, que, apesar de tudo, trouxe benefícios à Coluna. À noite, à beira da fogueira, parei para refletir. O que será que aconteceu? Barbosa se meteu numa ofensiva suicida, mas não foi atingido. Seria sorte? Lembrei-me da frieza com que ele tirou a vida de alguém. Recordei também do pedido de misericórdia, em nome de Nossa Senhora, de Jesus. Nem sequer pestanejou ao ser instado a conceder clemência. Enquanto eu pensava no que poderia ter ocorrido, e na forma vil como o homem foi morto, ele, Barbosa, apareceu na nossa clareira, chegou-se à fogueira, aqueceu as mãos e foi deitar-se perto dali. Vi botas novas. Em verdade, não eram novas, mas usadas e em bom estado. Botas que tirou do inimigo que ele mesmo deu cabo. A barba já não estava crescida; pelo contrário, seu rosto era límpido e pálido. O chapéu, inclinado, cobria-lhe a metade superior da face.

— Ana falou que era um pacto com a morte — eu disse para Baro, que estava ao meu lado, encolhido e ainda assim enorme como um urso. Ana cochilava, e tia Maria preparava cozidos.

— O espírito deixou o corpo dele — Baro começou a falar —, o Jurupari pode ter entrado pelos sonhos ruins.

— Jurupari?

— Alguns velhos dos meus povos dizem que é o Mal, o Senhor da Escuridão, e que vem nos pesadelos para sufocar, e índio não gritar — Baro completou, e fiquei curioso, mas sem saber qual a relação com sargento Barbosa. Mas aí ele continuou: — Seu amigo branco ainda está sonhando, sonhando e dormindo, mas deixou aberta a porta do próprio espírito, e esse que a gente vê pra cima e pra baixo não é ele, mas o Jurupari. O demônio está controlando ele. Por isso que não sofreu ferimentos hoje, e por isso sentiu prazer na morte. Só gente ruim se apraz com o fim de outros.

Enquanto ouvia Baro, eu olhava para Barbosa e vi — juro que vi — o exato segundo em que sua boca desenhou um arco de sorriso. As covas de suas bochechas se acentuaram, o queixo se tornou mais pontiagudo, e alguns dentes amarelaram-se em amostras à luz avermelhada das brasas crepitantes aos seus pés cruzados. Ele então puxou a faca, a mesma que cravou no coração do soldado, e começou a tirar terra e sujeira das unhas. Das unhas!

De súbito, fui atingido por uma memória tardia. Dias atrás, Barbosa me aparecera com unhas e mãos sujas de terra, barrentas. Eu, atordoado com a repentina aparição dele e logo em seguida com a chocante notícia da morte de Piaba, não liguei as coisas. *Será que ele arrancou e enterrou o coração de Piaba?*, perguntei a mim mesmo. Nem ouvia mais o que Baro dizia. “Meu Senhor!”, roguei a Deus, o que já não fazia havia um bom tempo. Minhas mãos esfriaram, meu sangue congelou, e minha visão não desgrudava da imagem de sargento Barbosa, deitado, com a mochila feito travesseiro, chapéu cobrindo os olhos. Olhos que eu queria ver... e vi. Eles olhavam para mim. Sim, Barbosa olhava para mim. Foi quando ele se levantou. Comecei a imaginar, a refletir que tudo era coincidência. Eu queria que fosse. Sair ileso do tiroteio foi sorte, sorte. A probabilidade existia, mas não se concretizou. Foi só isso, sorte. Sorte!

— Chefe? — ele me chamou. Quase não percebi que ele já estava tão em cima.

— Oi — respondi, tentando me recompor do susto.

— Nunca pensei que fosse te chamar de chefe.

— Nem eu.

— Falta alguma coisa?

— Como assim?

— Bah, tu foi bom comigo. Se eu puder recompensar, qualquer coisa, eu faço pra ti.

— Obrigado, só não quero que faça outras loucuras como as de hoje.

— Bah, aquilo não foi nada.

— Você poderia ter morrido. Não morreu por sorte, ou por milagre de Deus.

— Ou do capeta.

Fiquei em silêncio. Ele sorriu novamente. Virou as costas e saiu. Voltou para seu lugar. Eu agora estava mais uma vez numa encruzilhada, diante da eterna luta entre o Bem e o Mal.

Um velho da Áustria

No outro dia, após forte marcha, chegamos à cidade de Carolina, uma das maiores do Maranhão. O local, assim como Porto Nacional, fica às margens do rio Tocantins. Nossa presença foi logo notada, principalmente porque carregávamos caixas em alforjes improvisados sobre as mulas. A tropa estava dispersa, com grupos vadiando pela cidade. De igual modo liberei o meu destacamento, ficando apenas Ana e Baro em minha companhia. Uns poucos soldados buscaram conosco notícias sobre a missão e perguntaram também sobre a sorte do coronel Krüger. Dei poucas informações, e em contrapartida procurei saber o local onde se instalara o QG. Dentro em pouco já estava junto aos chefes, hospedados no casarão de um senhor chamado Diógenes, alguém de prestígio e influência no Maranhão. Me apresentei e disse trazer informes de João Alberto, mensagens confiadas a mim. Não esqueci, é claro, do equipamento, do qual me foi passado recibo quando da entrega.

— Aqui está — Lourenço Moreira assinou e me entregou o pedaço de papel. Carrancudo, seco e aparentemente doente, o secretário da Coluna me desprezava, não só a mim, mas a todo soldado que não fosse de São Paulo. Eu também não gostava nem um pouco dele, que nem militar era. Vivia bradando aos quatro ventos ser um bacharel, um advogado no Rio de Janeiro, e se vangloriava disso como se fosse o último pedaço de bife do mundo.

Peguei o recibo sem agradecer e imaginei que poderia muito bem ter desviado alguma coisa para mim. Mas o risco e a vantagem não me pareceram se equivalerem. Eu nem teria ideia do que fazer com armas e munição desviadas, a não ser vender, e com isso arriscar ser roubado por quem pretensamente desejasse comprar.

Com o recibo na mão, e caminhando pelos corredores do casarão, fui pescado pela voz de Távora. O coronel reclamava de algo. Apurei o ouvido e reparei que se tratava de sua cistite, ainda incurada. Num anexo ao saguão da casa, Távora conversava com alguém, que lhe disse:

— Essa marcha, esse pesado ônus de montar e caminhar por horas a fio, viver como um bicho, um animal, infelizmente não contribuirá nem um pouco para sua recuperação.

— Não fale isso para ninguém, doutor — ouvi do próprio Távora, e o pedido de segredo me fez encostar-me à parede, ainda aguardava fora do aposento. Fez-se um silêncio. Ouvi troca de afagos, supus apertos de mão e despedidas até que, logo após, ouvi som de passos em direção ao arco da entrada. Então aproveitei para ir ao encontro deles. Assim que o doutor saiu, passando por mim, entrei. Távora, ainda sentado numa poltrona, se assustou, mas depois percebeu que era eu.

— O senhor não está melhor? — perguntei, e ele se sentiu confortável para me falar a situação real.

— Não, vim de balsa de Porto Nacional até aqui, e nem isso me amenizou os sintomas.

Fiquei calado, sem assunto ou palavra de conforto. Poderia sugerir que ele fosse embora, deixasse a Coluna, assim, como o médico havia receitado. Afastei o medo e falei com coragem:

— O senhor deveria nos deixar, ir se curar num lugar tranquilo, pedir refúgio, asilo.

— Sem proteção, seria um risco maior. Antes preciso chegar ao Ceará, lá talvez eu me veja seguro para ficar.

Seu rosto se crispou de dor. Pôs a mão ao pé da barriga, encolhendo-se sobre o torso como um caramujo. Passou um tempo assim. Depois ergueu o torso, assoprou forte, como a suspirar o ar que havia prendido na vã ideia de aliviar a dor. Ele se levantou e foi-se.

Voltei para o acampamento, e muitas coisas ainda rondavam minha cabeça. Mas a pior de todas era a suspeita que tinha sobre o sargento Barbosa. Eu precisava falar para alguém, e a única pessoa em quem confiava era Ana.

— Acho que o Barbosa matou o Piaba.

— Por quê? — ela perguntou, ao mesmo tempo que picava fumo na concha da mão.

— Ele me apareceu com as unhas sujas de barro.

— E você não acha que isso é pouco demais?

— É que eu tinha dito ao infeliz do Piaba que para fazer o pacto era necessário arrancar um coração e enterrar. Acho que o Barbosa ouviu, e ele mesmo fez isso.

Ana enrolou o fumo no cigarro de palha, parou e falou:

— Essas suas mentiras ainda vão matar muitos.

Fiquei calado, denunciado por uma ausência de som e contestação que só provava minha culpa. Ela emendou:

— Bom, mesmo assim, só com isso aí de a mão tá ou não suja de barro, só isso não dá pra acusar ninguém.

— Eu sei. Mas parece muita coincidência, não acha?

— Acho, mas acho também que cê tá é preocupado demais com o fim daquele maluquinho. O menino era doido de pedra, todo mundo via isso.

— Sim, mas isso não justificava matar ele.

Ela acendeu o cigarro na pederneira, puxou um trago, prendeu, soltou e disse em tom sereno:

— Muita coisa não se justifica, e mesmo assim acontece.

Ana e eu, naquela primavera de 1925, já não éramos os mesmos jovens de meses atrás, quando padre Honório nos ajudou a fugir da fazenda de coronel Salvador. Tínhamos evoluído. Eu à minha maneira, ela à dela. Além da confiança, da coragem, da determinação, porque quase nunca eu a via titubear em nada que fosse fazer, além de tudo, Ana carregava uma áurea ainda mais impenetrável, que a tornava quase indestrutível.

— Vosmecê pensa demais — ela gracejou e sorriu, mostrando os dentes brancos. Raros momentos. Eu ri de volta. Não pela colocação de um defeito meu, mas pelo ar da graça do instante único. Nossos sorrisos nos contagiaram reciprocamente, e ela me sugeriu o seguinte, sem eira nem beira:

— Bora tomar uma? — disse.

— Tomar uma, onde?

— Aqui, oxente. A gente bebe escondido. Vá comprar, sei que tu tem dinheiro.

Num primeiro momento achei a ação despropositada. Mas depois compreendi que, depois de tudo, nunca tivemos um tempo só para nós. Além do mais, vez ou outra eu me pegava com a imaginação nela, em pensamentos profundos. Ainda admirava seu vigor, seu corpo forte, embora esguio, os glúteos e as coxas de carnes musculosas, duras, assim como duros seus seios. Era uma mulher. Todavia, sua brutalidade, nossas últimas brigas, e o tempo em que passamos longe um do outro arrefeceu essa volúpia que outrora em mim era muito mais presente. De toda forma, concordei com a bebedeira, e, levantando-me, me apalpei em busca de algum mil-réis perdido no bolso ou no bornal. Nada. Daí fui à maleta, abri e dei de cara com o livro. A recordação não poderia ser melhor: o livro, nossa tábua de salvação, minha e de Ana. Não o livro em si, mas a gravura de um demônio. Será que existia uma causa divina para ser salvo da morte certa quando, ao invés de uma reza, prece ou oração, fez-se exatamente o contrário?

Perguntei-me em silêncio ao mesmo tempo que contemplava o interior da maleta. Padre Honório, onde estaria ele?

— Bora, home! — Ana quebrou o encanto de minha paralisia nostálgica, e voltei a mim. Afastei as reminiscências e o livro, cacei o níquel perdido e fui.

No caminho refleti: Homem, com H maiúsculo. Mas ainda era virgem. Seria homem mesmo assim? Claro! Nadinha obstante, eu carecia me provar, despir de mim qualquer relação com a meninice de antes, com a criancice do pequeno Paulo. Eu já tinha sobre meu comando homens, já dava ordens, já matara. Não fazia sentido algum ser virgem; aliás, se me perguntassem, eu mentiria. Ah, como mentiria. E por que ainda virgem, quando a marcha da Coluna me deu todas as oportunidades para tanto? Talvez fosse o medo, o receio de fazer algo errado, ou de repentinamente não funcionar, não ter a ereção. Ou, quem sabe, por respeito à Ana. Mas Ana era uma muralha da China, intransponível. Talvez até me quisesse, mas não demonstrava. Não cedia ciência a um milímetro sequer de suas intenções, tratando de ocultar perfeitamente qualquer tipo de emoção que pudesse entregar seus desejos, medos, anseios, enfim, uma pessoa com as janelas e portas da alma fechadas.

Bem, pelo menos iríamos beber. Mas nem preciso repetir que a ordem geral era a vedação ao álcool, e, em face disso, tive de rodar por inúmeras bodegas para achar a única que, à primeira vista, parecia funcionar. O lugar era uma meia-água, à beira de um riacho afluente do Tocantins que passava pelos seus fundos. Esse servia como esgotamento sanitário do local. O cheiro dos dejetos de fezes e urina que jaziam atrás do muquifo empestava uma grande área ao redor.

Antes de entrar, passei por um homem sentado abaixo do alpendre, numa mesa amadeirada, podre de gordura e álcool, esquecida pela limpeza e entregue à ação do tempo. O velho, com suíças brancas, rosto cumprido e bastante vermelho, me olhou com curiosidade.

Apenas balancei a cabeça, num cumprimento respeitoso, e ele fez o mesmo. Estava metido numa bota empoeirada, calçados esses que se assemelhavam muito a uma galocha. Vestia uma blusa encardida, com botões faltando, um colete preto de cetim na parte lateral, e de cujo bolso pendia uma correntinha que eu supunha ser de algum relógio. Na mesa, ao lado da garrafa pela metade, um chapéu cinza de explorador, com abas largas e retas. Parecia ser alguém que se barbeava com frequência, mas que fazia dias que não dava a graça desse asseio. No conjunto, suas roupas eram de alguém que certamente não deveria estar naquele lugar, a não ser que o próximo ponto fosse a sarjeta, na companhia de cachorros. Registrada a contradição em minha curiosa atenção, entrei pela soleira desprovida de porta.

O interior sem ventilação alguma, porque as janelas estavam fechadas, tinha o ar pesado, denso, carregado, e o odor era tão ruim dentro quanto fora. Eu mesmo não entraria para comprar nada se não me movesse pela vontade de beber e espancar a timidez de uma virgem alma. Mas não havia ninguém, nem mesmo o taberneiro acudiu ao meu chamado. Resolvi que não seria dessa vez, e antes que passasse mal pela falta do ar que me forcejava a respiração, saí.

Já do lado de fora, resolvi perguntar ao senhor sobre o dono, mas ele falou primeiro:

— Meu jovem!

Com a boca aberta, mudei o conteúdo da fala que vinha a sair, e disse:

— Pois não, senhor.

— Com sua licença, mas não posso deixar de mencionar que vossa mercê parece muito com alguém que conheci em minha terra.

Achei estranho, mas mais estranho ainda era ouvi-lo e lembrar-me do sotaque de padre Honório. Além disso, repito aqui as palavras dele num bom português, mas que quase não compreendi. Então perguntei:

— E qual sua terra?

— Áustria.

Àquela época, eu não sabia onde ficava a Áustria. Claro que ouvi coisas sobre os impérios que lutaram numa guerra ocorrida havia dez anos, e que um tal de "caisalamão" queria invadir Alagoas, Bahia, Pernambuco e o Brasil inteiro, como contava meu tio. As histórias dessa guerra percorriam os sertões, e com elas a ideia de que lá depois do mar, que afinal eu nunca vira, existiam terras onde homens brancos, loiros, grandes e fortes lutavam com a bravura de mais de mil cangaceiros. Uma dessas paragens era a tal Áustria.

— Mas eu nunca saí daqui do Brasil, nasci aqui, aliás — falei ao estranho.

— Ora, isso não é nada. Bem, não se incomode com minha colocação, foi só uma breve lembrança — ele respondeu e depois perguntou: — E quem é seu pai?

— É... — titubeei, e dei a resposta que queria que fosse a verdade — ele morreu.

— Ah, sinto muito.

Parei para olhá-lo. Quedou-se retraído pela minha resposta, que pareceu ter desconsertado o espírito animado do velho senhor. Daí correu com os olhos pela frente da rua, na verdade, um grande descampado que se formava entre as casas daquela área tipicamente rural. Realmente, penei para achar aquela bodega. Nosso silêncio mútuo se encarregou do encerramento da conversação. Mas, quando ia eu saindo, me acudiu a lembrança de que era a segunda pessoa que me confundia com um estrangeiro. Acontecera igualmente com Fawcett.

— Por que o senhor me achou parecido com alguém que conhece e que não é daqui?

Ele se voltou para mim, renovando a alegria. Limpou a garganta e disse:

— Bom, meu jovem, embora o seu aspecto não seja fino, a minha experiência me diz que o senhor é um homem de boa educação, e os nativos daqui são bárbaros, não conhecem o que há de melhor na ciência, música e arte. Aposto que você ouve Wagner, Schubert, e que já leu Schiller, ou Goethe, estou certo?

— Sim, quer dizer, não. Mas li Dante! — respondi, ao final, com grande entusiasmo, para não ficar sem citação de poetas famosos.

— Sim, Dante! É bom, deveras. Mas vejo que o senhor — então ele parou, cerrou apenas um olho, como se fosse dormir na pontaria, mas na verdade só me escaneou, dizendo, por fim: — Mas reparo que o senhor não tem traços latinos, e se não nasceu no velho continente; seus patrícios, portanto, não são os das penínsulas ibérica ou itálica. Noto assim que o sangue a correr em suas veias é, indubitavelmente, germânico.

Ele estava bêbado. Percebi pela enrolação da sua língua ao dar essa última explicação. Algo sem sentido algum. Eu, germânico? Nasci aqui, no Brasil, no interior de Alagoas, e morei na Bahia. Respirei fundo e olhei para a garrafa de bebida sobre a mesa. Ele percebeu.

— Ó, mas que grande grosseria da minha parte, não lhe ofereci. Bem, como havia dito, sei que meu jovem não é dado a beber, mas eventualmente deseja esquentar a alma. Sente-se aqui — ele afastou outra cadeira e, com grande dificuldade, levantou-se para buscar outro copo. Saiu trôpego, trocando passos. Pensei em carregar a garrafa; faria, aliás, um bem ao homem. Mas aí ouvi do fundo sua voz:

— A propósito, me chamo Ludwig. Ludwig Schwennhagen.

Devo dizer que eu não lembrava que já ouvira esse nome, "Ludwig". Mas meu leitor pode ter a memória melhor que a minha, à época, e captar que foi o padre Honório que certa vez o mencionou. Aqui, relatando, é fácil de se referir, mas lá, naquele instante, não. Nem sequer passou pela minha cabeça, e ao ouvir o nome apenas larguei meu intento de surrupiar a garrafa, pois o velho se aproximava.

— Qual o seu? — ele perguntou agora de volta.

— Paulo.

— Bom, Paulo, os índios daqui me chamam de Ludovico Chove-na-água. Que absurdo. Mas não ligo, porque estou tão somente para explorar esse continente e provar minha tese para a academia de Viena — ele encheu meu copo, alguns dedos só, e depois continuou:

— Certamente Lanz von Liebenfels teria muito o que estudar dessas sub-raças. Você obviamente não entraria nas estatísticas; ora, não, porque "loiros de olhos azuis de todo mundo, uni-vos"!

Daí pensei que pudesse voltar para o acampamento embriagado. Não sei se eu, apenas quente e eufórico, cumpriria com sucesso a tarefa de investir em Ana. Mirei o copo e ataquei. Uma golada só. Desceu rasgando tudo. As orelhas apitaram feito uma sirene de maria-fumaça. Pense numa cachaça forte. Fiz um tremendo esforço para não chorar lágrimas de ardência, mas não teve jeito. A bicha queimou tanto que meti o copo na mesa de madeira, quase o quebrando. Depois minha boca amargou, como se tivesse bebido fel. Assoprei, e a língua adormeceu, formigando. Tive que prender a respiração, porque inalar ar aumentava o enjoo e a ânsia de vômito. Passei alguns minutos meio travado, enquanto o velho falava sem parar. Certamente não precisava muito daquela pinga para embebedar alguém. Mas o terror da dose era de deixar qualquer um doido, a ponto de quebrar tudo.

No súbito, me veio a ideia. Tomaria mais uma dose e meteria o copo no chão, forçando o austríaco a buscar outro, e ganhando tempo para levar a garrafa.

— Vá com calma, jovem — ele finalmente disse após perceber que eu quase desfaleci.

— Queima muito — disse, já enchendo o copinho novamente. Ele então recomeçou a falar. Contava sobre a possibilidade de fenícios terem vindo para o Brasil.

— Fenícios foram os primeiros grandes navegadores, e isso muito antes de Cristo. Povos de uma cultura ímpar.

Nas suas ideias, esses navegantes de eras passadas teriam atravessado os oceanos e fundado cidades aqui no interior do Brasil, precisamente nas áreas do Maranhão, Piauí e Goiás. A tese dele era mais palatável de que a do coronel Fawcett, e achei até interessante. Segundo evidências, que ele dizia tê-las achado, desenhos em rochas, com características de escrita fenícia, teriam sido encontrados em pedras nos sertões do Brasil.

— Serei novamente louvado na academia de Viena.

Enquanto ele falava, eu me preparava para outra lapada de cachaça. Mas aí, me vendo hesitar, ele disse:

— Meu jovem, dê-me cá essa dose — e afastou o copo de mim, ele mesmo bebendo. Nem fez careta, se levantou e disse:

— Vou trazer algo mais palatável para você.

É agora, pensei. Era só pegar a garrafa, que àquela altura estava com apenas um terço. Mas aí pensei: *ele deve vir com outra bebida, e essa outra deve ser melhor que esse purgante do inferno. Talvez seja melhor esperar.* Não demorou e o velho me apareceu com um copo grande de cerveja. Onde ele arrumou, eu não faço ideia. Vinha espumando, com o colarinho da metade para cima, como se ele a tivesse feito fermentar em um barril hermeticamente fechado, a ponto de sair muita, mas muita espuma.

— Eu mesmo a preparei para uma ocasião especial. Prove — me ofereceu, mas antes que eu levasse a caneca à boca, ele me interrompeu, encheu o copinho dele para brindar:

— *Prost!*

Repeti um "*prost*" estranho e bebi um pouco da cerveja. Muito mais tragável que a cachaça. O colarinho deixou uma marca branca em meus parcos bigodes, o que me fez limpar com o dorso do braço. O sabor era realmente agradável, e isso me deu a ideia de talvez levar para Ana a cerveja no lugar da cachaça. Por que não? E por que não a comprar?

— O senhor é o dono desse lugar?

— Eu, não, não. Tenho apenas alguns privilégios. Mas por qual razão perguntas?

— É que eu queria muito levar essa bebida para uma amiga minha.

— Ah, meu jovem, você não perde tempo mesmo, ha-ha-ha... — ele riu sonoramente. Em outra ocasião eu ficaria com vergonha, mas o efeito da primeira dose depressa me desamarrava de freios inibitórios. Aproveitei o ensejo cômico e tomei outro gole da cerveja para rir também! Rimos um para o outro. Fiz isso sem limpar meu bigode branco de espuma. Nesse instante, em que abríamos os dentes reciprocamente, ele arregalou os olhos de repente, e de uma forma um tanto estranha. Pareceu ter visto um fantasma, alguém de vidas passadas. Voltei a ficar sério com a mudança da expressão; e quando ia limpar a boca, ele segurou meu braço, rápido como um ninja, apesar da nítida embriaguez.

— *Herr Eduard Bloch!*

— Não entendi.

— *Wer ist dein Vater?* — ele murmurou a frase enquanto ainda agarrava meu punho. Obviamente, não entendi de novo, e diante da minha mudez, ele me indagou em português.

— Quem é seu pai?

— Já falei que ele morreu — respondi, tentando puxar de volta meu braço, mas ele o mantinha preso à sua garra forte feito um tenaz.

— Quem era? — dessa vez ele não se constrangeu por continuar perguntando sobre o suposto morto.

— Não conheci — respondi e puxei outra vez. Então ele largou e ficou em silêncio. Depois perguntou:

— Você é judeu? — mais uma questão, e com uma entonação nada amável.

— Claro que não! — exclamei. Não deixava de ser verdade. Então o velho se recostou na cadeira. As perguntas, a tensão, seu rosto vermelho e enrugado, tudo contribuiu para pousar em nosso meio uma nuvem de desconfiança. Por outro lado, eu não fazia ideia das razões daquela reação. O som do vento roçando no capim, e o murmúrio do riacho atrás, patos e outros pássaros em seus cânticos vespertinos eram as únicas coisas que ouvíamos.

— Preciso ir — falei, me levantei e pensei no que ia dizer a Ana quando voltasse embriagado, sem, entretanto, levar nada para ela. — Quanto é a cachaça? Falo da garrafa inteira, pelo menos o resto dela?

— Pode levar — ele disse com frieza, empurrando o casco de cachaça para meu lado da mesa. — Não precisa pagar, é um presente de um conterrâneo.

Eu ia repetir, insistir, clarear bem que não era nenhum austríaco, mas deixei para lá. Já estava com a garrafa; e me satisfazia tão só com isso, ainda mais sem precisar pagar. Me despedi e saí. No caminho, trocando passos sem equilíbrio, fui esquecendo aquela conversa sobre Eduard Bloch, sobre a Áustria, sobre pai etc.

Para mim, meu pai estava morto.

Poderes sobrenaturais

Depois que saí do casebre onde estava o austríaco, Ana e eu bebemos tudo. Naquela noite, perdi minha virgindade com ela. Não ocorreu novamente, não voltamos a dividir uma cama ou a ter relações sexuais. Nunca mais. Ana e eu nunca fomos amantes de corpos, e tudo se resumiu àquela noite. Posso dizer que, pelo que desejo lembrar, muito pouco, foi bom.

Ah, e a propósito, Cláudia não é filha de Ana. Do contrário, teria mais de cinquenta anos, o que, portanto, não é o caso.

Bem, voltando à marcha, do início de novembro ao fim de dezembro de 1925 entramos no Piauí, e a tropa chegava perto de Teresina, a capital. E nesses quase dois meses finalmente cheguei à conclusão de que aquilo tudo era uma perda de tempo. Nem preciso dizer que combatemos de dia, de tarde e de noite. Cortamos terra, subimos serra, descemos rio, pra lá e pra cá, atravessando o Parnaíba, ora no lado do Maranhão, ora no lado do Piauí. Lutas, batalhas e tiroteio quase diários, sem descanso, sem trégua. Por sorte, o inimigo era fraco e destreinado. De nossa parte, muitos deserdaram nesse período, outros caíram mortos ou feridos. Os motins se forjavam com mais facilidade, principalmente se a comida se reduzisse abaixo do mínimo razoável. Mas logo eram debelados pela astúcia de Prestes, e suas requisições vorazes, que de todos arrancava um pouco. Eu ainda o admirava, mesmo relevando o mal que a Coluna fazia à população local. A verdade era que a maioria queria parar, fugir para o exílio, mas Prestes era sempre irredutível.

Daí, em meio a dias iguais, lembro especificamente daquele em que a vanguarda da Coluna acampou próximo a Uruçuí, à margem do rio Parnaíba, enquanto do outro lado está Benedito Leite. O plano era avançar no dia seguinte, cortar comunicação e descer rio abaixo até Teresina.

Então, uma algazarra se precipitou a alguns passos donde eu estava. Levantei-me de meu saco e fui dar com a confusão.

— O moleque estava tentando roubar um jegue — disse um soldado ao meu lado, quando me enfiei numa roda de pessoas em torno de Sinésio e um menino, que se tivesse sete anos era muito.

— Seu bugrezinho — Sinésio o puxava pelo braço, que mais parecia um graveto preso na garra cabeluda do gaúcho.

— Me solta, infeliz das costas oca! — o menino insultou, e quase todos caíram na gargalhada. Sinésio, envergonhado com a troça feita com sua cara, esmurrou o garoto, que se estatelou no chão, quase inconsciente. Depois, pisou com a bota na cabeça pequena e indefesa do menino, do mesmo jeito que fez com Piaba. O açougueiro era um espécime estranho; pesado e lento, e isso por ser gordo em excesso. Passava fácil dos cento e cinquenta quilos. Mesmo se não fosse sua intenção matar, só a ação imprudente de pisotear já seria capaz de ceifar a vida daquele inocente. A imagem da iminente violência me causou enjoo instantâneo. Alguns risos de deboche cessaram em face da brutalidade, e os que insistiram em permanecer não se davam conta da gravidade. Finalmente uns poucos recitaram pedidos tímidos de clemência.

— Larga o guri — alguém disse de lá.

Nenhum rogo, porém, alterava o espírito de Sinésio, que deu início à ação de fazer pressão, jogando o corpo em cima da própria perna e sufocando o menino. Aquilo era demais.

Saquei a mauser e, sem pensar, gritei:

— Pare!

Fez-se um silêncio. Ele afrouxou o pisão, olhou para mim e perguntou:

— E se eu não parar?

Fiquei mudo. O que deveria dizer? Que se ele não parasse, eu deveria levá-lo preso? Qual seria a punição para aquela atrocidade? Decerto, se ele matasse alguém sem justificativa, a expulsão era o mínimo. Mas quem o expulsaria? João Alberto? Prestes? E o que eu tinha a ver com a punição? A verdade verdadeira era que eu mesmo queria matá-lo. Era um desejo reprimido, aqui dentro. Isso, exato, poderia matar aquele velho de diferentes formas, fazendo-o sofrer. Ao fim do dia, deitaria minha cabeça no travesseiro. Dormiria como um gato, sem carga alguma de consciência. E isso, essa sensação de matar era tão boa que me deu vontade de externar. Perdido em meu delírio de ver Sinésio morrendo, novamente ouvi dele a pergunta:

— E se eu não parar?!

— Mato você — respondi rápido como um raio. Arma em punho, mas ainda descansava o braço, apontando para o chão. Mal me dei conta do que falei e já me arrependia. Existia a vontade, embora me faltasse em absoluto a coragem. Um espanto coletivo se manifestou num murmúrio generalizado. Ninguém parecia acreditar naquela ameaça de um jovem, um quase garoto, já que eu ia pelos dezessete. Sinésio, de outro lado, era um velho veterano das revoluções do Sul, exímio cortador de pescoço, cara dura, queixo de piranha, um nariz todo torto e um passado com um inventário de maldades. Ele tinha pelos nos braços, pelos nos peitos, pelos nos ombros, pelos na barriga enorme, pelos que cobriam quase todo o torso, um urso pronto para engolir quem quer que fosse sua presa. *Por que eu fiz essa ameaça?*, perguntei-me, engolindo em seco. Sinésio esboçou um sorriso e olhou para baixo, quando então o menino recobrou-se da semiconsciência e começou a se debater para se livrar da sola da botina pesada.

— Mata nada. Você é um cachorro.

Eis minha chance de me arrepender. Era só dizer "sim, o senhor está corretíssimo, eu não mato, e nem sei porque falei isso", virar as costas para que Sinésio matasse o menino, e no dia seguinte eu seria só o Paulo novamente, embora vivo. Pensei e, contudo, falei:

— Cachorro e covarde é você! Olha se sou eu que tô me trocando com uma criança?

O murmúrio ganhou corpo sonoro, e um ou outro ainda gaitou gritos de urras. Começava ali a peleja, de início verbal e de insultos. Ele apertou os punhos e travou uma careta de ódio. No fundo, eu estava com a razão, e ele sabia. Em todo lugar encontrávamos quem pretendesse nos furtar. Não dava para sair matando todo gatuno que aparecesse, principalmente crianças famintas. Daí, ao me ver segurando a mauser, me desafiou:

— Pois então largue a arma e venha na faca.

Sinésio era um marchante, um açougueiro, encarregado da comida de seus conterrâneos gaúchos. Ele não andava com armas de fogo, mas apenas as ferramentas para tratar carnes. Uma de suas inúmeras facas e cutelos cintilou assim que ele a sacou e a ergueu para todos, inclusive eu, ver o fio brilhante.

— Vamos cachorro, puxe uma faca e venha. Eu deixo o guri em paz. Mas se você não se mexer, eu talho esse vira-lata aqui.

— Eu teria que usar uma espada pra rasgar toda essa sua banha de barrão — respondi, e a turba caiu na gargalhada novamente.

— Seu verme — Sinésio gritou e avançou em minha direção. Minha reação automática foi erguer a mauser, mas antes de puxar o gatilho, algo estranho aconteceu.

Sinésio avermelhou-se do pescoço para cima, inclusive as orelhas grandes e cheias de tufos brancos de cabelo. Mesmo à luz débil dos archotes que nos iluminavam, pude ver suas veias superficiais, irrigadas pelo sangue fervente que vencia a gravidade para inundar a cabeça do gigante. Do nada, ele colocou a mão no vazio do ventre, apertando com força. Alisou um pouco com a palma da mão aberta, mas uma dor o fez se contrair todo. Crispou um lado do rosto, só um lado. Depois, simulando o que se assemelhava a um engasgo, tossiu para tentar desentupir a garganta. O braço canhoto, e que pressionava a barriga, derreou, caindo solto como um pêndulo. Do mesmo lado esquerdo, a pele enrugada da cara se desgrudou do crânio. Pareceu ter se descolado, fazendo o couro perder a aderência, deslizando sobre os ossos da face. O supercílio, a maçã, o bigode chinês, a boca, a pálpebra, tudo isso, e tudo do lado esquerdo, moveu-se junto e para baixo. Então Sinésio tombou. Caiu olhando para cima, para a copa escura das árvores, com uma banda do rosto derretida. Fizeram em volta dele uma roda, a olhá-lo.

— Acho que tá tendo apoplexia — supôs alguém, e outro logo se abaixou para acudir, mas sem nenhum meio ou efeito para socorrê-lo. O médico mais próximo estava a léguas de distância. Sinésio ficou lá, deitado, ainda respirando, seu peito arfando, embora pouco demorando nesse estado de expiação. Aos poucos, o aglomerado foi se dissolvendo, deixando no local só diagnósticos de morte certa.

Eu ainda estava perplexo; não conseguia me mover, amedrontado comigo mesmo. Foi quando vi, na agora rarefeita presença de pessoas, que Luís Carreteiro me olhava do outro lado da circunferência. Sinésio já não respirava mais, o derrame lhe tinha ceifado a vida. No torpor, senti a mão de alguém tocar meu braço. Voltei-me de lado para ver quem era e dei de cara com o menino cuja vida eu salvei.

— Deus te pague — ele disse, já se preparando para ir. Fiquei surpreso com a ainda presença dele ali. Pensava que já tinha ido, fugido para não ser pego por mais nenhum daqueles marginais. Mas, ao contrário, ficara e se arriscava a tornar-se alvo fácil para Benício.

— Não, espere — falei rápido, não podia perdê-lo de vista.

— Oxe, que nada, vou é sumir.

— Se for, vão pegá-lo e você já era.

Ele parou, olhou em derredor para uma escuridão propícia para uma emboscada.

— Fique comigo, e eu levo você para sua casa pela manhã — completei. Ainda hesitante, ele deve ter ponderado que fora eu quem interveio a seu favor, e talvez por isso ficou.

— Como é seu nome? — perguntei a ele quando estávamos todos reunidos no fogão.

— João.

— Você é pequeno, mas é brabo virado num preá. — Sugeri ver nele a qualidade da bravura para mantê-lo como amigo.

— Eu boto é pra lascar — ele disse rindo, e Ana soltou uma risada, ao que ele inquiriu: — Tá rindo de quê?

— Cê quase morreu, bacurau.

Todos começaram a rir.

— Barucau é seu xibiu, sua...

— Sim, João, mas você mora onde? — interrompi antes que eles dois trocassem mais insultos impertinentes. Passei-lhe no espeto um naco de carne, e a boca do menino ocupou-se em mastigar enquanto outros falavam.

Na hora, me lembrei de mim quando pequeno. Não pela fisionomia. Esse moleque barrigudinho tinha olhos pequenos, finos e puxados. Calçava uma alpercata rota, uma blusa de botão sem nenhum botão. Os dedos eram só grude, e crostas nas dobras. Cabelos pretos, curtos, mal cortados, com caminhos de rato e falhas por ele todo.

— Moro em Palmeira do Piauí — respondeu, borrifando farofa.

— Onde fica isso?

— Perto de Bom Jesus. Dá bem uns quatro dias de lá pra cá de pé.

— E tá fazendo o que por aqui, tão longe de casa?

— Viajando. Vim com um amigo meu, de carroça de burra. Aí cruzamos com uns soldados e fomos roubados. Levaram a carroça e o burro.

— Por isso que você veio pra carregar o jegue do Sinésio.

— Apois. Inda bem que o fia da puta morreu, né?

— Morreu. Mas os amigos dele querem pegar você — falei, e me toquei de outra coisa. — E cadê seu amigo?

— O Anastácio?

— Esse é o nome dele?

— É.

— Pois, adonde ele se meteu?

— Deve ter carregado outra burra e foi embora.

— Oxe, foi nada?

— E apois — ele respondeu e explicou que a estratégia dos dois amigos era essa: enquanto João fingia se ocupar furtando um jegue, Anastácio levaria outro, totalmente desprotegido. Ele só não contava que os soldados iriam levar tão a sério a ponto de quererem matá-lo.

Eu já gostava do menino. Então perguntei-lhe a idade, e, pela resposta, duvido muito que ele soubesse que tinha realmente oito.

— Você pode ser brabo, mas ainda é pequeno. Não vá por aí sem algum de nós, entendeu?

— E tu é o quê, hein? — ele me perguntou curioso.

— Sou o chefe — respondi sorrindo. João riu também, e não só ele. Barbosa, que se deitava mais atrás, igualmente estava rindo. Ao captar o riso do demônio, fiquei sério de imediato. Lembrei instantaneamente de Piaba. Além disso, vi nos dentes de Barbosa a satisfação com minha autodenominação de chefe. Uma lembrança trouxe-me outra, qual seja, a do pedido que pretendi fazer a ele, uma encomenda de morte, um assassinato por empreitada, do meu matador de aluguel. Arrepiei-me com a ideia como se fosse ela nova, inédita. Pus tanta força no desejo de ver o fim de Sinésio que a fortuna, sem demora, me deu de presente. A conversa com o menino ocupou minhas ideias e desde o ocorrido não refletira sobre a causa do derrame. Bem, morreu por conta de um problema circulatório, com consequência conhecida, embora de causa ignorada, senão por médicos que eventualmente viessem a diagnosticar, o que jamais ocorreu. Mas para nós, e talvez eu me incluía, a causa poderia ser mais que uma artéria entupida. Ataques cardíacos, derrames e outras moléstias silenciosas enterravam seus súditos aos rolos, mas aquela em específico, daquela forma, quando tudo levava a crer que um duelo com Sinésio seria o fim do túnel de minha vida, essa morte inconveniente, ah, não, isso não era coisa da natureza. Poderes sobrenaturais? Seria eu realmente um pactário como diziam?

Você foi salvo porque me pediu para lhe salvar, não lembra?

Acordei com um sobressalto, apavorado com o pesadelo. *Sonhei isso porque fiquei remoendo antes de dormir*, pensei numa justificativa plausível. Ainda estava tudo escuro. João dormia ao meu lado, e eu, por minha vez, estava deitado ao lado de Ana.

— João, acorda — cutuquei-o. — Vamos.

Assim, levantei-me para levar o menino até a vila mais próxima. Combinei com o grupo que iria sozinho. A princípio, ninguém concordou, com exceção de Barbosa, que ficou calado. Sugeri que estaria seguro. Pelo menos deixei transparecer confiança, pois pouco depois pedi a Baro que varresse o território e me desse cobertura. Temia, e razões não faltavam, que alguém nos seguisse e nos emboscasse.

João montou na garupa de um cavalo que me servia como montaria. Barbosa veio ter comigo, trazendo informações sobre a articulação da Coluna para aquele dia.

— Ao que parece, o ataque a Uruçuí vai se dar ao entardecer, quando o grosso atravessar o rio e marchar pra Benedito Leite — ele falou, e não me escapou o fato de que não havia tanto tempo eu era seu subordinado. Agradeci e fui. Deu tempo me despedir de Ana com um aceno de cabeça. Ela me mirava com o olhar de sempre, sereno e livre do medo.

— Vou deixar vosmecê perto da cidade, e de lá se vire — falei para João, que soltou uma interjeição de concordância.

O sol ia despontando nas serras ao leste. Eu começava a me distanciar do acampamento. Não andava pela estrada nem corria pelas margens do rio. A certa distância, orientava-me pela direção nascente. Devo confessar que estava com medo. Poderia ser pego tanto por traidores quanto por soldados legalistas que defendiam o Piauí. Poderia morrer como diversas vezes quase morri. Mas o que me movia a ponto de arriscar? Curiosidade? Comprovar a premissa de que uma força invisível me protegia? Não sei dizer, e sempre que, ainda hoje, faço essa pergunta, não sei a resposta.

O suor começou a escorrer pelas têmporas. A brisa fraca da manhã não ajudava a refrescar. Notei que queria tremer, mesmo envolto de quentura. Eram ligeiros e pequenos tremores. Segurei a rédea com força, com tanta força que ouvi o rangido do couro. E por falar em couro, me esforcei ao máximo para parecer com um vaqueiro, de gibão, chapéu e tudo. Aliás, Ana contribuiu com suas peças de roupas, que por sinal cabiam bem em mim. Desisti até das botas, que me serviriam bastante se eu me embrenhasse no mato. No lugar delas levava as alpercatas, sandálias que não castigam tanto.

— João Pequeno, posso lhe chamar assim? — perguntei. Desertei do apelido, diante da ausência de atesto.

— Pode — o garoto enfim falou, muito depois da indagação.

— Melhor não.

— Melhor sim, causa que eu me alembro que sou pequeno, e me esforço mais pra crescer.

— Mas você vai crescer de todo jeito.

— Será?

— Vai, sim — mal terminei de falar e uma bala assobiou em nossa direção. A efêmera conversa foi suficiente para me derrubar a atenção, e não fosse a péssima pontaria — ou sorte —, teria sido atingido. Esporei o cavalo e parti em busca de cobertura numa brenha qualquer. Mais silvos de bala se revezaram com disparos. O galope nos agitava, eu e João Pequeno, e por essa razão eu não conseguia me deitar sobre o pescoço do cavalo. *Vou ser atingido*, pensei em milésimos de segundo após um disparo.

Ouvi só uma pancada surda, e logo me vi indo ao chão. Foi aí que dei fé de que minha montaria tinha sido atingida. Sem nada em que me segurar, salvo as rédeas soltas, preparei-me para o baque no chão duro. João também caiu rolando sobre palmas e xique-xique. O tombo me deixou zonzo, e quase não enxergava nada. O cavalo, que relinchava esperneando, não morreu com o tiro. Mas o ferimento, próximo a uma das patas, sangrava muito. A vegetação rasteira pelo menos nos dava a cobertura que eu procurava. Saquei a mauser e me arrastei de costas para uma pedra. Não fazia ideia da direção dos tiros, e nem se Baro estaria por perto ou não. João chorava imóvel no emaranhado de espinhos. Igualmente às dezenas de vezes em que me arrependi, imaginei que agora era a pior de todas, porque eu não sabia nem onde meu inimigo estava.

Um tiro, que atingiu em cheio a cabeça do cavalo, pôs fim ao sofrimento do pobre.

Fez-se um silêncio. Escondido sobre a pedra, tentei ver se alguém se aproximava. Nada. O barulho da carreira de um teiú me estremeceu, e logo que o lagarto se sumiu por entre os buracos das rochas, escutei os gemidos de João. Então, vi Barbosa se destacando entre galhos secos, a uma distância de uns cem metros ou mais. Ele surgiu como que num passe de mágica. Feito uma aparição, pálido e com o rifle pendurado no ombro pela bandoleira, destacou-se no descampado. Barbosa sabia onde eu estava, porque olhava para minha direção. Daí suspirei de alívio, imaginando que ele viesse ao meu socorro. Nada obstante, e curiosamente, os tiros cessaram. *Por que não atiram nele?*, pensei. Só o ato de refletir na nova circunstância me fez lembrar de que ele não vinha com a arma em punho. Por quê? Tardou um pouco, mas a resposta veio: foi Barbosa quem atirara em mim.

Chefe, meu mui amigo

— Chefe — Barbosa gritou a alguns metros. Eu ainda estava com cobertura, e não me arrisquei a me levantar. Quando reparei a ameaça, pensei em atirar. Mas se errasse, o que era bem possível e provável, dada a distância, eu não sairia vivo depois de me tornar alvo de uma das melhores pontarias da Coluna. Aliás, comecei a pensar que ali ele não tinha intenção de me matar, pois atirou em meu cavalo, duas vezes, sendo que na segunda o tiro foi mortal.

— Chefe! — ele gritou novamente de lá.

— O que você quer? — berrei de cá, e por um tempo nossa conversação se deu como entre dois interlocutores à considerável distância, aos gritos.

— O menino, chefe. O menino vai servir pro pacto.

— Você enlouqueceu, não existe isso de pacto ou de demônio, ou diabo, foi tudo invenção minha.

— Bah, o outro não era virgem — ele falou como se não tivesse ouvido o que eu acabara de dizer, ou se ouviu, mostrou-se indiferente.

O outro a quem ele se referia era o Piaba, e a referência à castidade do garoto me atordoou. Eu desconhecia completamente a eventual pureza de Piaba. Ignorava e não fazia ideia de que alguém, menos ainda Barbosa, iria cometer aquele ato bárbaro com base nessa informação.

— Como você sabia que ele não era virgem? — perguntei.

— Ele me disse, ele disse que namorou com a tal de Bebita, a cabra. Por isso tomou as dores do outro guri.

Fiz uma careta de repugnância ao ouvir o relato. O sol quente incidia oblíquo sobre mim, queimando a banda de minha cara. Meu corpo era só suor e dor, embora difusa. Em verdade, doía-me mais a perna, talvez quebrada, fraturada, ali não saberia dizer. Também não me arriscava me levantar, e por isso não tinha certeza da gravidade e extensão das lesões. Assim continuei deitado, apertando a mauser, molhando o cabo suado, calculando as palavras, as respostas ao psicopata armado que me tinha sob sua mira. Pensei até na hipótese medonha de fazer o que ele queria. Meu Deus, me perdoe, mas não posso deixar de mencionar que passou por minha razão essa irracionalidade: entregar o menino.

E por falar no garoto, João Pequeno enfim se desvencilhara dos cactos, embora murmurasse e gemesse de dor diante de lanhos pelo corpo inteiro, causados pela queda e espinhos. Ele ia ficar de pé, mas eu sussurrei rápido:

— Se abaixe ou ele atira em você.

— Chefe, e aí? Vai me entregar o menino? — Barbosa insistiu de lá.

— Mas por quê? Logo você, que era tão cristão...

Súbito, matei o resto da fala e dei enfim conta do que se tratava toda aquela insanidade.

— Era, bah. Era muito cristão. Agora preciso ir pro inferno, minha amada precisa que eu tire ela de lá, ela não merece pagar pelo meu erro.

— A custo de inocentes? Você não é esse monstro.

— Será que não sou, chefe? Será que já não era?

A última frase me fez ficar em silêncio, refletindo. *Será que Barbosa acredita no que fala?*, pensei. A princípio achei que em seu delírio, sua vida aqui não valeria nada mais, e tudo o que ele dela esperava aproveitar era atuar em favor das forças que controlavam o inferno, onde a alma de Maria das Dores jazia sodomizada pelas autoridades diabólicas. Barbosa, e isso ele mesmo inventou, achou que fazendo um pacto aqui poderia descer para libertar e ocupar o lugar da amada. Para tanto, transformou-se num demônio. Eis o quadro do contexto que agora eu mesmo não sabia se era o real.

— Posso me chegar, chefe? — Barbosa falou, tirou o rifle do ombro e apontou na minha direção. — Não quero atirar em vassuncê. Mas, bah, atiro se for preciso. Diga de passagem que já posso meter uma bala na tua cabeça.

Estremeci. Na mira de um louco psicopata, agora frio e perverso, movido por uma paixão desenfreada e um remorso infundado. Ele podia me matar.

— Mas se você me matar, vai saber que não existe isso de pacto, que eu não tenho o corpo fechado, que tudo foi coincidência, e que mesmo que mate esse menino, Maria das Dores nunca vai sair de onde ela está.

Houve um outro silêncio, um longo e morno silêncio, resfriado por uma brisa intermitente vinda do leste. Supus que ele estivesse ponderando o risco de perder a manutenção do delírio. Ora, se eu realmente morresse, de que adiantaria continuar à procura de corações de virgens para invocar demônios em encruzilhadas? O silêncio se estendeu a ponto de me inquietar.

— Sargento?!

Nada.

— Ele já foi — afirmou João Pequeno, com a singular impaciência de uma criança.

— Talvez, mas fique abaixado. Vou me levantar — com muito esforço, fiquei em pé. Uma tontura quase me derrubou novamente. Respirei fundo, e eis que passada a vertigem, a lesão na perna me assaltou. Não aparentava gravidade à primeira vista, apesar da dor insuportável dizer o contrário. Escorei-me na outra e avistei os campos aos arredores. As árvores pendiam de lado quando o vento soprava. Nada. *Onde será que Baro se meteu?*, pensei.

— Sozinho eu não consigo andar — falei para João, que veio para me servir como muleta improvisada.

— Ele quer me matar, mas o que eu fiz?

— Nada, não fez nada. É que ele ficou louco — respondi ao garoto enquanto me apoiava em seu ombro. Senti sede e fui quase me arrastando ao cavalo morto. Pobre animal.

— Abaixe-se e pegue a água dos alforjes.

Recebi o odre e bebi um pouco. Dei a João, que bebeu ávido. Depois, a duras penas, me projetei para a estrada. *O que faço?*, pensei. A dor não passava nem aliviava. O sol também não nos dava trégua.

— Vamos pra vila.

— Mas é longe — João resmungou.

— Eu sei, mas temos que ir. Se eu voltar com você pro acampamento, eles podem... — não terminei a frase. Agora não era só o grupo do Benício, mas o próprio Barbosa.

— Talvez a gente ache uma canoa — o menino falou apontando para o rio Parnaíba, a menos de um quilômetro do nosso flanco.

— É, talvez.

E assim descemos em direção ao rio. Pensei que não chegaria, de tão reduzido que estava nosso passo. Próximo da beira do rio, nos escondemos na mata ciliar, formada por cipós com quase um metro de altura, entre outras plantas de flora ripária. O leito era largo, com uma enorme distância entre suas margens. Acocorei-me deixando só a cabeça emergida do matagal. Afundados no capim, não nos viriam àquela distância. Cigarras chiavam em silvos estridentes, ainda que pela manhã. Uma família de patos passou em fila indiana. Um grupo de capivaras apareceu e sumiu em seguida. Ali, parado, eu ouvia a natureza ao meu redor, e não evitei lembrar de Baro. *E se Barbosa o matou?*, abati-me com a ideia, deixando-me levar pela vontade de desistir de tudo. Mas durou pouco.

— Respire, mantenha a calma, respire — falava a mim mesmo.

— O que vamos fazer? — João me perguntou diante de minha inércia.

— Não sei. Ainda não sei. Só preciso descansar.

— Aqui?

— Onde mais? — falei e tirei o gibão de couro, que àquela altura já pesava bastante. Daí afundei-me mais ainda no mato, obtuso e pensativo. *O que Baro faria? Será que está morto?*, pensei novamente. Paciência, paciência. Fechei os olhos e voltei a respirar fundo.

— O que tá fazendo? — João resmungou, e a voz dele mais uma vez me despertou da meditação.

— João, abaixe-se e pare de perguntar.

— Mas eu não quero ficar aqui esperando, vamos procurar uma canoa.

— Onde você acha que tem uma canoa?

— Pela beira da água — ele respondeu apontando para o rio com o queixo. — Eu vou achar uma...

— Não vá porque você não sabe se aquele louco está por aí.

Ele então se encolheu. O medo de encontrar alguém em quem não confiasse era maior que seu tédio e impaciência. Passados alguns minutos, João tornou a sugerir que procurássemos pelo menos uma sombra, o que não foi tão difícil. Foi preciso andar só mais um pouco. A perna já não me doía tanto, e ainda na beira do rio, encontramos uma rocha que pela posição do sol nos concedia uma réstia para descansar.

— Agora fique quieto, e vamos esperar.

O garoto obedeceu. Estávamos de costas para a estrada e de frente para o rio, mas no meio da distância entre ambos. A vegetação ribeirinha mudou para tornar-se mais seca, própria da caatinga, o que me lembrava as paisagens do Velho Chico. Mas ali era outro rio, outro velho, o tal Velho Monge. Olhar para suas águas me deu uma calma, uma paz, uma tranquilidade. Era tudo tão perfeito. *Será que Deus tá nessas coisas?*, me veio do nada a reflexão. A sombra foi ficando maior na medida em que o sol se punha atrás da rocha. João me pediu para procurar uma canoa, e deixei, desde que ele não fosse para muito longe.

Não lembro, mas adormeci, e quando acordei já era tardezinha. O menino estava ao meu lado, cabisbaixo, talvez pelo insucesso de sua empresa para encontrar a embarcação.

— Achou nosso navio? — perguntei com um gracejo. Ele bateu uma pedra noutra e respondeu que não.

— Vamos esperar anoitecer, é melhor.

Assim fizemos, e para a nossa surpresa, quando a primeira luz de lua acendeu no céu escuro, ouvimos os primeiros sons de disparos vindos de Uruçuí.

— Combate? — falei erguendo a cabeça para a direção dos tiros. Depois perguntei a João. — Você viu alguma tropa descendo por esse ou pelo outro lado do rio?

— Não, não vi nada.

Era estranho, porque a intensidade do fogo cerrado ia aumentando com o passar das horas. Chegou a um momento em que nós podíamos ver as luzes dos disparos ao zênite do horizonte. Era tanto tiro que achei que todo o grosso da tropa tinha passado enquanto eu dormia.

— Vamos descer, vamos pela margem.

Meus passos já não me atrasavam tanto. A dor ia diminuindo, e João me servia como ajudante para carregar as coisas. O som do tiroteio se revezava com o de aves que sobrevoam espantadas com a escaramuça que ocorria rio abaixo. Contudo, incrivelmente eu não via soldado nenhum, nem nosso, nem deles. E isso foi me deixando mais intrigado. O escuro nos engolfou, nuvens bloqueavam a iluminação lunar, e nossos passos ficaram mais curtos ainda. Longe da margem do rio, nossa caminhada se entrelaçava por entre mandacarus, palmas e outros cactos. Alguns galhos secos nos riscavam o rosto, e João resmungava de espinhos que ultrapassavam o tecido de seus andrajos e deixavam talhos nos braços e nas pernas. Eu, por outro lado, me protegia com o gibão de couro.

— Ai, baboinca da peste! — João gritou.

— Que foi?

— Um espinho quase tora minha perna.

— Cuidado... — mal terminei a palavra, e ele saltou sobre mim, num pulo de susto que até eu também estremeci.

— Que foi?!

— Não é espinho... é uma cobra.

Foi quando nós, eu já em silêncio, e ele encerrando a conclusão, ouvimos o maracá da cascavel chacoalhando em algum ponto do nosso perímetro. Estava tudo muito escuro para ver onde ela estava.

— Sangue de Jesus tem poder, é zuada de rabo de cascavéia — João disse, e ao dizer, caiu em prantos, gritando, chorando, pedindo a Deus para não deixar ele morrer.

— Calma João, calma...

— Calma a febre do rato, eu vou morrer por causa da peste cibalena dessa cobra — tornou a berrar em desespero.

Meu medo era a cobra também me atacar, pois o barulho que João fazia me impedia de acertar a localização da ameaça. Puxei ele para perto de mim e saí de lado, tentando procurar um local onde provavelmente a cobra não estivesse. Tenho quase certeza de que ouvi o chocalho do maracá, sabia que era a cobra, mas tentei dissimular.

— Talvez não tenha sido.

— Foi cobra, sim, eu vi quando pisei nela, já tá doendo, eu tou ficando fraco, com tontura, vou morrer, Paulo. Ô, meu Deus.

— Não vai — já um pouco mais distante do local do acidente, tirei o punhal e a pedra de fogo. Tentei acender uma fogueira com ajuda de pólvora. Seria mais fácil. De fato, logo que consegui, o fogo clareou um bom diâmetro à nossa volta e rezei para que a cobra e nós tivéssemos escolhido rumos diversos.

— Me mostre onde ela picou.

— Aqui — ele disse se acocorando e estirando a perna, mostrando o tornozelo imundo de fuligem.

Fiz um corte em cruz, tentando vencer a pele superficial e atingir os vasos mais fundos. João gemeu de dor, e o sangue logo começou a escorrer. *Preciso sugar mais o sangue*, lembrei do que diziam sobre os primeiros socorros em face de ataques de cobras.

— Não se deite, fique em pé — pedi, e ele obedeceu. Ficou num pé só, e seu silêncio repentino já me preocupava. Foi aí que suguei com força. Minha boca se encheu do líquido viscoso e grosso, com cheiro de ferro. Cuspi e refiz a operação. Ele via tudo empalidecido.

— João, você vai ficar bem — tentei puxar assunto para ver se o menino falava alguma coisa, mas nada.

— João! João! — chamei-o mais duas vezes, e quando ia para a terceira, ele caiu sem consciência.

— Maldição!

Era só uma criança, e eu sabia que o veneno de uma cascavel era suficiente para matar um boi, uma vaca, dez vezes mais pesado. Mas ele ainda respirava, e isso era bom. Tirei o gibão, joguei todas as tralhas, fiquei só com o punhal e a mauser na cintura. Pus o menino nos braços e parti para a estrada, no escuro, no breu, mas com a esperança de tentar salvar o garoto chamado João Pequeno.

A batalha de Uruçuí

O horizonte avermelhado indicava fogo. O som de metralhadoras indicava fogo. O cheiro de pólvora na brisa noturna indicava fogo. Tudo indicava que Uruçuí e Benedito Leite estavam sob fogo cerrado, com forças rebeldes e bernardescas travando a maior das batalhas que eu até então supunha imaginar, um inferno na terra.

E para lá eu corria. Corria como um condenado.

Atravessado em meus braços, João Pequeno ia desacordado, pendendo o pescoço e balançando a cabeça, no sacolejo de minhas passadas, de minha luta contra o tempo. Seu sangue, pensava eu, era o anfitrião do hospedeiro fatal, da peçonha que destruía seus sentidos. Eu não fazia ideia de quanto faltava para chegar. Sem contas pensei em desistir, abandonar o menino, ir embora de vez, tomar um rumo ignorado, para sempre me livrar e se esquecer de tudo. Quantas vezes ia repetir: é tão mais fácil uma vida a sós com nós mesmos. Eu não conhecia aquele menino, que apesar de divertido, não era nada meu. Não fazia ideia de seu futuro, se se casaria, se teria filhos ou um neto engraçado como ele, ou se simplesmente morreria no ano seguinte, longe de mim. Quantos não morreram e morrem das mais diversas formas, dos mais estranhos meios. Quantos pais não perderam e ainda perdem seus filhos, quantos filhos não perdem seus pais? Eu mesmo perdi os meus, Deus perdeu o seu. Perdeu? Não lembrava, pois meu raciocínio escapulia de mim com meus gemidos de dor.

Aí, sem razão aparente, lembrei-me de Baro: "Não derrube o buriti". Era só um tronco, algo inanimado, e mesmo assim eu não o derrubei. Só um pedaço de madeira, à semelhança da Cruz! Jesus carregou uma cruz, Ele poderia ter soltado, deixado cair. Poderia ter desistido, pedido a anjos para levarem-na em seu lugar, ou até mesmo lutarem contra as legiões romanas estacionadas na Judeia. Poderia, sim!, com o poder que tinha, se rebelar contra o próprio Pai e renegar a dor que sentia em seu corpo humano. Mas pelo contrário, Ele não desistiu, foi até o fim e cumpriu sua missão, salvando a humanidade. *Salvou?* Por que eu estava pensando naquilo? Quem sabe porque era a melhor resposta ao sofrimento. "Por que Deus fez uma aposta para deixar o Cão lascar com Jó?", lembrei da pergunta que fiz a padre Honório. Por quê? Por que eu tinha que salvar aquele menino?

João não pesava como o buriti, e decidi que seria melhor carregá-lo nas costas. Contudo, o terreno não ajudava, e fui cansando rápido, ficando exausto. Consumido até o ponto de me esbaforir com falta de ar, com dor no estômago, e dor no vazio da barriga, como se um punhal estivesse ali encravado. A perna voltou a doer, os pés também. O mato atrapalhava, e as botas... ó, como as botas me faziam falta, porque, do nada, senti a correia de uma das alpercatas se soltar, largando-se de meu pé direito. Havia se quebrado, tanta era a pressão das passadas. Agora estava eu descalço de um pé, com João no ombro e extremamente esgotado. É dispensável dizer que já não ia no mesmo pique, e que, diferentemente da corrida de buriti, parei — assim como continuaria parando — para tomar fôlego. Numa dessas pausas para respirar, notei meu pé em carne viva. Devia ter pisado em tocos e pedras pontiagudas.

Ignorava completamente quais tropas topariam comigo, imaginando apenas que poderia ser alguém da retaguarda da Coluna.

Igualmente, fazia pouca ideia de como as cidades seriam atacadas, e se a estrada, da qual até então eu estivera afastado, estaria ocupada por soldados, sendo palco ou teatro de operações militares, ou deserta como zona morta. Entretanto, não podia mais continuar correndo pelo mato, não com meu pé descalço, não com o peso de João Pequeno nas costas.

Ele já está morto, Paulo. Você sabe disso, não sabe? Largue-o no chão. Deixei-o na estrada, não vale a pena sofrer pelos outros. O que você vai ganhar de volta? Nada. Se ele viver, amanhã nem lembrará de você. Pare!

Parei. O coração latejava em todo o corpo, eu podia sentir. O pé ardia, queimava, doía. O suor me lavou da cara aos pés, ao ponto nevrálgico de molhar João, e eu quase não conseguir segurá-lo nos braços lisos e suados. Abaixei-me lentamente, tremendo de fraqueza. Pelo menos não iria largá-lo como fiz com a tora de buriti. Quase de joelhos, deitei-o no chão, apoiando com cuidado sua cabeça e estirando seu corpo.

— Me desculpe, me desculpe... — comecei a chorar, sacudido por um pranto estranho, num composto de impotência e culpa. Eu matei Piaba, e eu mataria João em circunstâncias parecidas, ambos entregues às consequências de minhas mentiras, de minhas ambições. Soquei-me no peito, queria sentir dor, mais dor que a que me afligia a perna e o pé sanguinolento. Ainda ajoelhado, olhei o fogaréu à frente. E sendo cercado pelos sopros dos ventos, farfalhar das plantas, matos e galhos, murmúrio do rio, e eco dos tiros e explosões, ouvi o gemido de João.

— Ainda está vivo... — sussurrei. *Talvez dê tempo*, pensei. Ele expressava-se numa careta como se mergulhado num sonho ruim, com parte do corpo ou alma presos no outro mundo. Mas ainda estava vivo! *Tem que ser agora*, fiz-me em resolução e decidi voltar pela estrada. Pus João nos braços novamente. Mais uma vez ele resmungou num tom de sonolência. Colocando-me de pé, vi a luminosidade abaixo. Fechei os olhos e corri. Corri para o fogo, corri para o inferno, corri sem medo, porque já não o tinha. Corri e corri com aquela criatura miúda em meus braços doloridos. A estrada me facilitava a corrida, e os sons e as luzes esparsas me guiavam pelo escuro, e quanto mais me aproximava, mais tinha certeza do acerto de que Deus existe e está em cada um de nós, e de que Ele iria me ajudar a salvar João. Era a mesma sensação de alívio que havia sentido antes em momentos de angústia. Não posso afirmar de onde veio a súbita explosão de fé, nem sei dizer o que me faz escrever isso agora, muito menos descrever com palavras, e tudo o que ainda posso contribuir para o narrar é que, abrindo os olhos e mirando o céu, tive vontade de gritar:

— João! — gritei.

— João! — voltei a gritar, dessa vez de olhos fechados, correndo no breu da minha confiança em uma força maior que me guiava.

O cheiro da pólvora ficou mais intenso. Os sons dos tiros da mesma forma. Abri os olhos novamente e vi fogo, fogo em chamas, barricadas em chamas, e na sombra que se formava, silhuetas negras empunhado armas, homens que eu não podia identificar se eram soldados da Coluna ou não. Eles transitavam dum lado para outro, disparavam para todos os lados, sem que nenhum deles se mostrasse como o comandante daquele grupo. *Será a retaguarda?*, imaginei que fosse, e daí comecei a berrar rouco e sem voz:

— Médico! Socorro, tenho uma criança ferida!

Por um milagre, ou sucessão deles, um dos combatentes me compreendeu. Creio que ele também notou que eu dizia a verdade porque carregava João. Ergueu a mão para os outros cessarem o fogo. Arrefeci o passo, mas fui, e me chegando em raio de visão clara uns dos outros, vi que eram soldados legalistas, soldados das forças públicas, quaisquer que fossem, menos os revoltosos da Coluna Prestes. Um exército de estranhos para mim.

— Vamos, passe, passe — o soldado que me abordou falou e me concedeu passagem, fazendo um sinal para que eu ultrapassasse as barricadas em labaredas. Calor me aqueceu pelos lados e fronte.

Fumaça negra invadiu meus pulmões consumados pelo cansaço. À medida que ia adentrando, vi rostos assustados, muitos deles perscrutando em mim sinais de um sobrevivente, renascido do inferno, mas quando as chamas lançavam luz sobre meu corpo inteiro, eles viam apenas um vaqueiro trazendo, talvez, o próprio filho, irmão ou parente ferido.

— Nem as crianças tão poupando... — ouvi de lá enquanto passava. Apesar de serem inimigos, o estado de João contribuía para que eu agisse deliberadamente como amigo em busca de ajuda. Eu realmente estava destruído, e por isso ninguém desconfiou.

— Médico! Médico! — falei após andar mais um bocado e deixar a zona de confronto para trás.

— Ali, vá, leve o menino lá — um outro apontou, e antes que eu deixasse a última linha do front, um soldado perguntou:

— Eles estão em riba? Vosmecê viu eles? Tão com a negra?

Apenas balancei a cabeça em sinal negativo e fui em busca do médico. A princípio achei estranho, mas não perguntei em quem eles atiravam. Isso porque em nenhum momento vi, ouvi, ou imaginei ver ou ouvir algum outro inimigo revolucionário, salvo euzinho. Por outro lado, João me garantira que os soldados da Coluna não passaram enquanto eu dormi à tarde. Os tiros não cessavam, muito menos explosões e ordens de comandos. Foi só então que percebi que eles, a força militar piauense, lutavam contra fantasmas. Tão logo me distanciei da entrada, comecei a ver a cidade deserta, sem nenhum civil nas ruas ou casas, todas fechadas e escuras. A iluminação havia sido cortada, e a parca que clareava era provida apenas por alguns tonéis de óleo, onde pequenos grupos se reuniam em torno para assar alguma coisa e aguardar ordens para movimento. Aliás, tudo estava uma total desordem. Eu, por assim dizer, já compreendia razoavelmente as estruturas militares. Mas ali era impossível identificar se havia pelotões, destacamentos, ou até mesmo quem estava no comando da condução das hostilidades.

— Aqui, o médico está aqui — um qualquer me chamou, provavelmente por ter me visto com João nos braços.

— Obrigado — eu disse, entrando num cercado a céu aberto de um posto avançado já bem atrás do local onde o grosso dos legalistas pelejava.

— Que tem o menino? — disse um velho gordo, largo e imundo, metido numa casaca igualmente imunda. Possivelmente a cor original do tecido fosse branca, mas o encardido a deixou amarelada, com nódoas de sangue ali e aqui.

— Cobra — respondi, deitando João num banco reto.

— Onde? — ele perguntou e acendeu um cigarro. Vi seus dedos amarelos e descamados; as unhas rachadas como de cavadores.

Só mostrei. Ele se aproximou da ferida. O cigarro pendia nos beiços cheios de sulcos e rugas. Olhou bem de perto. Sugou um trago, longo. Levou as garras à lesão e esticou a pele. Depois olhou para mim. Eu ansiava que qualquer soro ou antídoto fosse logo aplicado.

— Não foi cobra.

— Mas ele disse que foi, e eu ouvi o barulho, o maracá...

— Não foi, não há marca de picada...

— Mas ele desmaiou — insisti num diagnóstico provável, porque me parecia que aquele ogro não queria prestar atendimento a João. Ele se afastou de mim, dando passos lentos e curtos.

— Não foi cobra — repetiu já de costas.

Fiquei vendo ir. Depois voltei-me a João.

— João, acorda! — disse dando umas tapinhas na cara do menino.

— Ãh... — ele grunhiu.

— Acorda, infeliz! — dessa vez gritei no pé do ouvido dele, e ainda o sacudi com força. Ele arregalou os olhos, assustado, olhou para mim e disse:

— Oxe, tá doido, peste? Isso é jeito de acordar um cristão.

— Seu... aaaaarh! — a vontade era enforcá-lo ali mesmo, feito um frango. Mas não fiz isso. Apenas me escorei num banco do lado, arriando de vez e derramando lágrimas em silêncio. Os milagres se fazem de muitas formas, e mesmo os que não são milagres ajudam mais do que se fossem.

Adormeci.

Acordei em meio a um silêncio medonho. Barbosa estava olhando para mim, a meio metro de distância, parado e sentado num tamborete, me mostrando aquele sorriso sarcástico. Via-me dormir, como o par de um casal que primeiro acorda, e em seguida aprecia o sono do outro. Quase saltei ainda deitado, num pulo de medo, e derrubando tralhas ao meu redor, enquanto me arrastava para me afastar. O aspecto do sargento era o mesmo: um branco, cabelos pretos, queimado pelo sol, a barba a invadir as maçãs até quase os olhos, olhos negros e admirativos. Ele me contemplava.

— João? — chamei com apreensão, procurando ao meu redor pelo menino.

— Calma, chefe, ele já foi. Foi pra Teresina, eu mesmo vi.

Então, ao cabo de entender que adormecera e acabava de acordar, confuso e meio alucinado, lembrei-me de todo o horror que sofrera no dia anterior. Tudo, absolutamente tudo. E de repente me via cara a cara com o culpado.

— Seu monstro — rápido pus-me de joelho, e em seguida avancei me projetando para agarrá-lo. Barbosa não ofereceu resistência nenhuma. Ao contrário, ficou foi rindo, gargalhando de minha explosão de ira repentina. Deixou-se tombar de lado com meu agarro. Minha pressão baixou, senti uma vertigem.

Talvez pela sonolência do pós-despertar, ou pelo sol a pino no céu que me atordoou. Recuperei a força e a cara dele ainda era a de riso. Ver o miserável debochar fervilhou meu ódio mais e mais. Perdendo o controle, passei a socá-lo. Esmurrá-lo no rosto com muita força.

— Maldito! — falei e dei mais um soco na cara indefesa dele, cara que nem sequer se contorcia de dor. Não se defendia, e de semelhante forma não me impedia de continuar agredindo-o. Soquei tanto que devo ter quebrado algumas falanges dos dedos.

No calor do frenesi, nem percebi quando alguns soldados se aproximaram de mim. Agarraram-me e me puxaram para trás. Entre eles estava Baro.

— O garoto está bem, está bem... — repetia ao passo que me prendia em seus roliços braços. Outros ajudaram Barbosa a se levantar. Seu rosto era uma massa desfigurada, com um rasgado na boca e lacerações nos lábios e supercílios, com sangue inundando a barba. Não pude deixar de sentir a malignidade, o mal absoluto, a maledicência que emanava da áurea horripilante nas bordas de Barbosa. Ele deu uma cusparada. O bolo de sangue se espalhou na terra. Olhou para mim e ainda teve a audácia de rir novamente.

— Chefe — falou embromado —, vassuncê é bom de munheca.

— Onde ele tá, Baro? — virei para perguntar. Meu amigo indígena estava com a cabeça enfaixada, o que me chamou a atenção, mas não interrompeu meus pedidos de informações sobre João Pequeno.

— Foi com os soldados daqui, desceram em retirada, muitos deles, e o menino foi junto.

— Retirada? O que foi isso na sua cabeça?

— Barbosa, eu acho — Baro respondeu, e nós olhamos ao mesmo tempo para o ex-sargento. Ana chegou logo em seguida, juntamente com tia Maria.

— Ah, pros infernos com tudo isso — desabafei e saí de perto do grupo. Apalpei-me e tudo o que tinha comigo era a mauser, ainda assim com no máximo nove cartuchos de munição no pente de carregador. Os olhares me seguiram, e reparei que, até ali, tudo tinha sido um fiasco total, absolutamente tudo, da entrada naquela marcha inútil aos meus devaneios de ser chefe, de ser oficial, de mudar o mundo.

— Vamos seguir para onde vosmecê for — disse Ana. Era como se adivinhasse que eu já não suportava.

— Mas eu vou... — ia dizer "vou sozinho". Calei-me, matando no útero das ideias a intenção de dizer meu intento. Não valia a pena falar a verdade, não depois de tanto tempo dizendo mentiras.

Bom, mas antes de continuar a narrativa, devo dizer o que se sucedeu em Benedito Leite e Uruçuí naquela noite. Primeiro, Baro, que não se lembrava dos eventos ocorridos antes de acordar com uma enxaqueca horrível, credita a Barbosa um suposto ataque que o deixou impossibilitado, por óbvio, de me acompanhar. Depois, eu e João Pequeno sofremos a investida do psicopata, enquanto do outro lado do rio alguns soldados da Coluna trocaram tiros com legalistas. Estes, temerosos quanto à capacidade dos rebeldes, bateram em retirada e anunciaram ao restante da tropa estacionada nas cidades que milhares e milhares de revoltosos, armados até os dentes, desciam devastando tudo, não fazendo prisioneiros, matando mulheres, crianças e idosos. Um tremendo boato, pois quase metade do nosso efetivo caía em frangalhos, arruinada por moléstias, principalmente a malária.

Uruçuí e Benedito Leite são duas cidades que espremem o rio Parnaíba a certa altura. A primeira fica no Piauí; a segunda, no Maranhão. As duas foram escolhidas pelos governistas como bastião de defesa de todo o Piauí, já que assim eles mobilizariam tropas dos dois lados do rio que divide os estados. Um contingente de quase três mil homens. Isso demandava comida, muita comida, remédios, suprimentos. Sem contar que a cadeia de comando passava por muitos oficiais, o que exigia entrosamento. E abro um parêntese para dizer: por mais organizado e preparado que seja um exército, ainda é preciso contar com o imprevisto. Difícil compreender? Só saiba que algo sempre sai diferente do que se planejou. Sempre!

Foi assim que um chamado Jacob Gaioso, comandante-chefe da força do Piauí, assumiu a estratégia tosca de naquela noite se sitiar com seus combatentes, mantendo-os dentro dos limites das cidades. A ordem era atirar a esmo, com rajadas em meio ao escuro de onde supostamente o inimigo viria, e isso com a intenção de afugentá-lo. Dessa maneira fizeram, metendo bala a rodo em tudo o que dava as caras, de animais a almas penadas, e até mesmo nos próprios soldados descuidados, como se viu depois pelos registros de baixas provenientes de fogo amigo. De um lado do rio, tropas de Uruçuí atiravam no breu negro da noite; do outro, os que estavam em Benedito Leite faziam o mesmo, todos do mesmo grupo: os legalistas. Havia muita munição enviada pelo governo federal, e o fogo cerrado, sem cessar, fazia com que ambos os lados achassem que era o exército Prestes quem obliterava os inimigos nas duas frentes do confronto. O pavor generalizado diminuiu o moral e ânimo da tropa, e instalou-se um estado de pânico, a ponto de travarem uma batalhada com eles mesmos, ao cúmulo do amotinamento. Finalmente, quando a munição acabou, debandaram tomados pelo desespero. Eu mesmo vislumbrei quando cheguei em Uruçuí o medo estampado em cada face de ansiedade. Não era para menos, pois do outro lado do rio o tiroteio mais se igualava ao inferno na terra.

Mas como adormeci e não vi o que se deu, soube só depois que, ao fim da última bala, todos correram por todos os lados. Acho que João Pequeno tentou me acordar, embora sem sucesso, e por isso foi embora com os soldados legalistas.

A Coluna avançou do Maranhão para o Piauí. Nosso grupo, que agora não contava mais com Barbosa, ficou a maior parte do tempo na retaguarda. Andamos em algumas outras cidades, numa passagem rápida, preenchida por pequenas escaramuças. Correram-se assim alguns dias até chegarmos à cidade de Floriano, onde houve descanso prolongado, como se deu em Porto Nacional.

Dessa vez me decidi a não acompanhá-los mais. A questão que me afligia, contudo, era negociar uma saída pacífica. Não queria simplesmente fugir e sumir. Então comecei a pensar em ir ao QG e anunciar a todos, agradecer e dizer que ficaria feliz se eles compreendessem, já que sempre fui voluntário. Mas aí, ainda na entrada do QG, João Alberto me abordou.

— Fui convidado para um jantar e *quero que esteja conosco.* É a chance de vosmecê conhecer alguns homens importantes da cidade.

Quero que esteja conosco, repensei o que ele disse. Um convite. Aquela consideração, estima, a confiança, acima de tudo, me fez pensar duas vezes em ficar. Não só duas vezes, mas várias. E assim, mais uma vez, adiei o anúncio de minha saída.

Ao entardecer, me arrumei, com bom asseio para um jantar, e fui. No caminho me acudiu o pensamento de que poderia ser até a melhor ocasião de falar para cada um dos chefes, num tom sereno, com reverência, agradecendo. Isso! Agradecer acima de tudo pelo aprendizado, dar a eles o conhecimento sobre a importância que tiveram para minha vida. Primeiro lembrei-me de Távora, e de como ele tinha sido amigo desde o princípio, quando compartilhamos nossos gostos literários, quando li um trecho d'*A Divina Comédia*. Para ele, além de agradecer, diria que uma vez fora da Coluna, faria de tudo para lhe obter asilo contra legalista, enquanto convalescesse da doença urinária.

Já me ia passar a recordar de outro chefe querido quando me atacou uma ideia. E que ideia: bravia e indomável. Tentei afastá-la, mas a maldita ideia não me deixava contemplar frases e discursos que deveria falar. Custava-me a escolha das palavras, que vinham, mas se emaranhavam e iam-se descartadas. Que ideia! Abriu asas e entrou a voar por dentro de meu cérebro, querendo sair, escapar em ações, lutando comigo. *Ele não vai querer*, pensava ao mesmo tempo que também insistia: *Tente, ele pode aceitar*. Que ideia!

Um soldado leal

— Soldado Paulo — uma voz me chamou. Virei e vi Távora. Tomei um susto. Não era comum sobressaltos quando me chamavam, mas aquele instante de segundo pareceu parte de um plano cósmico: era a ideia. Não só surgindo em mim, mas tomando forma, etérea, com força própria, e saindo em busca do ator principal.

— Pois não, coronel — respondi, já escravo do plano que rápido pensei. Aproximávamos do casarão onde já esperavam os outros chefes.

— Muito arrumado assim, é possível que esteja de encontro marcado?

— Na verdade, sou convidado para o jantar. O coronel não vai? — perguntei, embora já sabendo que ele certamente iria.

— Sim, vou — resposta seca, fina, a combinar com sua aparência. Távora havia emagrecido muito desde nossos últimos encontros. Sua face enrugou-se, e o semblante envelheceu.

— Ainda que algum mal faça perguntar, gostaria de saber se o senhor se sente melhor.

— Um pouco.

— Deve de ser muito difícil a recuperação em meio a tanta coisa acontecendo, essas lutas sem fim.

— É mesmo — mais uma vez, uma tímida resposta.

Paramos na frente da entrada do portão. Um muro baixo separava a rua de uma larga esplanada terreno adentro, para só depois se chegar à casa sobrado com alpendres no térreo, e janelas, muitas, no andar acima. Diferentemente dos outros locais da cidade, a casa estava mais para uma chácara, muito arborizada, com grama, jardim e algumas esculturas, numa tentativa tosca de imitar locais europeus no pleno sertão do Piauí. Pássaros cantavam, e ele e eu contemplamos a sinfonia. Passamos pelo portão de ferro, cumprimentando os homens armados que guardavam a frente. Fiquei o tempo todo em silêncio enquanto íamos pela estrada de pedra cercada de canteiros. Era o tempo que Távora carecia para refletir. Então falei:

— Coronel, o senhor pode contar comigo para qualquer coisa. Inclusive ajudar o senhor a se curar.

— E o que mais poderia eu fazer para ficar bom?

— Posso ser franco?

— Claro.

— Parar de verdade, descansar de verdade.

Ele riu. Eu não, fiquei sério. Aliás, com medo. O terreno pelo qual a ideia se movia também se mostrava perigoso. Mas Távora não desconhecia minha astúcia. Além disso, não posso dizer que lancei uma semente, porque ela já germinava lá, plantada desde a última vez, quando ainda estávamos no Maranhão. Ele parou, respirou fundo. Foi a deixa, e falei:

— Eu ouvi o que o médico lhe disse. Me perdoe pela conversa talvez despropositada, mas gosto muito do senhor e sei que não pode ficar bom enquanto estiver marchando. E de nada adianta se arriscar a piorar a ponto de ter que ser carregado numa padiola, levado pelos outros. O senhor, que pra mim é como um pai, nunca vai deixar de ser o melhor de todos.

Parei. Por um instante, tive dúvidas se seu silêncio era a confirmação tácita ou não. Então perguntei:

— O senhor se lembra que quis ser padre?

— Lembro, sim, Paulo.

— Pois então, eu também quis sair. Mas estou aqui pra ajudar o senhor, porque parece que essa é a missão maior que Deus me deu.

— Ora, ora, o pactário falando em Deus.

— Isso foi invenção desses idiotas, nunca fui pactário. Sou temente a Deus. E talvez faça a vontade Dele quando chegarmos em Teresina. Talvez lá... não, talvez não, com certeza lá me espera a edificação.

— Então dessa vez vai entrar no convento.

— Vou. E vou também rezar pelo senhor, para que Deus dê luz a seu entendimento.

— Preciso que Deus me cure.

— E há de curar, mas não podemos esperar que Ele faça tudo sozinho.

Távora ficou calado. Olhou para o chão, sentiu vergonha, o rosto enrubesceu, provavelmente por um remorso de algo que ainda viria fazer. Entramos na casa e nos separamos entre convidados. Na frente dos outros, ele se esforçava para encobrir os sintomas da doença. Tinha uma obstinação incrível, um desejo de melhorar sem precisar se ausentar do comando. Mas era impossível. Sofria crises cada vez mais intensas, com episódios de contorções em prostração no chão, ele me diria depois.

Mas Deus havia de agir e interceder em nosso favor.

Intercedeu, fazendo Távora consentir e aceitar minha ajuda.

— Não sei como vai fazer, mas tudo bem. Só não faça algo sem antes me informar — a dada altura ele me falou quando nos topamos no vestíbulo da casa, em meio a tantos outros conversando. Ele saiu, e fiquei só.

Não dispensei nem a comida nem a bebida, e ainda parei minutos prazerosos para ouvir João Alberto dedilhar num piano com sublimidade. Então voltei para a missão. O foco, o objetivo eram claros: eu e ele teríamos que sair da Coluna. Mas como? Não posso mentir e dizer que à época eu sabia o que faria. Tinha em vista tão somente a pretensão: sair. O resto teria que ser forjado.

Távora era um dos chefes. Isso por si já atraía muita atenção das tropas inimigas. Não era tão simples se largar numa cidade daquela qualquer e esperar a marcha acabar. Não demoraria nada para que forças governistas o fossem apanhar e levá-lo preso. Como, então, evitar a prisão?

Eu passeava entre convidados, distribuindo sorrisos até para quem se fechava para mim, embora o tempo todo a cabeça matutasse uma forma de resolver aquele puzzle.

Já disperso e sem Távora ao meu lado, virei-me dando as costas a três homens que conversavam sobre política, atiçando minha curiosidade. Dei alguns passos um pouco para trás, como se fosse me encostar nalgum deles. Agora só precisava ouvir. Assim que me concentrei no que falavam, escutei.

— Onde mais haverá levantes?

— Dizem que em todos os estados do Nordeste, principalmente em Pernambuco — outro respondeu.

— Cleto Campelo, pelo que ouvi, mandou emissários, e eles estão aqui em Floriano — um terceiro completou.

— Mas ele não está na Argentina?

— Dizem que está, ou estava. A verdade é que suas relações com os tenentes da Coluna podem ajudar no levante de tropas no Recife.

— Uma bem-sucedida quartelada nos batalhões de caçadores de Pernambuco colocaria as Forças Legalistas em maus lençóis.

— Soldado Paulo — chamou-me Távora, pegou no meu cotovelo, me puxou para o lado e cochichou. — Amanhã, ao amanhecer, apareça nos fundos da igreja. Aliás, agora é melhor que não fique mais aqui. É melhor que desapareça, suma por hoje, e só se apresente amanhã. Me ouviu?

— Sim.

— Pois então vá.

Assim fiz, sem fazer perguntas. A ordem e a implícita estratégia já me deixavam satisfeito demais. Saí, só não tão contente por não ouvir mais sobre aquele tal de Cleto Campelo. Ao deixar a casa, pensei em Ana e nos outros, mas também lembrei que a ordem era não falar para ninguém. Se fosse só uma ordem, certamente teria desobedecido. Entretanto, havia uma grave e séria circunstância envolvida: a nossa deserção. Qualquer deslize poria tudo por água abaixo, comprometendo não só a minha posição, de certo modo insignificante, mas também a de Távora, recém-promovido a coronel. Eis por que fiz diligentemente o que ele me pediu e rumei para a igreja, sem dizer nada a ninguém. Lá me escondi.

Deu-se início de noite profunda, e a falta de sono trouxe ansiedade e medo do que haveria de porvir. Duas ou três pessoas entraram, não lembro bem, entraram, rezaram e saíram. Eu, sem conseguir pregar os olhos para dormir, também pensei em rezar. Fazia tempo que não estabelecia comunicação com Deus. Fechei os olhos e comecei.

— Filho! — um padre me cutucou. Acordei com um pulo. Estava tudo claro. Havia dormido o resto da noite e o início da manhã. A luz lá fora atravessava os vitrais e invadia as naves da igreja.

— Droga! — resmunguei. O padre, um velho pequeno, arregalou os olhos.

— Não fale isso na casa do Senhor.

— Perdão, padre — disse me levantando para sair. — Com licença.

Quase saltando os bancos, disparei para o lado de fora. Depois corri para os fundos. A cidade já estava acordada. Dobrei a esquina e não vi Távora. *Droga, droga!*, pensei e girei o corpo todo para tentar encontrá-lo nalgum canto escondido, em meu aguardo. Aí ouvi o padre gordo me chamando novamente.

— Filho! — disse ele já bem próximo.

— Mil perdões, padre, eu não quis chamar aquele...

— O coronel me pediu para lhe entregar isso — disse o padre, dessa vez com uma expressão séria e fechada, enquanto me estendia um envelope. Hesitei um pouco, mas peguei a carta.

— Leia e decore. Depois rasgue. Foi o que me disse o coronel — ele falou taciturno, com gravidade na voz, a indicar a importância da missão, que, aliás, eu já começara muito mal.

— Não se ajoelhe para beber a água — deu-me um carão em parábola e saiu. Bom, abri ali mesmo o envelope. Desdobrei a carta. Li. Li outra vez, li mais duas vezes. *Não é possível*, pensei.

— Ele quer que eu faça isso? — falei em voz baixa.

Eis então meu próximo e verdadeiro desafio.

Atrás da igreja havia um jegue amarrado num toco. Fui até o animal. Era um jumento pedrês, miúdo e resignado. Da sela, pendia pendurado um bornal, amarrado a fazer a vez de um alforje. Moscas sobrevoavam numa disputa por um pedaço da ferida aberta na coxa daquele ser desvalido, anônimo como tantos outros, quais tais burros de carga. Ele dava coices e balançava o rabo como um pêndulo, para lá e para cá. As mutucas alçavam voos, planavam e rodopiavam em círculos, e depois aterrissavam no pus, salobra e sangue do cancro. Fiquei olhando e, às vezes, quando tudo ficava em silêncio, podia ouvir o bater de asas desses insetos igualmente anônimos. Muitas moscas, muitas. *Será que é assim no vestíbulo do inferno?* Rasguei a carta em pedaços. Se me pegassem com ela, seria eu o responsável por uma desgraça maior. Antes memorizei seu conteúdo, para me servir do único meio que me provia.

A missão não era simples: eu teria de me infiltrar na catedral da Nossa Senhora das Dores em Teresina, procurar pelo bispo

Dom Severino Viera de Melo e dizer que o confrade Juarez Távora pretendia a rendição. Estavam mais para diretrizes: procure o bispo, informe que me conhece e que eu sou vicentino, reporte meu interesse em me render, fale em minha doença, diga que sabe onde estou, sugira a formação de um pequeno grupo de exploração, e não esqueça de afirmar que não haverá, de forma alguma, resistência à prisão por parte do coronel Távora.

Assim, com o plano elaborado, restava agora só a coragem de ir em frente. Primeiro chegar a Teresina e ultrapassar as linhas inimigas, o que não seria tão difícil porque o grosso da Coluna ainda estava em Floriano, a uma distância muito grande da capital. Depois procurar a catedral, o bispo, e pronto. Simples. Mas como o tal Dom Severino iria me conceder atenção? E a propósito, minha missão me exigia caracterizar-se com um civil, tendo eu de deixar de lado tudo o que me identificasse como soldado. Lá iria mais uma vez transformado num qualquer, numa montaria semimorta, carregando tão só a mauser enfiada nas trouxas.

Desamarrei o jumento, montei, cutuquei o vazio do animal com os calcanhares. Ele passou a caminhar lentamente, sem pressa nenhuma.

— Bora, infeliz, anda mais rápido — falei, e nada; o passo era o mesmo. Lento, tão devagar que teria que puxar o jegue pela rédea em outras ocasiões.

Távora me deixou com coisas necessárias à viagem. Comida, água e um livro, tudo acomodado no bornal. Era um volume de *Dom Quixote de La Mancha*, até grosso e grande para padrões que via. Abri e vi dentro um papel dobrado. Orientações sobre os lugares e o trajeto. Sairia de Floriano, para chegar em Amarante, depois Palmerais e indo descendo o rio Parnaíba, até chegar em Teresina. No começo, despedi-me dos amigos só no coração. A missão era mais importante que qualquer relação de amizade. Pesavam em meus ombros a responsabilidade de salvar um homem.

E assim fui de vila em vila, cidade em cidade, num vagar que me tomou quase uma semana.

O Parnaíba me acompanhava pela esquerda, remanso e murmurando a música das águas. A vegetação verde pelas chuvas recentes, com capim raso donde emergiam ilhas pedregosas, cobertas por musgo ressecado pelo sol. Aqui e ali, um preá me assistia passar, curioso pela escassez de gente que havia dias abandonara sua casa e terras.

— Vou chamar você de Romeu — lá pelas tantas falei para o jegue. Era fim de tarde, e tínhamos andado o dia inteiro. Paramos num vilarejo; provavelmente bem perto de Teresina. Pensei que seria um bom momento para trocar as roupas, pois as que vestia, usadas para o jantar em Floriano, chamavam muita atenção. Usaria dali para a frente somente uma calça de brim, uma blusa de botão e mangas longas, um colete de couro, um lenço no pescoço e só. As botas eu troquei por alpercatas assim que saí da igreja, e não foi nada dificultoso. De um ou doutro modo, poucas pessoas me viam passar pelos lugares.

E por falar em escassez de gente, naquela vila miúda em que parei com Romeu, por exemplo, não havia alma viva, igualmente a dezenas de outros lugares, principalmente à noite, quando os poucos que não fugiam se recolhiam trancafiados em seus casebres ao breu absoluto.

— E aí, Romeu, que cê acha de a gente caçar um canto pra pernoitar?

À semelhança de quase todo povoado, apenas uma rua com a venda e capela dava os contornos periféricos do lugar. Fora dessa rua ou entrava-se na estrada, ou no mato. Escolhi o segundo, porque evitava topar com inimigos e bandoleiros. Não posso negar que a todo instante temia encontrar com forças públicas. Se eles desconfiassem de mim, certamente teria problemas. Mas o único pelotão de homens a cavalo passou e não me molestou.

— Romeu, espero que você não fuja enquanto durmo — falei e tirei a sela. Abaixo havia algumas feridas, o que me causou imediata tristeza e remorso, já que andara bastante sob o lombo ferido do animal. — Poxa, me desculpe meu amigo. Eu não sabia que tava assim.

Ele fitava o escuro e a penumbra da fogueira, absorto como sempre, quando muito abanava o rabo. Assei um pedaço de carne salgada, comi e bebi água. Depois peguei o volume do *Dom Quixote*. Sentado próximo de algumas brasas, deixei a luz bater nas páginas enquanto folheava.

— Eu já li alguns pedaços dessa história. Miguel de Cervantes... hum. Será que ele tinha um cavalo pé-duro e resolveu escrever botando esse tal de Rocinante no meio de tudo? — perguntei a Romeu. Era a primeira vez que me divertia num monólogo simulado. O jegue não me respondeu, por óbvio. No máximo, piscava um olho, lentamente, num semissono eterno.

— Como você iria querer ser representado? Assim, digamos que eu escrevesse um livro, ia ser da sua preferência aparecer como um jumento mesmo, ou como um alazão grande, de crinas longas e trançadas, esbelto e forte, rápido e intrépido, montaria de um grande cavaleiro? Hein? Pise apenas uma vez pra me responder com a segunda opção, a de querer ser um cavalão, e duas vezes para a primeira, a de um burrinho pedrês.

Lógico: um só coice era o que eu queria. Ele pisou, e me espantei, rindo sozinho e até de certo modo me arrepiando de medo. Reconhecendo a coincidência, pensei em expor como seria Romeu, o Grande. Ia iniciar a descrevê-lo, quando o infeliz pisou de novo, marcando a primeira opção, ou seja, a do pangaré.

— Ah, entendi. Sua índole é de um asno que não é dado a mentiras. Pois saiba que as pessoas gostam é de ouvir histórias inventadas. São mais divertidas, alegres e ainda devem parecer com a vida real, o ideal é que tenham finais felizes, porque quase ninguém gosta de saber de tristezas. E para falar a verdade, acho que nenhum simples jumento ou burro seria capaz de dar a uma história um final feliz e plausível, emocionante. Bom, eu teria de aumentar suas qualidades de jegue, talvez até criar algumas inverossímeis. Claro que não poderia deixar de mencionar defeitos, as pessoas não iriam acreditar se tudo fosse bem redondinho, não. Logo, você poderia ser um jumento inteligente, embora raquítico e pequeno, uma coisa pra compensar a outra. Talvez selvagem, indomável, jamais deixando seu cavaleiro na mão, ou quando isso por azar ocorresse, pudesse por outro lado dar a volta por cima, revertendo o infortúnio, salvando-o de uma enchente, por exemplo, numa travessia de um rio.

Romeu pisou novamente. Com certeza era a ferida lhe afligindo.

— Como eu sei que as pessoas gostam de finais bons? Ora, eu lembro de quando algo me enfezava no terreno de tio Almir, e ao cair da noite, na hora das histórias, eu matava o príncipe ou a princesa, só de raiva. Minha tia, primas e vizinhas me xingavam de todos os nomes.

Calei por um tempo minha conversa com Romeu. Daí revirei as folhas do grande tomo, ciente de que não teria tempo para lê-lo, não ali, não naquela noite. Quem sabe nos dias que viriam, quando então eu deixaria a vida de marcha para trás, ocupando-me comigo mesmo.

— Estou pensando em tentar estudar numa universidade, o que acha? Será que existem escolas para ensinar a se contar histórias? Creio que não. É melhor não se aventurar, e buscar coisas mais concretas. Uma vez, conheci um jovem advogado, ele falava pelos cotovelos e sabia coisas da lei. Eu daria um ótimo advogado, né não, Romeu? Será que é difícil? Digo, onde ficam as faculdades?

Provavelmente elas existissem nas grandes cidades como o Rio de Janeiro, Salvador, Recife, São Paulo. Já eu, eu estava no umbigo do mundo, onde não havia nada além de mato.

— Seminário? Não, não. Não que eu seja como você, um tarado maníaco que não pode ver outra da sua espécie, mas eu não sei se vivo sem os prazeres da carne.

Lembrei de Ana, e do dia em que nos deitamos juntos. Parei um pouco e percebi o efeito da reação química entre minhas pernas. Não foi tão bom, mas eu gostaria de ter novamente.

— Não, seminário, não.

Logo cedo acordei com a brisa fina e cortante molhando meu rosto. Levantei-me e desci ao rio, e me vendo no reflexo da água me dei conta de que na verdade verdadeira eu não sabia o que fazer da vida. Lavei-me e voltei. Desisti de trocar de roupas, já que as minhas estavam tão surradas e encardidas que não fazia diferença ir e entrar em Teresina metido nelas. Também resolvi não ir montado, a ferida de Romeu carecia de cuidados e o principal era não a magoar ainda mais. E nisso não coloquei de volta a sela, carregando-a no meu ombro.

Chegava, assim, o último dia daquela viagem, e já de longe notei a grande capital em sua extensão, quase cerrada ao meio pelo rio Poti, e comprimida à esquerda pelo Parnaíba, para além do qual está o Maranhão e a cidade de Flores. Caravanas e mais caravanas iam ao encontro da capital, todos de alguma maneira se refugiando. Pessoas em tulhas de três a uma dezena delas. Rapidamente, me misturei a esses pequenos grupos de retirantes dos povoados e vilas próximos. Muitos traziam só os trapos do corpo, tralhas ou mulambos em sacolas sob a cabeça. Vinham a pé ou numa carroça de burro, ou carro de boi. Havia crianças, muitas, algumas arrastadas pelos punhos, outras escarchadas nos quartos das mães, todas ou chorando de fome, ou já cadavéricas pela falta de nutrientes, com ossos quase rasgando o couro, a protuberância da barriga indicando uma colônia de lombrigas. Era a primeira vez em que via aquilo, aquele aglomerado de desvalidos, fugidos, empurrados para um local onde supunham ser melhor que as próprias terras.

Quanto mais nos aproximávamos, mais soldados da força do Piauí apareciam guarnecendo as estradas, fazendo barricadas e impedindo que pessoas voltassem, saíssem da cidade. Na imensa maioria jovens, sob o comando de alguns velhos. Estavam assustados também, mal alimentados, pareciam ter dormido pouco, tanto que alguns quase não se seguravam em pé. Numa das barricadas, notei um tumulto.

— Preciso voltar, preciso voltar. Eu tenho animais em meu sítio, minha mulher está lá também. Por favor, preciso voltar.

Um homem, velho de suíças brancas, queimado do sol, que disse apenas ter vindo à Teresina para comprar mantimento, pedia aos soldados para voltar no caminho contrário ao que íamos. Ele conduzia uma carroça, com alguma mercadoria, coisa pouca, coberta por uma lona. Tentava convencer a deixá-lo passar, retornar.

— Se afaste! — o soldado resmungou e empurrou o homem com a coronha do rifle.

— Mas não posso deixar eles lá...

— A ordem é ninguém sair da cidade. Já disse pra voltar — o soldado gritou, e mais uma vez empurrou com o cabo da arma. O velho, repelido, voltou-se à carroça. Pareceu-lhe simples a solução: sair da estrada e tentar passar pelos terrenos abertos, longe da vigilância. Quando os soldados perceberam a manobra, um deles saltou na frente, acompanhou a carroça e atirou na cabeça do burro que a puxava.

— Não! Não! — o velho caiu em prantos sobre o animal, como se perdesse um parente assassinado. Logo em seguida, o soldado puxou a lona e derrubou parte dos fardos de mantimentos no chão.

— Vamos, venham, peguem o que puderem.

Uma turba atacou as poucas coisas que estavam na carroceria da carroça e agora no chão. Em um minuto, não havia nada. O velho nem deu conta de que acabara de ser saqueado. Levantou-se atônito, lançou dois ou três insultos contra o soldado mais próximo, e, no fim, foi espancado. Bateram até deixá-lo sem consciência. Vi tudo aquilo e não posso deixar de afirmar que pensei em puxar a mauser e atirar nalgum deles. Mas foi só um reles pensamento. Não tive coragem. Também não adiantaria fazer isso. Eu nem sequer sei se traria resultado. O grupo continuou a marcha, e, olhando para trás, procurei ver se o velho se mexia. Até onde minha visão o alcançava por cima do meu ombro, ele permanecia imóvel.

Chegara em Teresina, e meu primeiro contato com o caos que se instalara já mostrava que não ia ser nada fácil.

O bispo Severino Vieira de Melo

Teresina era um mundo. Um colosso erguido no meio do deserto, que bebia da água de dois rios, o Parnaíba e o Poti. Ruas espaçosas, em quantidade absurda para se memorizar todas. A maior parte pavimentada com pedras, calçadas igualmente longas e largas, acima das quais havia muitos prédios e casarões com muitas janelas. E ainda havia as avenidas, tão compridas que não se via o fim, estiradas ao horizonte, pontilhadas com suas inúmeras travessas.

— Miséria! O que eu faço?

Veículos, carros e caminhões trafegavam por essas ruas, e pela primeira vez os via passar emitindo o som peculiar do motor. Vi automóveis em outras cidades por onde a Coluna passou, mas naquela quantidade, não.

Passei um dia inteiro perdido, rodando para cima e para baixo, batendo em toda igreja e perguntando onde ficava a catedral. Os de boa vontade até que me ensinavam, eu que não compreendia bem as informações geográficas, e no caminho me perdia novamente. De nada adiantara ler tantas coisas nos livros se me faltava a vivência urbana. Nunca antes estivera numa cidade daquele porte. Mas creio que muitos outros habitantes me deram informações contraditórias propositalmente, não sei se por medo ou ruindade mesmo. Aos poucos, notei um descontentamento generalizado, uma xenofobia dos teresinenses, que da noite para o dia viram a cidade acordar infestada de gente.

Quanto mais eu adentrava, mais pessoas em situação calamitosa via, espalhadas e a perambular pelos cantos. Agrupadas e amontoadas, unidas por um pedido: ajuda. Empurradas pelo pavor de, uma vez pegas atrás das linhas inimigas, serem massacradas pela tal Coluna Prestes e sua feiticeira, a maioria se instalou na rua, nas praças, dormindo ao relento, sob sol e chuva, abordando quem aparentava ser de posses e pedindo esmola. Para piorar, não estavam habituadas a esse infeliz modo de sobrevida. Era um povo fugido, que abandonou seus poucos pertences, suas pouquíssimas terras. A esmagadora maioria de agricultores, viviam do campo, criavam animais, plantavam e colhiam o próprio alimento. Agora se viam desalmados pelo medo, desprovidos de bens mínimos e necessários, furtados da dignidade. O governo local prometeu, apesar de tudo, segurança. Mas essa vinha com a truculência da força pública. Mesmo assim, muitos estabelecimentos baixaram e cerraram as portas, uma vez que, não só o receio, mas evidências de saques pairavam no ar.

Cansado de procurar, pensei em parar numa sombra refrigerada da praça pública. Fiquei por ali, num banco, e não tardou para outros se aproximarem; queriam compartilhar comigo a proteção contra o sol.

— Eita bexiga, o infeliz das costas oca ficou vivo junto com eu!

Virei-me e vi João Pequeno, boquiaberto e me encarando. Na hora não me ocorreu a gravidade de sua abordagem. Só depois vi outro garoto que com ele me olhava curioso. Soldados passeavam por perto, todos distraídos. Fiz que não conhecia o menino e me pus a sair.

— Não conheço você — falei querendo correr, mas imaginei que poderia ser pior. Me apressar era uma atitude suspeita. Tinha que sair devagar. Pelo menos Romeu não empacou. Aliás, durante os dias de viagem, ele não fez menção em momento algum de parar e não querer sair do canto.

— Conhece, sim! Anastácio, óia u'caba que salvou eu... — João chamou a atenção do outro menino. Esse, mais alto e mais magro, me olhou de cima a baixo, descrente ou decepcionado. É provável que João tenha me pintado de ouro e, ao me ver naquele estado, sujo e em andrajos, puxando um jegue, Anastácio concluiu que era mais uma mentira de João.

— E esse é nosso jumento? — perguntou, ao que João respondeu:

— Não, esse deve de ser dele. Pra onde tu vai nessa carreira?

Justo nesse momento Romeu parou. Fincou-se no chão. "Vamos, condenado!", sussurrei.

— Ele deve de tá é se cagando, causa que se a polícia chegar, ele tá é lascado — Anastácio profetizou, e resolvi correr, deixando Romeu lá mesmo. Definitivamente, era melhor não ficar nem mais um segundo ali. Corri, corri por ruas desconhecidas, ora em trote rápido, ora apenas apressando o passo e olhando para trás para ver se via João Pequeno. Não vi. Outra coisa que não vi foi um carro que vinha pela rua que eu cruzava. Primeiro a buzinada, depois a pancada, me jogando longe. Não senti nada, dor alguma. Levantei-me confuso, tonto, e por um instante esqueci o que estava fazendo. O motorista desceu assustado, perguntando se eu estava bem.

Tudo, entretanto, aconteceu muito rápido, sem secção dos fatos, e logo me lembrei do que fazia e continuaria a fazer. Fugir e me esconder. Ao fim me escondi numa rua estreita, pouco movimentada, encoberta por vários prédios de até três pavimentos. Por causa da inocência de João, eu poderia ter sido preso e torturado para falar mais. Mas enfim despistei qualquer ameaça, apesar de me encontrar completamente perdido em um grande centro urbano.

O dia deu lugar à noite; e, desorientado, resolvi parar embaixo de uma marquise de um prédio que aparentava estar abandonado. O local tinha sido usado como abrigo por outras pessoas, pois logo o odor forte de urina velha invadiu minhas narinas. Me acomodei, acostumando meu corpo e sentidos ao ambiente. Não fez frio a princípio, também não choveu, para minha sorte. Comigo apenas a mauser e as roupas, nada mais. Nem um níquel tinha nos bolsos. O tempo começou a transcorrer com mais vagar. A fome surgiu, e a madrugada chegou. Não consegui dormir, apesar dos incontáveis períodos de curtos cochilos. Na alta noite, o frio veio cortando. Me encolhi tremendo todo o corpo. Era melhor me movimentar. Ainda sem qualquer amostra do sol, parti para achar quem procurava.

A busca por uma pessoa numa cidade daquele tamanho é realmente impossível. Todavia, meu referencial era a própria catedral, casa e local de trabalho do bispo Severino Viera. Depois que o dia clareou, não demorou para um bom samaritano não só me explicar onde ficava, como também me orientar a achar sem erro.

— Tá vendo o rio? — o velho se referia ao Poti.

— Então, vá descendo por ele, e quando passar pela terceira ponte, quebre à direita. Entre nas ruas e pergunte a alguém. Você também vai ver muita gente indo, porque hoje é domingo, dia de missa.

A ajuda me trouxe alívio, trouxe o fim da procura. Havia perdido completamente a noção do tempo, já que a impressão era a de que todos os dias eram feriados. Logo, aquele domingo de sol não se destacou no meio dos outros, e só me dei conta da missa porque muitas pessoas tinham a catedral como destino. E lá estava ela, imponente como devia de ser. Com seu pé-direito e teto ultrapassando a copa das árvores da praça ao redor. O prédio não era tão grande quanto o da Nossa Senhora das Mercês, em Porto Nacional. Fora isso, fiéis chegavam por todos os lados, já que a catedral fora construída no centro arborizado, como se fosse emergir duma clareira no meio do parque. Notei também que o fato de a cidade vir recebendo muitos refugiados contribuía para o aumento de fiéis à procura de ajuda alimentar. Quando o Estado faltava a esses pobres e desvalidos, sobrava apenas a Igreja em sua missão de caridade. Mas aqueles que erguiam a mão em petição de esmola também pediam alimento espiritual. Muitos, dezenas de centenas, roçavam-se ombros a ombros para ouvirem uma palavra de conforto, de salvação. Fui indo até um ponto, a alguns metros das entradas, além do qual não se podia mais avançar, tão fechada era a aglomeração de pessoas. E a missa nem havia começado.

Como eu iria me aproximar do bispo numa circunstância daquela, em que a população majoritariamente católica convulsionava nas portas da catedral, urgindo por amparo ao estômago e ao coração? Comecei a perceber que aquela parecia ser a minha última atitude idiota, porque estava sem nada e sem ninguém. Ou seja, só me restava esperar, tendo fé — aliás, fé genuína — de que Deus mostrasse o caminho. E assim fiz.

Fiquei perambulando, como uma criança entediada com a missa. Sentei-me num banco e passei a espiar. Vi um casal bem-arrumado voltando, desistindo da missa, e o homem gesticulando em resmungos:

— Era só o que faltava, esses ratos acamparem aqui na frente da igreja — ele falou e passou por mim.

Não tardou nadinha, e uma família inteira de sem-teto chegou e armou barraca embaixo de uma árvore. Depois mais uma, depois mais outra, e logo o lugar estava repleto de pessoas, num autêntico piquenique sem comida.

— Ah, se eu pegasse um desses rebeldes sulistas, matava — a voz dum homem me assaltou o ouvido. Virei a cabeça e vi vindo dois casais, todos bem-vestidos, homens com ternos e chapéu, de braços dados a respectivas esposas, com vestidos estampados com flores. Eles passaram, e continuei escutando:

— Não diga isso antes de ouvir a missa — a mulher ralhou-lhe.

— Argh, não vê que por causa deles nem missa teremos, com essa quantidade de descamisados invadindo tudo. Malditos sulistas!

— Não há só sulistas, há igualmente nortistas, principalmente os que foram recrutados no Maranhão — o outro homem disse.

— Fuzilaria da mesma forma — o primeiro sentenciou. E se afastando todos, perdi o fio da conversa.

A fome foi me deixando, trocando de lugar com o cansaço e sono. Fazia dias que eu estava sem dormir direito, e a brisa fresca da manhã ajudou na minha queda num sono profundo.

— Amarra ele.

Acordei com berros nos ouvidos.

— Onde arrumou essa arma?

Outro berro, e eu, ainda cego por mal abrir os olhos, não conseguia identificar o que estava acontecendo.

— Você é um rebelde?

— Ele é, sim, um deles!

— Não — vomitei a única resposta que me salvaria das perguntas sem rostos.

— Ou ele é rebelde, ou é ladrão da polícia. Dá no mesmo.

— Caceteia esse miserável.

— Bora, amarra...

Súbito, quando finalmente tomei pé da turba que me cercava, me vi preso pelos braços. Primeiro me seguraram, depois me amarraram, e sem nenhum direito de falar, ou sequer abrir a boca, comecei a ser agredido com gritos, cusparadas, pedradas, tapas, socos, murros, chutes. Obviamente, fui ao chão para me encolher, e só lembrei da vez em que apanhei quando estava com Ana, na fuga da fazenda do coronel Salvador. Tentei rolar, protegendo espaços doídos demais. Avistei rápido as árvores acima, e abaixo a grama enlameada, pisoteada, assim como eu. Depois da sessão de pancada, ergueram-me e me arrastaram. Meu cabelo grudou na minha testa, caindo em meus olhos. Mesmo assim, vi, num relance de pesadelo acordado, uma corda sendo arremessada num galho de árvore, e numa das pontas o laço de forca. Comecei a gritar, jurando inocência, mas a cacofonia de insultos abafava qualquer explicação minha.

— O que está acontecendo aqui? — uma voz estrondosa se sobressaiu no meio das outras, que se dissiparam diante da autoridade do comando. Roguei que fosse alguém amigo, e, girando a cabeça, vi soldados. Da ausência de som, alguém tomou a iniciativa e me acusou:

— Ele estava com essa arma.

— Essa arma é sua? — o soldado me perguntou.

— Não.

— Mentiroso safado, estava com ele, sim — o acusador, que só agora eu podia identificar, apontava o dedo para mim. O homem, aparentemente retirante, tinha um rosto marcado e sofrido, cauterizado pelo sol. Ele ainda falou:

— Acabaram com tudo nas minhas terras, violaram minhas filhas, minhas filhas.

— Não sei do tá falando — pronunciei quase desfalecendo. O encerramento da surra cobrava meu desmaio com a redução da adrenalina.

— Como você viu que ele estava com essa arma? — o soldado perguntou de volta, girando a mauser, reparando admirado com a fineza da peça.

— Eu... eu passei e vi...

— Eu estava dormindo, nem vi quando ele passou — falei, finalmente adquirindo alguma lembrança do que possivelmente acontecera.

— Alguém mais viu o galego aqui com a pistola? — o soldado perguntou a esmo, levantando a arma para o alto. Em meio à mudez geral, refez a pergunta de outro modo. — Como vocês pegaram ele?

— Ele estava dormindo — um qualquer saltou de lá e respondeu. O soldado olhou para meu acusador e novamente inquiriu:

— Como você viu que ele estava com essa arma?

No silêncio que se fez diante da ausência de resposta, o soldado largou na cara do homem um tapa de mão aberta, derrubando-o na hora. Depois, passou a chutá-lo, enquanto gritava:

— Bora, cachorro, responde!

Um grito de horror surgiu da redondeza, e logo um pedaço da multidão aglomerada se abriu para dar lugar à mulher do homem espancado. Ela caiu de joelhos entre o soldado e o marido e implorou para que parasse.

— Foram meus filhos...

— Seus filhos? — o soldado, parando a sessão de pontapés, perguntou intrigado. A mulher então respondeu, esclarecendo parcialmente o ocorrido.

— Eles estavam vadiando, aí voltaram calados demais para nossa barraca, ali, mais para lá. Foi quando percebemos que o maior trazia a arma, e Josué bateu nele, quase tirando sangue. Depois o menino disse que roubou dum rapaz que tava dormindo por aqui. Foi aí que viemos todos, com suspeita de ser um rebelde.

— Cadê o menino? — o soldado perguntou. — Cadê o menino, rapariga? — gritou, se abaixou, puxou a mulher pelos cabelos cheios, e quando ia socá-la na boca, ouviu uma voz fina, mas estridente:

— Pela misericórdia de Nossa Senhora, aqui é a casa de Deus.

Dessa vez o lugar se ocupou de um silêncio reverencial. Girei o torso e vi, pela primeira vez, o homem que procurava havia dias: o bispo Severino Vieira de Melo.

Quero abandonar tudo

O bispo, que era uma figura magra, usava óculos com armação redonda, vestia-se apenas com uma blusa de botão e uma calça social, me olhava do birô. Um rosto oval, de pele branca e lisa, de alguém muito jovem por sinal. Estávamos eu e ele em seu gabinete. O local era simples: a mesa de madeira, uma estante de livros, vários, um baú, uma cômoda, um armário, algumas velas, castiçais de prata, provavelmente usados nas cerimônias. Por janelas estreitas e altas, a luz da tarde invadia e nos aquecia, fazendo cintilar as pequenas partículas de poeira que davam ao ar um cheiro envelhecido.

— Paulo, não é?

— Sim, senhor.

— Vai precisar de um banho e roupas novas.

— Por que me ajudou? — isso me intrigava. O bispo não apenas interferiu na sessão de interrogatório e espancamento, como me recolheu aos seus aposentos. Quando alguns questionaram a atitude, ele simplesmente vociferou que nenhum filho de Deus seria maltratado enquanto procurasse arrependimento.

— Ajudar o próximo. É um mandamento de Deus.

Vago. Havia muitos para ajudar lá fora. Assim, a resposta não afastou a névoa da dúvida, mas fiquei calado. A cabeça dolorida começava a incomodar. Minha memória se mostrava falha, com buracos. A dor do espancamento, agora difusa, esgotava meu raciocínio. Dessa forma, não alcançava a gravidade do ocorrido, e de quanta sorte tive em escapar de uma quase execução, ou prisão. E mais: finalmente me encontrava nos aposentos da única pessoa que, com todas as forças, eu procurava. Por outro lado, o trauma me deixou bastante abalado, de modo que me senti inibido para já ali contar sobre minha missão. E silenciar, a princípio, ajudou. Sim, creio que sim. Ora, basta imaginar como o bispo reagiria a um mendigo surrado que de repente dissesse ser mensageiro de um dos líderes da Coluna.

— Tenho medo de sair e me pegarem novamente — confessei com timidez. Naturalmente, o espírito quebrantado contribuiu para a autenticidade da fala.

— Ah, não tenha medo. Não vai sair, e aqui é seguro, é a casa de Deus, um santuário, um local onde até os piores criminosos buscam perdão pelos pecados.

— Não sou criminoso.

— Não foi o que disseram lá fora.

— Não falaram a verdade! — falei com firmeza inabitual. Dor me percorreu o corpo, dor seguida de vergonha. Não tencionava ser grosseiro. O bispo ficou em silêncio; me deu o tempo que precisava para me redimir. Como eu demorasse demais, ele me falou:

— Verdade ou não, o que se diz a respeito dos homens ocupa muitas vezes em suas vidas, e sobretudo em seus destinos, um lugar tão importante quanto aquilo que fazem.

Parei para refletir. Era a pura realidade. Aí ele completou:

— *Os miseráveis*, de Victor Hugo.

— Nunca li — falei e lembrei que já não trazia comigo o volume do Dom Quixote. Depois olhei para a estante e procurei nas lombadas dos livros nomes que pudesse reconhecer. Nenhum. O bispo permaneceu calado, olhando com curiosidade a minha curiosidade. Logo voltei a mim. Abanei a divagação e pensei na indireta: me acusavam de algo que ele desconfiava ser verdade.

— E se eu fosse só um... um desses da rua, desabrigado, e tivesse só achado a arma?

— Vosmecê é só um desabrigado? — ele perguntou.

— Não.

— Então, se não és um desvalido sem-teto, nem muito menos um criminoso, o que tu és? Um rebelde da Coluna?

Tecnicamente, não era mais. Minha deserção se deu quando decidi vir até Teresina e falar com o bispo sobre a igual intenção de Távora em deserdar.

— Não, não sou...

Não sou mais, pensei.

Ele se recostou na cadeira. Pareceu aliviado. Respirou fundo, ajustou os óculos de grau, levantou-se e caminhou até um armário. Abriu e tirou de dentro um báculo e uma mitra dobrada. Pôs os objetos de sua indumentária sobre a mesa, voltou ao armário e pegou uma muda de roupas.

— À direita há um lavabo com um tonel de água e sabão. Tome um banho e vista essas roupas. Talvez fiquem um pouco apertadas. Vou pedir para que lhe tragam algo para comer. No fim do corredor há um aposento, com uma cama, um catre. Descanse.

— Não vai me mandar embora?

— Já disse que não — ele respondeu e saiu. Ao passar pela soleira do gabinete, retornou:

— Ah, e se pensar em ir embora, não leve os castiçais. São objetos da igreja, e eu não sou o Monsenhor Bienvenu.

Bom, me permita escrever e descrever com a mesma paciência e lerdeza com que fiz tudo o que havia de fazer naquela tarde, porque o corpo era pura dor. Peguei minhas roupas, aliás, vestimentas emprestadas, e fui ao banheiro onde estavam o balde de água e a cuia. O lugar nada mais era que um cômodo apertado e vazio, em cuja extremidade um buraco ao pé da parede de cerâmicas fazia as vezes de um ralo. Fechei a porta atrás de mim, despi-me e lavei-me lentamente, esfregando-me também lentamente com a pedra de sabão nos locais doloridos. *Essa é a vida fora daquela loucura*, deu tempo de pensar.

Depois, sem qualquer toalha para me enxugar, esperei a água escorrer pelo corpo machucado. Várias manchas violáceas formavam mapas nas costelas e no torso, e dos antebraços e das canelas escorriam salmoura de sangue que vazava dos arranhões. Então notei outras mudanças. Havia uma quantidade bem maior de pelos loiros no peito molhado, e o púbis estava incrivelmente repleto de cabelos. Embora as pernas fossem desprovidas desses fios, as coxas eram avolumadas, brancas e claras a ponto de se ver veias e varizes. Achei interessante aquele aspecto másculo, com músculos que se sobressaíam ao menor esforço de contração. Meus braços, à semelhança, também começavam a engrossar. *Talvez se eu começar a me alimentar melhor, vou ficar forte*, pensei.

— Senhor, o lanche fai esfriar — uma voz feminina com um sotaque muito estranho e vindo de fora me assustou por uma fração de segundo. Com a porta ainda fechada, vesti-me rápido e só depois saí. Não havia ninguém na sala do bispo, apesar de na mesma mesa repousar um copo de leite e um prato com pães, ovos e queijo. A visão da comida matou qualquer resquício de curiosidade sobre quem havia pouco me chamara.

Avançando sobre o lanche, comi com ferocidade, quase sem mastigar, e tudo isso em pé, a despeito da cadeira vazia ao lado. Em dado instante, me engasguei, socorrendo-me do copo de leite. Foi pior. O líquido subiu pela cavidade interna das narinas, lacrimando os olhos, queimando tudo. Dentro em pouco, eu era só tosse e espasmo torácico. A agonia cedeu espaço, infelizmente, à falta de ar; e quando percebi, estava morrendo. Precisava sair em busca de ajuda.

Ao virar-me para a saída do gabinete, dei de cara com uma moça, loira e com olhos azuis arregalados, tão assustada quanto eu. Ela apertou um crucifixo que pendia sob o busto e falou algo que não entendi, arrodeou para minhas costas, e ágil como uma onça, me agarrou pela cintura para só então me dar um arrocho que quase quebrou algumas costelas. Um bolo de pão e queijo voou pela minha boca entreaberta, caindo e se espalhando no chão.

— Obrigado — falei depois de alguns segundos recuperando o fôlego. — Essa foi quase! Mas tô melhor.

— *Gott sei Dank*. Focê náo deferia comer assim táo depressa.

— Focê?

— Náo, focê — ela apontou para mim. Vestia uma túnica, quase um hábito, que lhe cobria toda. Vi apenas as mãos, o rosto e o pescoço, bem como um naco do cabelo loiro, que pelo entrevero de ter que me salvar, soltou-se da presilha atrás da cabeça coberta. Daí, notando que eu indagara sobre a forma como ela falava, seu rosto ruborizou. Esfregou as mãos, baixou a cabeça e saiu rapidamente.

Eu ia dizer "espere", mas achei melhor não.

— É melhor eu limpar essa bagunça.

Contudo, deixando tudo como estava, dirigi-me ao quarto onde me esperava uma cama, melhor dizendo, um catre duro e forrado com lençóis finos. Deitei-me e dormi.

Devo ter dormido umas vinte e quatro horas seguidas. Levantei--me letárgico e com fome. Ao mínimo movimento, sentia dor em todo canto, uma aflição da carne que me fazia me lembrar da surra do dia anterior. O quartinho, como os outros aposentos, tinha somente janelas altas, que me impediam de ver a rua ou o exterior. Fui ao gabinete, mas parei ainda no limiar. Lá estava o bispo, debruçado sobre papéis, deixando a leitura escapar pela boca. Ao me ver, ele parou:

— Há almoço na cozinha — disse. Tirou os óculos e continuou: — Pouca comida, é verdade, porque estamos dividindo o pouco que temos com nossos irmãos da rua.

— Até quando posso ficar?

— Bom, isso depende de você. Acredito que deva ter alguma competência ou aptidão acima da média para ajudar como voluntário.

— Mas eu... ajudar como?

— Vosmecê pode começar com afazeres domésticos na diocese, ou até mesmo me secretariando aqui no escritório. Trabalho é o que não falta. Veja a quantidade de correspondências.

Ele pôs os óculos, ergueu um papel e, voltando-se a mim, estendeu-o:

— Tome, pegue esse, leia e me faça um resumo.

Hesitei um pouco. Mesmo assim, caminhei até o birô e peguei a carta. Uma folha inteira. Balancei os olhos por cima das letras, enquanto minha visão periférica captava o olhar astuto do bispo.

— São na maioria cartas de outras dioceses, ou da nunciatura apostólica. Elas são recheadas de mesuras e afagos, às vezes gastam papéis e tinta para dizer uma simplicidade, e por isso me daria uma grande contribuição reduzir ao essencial.

— Eu posso, não é proibido?

— És batizado?

— Acho que sim — respondi e no mesmo instante me lembrei de padre Honório. Talvez meu batismo, ainda pequeno, tenha sido realizado por ele.

— Então é um fiel, e como tal pode cooperar no exercício do meu poder, digamos assim, segundo as normas do direito canônico.

Daí, num súbito relance de percepção, lembrei que em nenhum momento eu falei sobre saber ler. Ainda assim, ele me tratava como alguém educado, e mais além, como quem possuía atributos para ler correspondências oficiais. Isso tudo sem contar a responsabilidade da função.

— Como sabe que sei ler?

Ele riu. Levantou-se.

— Está quase na hora da confissão. Muitos pecadores em busca de redenção. Tempos turbulentos trazem essa necessidade. Seria tão bom que também lembrássemos de Deus nos momentos de abonança. Infelizmente...

Enquanto saía, ia dizendo para que eu me alimentasse primeiro e depois resumisse a carta.

Depois que me alimentei, voltei para o gabinete a fim de resumir as correspondências. Não era simples, e tive dificuldade tanto pelo estilo de escrita quanto pelo pensamento vago na moça loira de olhos azuis. Depois de passada a agonia, queria agradecer e me desculpar por ter parecido jocoso com o modo de falar. "*Focê*", pensei e sorri sozinho. *Será que ela é freira mesmo?*, perguntei-me.

Bem, quanto à carta, o remetente era o bispo de nome Quintino Rodrigues. Na missiva, ele falava sobre ameaças das incursões rebeldes, e que famílias inteiras estavam sendo devastadas pelos abusos de ambos os lados. Escreveu ainda que o banco do Cariri, do qual tinha a honra de ser o primeiro presidente, estaria dando bons frutos no fomento à agricultura da região. Por fim, convidava Severino Vieira para conhecer o Colégio Santa Teresa de Jesus, apenas para meninas, e que se mostrava uma opção para a educação das jovens, amenizando os riscos oriundos e inerentes ao pecado da carne. A última parte me alertou para minha própria fraqueza da luxúria, que inevitavelmente vinha com a memória de Ana.

Passei uma semana cumprindo fielmente a função de organizador da diocese e catalogando correspondências. Outra coisa que não escapou das exigências do bispo foi minha presença nas missas. Todas! Era um tédio, embora me trouxesse a nostalgia de lembrar de padre Honório.

Finalmente, quando não estava no gabinete, ouvindo o bispo ler seus esboços a meia-voz, ou ouvindo o sermão, ajudava na produção e distribuição de sopa para os desabrigados, cada vez em maior quantidade. Havia dias em que as notícias eram sempre piores e aterradoras: os rebeldes vinham destruindo tudo, e logo chegariam a Teresina.

Vez ou outra, eu recordava da razão pela qual estava ali, e que talvez Távora estivesse me esperando. Sentia culpa, mas logo a afastava, cobrindo-a com inúmeras justificativas que iam de "não vai dar certo" a "ele talvez nem esteja vivo mais". Contudo, não me via covarde. Eu estava trabalhando, me ocupando. Não era minha obrigação salvar Távora, Ana, ou ajudar Baro a achar o pai, ou qualquer coisa do tipo.

Enfim, já nem pensava muito neles. Já estava decidido: fincaria morada ali, abandonaria o que ficou para trás com a Coluna; e quando tudo passasse, eu mesmo daria um rumo a minha vida. Um emprego decente, uma esposa, filhos. Ora, sim, me casar! Por que não? A moça loira talvez nem fosse freira, e só se vestisse daquela forma por respeito à casa de Deus. Isso era bom, demonstrava o quão sortudo poderia ser seu eventual marido.

E foi exatamente dando asas a ideias como essas, como era meu costume fazer, que dei uma guinada de cento e oitenta graus para deixar de ser um soldado e passar a ser um servo dedicado a Deus. Só não contava com um detalhe: o contrato com o outro eu, demônio do meu inconsciente.

A moça de cabelos loiros

No começo da segunda semana, a moça de cabelos loiros reapareceu algumas vezes. À primeira vista, notei que me evitava. Talvez fosse a vergonha, e só o tempo para abrandar. Todavia, quando, ao final de uma missa, ela deixou as correspondências no gabinete e saiu sem nem sequer olhar para mim, achei por bem interpelar, chamando-a quando ainda ia perto:

— Moça!

Ela parou, virou-se para mim com o rosto vermelho, com olhos claros, brilhosos, azuis, lindos, cujas pupilas se contraíram ao contato com a luz, e um oceano anil inundou sua face. Algumas madeixas se soltaram das orelhas, e desceram acompanhando o formato do rosto oval. Ela disse umas frases estranhas, quebrou o leve encanto que me arredou e deixou a sala correndo. Ainda pensei em ir atrás, mas novamente não fui. Realmente era timidez, o que não me deixava opção a não ser aguardar. Aliás, não havia muito que esperar além de uma relação cordial, já que, pelo passar dos dias, amizade em qualquer grau seria inapropriada.

E os dias se passavam.

— Como anda o trabalho de resumir? — o bispo me perguntou. Entrara no gabinete enquanto eu me debruçava sobre as cartas.

— Já não tenho tanta dificuldade — respondi.

Ele foi até um armário, abriu e dentro vi um pequeno cofre. Juro que pude ouvi-lo cochichar os números quinze três vezes, depois quarenta e cinco e finalmente noventa. O mecanismo se abriu, e o bispo falou:

— Bom, muito bom. E a fé?

Hesitei um pouco em responder, parte pela curiosidade em saber o que havia dentro, parte porque a pergunta me pegou de surpresa. Mas também não demorei tempo além do necessário para me mostrar firme. Até porque eu não perdia um só momento de oração. E como oravam. Ninguém se esquece de rezar se mora numa igreja.

— Da mesma forma bem — respondi.

— Qual a última vez que se confessou?

Impossível esquecer. Foi exatamente quando vi pela primeira vez uma grande catedral em Porto Nacional.

— Igual.

— Igual ao quê? — o bispo estava inspirado em perguntar. Fechou o cofre e se virou para mim, aguardando a resposta.

— É... tem alguns meses.

— Meses em que pecados se acumularam, presumo.

Silenciei, me opondo a concordar explicitamente, mas também não demonstrando o contrário. Acreditar em Deus passava a ser mais difícil, sempre. Mas, e isso eu não sabia explicar, ao mesmo tempo também sentia medo e vergonha Dele. Era como se a descrença, o abandono à convicção, além de incompleta, fosse ela própria um erro. Sentia-me mal pela falta de oração, e isso não porque esquecia de rezar, pois, como disse, o lugar respirava a comunhão com Deus. Não orava, não pedia perdão, porque me enxergava como um ingrato. "Virei as costas para Jesus", às vezes pensava. "Foi Ele quem me deu a oportunidade de aprender a ler e ser um privilegiado", continuava. E logo depois, meu eu-vilão me sussurrava, "tolo, qual a garantia que tem de que foi Deus?", e meu monólogo terminava desgraçadamente no ceticismo.

Olhando para o bispo, e como se paralisando o tempo, ainda pude me lembrar duma conversa que tive com padre Honório, e eu só era um menino de dez anos:

— Pad'e, o Toinho morreu.

— Ah, eu soube, pobre criança.

— Tio Almir disse que foi Deus que levou ele lá pro céu.

— Disse?

— Disse.

— Hum.

— Por que, pad'e? O bichinho nasceu um dia desse.

— Não sei, Paulo. Sinceramente, não sei.

— Negócio da gota serena, tou todo doido aqui, causo que diz que tudo de bom é Deus, e tudo de ruim é o diabo. Só que diz também que foi Deus que levou o Toinho; e isso é ruim, né?

Mudo estava, mudo ele permaneceu, olhando para a fogueira.

— Né, pad'e?! — repeti.

— Você é muito novo para entender. Espere mais.

Hoje sei que é provável que nem ele soubesse a resposta.

— Vou me confessar essa semana, bispo.

— Muito bem.

No dia seguinte, a moça loira apareceu. Chegou com uma bolsa de couro de bode, cheia de envelopes. Entrou no gabinete e me viu, logo dando um sobressalto. Como de comum, corou. Lá estávamos o bispo e eu.

— Ah, irmã Karla — o bispo fez um cumprimento simultaneamente sério e amável.

— Bom dia — ela falou pausado, mas olhando tão só para ele. Era como se eu não estivesse ali. Mesmo assim respondi:

— Bom dia!

Para minha surpresa, a irmã Karla nem se mexeu. Não fez ao menos menção de olhar de onde vinha o som. Eu estava ali, plantado quase a sua frente, e ela continuava com os olhos pregados no bispo. Aquilo foi me enchendo, minando a parca paciência, a ponto de eu me levantar num pulo, e quando ia passar-lhe um corretivo, bispo Severino se adiantou:

— Karla, esse é o irmão Paulo; Paulo essa é a irmã Karla...

— Acho que já nos conhecemos, mas ela parece ter amnésia.

— Ora, não fale isso — o bispo sorriu desajeitado, tentando tornar engraçada minha colocação, que fiz com seriedade, diga-se de passagem.

— Olá... — ela me cumprimentou, e sua voz saiu trêmula, embargada, quase chorando, com expressão facial singular de vergonha. A cena que me comoveu tanto que dessa vez fui eu quem ficou embaraçado. *Como fui um imbecil,* pensei.

— Olá — respondi educadamente, agradecido pela interrupção, em tempo, do meu arroubo de arrogância. Ciente da causa e encabulado também, baixei a cabeça. Diante da nossa mútua introspecção, o bispo nos distribuiu afazeres.

— Bom, irmã e irmão têm muito a fazer. Paulo, não sei se sabes, mas muitas correspondências enviadas pelos serviços postais dos correios foram interceptadas pelos rebeldes. E talvez por Deus tocar no coração dos líderes da Coluna, certamente há entre eles algum fiel e temente, certamente! — ele enfatizou essa última palavra —, as malas com cartas da igreja são poupadas. Assim, a irmã Karla tem servido à igreja como coletora de correspondências de várias paróquias, e ido à coletoria postal. Uma vez que a cidade infelizmente se encontra numa situação de calamidade, com ruas cheias de irmãos necessitados, acho que sua companhia à irmã Karla faria bem.

— *Nein!* — ela gritou.

— Mas por que não? A irmã mesma disse que quase lhe arrancaram a bolsa da última vez.

Karla baixou os olhos, e finalmente assentiu com um gesto singelo de cabeça.

Fomos. Fui e voltei calado. Aliás, os dois. Quase calados, melhor dizendo. Respostas simples como “sim”, “não”. Quase não nos olhavam nos olhos, embora eu percebesse que todos na rua estavam curiosos, como se não fôssemos dali. Ela realmente não era, algo público e notório. Na coletoria, ouvi escapar de alguém "é a irmã Karla", e depois, "quem é o rapaz?", "deve ser irmão".

Ainda durante a semana, no meio de tanta coisa para fazer, nossa aproximação foi se estreitando. Ficando menos embaraçada, digamos. Certa vez, no refeitório, sentei-me ao seu lado. Assim que ela percebeu que era eu, ergueu-se rápido e atabalhoada. Com o susto, esbarrou na mesa e entornou suco de maracujá sobre si, manchando o hábito azul-claro com uma grande nódoa amarela.

— Ach!

— Me desculpe — falei numa reação automática. — Não precisa se levantar! — completei, mas ela saiu. Fiquei só. Não havia ninguém naquele instante. Peguei meu prato e saí também, seguindo o caminho para onde ela poderia ter ido. Eu não podia viver assim, não com o peso da culpa de ter sido tão grosso, caçoado do sotaque alemão, e nunca mais conseguir conversar, estabelecer um mínimo de comunicação.

O cheiro do suco me ajudou na busca, e quando notei onde provavelmente ela estava, estremeci. O fim da linha deu no lavabo. Somente a hipótese de imaginar que ela estivesse ali dentro, se despindo de um pedaço do hábito, apenas isso, causou em mim uma vertigem. Engoli em seco. Olhei para os lados do corredor. Não quis depender do autocontrole, e por isso urgi por um olho ou ouvido vigilante. Mas não havia ninguém, nem mesmo a ameaça, já que o bispo saíra para compromissos políticos, e todos os outros se ocupavam com a quantidade de gente que se amontoava aos arredores da igreja. Segurando meu prato com um pão e queijo, fui à porta de madeira velha. Olhei para o trinco. *Será que está com o ferrolho por dentro?*, pensei, e me envergonhei do próprio pensamento, fechando os olhos. Acontece que, me lançando no escuro das ideias confusas, vi o rosto de Karla, lindo e oval, com olhos azuis. A imagem distanciou-se, e para além do rosto passei a ver o pescoço, branco, liso, com pintas marrons. A imagem se afastou mais, e do pescoço vi seus seios, brancos, duros, pequenos... abri os olhos, apavorado. Eram um medo e coragem juntos e misturados. Aproximei-me mais da porta. Meus sentidos estavam tão afiados que pude saborear o odor amadeirado da barreira que nos separava. A voz de Karla atravessou as frestas e me alcançou. Encostei levemente o ouvido no mogno, como se fosse deitar a cabeça em seu colo.

— *Mein Gott.*

O que será que ela está dizendo?, pensei e levei a mão ao trinco. *Não faça isso, não faça isso!*, algo me chamava pela consciência. Se eu entrasse, seria o fim. Eu teria que subjugá-la, possuí-la à força, esquecer que um dia fui um cristão, um homem — na verdade, um jovem; bom, deixar de lado o que aprendi com padre Honório, e, por um pequeno instante, permitir que um lobo feroz tomasse meu corpo forte e sedento pela carne daquela ovelha. Depois de consumado, fugiria, viveria como um animal, longe de tudo e todos, talvez arrependido, talvez não, talvez procurando pela próxima vítima.

Levei a mão ao trinco, e na ida, vendo-a, vi que tremia.

— Eu não posso, não posso! — sussurrei para mim mesmo, e a voz doce e maliciosa me assoprou de volta.

Não dê ouvidos a Ele, Paulo, não seja um fraco! Não se entregue à Cruz, não faça como Ele... eu sou seu pai, lembra? O pai da mentira, da força, do poder, meus filhos não precisam ser mortos para provar ou garantir alguma coisa. A própria vida já é a prova e garantia de que eu sou a verdade...

Súbito, desisti.

Fraco!

Tirei a mão e rapidamente recolhi-a para perto de mim, como se o toque no trinco a queimasse como brasa. Depois me afastei da porta. O coração batendo a mil. O prato tremia na mão esquerda.

Olhei para os lados e corri para meu aposento. Joguei a comida de lado e me deitei no catre. Então prostrei-me de joelho e comecei a rezar, pedindo a Deus que me ajudasse, que tirasse aquela loucura da minha cabeça. Que não fazia sentido algum eu pensar numa pessoa, numa moça, que apesar de tão linda, decidiu dedicar a vida ao serviço do Senhor; e eu, como instrumento do satanás, estava tentado, deixando-me levar pelo desejo da carne, que é tão fraca. *Oh, Deus, ajuda-me a sobreviver a esse desejo mortal.* E enquanto rezava de olhos apertados, com força sobre-humana, ouvi da porta a voz. Era Karla. Olhei e a vi... sem roupas, nua e em pele de anjo.

Não, não era. Era só o reflexo do hábito azul em contraste com a luz que vinha do vitral do corredor. Apertei os olhos, e mais uma vez a vi, mas desta completamente composta, vestida da cabeça aos pés. As mãos juntas, segurando um terço, fitava o chão.

— Me descu'pe.

— Eu quem devo pedir desculpas — falei me erguendo. Ela ficou em silêncio, só concordando por concordar. — Eu não quis mangar do seu jeito de falar...

— Náo ser esso que me envergon... — ela hesitou, gaguejou e completou: — envergonhar. Náo ser.

Eu estava com o ar preso no peito, e ao vê-la se esforçando para falar daquela forma, tive uma sensação de padecimento com uma mistura de carinho. O jeito que ela tentava falar as palavras em português, misturado à timidez e à sacrossantíssima pureza de sua alma, aquela imagem me arredou, limpou meu ventre de coisas ruins. Apaixonei-me instantaneamente, e de um modo doce, leve, cristalino. Um amor que, instantes antes, poderia ser confundido por paixão desenfreada da carne, agora se mostrava fraterno.

— Eu náo saber explicar porque não ser vergonha.

— Não precisa dizer o que é, então.

— Obrigada.

Aquele dia terminava com uma salvação. Foi por muito pouco que não atravessei a linha do certo e errado num ato que, dessa vez, mudaria, com certeza, minha vida para sempre.

— Perdão padre, porque eu pequei... — falei e comecei a contar meus pecados. Era o fim da missa, e o bispo não era meu confessor. Provável que fosse o jovem padre Henrique.

Eu disse que pequei, disse o que fiz, mas não disse tudo. Tão só acendi uma vela na minha caverna de erros. Com isso, não revelei o pior de todos os pecados, que foi desejar alguém para além de minhas possibilidades, e inclusive de seu consentimento. Foi um pecado, seria um crime. Violaria uma virgem em forma de anjo, que fez um voto sagrado, o qual eu ameaçava. Pelas regras, teria de dizer, "desejei uma freira, e por pouco não a tomei à força", e a penitência contaria também com meu afastamento. Mas não queria me afastar.

Acho, enfim, que nunca me confessei, e nem nunca irei, não através da forma correta, não com uma confissão de verdade, falando a verdade, toda a verdade. A confissão servia ao arrependimento, e esse eu já manifestava. Restava saber até quando. O erro que se repete é senão uma falha da memória. Bom, não tinha para que confessar: Deus saberia do presente, do passado e do futuro. Algo me dizia que Ele não precisava de alguém para ouvir nossos pecados, já que via e ouvia tudo, onisciente que é. Não havia como mentir, esconder Dele.

Irmã Karla tornou-se uma irmã para mim. Eu precisava conviver com o fardo do desejo perigoso. No início foi difícil, mas após a terceira semana em que passávamos juntos, a carne se fortaleceu através de uma admiração incondicional que passei a ter por ela.

— *Ixe bin Paulo* — falei meio desajeitado, acanhado; era eu quem estava aprendendo alemão. Diante do seu silêncio e do olhar em mim compenetrado, perguntei para Karla: — Está certo?

— *Ja!* — ela respondeu com entusiasmo, quebrando o feitiço que a paralisava. Comemorou com duas palmadinhas, sorrindo alegremente. No rosto, a expressão da flor que se abre ao primeiro raio de sol.

Para nos aproximar ainda mais, o bispo nos encarregou de entregar não só as correspondências à coletoria, mas igualmente levar recados às paróquias ou repartições públicas. Íamos de charrete, com um cavalo atrelado; Karla ao meu lado, metida no hábito, inconfundível a qualquer distância. Quando voltávamos, a meu pedido, ela me ensinava alguma coisa em alemão. Queria, de certa forma, ocupar uma posição de alguém que também aprendia a falar outra língua.

Passávamos horas e horas conversando, nomeando as coisas, comparando, eu na minha língua, ela na dela. Todavia, pouco falávamos de nossas vidas. Não queria arriscar contar e entregar minha posição, e ela talvez não tivesse o bastante para contar. Ao que parecia, o mais importante para Karla era praticar a pronúncia, e comigo ela passava a ficar mais à vontade.

À certa altura, meu desafio consistiu em falar, em alemão, sobre minhas origens. Então disse:

— Ixe... como se diz nascer...

— Focê querer dizer de onde fem, *ja*?

— *Iá.*

— *Ich komme aus* — ela pronunciou pausadamente e esperou eu repetir.

— Bahia! — respondi curto, mas Karla permanecia no aguardo, ao que completei.

— *Ixe come aus* Bahia.

— *Ja*!

— Mas eu sou alagoano.

— *So, du bist* alagoano.

— *Iá, tu pisti* alagoano.

— *Nein*, focê tem de falar "*ich bin*".

— Ah, entendi. *Ich bin* alagoano. E você, é... como se pergunta?

— *Woher kommst du?*

— Vorrêa comis tu? — indaguei, e ela respondeu:

— *Ich komme aus Bayern.*

— Por que na pergunta as palavras trocam de lugar? — repeti uma dúvida para a qual minha rebelde inteligência exigia explicação.

— Náo sei. Acho que para mel'orar na... como se chamaria algo certo demais?

— Certeiro?

— Hum, para mel'orar no certeiro da frase, e saber se ser um pergunta, invés de ser um resposta — ela respondeu, e eu ri comigo.

Conversar assim com Karla me lembrou dos tempos que tagarelava com Sérgia. Uma ponta de lembrança nostálgica. Passávamos horas dizendo, ou melhor, planejando o que cada um faria quando viajasse Brasil afora.

— Você sente saudade de lá? — perguntei. De alguma maneira, a distância que separava Karla de sua terra natal era muito maior que a de ter que ir para Alagoas ou Bahia. E certamente, quanto mais longe, maior a falta.

— Náo muito — ela respondeu baixando a cabeça.

— E o que aconteceu?

— A guerra.

O clima ficou bem frio, gelado como os olhos de Karla. Cogitei uma palavra de conforto, como "não se preocupe, aqui você está bem", mas nem isso. Longe dos limites de Teresina já esperávamos flagelos semelhantes. Ela mesma retomou a palavra.

— A gente pensa que quando acaba, as coisas fão mel'orar, mas náo mel'ora. Tudo ficou ruim, difícil. Náo tinha comida, náo tinha lençol, roupas, fazia frio e gente morria de doença, de fome.

Quanto sofrimento deve ter sido, imaginei. Fiquei constrangido em perguntar mais, não queria a ver angustiada pelo passado. Aí lancei a ermo.

— Onde fica Ba...

— Bayern?

— Isso, Baíem.

— Alemanha. Brasileiro chamar de Baviera. Mas assim como focê, eu nasci em lugar outro. Linz, Áustria.

— Ah, Áustria! Conheci um homem de lá, e não faz nem tanto tempo. Além disso, parece que a Hermínia é austríaca, ela é enfermeira da... — parei de súbito, dando-me conta de que por bem pouco não falei demais, por pouco não disse algo sobre a Coluna. Karla ficou estática, assustada também.

— Que foi?

— Nada, preciso ir — ela se levantou rápido. Havia tempo que não tinha esses arroubos de fuga injustificada. Percebi que sim, eu realmente dissera algo que a fez querer mais uma vez se afastar. Mas o quê?

— O que foi? — insisti, e continuei: — Por que você não gostou quando eu falei de um homem, ou de uma mulher da Áustria?

Ela não respondia. A única reação era a pigmentação da pele, transmutação para a coloração avermelhada.

Quase implorei por uma resposta enquanto trocava rápidos passos um pouco atrás dela, que ia à frente, num trote ligeiro, dobrando os corredores da igreja até dar no átrio e sumir entre fiéis. Infelizmente, por mais que quisesse saber, ela não me falou nada enquanto tentei arrancar alguma coisa.

Um dia depois, após a missa, bispo Severino Vieira me chamou em seu gabinete.

— A bênção, bispo.

— Deus o abençoe. Irmã Karla mandou recado de que não estava bem, mas escreveu algumas cartas. Preciso que as leve até a coletoria. É um pouco urgente.

Ainda pensei em perguntar qual seria o problema de Karla, mas desisti. O semblante do bispo era um misto de seriedade e preocupação. Meio que antecipei o motivo de sua mudança: a aproximação da Coluna. Daí ele falou:

— Momentos de tribulações, meu filho. Tomara que eles não sejam o que dizem que são, selvagens.

Não são, pensei, mas óbvio não falei. Não eram selvagens, não os chefes, mas quanto aos outros, eu já não podia dizer o mesmo.

Os boatos, cada vez mais frequentes e alarmantes, davam conta de que Teresina estava cercada, sitiada, com todas as rotas de suprimentos nas mãos do inimigo, e que rebeldes dizimaram quase todo o contingente maranhense do outro lado do rio Parnaíba, e que só um milagre, bem como reforços vindos do Ceará, poderia salvar o povo teresinense.

Contudo, e com grande sinceridade: ninguém, absolutamente ninguém, conhecia a situação real. Eu mesmo achei estranhas algumas coisas, como a diferença entre o que contavam e o que eu via. Isso porque o tempo em que passei em Teresina me deu uma razoável noção da quantidade de soldados a postos, mobilizados aqui e ali, dentro da cidade, e, acredite em mim, o exército de Prestes não chegava aos pés em números. Não que já fosse um especialista, mas um convívio diário me fez aprender, pela experiência, a contar unidades. Veja: embora com algumas diferenças, um exército àquela época era formado por divisões, que por sua vez eram constituídas de brigadas; essas subdivididas em destacamentos, regimentos ou batalhões ou pelotões, e assim ia. Na maior parte das vezes, a menor unidade era formada por grupos ou esquadrões que tinham de dez a trinta soldados, comandados pelos respectivos tenentes ou capitães. Daí que contar o número desses oficiais podia ser uma forma de dimensionar a quantidade das pequenas unidades, para finalmente se chegar ao tamanho do Exército.

Luís Carlos Prestes e Miguel Costa comandavam pouco menos que mil e quinhentos homens, com a metade fora de combate, doente ou ferida. Em números redondos, ao que lembre, eram aproximadamente cinco ou seis destacamentos, formados por cinco batalhões de até cinquenta soldados. Aconteceu que eu, atrás das linhas inimigas, dentro de Teresina, vi chegarem, certa vez, quatro caminhões com capacidade para transportar trinta soldados cada. Isso num único dia que fui à intendência, pois era diária a chegada de conscritos, recrutados, voluntários, militares, entre outros, vindos de outros lugares.

E por que o desespero do povo? Porque a Coluna Prestes trazia consigo muito mais que soldados. Trazia a história de um grupo de guerrilheiros que saiu do Sul e que era invencível, invicto; homens que por um ano andaram devastando cidades, vilas e vilarejos sem que ninguém os impedisse; que eram protegidos pela feiticeira, a velha macumbeira que fechava o corpo de cada um, fortes guerreiros gaúchos, veteranos das revoluções, maragatos e chimangos, juntos e misturados, com seus rifles, carabinas, espadas, cutelos, baionetas, sem contar a beleza meio germânica — o que nem era verdade — e o feitiço que os louros de olhos azuis lançavam sobre as mulheres, esposas e filhas, que caíam nas graças deles para em seguida serem violentadas. Isso apavorava qualquer um.

Peguei as cartas e fui.

No caminho, pela primeira vez solitário, senti falta da minha acompanhante e professora de alemão. Abri a boca da bolsa e vi, amarrados num lenço fino, vários envelopes de cartas. Puxei e comecei a ler os remetentes e destinatários, mesmo com a carroça trepidando pelo efeito das rodas nas ruas de paralelepípedo.

A maioria das cartas seria enviada à nunciatura, cujo destinatário era o arcebispo Enrico Gasparri. O bispo Severino me explicou que a nunciatura era como uma embaixada da Santa Sé, que por sua vez era, nas palavras dele, "o país de Cristo aqui na terra", sendo o papa seu representante. Assim como um país — ou Estado —, a Santa Sé poderia ter embaixadas, chamadas de nunciaturas, espalhadas por outros países.

O que será que o bispo diz ao arcebispo, pensei; e pensei também qual consequência haveria após a violação daquela carta. Minha curiosidade era imensa para tudo o que fosse novo, e aqueles envelopes eram o que de maior novidade eu podia contar. Obviamente, as cartas que resumia passavam antes pelo crivo do bispo, que as lia, ainda que com um balançar de olhos. No fim, se já disse, repito, era algo monótono. Desisti de abrir e passei outras e outras, até que cheguei nela: a carta... a carta que mudaria minha vida de uma vez por todas.

O remetente era padre Paul Honório.

Padre Paul Honório

Paul Honório?

Fiquei parado, estacionado numa espécie de vácuo temporal e espacial. Eram apenas eu e meus pensamentos, comandados pela frenética atividade neural.

Padre Honório? Seria o mesmo? Nunca ouvira dele sobre esse primeiro nome. Talvez fosse outro, quem sabe. A letra era de Karla, e, portanto, ela saberia que Paul Honório era esse. Fui e voltei no quebra-cabeça, revisitando pistas deixadas no passado: será por isso que ela fugiu de mim quando ouviu falar no austríaco? Padre Honório não era brasileiro.

Cogitei abrir a carta. Saber o conteúdo dispensaria ter que ouvir da freira justificativas. Decidi abrir. A princípio, me veio a ideia de rasgar o envelope sem cuidado algum. Um arroubo inflamável cuja curiosidade era só uma tocha. Parecia ter esse direito. Então me dei conta de que se minha suspeita não se concretizasse, a violação da correspondência deveria ser encoberta de alguma forma.

Lentamente, descolei a borda untada de cola, e após conseguir uma abertura suficiente, retirei duas folhas cheias de palavras em... alemão.

— Não é possível.

A letra não era a de Karla, não se assemelhava nem um pouco. Também não me recordava da caligrafia da minha carta, a escrita por padre Honório para mim, e posteriormente surrupiada por Sérgia. Para ser franco, eu mesmo nem lembrava da última vez que a vira.

Nessa, procurei por nomes próprios, tencionando identificar pessoas a partir da primeira letra maiúscula, e, para minha surpresa, todos os substantivos em alemão têm iniciais maiúsculas.

— Droga!

Só me restava perguntar a Karla.

Não deixei a carta na coletoria. Achei melhor voltar com a eventual prova de que aquele Paul Honório fosse alguém que eu também conhecia. Vim o caminho inteiro pensando em como abordar Karla com o assunto. Nisso refleti: por qual razão eu teria esse privilégio de me ver ligado a padre Honório? O que ele era meu? Nada. Nada? Ele foi a todo tempo o homem que ajudou na minha criação, que me deu as condições espirituais e materiais para que me desenvolvesse naquele lugar inóspito, alguém que mais próximo chegou a ser para mim um... pai.

O pai que não tive; o pai que se tornou e tomou o lugar daquele outro, aquele que sucumbiu ao ciúme, fraco e covarde, abandonando o filho, o próprio filho, à sorte de uma vida miserável na seca e dureza do sertão do Nordeste.

"O infeliz do meu irmão teve que desaparecer no meio do mundo", lembro dessas palavras de tio Almir. "Fez uma desgraça. Matou os dois, depois me entregou o diabinho do menino", matou os dois, minha mãe e meu pai biológico.

Todas essas recordações se movimentaram em mim como ondas que reviravam dúvidas antigas, tornando-as novas em folha, e germinando uma curiosidade ainda maior sobre minha origem. Talvez agora, talvez encontrando padre Honório, quem sabe assim eu pudesse saber o que aconteceu. Precisava falar com Karla.

Voltei para a catedral, e ao invés de ir ao bispo para fazer perguntas sobre esse Paul Honório, procurei entender onde eventualmente Karla poderia ter tido acesso à carta. Qualquer indagação minha, ainda que sincera, me colocaria sob imediata suspeita. Além do mais, foi Karla quem preencheu o envelope, de modo que provavelmente recebeu a carta direto do remetente.

— Irmã Isaura?

— Pois não, irmão Paulo.

— A senhora poderia entregar esse envelope de cartas para a irmã Karla? Estavam na coletoria, são correspondências que retornaram sem que seus destinatários fossem achados. Talvez tenham morrido.

Irmã Isaura abriu a boca, numa quase sonolência senil. Pegou o envelope. As mãos vieram trêmulas, membros idosos de uma senhora de quase setenta anos. Os olhos de nata se moveram sobre as letras, balançaram entre as rugas. Possivelmente não soubesse ler, e viu por ver. Vivia ali na paróquia para só servir a Jesus, sem nunca ter sequer lido um trecho da Bíblia, embora recitasse de cor, pelo menos, as passagens mais importantes.

— Por que não entrega ao bispo? — irmã Isaura me perguntou retornando-me o envelope. Não queria suportar o peso da tarefa, ainda que aparentemente simples. Sua função de governanta já lhe impunha obrigações demais.

— Ele quer que a irmã Karla refaça com novos endereços. Inclusive com certa urgência. Eu mesmo a entregaria no convento das freiras, mas certamente não me deixarão entrar.

O rosto da irmã Isaura clareou, tornou-se um sorriso, como a indicar que eu não teria esse problema.

— Ah, não se preocupe, vá e procure a irmã Maria, fale em meu nome. Ela levará o irmão ao parlatório, onde poderá entregar a carta pessoalmente.

A carta que pretendia devolver a Karla era na verdade uma carta escrita por mim. Nela eu contava parte do que vivera até então, contava sobre minha missão secreta para ajudar Távora, e pedia para que esse Paul Honório me encontrasse. Se ele fosse o padre Honório, saberia o que fazer. Se não fosse? Bem, era um risco que estava correndo, e essa foi a única forma que pensei em diminuí-lo. Usei, por sua vez, o envelope da carta violada, trocando apenas o conteúdo, como uma fada que troca crianças. Outro risco: pois o remetente, seja lá quem fosse, poderia não abrir a carta retornada, jogando-a, queimando-a, ou mesmo esquecendo-a em algum lugar. Isso se a cilada passasse por Karla.

Não demorou para chegar ao convento. Falei com irmã Maria, expliquei a situação. Estava preparado para entregar a correspondência. Todos os meus subterfúgios contavam com o azar de darem errado. Mas naquele dia a fortuna me inspirava, e em vez de perder contato com o envelope, fui levado ao parlatório, um cômodo com uma meia parede que separava duas salas, numa das quais o visitante esperava.

Ali fiquei. Não sei se só por alguns minutos ou se por uma eternidade, e enquanto aguardava, repassava o discurso, que a cada vez repetido, encurtava-se ou aumentava-se.

— Oi — ela apareceu de súbito, fazendo-me sobressaltar. Não olhou para mim; fitava apenas o chão, os pés. Não queria iniciar a conversa, era provável que estivesse ali tão apenas pela informação que recebeu. Enfim expulsou — Disseráo que focê trouxe uma carta que náo chegou.

— Sim, aqui está — entreguei, e só aí ela ergueu a cabeça para me olhar, ao que perguntei — Por que está me evitando?

— Náo estou — ela respondeu. Depois olhou para o envelope. Leu o nome do remetente. Por alguns segundos, cortou a comunicação comigo. Retomou somente para dizer — Preciso ir...

— Não, espere. Não vá, preciso falar algo importante...

Metade de minhas palavras já não a alcançou mais. Aquela pressa indicava que minha armadilha havia funcionado mais rápido que eu esperava. Percebendo que ela se foi, fiz o caminho de volta e me escondi a uma distância segura, mas que permitisse averiguar quem entrava e quem saía do convento. Estava apostando tudo na tese de que a reação fora consequência da urgência.

Fiquei por ali, ansioso, calculando até onde a sorte poderia me levar. Dessa vez vi o tempo passar mais devagar, um relógio desprovido de ponteiros de minutos e horas, que batia apenas os segundos. Não os contei, é certo, mas sentia a vagarosidade, a ação estática do giro da terra, o envelhecimento das células e a morte da vida. Minha visão ficou tão fixa na saída do convento que em algum momento pensei que fosse desmaiar.

Então, ela saiu.

Rápidos passos, cabeça baixa, sem olhar para ninguém e nada, senão o trajeto, o caminho necessário para o fim de não esbarrar em alguém. Fui atrás, embriagado pelas vertigens, pisando onde ela pisava. Karla vestia o sempre presente hábito de freira, na cor do azul-claro que se destacava na mancha negra de pessoas em seu derredor. Com aquele contraste, não a perderia de vista.

E ela ia, livrava um poste, pulava uma poça d'água, desviava um buraco, encolhia-se sempre que preciso para escorregar entre viandantes nas aglomerações mais espremidas. Eu a via por suas costas, estreitas. A paisagem, de sua vez, ia se modificando. Os prédios do centro deram lugar às casas, e as casas, depois, aos casebres. Chuvas de fim de ano deixaram marcas. As ruas, outrora pavimentadas por paralelepípedos, cuspiram as pedras e estenderam suas línguas de barro, que logo virou lama, e que finalmente formou microcórregos. Estes, nas inclinações, levavam o aguaceiro para o destino de todo líquido livre e rebelde: o rio Poti. Karla também se ia para a mesma região, onde, além da geografia, mudavam-se também os indivíduos, sombras daquela sociedade, desvalidos, descamisados, quase desabrigados.

Karla entrou num beco, depois noutro, após, dobrou numa rua, ao fim da qual já se via a extensão do rio abaixo. Andou costeando as casas, ora pela esquerda, ora pela direita, ambos os lados muito próximos, separados por uma vala onde antes era a rua estreita. As pessoas se faziam indiferentes, como se a conhecessem pelo hábito de a ver ali. Ejetavam as cabeças pelas janelas, reconheciam a menina e retornavam tais quais tartarugas. Depois, me viam passar, e quando eu olhava para trás, as via repetir a ação, cabeças saindo dos cascos.

Finalmente, Karla parou de frente para uma porta, tirou do bolso uma chave, abriu e entrou. A minha distância já não era tão segura. Todavia, ela estava tão compenetrada com a missão que com certeza não me veria se mais próximo eu estivesse.

Apressei-me. Já no perímetro, me acerquei. Procurei passagens, brechas, frestas. As outras habitações, as confrontantes, poderiam me servir como espias. Uma estava totalmente fechada, a outra, aberta a meia-porta de cima. Entrei, e logo na sala vi três crianças, espalhadas pelo chão molhado, sujo e imundo. Uma escadinha de infantes. O menor comia barro, e os outros pararam o que faziam para me fitar. Atravessei o vão do casebre, sem me importar com anfitriões desavisados, que ou não estavam, ou não me viram. Nos fundos, já saindo pela porta, vi o muro que separava os quintais, prolongamentos do terreno onde se plantavam hortas ordinárias.

Com pouco esforço, saltei sobre o muro. Não fiz barulho, não em sonoridade para chamar a atenção. Dei dois passos e vi, pela porta dos fundos, movimento de gente no interior da casa. Aí passei a ouvir rumores, vozes, falas. Uma delas era a de Karla, que conversava em alemão. Falava rápido e alto, sôfrega e triste. Tudo isso percebi sem entender uma palavra sequer.

— Como vai seu português? — uma voz masculina a perguntou, no intervalo de tempo que Karla deu ao seu interlocutor. Ela, abusadamente, respondeu:

— *Das spielt keine Rolle mehr!*

— Claro que importa — o homem falou e tossiu. Primeiro uma simples sequência, depois um arroubo que me pareceu que ele vomitaria o pulmão. Findo o acesso de tosse, e tomado um grande bocado de fôlego, o homem voltou a falar:

— Prometa que vai se afastar dele.

— *Warum hat er das getan?*

— Ele fez isso porque é perigoso, não é seu amigo, é um rebelde, e eu o conheço bem. Fique longe. E não se preocupe, vamos mandar outra carta.

Estavam falando de mim. Ele falava de mim. Aproximei-me mais, e mais, e mais, até que o timbre da voz me tocou com a recordação infalível daquele sotaque estranho, com o "r" tremido, quando ouvi:

— E essa carta, nem vou ler, pois vem de um mentiroso, é isso que esse rapaz é! — padre Honório falou, ao que saltei do esconderijo, me mostrando e retrucando:

— Se sou um mentiroso, é porque aprendi com o melhor e maior de todos.

A doença

Karla deu um pulo. Levou a mão ao peito, aliás, as duas mãos. Depois uma delas à boca, como se quisesse represar o susto pelo cessar da respiração. Padre Honório me olhou impassível, respirando com dificuldade, embora a causa de seu resfôlego fosse outra. Estava pálido, magro, ressequido. Sem o chapéu, vi seu escasso cabelo com buracos de onde provavelmente caíram tufos. Ele se recostou na cadeira, suspirou, deserdou qualquer intento de me enfrentar. Aproveitei.

— Por que sou perigoso?

— Paulo... — ele começou e parou. Karla ainda permanecia calada, estática, plantada no meio do que parecia ser a cozinha da casa de poucos cômodos. — ... entre.

— Me responda — entrei e exigi.

— Quer mesmo que responda o que você já sabe?

Súbito, senti a pancada. Meu raciocínio me feria. Por todo tempo, desde o momento do conselho, digo, do alerta dado à Karla para me evitasse, qualificando-me como perigoso, desde esse instante, eu evitava perguntar a mim mesmo se padre Honório estaria certo.

Ele virou-se para Karla e começou a falar:

— *Können Sie uns...*

— EM PORTUGUÊS! — gritei. Nunca havia gritado com alguém daquela forma. Uma explosão, voltando à ofensiva. Karla estremeceu. Fez-se um hiato.

— Filha — ele falou e continuou —, pode nos dar licença?

Filha? A palavra foi posta deliberadamente para espancar minha ignorância a respeito dos dois. Karla hesitou. Seu busto arqueava, subindo e descendo. O rosto vermelho, a fala presa, o medo olhando para mim. Filha? Talvez o choque, talvez o grau de estresse da situação, talvez essas incertezas tivessem tirado parte de minha razão. Senti-me perdido.

— Karla — o padre a chamou novamente para quebrar a paralisia diante de meu arroubo de fúria.

— *Ja, papa*... — ela disse e saiu. Ia para a frente da casa, a porta que dava na rua.

Padre Honório ainda permanecia sentado, ao pé da mesa, único móvel que guarnecia a cozinha. Não usava a batina, mas roupas ordinárias. Havia uma espécie de trempe num canto de parede, com lenhas ainda aquecidas. Várias panelas, todas sujas. Xícaras com restos de chás e infusões. Tralhas espalhadas por cima da mesa. O cômodo não tinha janelas, e o ar entrava apenas pela porta do fundo. Por isso que pude ouvir e entrar. A luz, embora com o tempo nublado, era única e exclusivamente natural. Enquanto eu passava a vista em tudo, padre Honório esperava minha iniciativa.

— Então é um padre que tem uma filha.

— Sim.

— Não sei se acredito, ou pelo menos dou ouvidos — disse, pausei, esperei, mas ele permaneceu calado. Então continuei:

— Minha vida estava ótima até o dia que vosmecê apareceu querendo fugir. Do que estava fugindo, eu ainda me pergunto, mas não importa, porque a única coisa que importa é eu saber minha história, e tenho certeza de que você sabe, sabe muito bem... —

senti uma dormência na minha língua. Algo em mim bloqueava a frase. Mas precisava dizer, precisava.

— Sei o quê, Paulo?

— ... sabe quem é meu pai, e vai me dizer quem é, porque eu vou... eu vou matá-lo.

— Não, Paulo, você não vai fazer isso — ele disse, repetindo meu nome em cada sentença, como se quisesse enfatizar isso mais que qualquer coisa. Apoiou-se na mesa, escorou o cotovelo, depois a mão, e se levantou com um resmungo. De pé, tínhamos a mesma altura, olhávamos nos olhos um do outro. Os dele estavam sem brilho, fracos, opacos. Não eram os olhos que se encheram de lágrimas no dia em que escrevi meu nome no chão. O azul de outrora se tornou um cinza estrelado, diluído do desengano, na obscuridade.

— Eu vou, vou me vingar!

— Você sabe que não! — ele falou e deu um passo na minha direção. Com o passo, pareceu crescer mais.

— Vosmecê não sabe é de nada — sem razão aparente, comecei a tremer, a ficar com medo, como se a minha posição se tornasse mais fraca.

— Paulo, eu sou seu pai.

— NÃO ME CHAME DE PAULO!

— Paulo, eu sou...

A voz, a frase, entrou pelos meus ouvidos. Ecoou aqui dentro. Trazia o sentido claro, evidente, claro e evidente, clarividente. Evidências claras de que ele tinha tudo para ser meu pai. Foi padre Honório quem me asilou. Foi padre Honório quem me sustentou. Foi padre Honório quem me ensinou a ler e escrever. Foi padre Honório quem me tirou do escuro da ignorância e me mostrou caminhos, veredas. Estava tudo ali, aqui, acolá.

Lutei contra esses pensamentos. Dei um passo para trás. Pensei comigo: "Padre Honório é um mentiroso". Mentiroso! Mentiroso!

— Mentira! Não é verdade! NÃO É VERDADE!

— Filho, não vale a pena, não adianta, desista. Você sabia disso, sempre soube.

Comecei a chorar. Uma forte emoção me estraçalhou, fragmentou as vigas mestras do meu edifício de sanidade. Comoção que me tirou a ação. Perdi todo o governo do meu corpo, nas contrações, dos espasmos convulsivos. Tentei falar, tentei fugir, tentei fazer qualquer coisa, mas estava parado, inerte, procurando em meu repertório de desculpas a que me serviria para aquele momento. Nada vinha, nada surgia, tudo levava a crer que eu era o pior, o mais horrível de todos os homens da terra. Não conseguia mais fitá-lo, encará-lo, porque isso era o mesmo que me encarar, enfrentar meu eu. Foi quando um fio de força, após uns engasgos, chegou às minhas cordas vocais:

— Mentiroso! — foi só o que pude dizer, em verdade, repetir. Não deixava de ser verdade, ainda que fosse verdade o que acabara de ouvir.

— Filho, eu estou morrendo... — ele disse e tossiu.

— Mentira! MENTIRA! — gritei, e ele teve um princípio de tosse. Primeiro dois ou três espasmos, e depois a sequência ininterrupta. Uma mão procurou apoio, a outra foi à boca. Vi padre Honório em seu pior estado, indefeso, à procura do porto para atracar o corpo que ameaçava vir a pique com aquele feroz acesso de tosse. O estardalhaço foi tanto a ponto de chamar a atenção de Karla, que veio lhe acudir. Ela o agarrou com cuidado, falava-lhe em alemão, serviu-lhe de apoio para que ele se sentasse. A tosse diminuiu, e a mão que fora a boca agora voltava sanguinolenta.

Ele olhou para a própria palma, cujas linhas da vida e do coração sumiam-se na inundação do sangue vivo. Mão trêmula, sem força para sequer se sustentar só. O esforço fora excessivo. Karla entornava lágrimas, murmurava em alemão. Alisava o rosto suado dele. Era sua filha, só poderia ser. Uma filha, assim como a minha filha, e eu sei hoje o que é ter uma filha. Só agora, só hoje posso imaginar o abalo que se passava com ele. Ela sabia que o pai não tardaria em morrer. E por mais que padre Honório pudesse ter um passado sombrio e horrendo, Karla não se importava. Será que Cláudia também não vai se importar?

— Por fafor, fá, non fique, fá, fá! — ela me pediu chorando. Dei dois passos de lado e procurei os olhos de pa... padre Honório. Ele fitava o chão, impassível, moribundo, inerte, salvo pelo mover do tórax. Voltei para Karla, minha irmã. Qualquer resquício de desejo fora transformado em compaixão pela dor filial que ela sentia. Abri a boca para pedir desculpas, mas não sabia por quê. Fechei, baixei a cabeça.

Passei pelos dois e saí.

— Bispo, tenho algo muito importante para falar.

Após quase um mês desde que havia chegado, contei a verdade. Estávamos na antessala do confessionário, um lugar propício. Revelei minha missão, detalhes, quem era coronel Távora e o que esperar dele: rendição em troca de refúgio santo. É claro que usei todo o recurso retórico para passar a imagem de que ele era um cristão sofrendo um castigo na carne, manifestado pela doença que o desabilitava.

Falei sem engasgo, firme, ciente de que poderia ser preso, entregue às autoridades. Mas o bispo Severino era também um estrategista político. Aliás, enquanto narrava tudo, percebi que não dizia nenhuma novidade para ele. Não vi nenhum espanto, nenhuma interjeição de surpresa, mas só e tão somente a anuência de algo que estava demorando para acontecer. E se isso tardou, por outro lado, não demorou nada para ele visualizar oportunidades, e nelas eu estava incluso.

— Vou lhe apresentar aos comandantes, mas antes garanto seu salvo-conduto.

— E quanto ao coronel Távora? Ele vai ser preso!

— Prometo que também intercederei em seu favor.

E assim se deu. Apenas um dia de espera, eternas horas que, por mais que quisesse ou me esforçasse, davam-me tempo para ser fustigado pelas lembranças de padre Honório. Uma batalha entre o ódio e o amor, rinha de contradições, onde apenas o vencedor fincaria raízes profundas em mim.

Lembro que no Natal daquele ano tive a honra de, pela primeira vez, assistir à missa do galo num local tão consagrado quanto uma catedral. Foi o próprio bispo que rezou a missa, acalmou os corações aflitos de fiéis que expectavam mais morte e sofrimento.

Encerradas as cerimônias, ainda antes do amanhecer, bispo Severino me apresentou ao major Costa Araújo, do Exército brasileiro. O major era um senhor. Magro, um rosto triangular, um bigode fino bem demarcado acima do lábio também fino. Ambos, ele e o bispo, me aguardavam na nave central da igreja, que naquele momento estava vazia. Ali, segundo supus pelo simbolismo, cercado por imagens de santos e a de Nosso Senhor Jesus Cristo pregado numa cruz, o major teria de manter sua promessa e não me molestar.

— Irmão Paulo — bispo Severino começou —, esse é nosso major Costa de Araújo, encarregado pela defesa de Teresina, e filho da terra.

Fiz uma reverência, travando nele um olhar respeitoso. De igual maneira ele retornava a consideração e respeito, e segurando o quepe com uma mão estendeu a outra para mim:

— Olá, meu jovem.

Hesitei, ao que o major retrucou:

— Você é um civil, presumo. Não deve bater continência para mim.

— Sim, sou — respondi e apertei sua mão.

Em pé, no centro da nave, expliquei, resumindo ao máximo, minha posição dentro da Coluna, bem como de que maneira tinha contribuído. Major Costa ouvia tudo com atenção, mas não tomava notas. A certa altura, perguntou sobre contingentes e armas. Falei, sem omitir ou acrescentar nada. Finalmente, indagou-me sobre Távora, e como exatamente eu pretendia ajudá-lo na deserção. Respondi que não sabia, e que apenas improvisando poderia tentar algo.

— Ele não quer ser preso por legalistas, isso ficou claro — coloquei a condição, para em seguida ouvir dele a seguinte pergunta:

— E o que vosmecê acha que os líderes da Coluna pensariam dele se, um dia, pela manhã, se dessem conta de que o coronel simplesmente desapareceu?

Olhei para o bispo. Fazia sentido. Talvez Távora quisesse exatamente isso, um engodo para transparecer que sua ação não significasse uma deserção, uma desistência daqueles valores que ele tanto bradou em comícios, defendendo a todos pulmões. A prisão era a única opção viável, saída gloriosa, embora sem a ameaça... de morte.

Assim estava descartada a probabilidade de fuzilamento. Será que existia esse risco? Lembro ter imaginado.

— Há a possibilidade de ele ser fuzilado? — perguntei.

— Sim, é uma possibilidade — o major respondeu, e o bispo rápido emendou:

— Mas não é provável.

— Eu preciso... eu preciso que, se possível... — não sei por que lembrei de padre Honório antes de começar a gaguejar. Continuei: — Eu faço, faço a missão, mas com uma condição, outra condição, mais uma... — me embananei mais uma vez. Enfim desembuchei — quero que digam a ele, quando o prenderem, que há uma ordem para fuzilá-lo...

— Mas não existe essa ordem, irmão Paulo — o bispo me cortou, elevando o tom.

— Mas deve existir, e só faço se me prometerem que vão informá-lo, na sua primeira noite no cárcere, que uma ordem do comando central da capital impõe o fuzilamento.

Major Costa de Araújo me olhou curioso. Depois disse:

— Não é à toa que ele escolheu vosmecê para a missão.

— Onde quer chegar? — o bispo perguntou.

— Padre, somente através do arrependimento verdadeiro de nossos pecados é que podemos nos salvar.

Houve um silêncio constrangedor. Continuei:

— Desejo, ardentemente, que o coronel se arrependa do que fez, assim como eu me arrependi. Fizemos coisas inomináveis, coisas inconfessáveis, coisas medonhas. O próprio coronel foi leniente, não puniu, fez vista grossa diante de crimes hediondos...

— Já chega, Paulo. Deus conhece o coração dos homens e não aceitará que o arrependimento seja alcançado através de mentiras. Se insistir nessa condição absurda, eu mesmo retiro minhas garantias, e terei de entregar vosmecê às autoridades.

Corei e baixei a cabeça. Era a primeira vez que via e ouvia o bispo Severino falar com tamanha grosseria, sem contar a menção a minha eventual prisão. O assunto realmente o deixou fora de si.

O major retomou a palavra.

— Bom, há informações fidedignas de que o capitão Távora está numa fazenda aos arredores de Teresina. Vamos escoltá-lo para próximo, e de lá sua missão é trazer ele para o ponto de convergência, onde estarei com meus homens. Távora deve vir desarmado, e será colocado sob custódia. Tratado com dignidade; afinal, como um homem de patente deve ser.

— E quanto a mim, depois?

— Virá conosco, e no momento adequado, será posto em liberdade.

— Vou ser preso também? — perguntei, espantado.

— Preso, não. É mais adequado falar em "mantido sob custódia ou vigilância". Acredito muito na sua capacidade de articulação. Seus serviços ainda poderão se mostrar necessários.

E assim, por mais que eu quisesse tomar as rédeas de minha vida, o destino sempre me jogava de um lado para outro: não tem como mentir para ele, o senhor de nossa jornada, o maestro do nosso futuro, o deus cego que ri mesmo sem enxergar nossos tombos.

A prisão de Távora

O dia todo, junto com a noite insone, tornou-se cansativo, mesmo sem eu ter que fazer nada a não ser esperar. Aliás, eu não podia sair da igreja; ordens do major. A princípio, achei que fosse só uma recomendação, mas logo percebi que era mais que isso. Acampado do lado de fora, meia dúzia de soldados me vigiava.

— Hoje é um dia de orações — o bispo me disse depois do almoço. — Já fez as suas?

— Sim — menti. A verdade era que professar a fé já não era mais uma das minhas preocupações.

Três dias depois, um tenente chegou me procurando. Trazia informações sobre o local onde Távora estava, chamado fazenda Angelin.

Ele me explicou o terreno através de um mapa rude, riscado a lápis num papel amarelo. Era possível que não acreditassem inteiramente na minha história, e para além de desconfiar, achavam que eu não saberia identificar elementos de um croqui.

— Fique, é seu — ele disse, me entregando. Depois me olhou, de baixo para cima, desdenhoso de minha compreensão. Ainda falou:

— Consegue entender?

— Consigo, sim, senhor.

Távora estava em Angelin, um local bem afastado da cidade, o que, pelas minhas contas, levaria meio dia de uma boa caminhada. Apertei as alpercatas e fui. Partia munido com troços de mantimentos: um pouco de rapadura nos bolsos, um cantil com água, e nenhuma arma. À medida que me distanciava, via-me mais solitário. Ainda que estando em presença de pouquíssimas pessoas, eu as evitava. A luz vermelha do sol escondido atrás de nuvens era morna e agradável. Chuva de verão caiu por toda a semana que antecedeu ao Natal, e a vegetação, como em quase todo o sertão, logo se esverdeou ao ver a água.

Num lapso de um piscar de olhos, eu estava só, um deserto de almas, e com trevas que me cercavam por todos os lados. Pensei em padre Honório. Já não era difícil imaginá-lo como pai. Meu pai? Teria amado minha mãe? Não foi ele quem a matou? Não! Com certeza, não. E a história de tio Almir? Seria ele meu tio? Não, certamente, não. O irmão dele deveria ser meu suposto pai, que supostamente teria matado minha mãe. "E se ela estiver viva?!", a dúvida me ocorreu, e movido por uma inquietação sombria, pensei em desistir da missão e voltar para a casa onde ele e Karla estavam escondidos. Para a casa; voltar pra casa, e depois minha outra casa, minha mãe. "Não, melhor não!", deixei de lado a deserção da deserção.

O que deveria dizer quando encontrasse Távora? Mentir? Seguir com a tropa? Abandonar o abandono? Ia pensando nessas coisas quando ouvi o murmúrio de um riacho. Abri o rascunho do mapa e me orientei pela estrada de barro em que estava e a aproximação desse fio de água. Fiz cálculos mentais e confirmei que me ia no caminho certo. Dentro em pouco, estava chegando a um local de mata fechada, além da qual, uma clareira deveria ser um dos pontos de acampamento. Achei estranho ter chegado ali sem atrair a atenção de rebeldes. Afinal, onde estavam?

— Alto! — alguém gritou. Ia tão distraído que não percebi que já adentrava no perímetro inimigo. Ergui os braços e falei, mesmo sem saber de onde vinha o comando:

— Sou soldado Paulo, estou desarmado, estive feito prisioneiro do inimigo, e quero falar com coronel Távora.

De alguns arbustos, saíram dois soldados. Garotos, mais novos que eu, armados com carabinas, vestidos em andrajos, mal calçados. Não pareciam soldados.

— Não precisa apontar essa arma, estou desarmado, não vê?

— Tá vindo de onde? — um perguntou.

— Da cidade, fui feito prisioneiro, mas escapei.

Eles ainda estavam desconfiados. O de trás baixou a arma, e o outro, encorajado pela segurança do companheiro, também baixou.

— Vamos levar você pro coronel.

— É ele mesmo que quero encontrar.

Foi-me dada passagem para ir à frente; e sem hesitar, fui. Entramos na mata fechada, e logo estávamos numa clareira, exatamente como pintado no croqui. Dali dava para ver o rio Parnaíba a uma certa distância. Se muito tivesse eram trinta soldados, poucos, aliás.

De alguns metros, avistei Távora. Magro, pálido, barbudo, cansado, escrevendo uma carta, sentado numa caixa de munição, tendo por mesa duas outras caixas.

— Achamos esse, coronel.

Távora se virou para mim e assentiu para os soldados, que me olharam e saíram.

— Por que demorasse tanto?

— Muita coisa aconteceu.

— Pois foi, tanta que agora eu tenho de me arrumar com esse balaio de soldado broco. Mas vamos falar do que importa, o que vosmecê tem pra mim?

— Vai querer falar aqui mesmo? — perguntei escaneando os flancos. Ele olhou por cima do meu ombro e disse que eu podia continuar.

Então expliquei tudo.

— Tenho que ser sincero. Eles vão prender o senhor.

Távora suspirou.

— Eu posso ser fuzilado.

— Eu sei. Por isso a intervenção do bispo.

— Bom, então vamos nós. Amanhã ou depois o João vai sair daqui — ele se referia a João Alberto. — Estou com quase tudo pronto para nossos próximos passos, e vosmecê vai decorar tudo o que tenho a dizer.

Enquanto Távora me explicava, meus pensamentos viajavam dali para outro lugar.

— O que vai fazer depois que tudo acabar? — perguntei, interrompendo-o. Ele parou intrigado, parte pelo conteúdo da pergunta, parte pela surpresa por notar que eu não lhe dava atenção devida. Arqueou a boca para falar, ia me repreender, mas caiu na própria reflexão. Enfim respondeu que não sabia.

— Penso nisso depois.

Eu também deveria fazer o mesmo. Mas como? A ideia (e foram tantas em minha vida inteira) vinha para me roubar a paz. Paz é não ter ideias, ideias que escravizam, que fazem a gente parar tudo para se dedicar só a elas.

Deixei o acampamento ao amanhecer do dia seguinte. No caminho, pensei em passar na casa de padre Honório e Karla. Fiz e refiz o caminho duas vezes, não por ter me perdido, mas por ter desistido de ir. Quando enfim decidi ir, errei o trajeto mais um bocado, até chegar na ruela.

Estava tudo igual, menos a casa, vazia de qualquer pessoa. Perguntei a uns que me espiavam se um homem e uma jovem foram vistos por ali nos últimos dias. Não obtive resposta. Então retornei à igreja.

— Amanhã, às oito horas, um grupo deve fazer um ataque na região de Caieiras. Força total. Ele não estará lá, vai se afastar, e depois regressar — disse ao major Costa Araújo.

No dia seguinte, 31 de dezembro de 1925, Teresina recebia, próximo ao meio-dia, a presença ilustre do "capitão" Távora, patente que ostentava como oficial do Exército brasileiro. Pelo que fiquei sabendo depois, Távora foi preso numa fazenda, sozinho. Ele saiu da clareira onde estavam seus homens, e nesse momento o local foi atacado por Forças Legalistas. Logo depois, reapareceu, sozinho, desmontado e puxando o cavalo pelo cabresto. Assim que abordado, lançou o próprio revólver ao chão, identificando-se como coronel Távora. O major Costa Araújo, cumprindo a promessa que fez ao bispo, tratou Távora com muita dignidade, sem, entretanto, deixar de se dirigir a ele como "capitão".

A notícia do fato se espalhou rápido, de forma que quase todo mundo só falava nisso. E o que se supunha ser motivo de alegria era em verdade um pesadelo sem igual. Diziam que os rebeldes, em face da prisão de um de seus principais comandantes, se antes não tencionavam invadir Teresina, agora tinham mais que justificativa.

Uma multidão se reuniu em torno do quartel da 25ª BC. Protestos para que libertassem Távora, assim como para que fosse julgado e condenado. Houve rixa entre os grupos, que se esmurravam, estapeavam, xingavam, o que só cessou depois da ameaça de prisão daqueles que se manifestassem a favor do prisioneiro. Além do mais, quem assim agisse passava a ser considerado rebelde e inimigo. Políticos também se envolviam. Os de oposição a Arthur Bernardes pregavam que a Coluna era o único meio de se libertar da opressão das oligarquias. Os situacionistas berravam atrocidades cometidas durante a marcha. A opinião do povo, de toda forma, era irrelevante.

A princípio, apenas o bispo teve permissão para falar com Távora. Mas depois, já nas primeiras horas de 1926, recebi a visita de um tenente do Exército. Trazia consigo a ordem para me levar ao quartel. O que eu poderia fazer? Não opus resistência e entrei num carro que aguardava ao lado da catedral. Indaguei no caminho qual o motivo da convocação, e o oficial, ao meu lado, disse apenas que o capitão Távora desejava falar comigo.

Entramos pelos fundos. A bem da verdade, o clima de comoção generalizada já arrefecera mais. De toda maneira, devo confessar que senti medo, receio de tudo aquilo ser uma emboscada para que eu fosse preso também. Pior: morto. Mas logo me dei conta de que uma prisão minha não demandaria tanta formalidade.

Já na carceragem, vi a cela onde Távora estava. O som do ferrolho e da abertura da tranca acordou até os grilos e baratas, apesar de o coronel já se encontrar em vigília. Acordado, aceso e abaixo da luz fraca que pendia no centro do teto. O espaço era um cômodo de três paredes com quatro metros quadrados. Havia um buraco, uma torneira e um tablado de pedra coberto com um colchonete. Ele, sentado, lia a Bíblia. Entrei e fecharam a porta atrás de mim. "Será que fui preso?", tornei a pensar.

— Querem me fuzilar — ele falou olhando para o livro aberto.

Ouvi e fiquei calado, o que poderia dizer? "Eu sinto muito", talvez fosse um bom começo. Então lembrei da sugestão que dei a major Costa Araújo, segundo a qual a falsa intimação da pena capital colocaria arrependimento no coração do, agora capitão, Juarez Távora. Será que era isso? E se fosse verdade, e se realmente o governo intentasse matá-lo? Nesse caso, a proteção que o bispo me garantiu não serviu de nada.

— Mas o bispo, ele e o major, os dois me garantiram que não fariam isso.

— Querem que em troca eu peça a Prestes para não atacar.

— Então faça.

— Não é isso que me preocupa — Távora disse se voltando para mim. Até então, havia proferido as duas primeiras frases sem tirar os olhos dos versículos bíblicos. Após, já fitando nos meus, assoprou o seguinte:

— Esse ataque não estava nos nossos planos...

— O que quer que eu faça? — sussurrei de volta.

— Vou enviar uma carta, que certamente vai aberta, porque não vão deixar que minha comunicação vá em segredo.

Ele se levantou e se encostou em mim.

— Quero que vá, fale pra Carlos que querem me matar, e que ele não deve deixar Teresina até eu estar em segurança. Pode fazer isso por mim?

— Sim, posso! — respondi de imediato, sem chance de transparecer qualquer tipo de hesitação. No fundo, a dúvida era óbvia. Eu não queria mais voltar para a Coluna. Estava cansado daquilo tudo. Nem lembrava mais de meus antigos companheiros, como Baro, Ana e tia Maria. Mas não podia dizer isso a Távora. Além do mais, se eu não fosse, por pura opção, ele não saberia: estava preso, e assim iria continuar, mesmo no caso de não existir uma ordem de fuzilamento. Ocorre que, ainda com essa linha de raciocínio engatilhada, doía-me a alma deixá-lo sem esperança. Então disse firme!

— Pode deixar, eu faço!

Nos despedimos. O carcereiro veio, abriu a porta e fui embora. Saí pelos fundos, com a escuridão das ruas a minha frente. Não teria a carona para voltar.

Voltei a mim com meus pensamentos, e nisso senti pena de Távora. Uma coisa me dizia que ele poderia realmente morrer, que Arthur Bernardes o faria de exemplo, para que os outros desistissem dessa luta inglória. Prestes, da sua vez, não atacaria Teresina, prova de que a força da Coluna se esmorecia, e com ela a dos oficiais, que caíam um a um. Primeiro Kruger, agora Távora. Era o momento perfeito para uma demonstração de força do governo federal.

Ao dobrar a esquina de uma rua, notei algo se aproximando em passos rápidos. Mal me sobrou tempo para cogitar o que era, estava sendo atacado. Primeiro uma coronhada no rosto, depois mais outra pancada e apaguei.

Minha prisão

Recobrei a consciência sem lembrar o que havia ocorrido. A memória do assalto só me veio depois, muito depois. Para falar com franqueza, o lapso foi tal que, ao abrir os olhos, mal recordava quem era.

Quando acordei, estava preso, com os braços para trás, amarrados pelos pulsos numa coluna de madeira de um galpão. Parca luz entrava pelas frestas das telhas, e o pouco que se permitia minha visão alcançar me dava a noção de estar trancado num chiqueiro de porcos. Foi então que tive a certeza, ao ouvir grunhidos das feras que comigo despertavam, se somando uns aos outros, numa sinfonia medonha que me fez tremer de medo. Estariam eles soltos ao meu redor? Tentei me virar sobre o eixo da pilastra e os vi em baias, trancados, embora inquietos, sôfregos de fome, roendo as barras para se libertarem. Certamente seria trucidado por eles se estivessem soltos, ou se se soltassem. Comecei a gritar por socorro, e, dentro de alguns minutos, a porta de correr do chiqueiro se abriu acordando as almas dos mortos ali, fazendo a imensidão da luz ofuscar minha visão por completo, me impedindo de reconhecer quem a abria.

— Ora, o baiano acordou — o dono da voz falou.

— Socorro, soco... — parei. Depois de dois passos em minha direção, a imagem de Benício ganhou nitidez.

— Bah, vamo se divertir bastante.

Eu estava mudo. Incapaz de falar. Faltava-me a palavra e a ideia. O que dizer? Por onde começar? Esse era o momento em que, nos meus piores pesadelos, eu morria após uma sessão de tortura. O que Benício poderia ter de mim que já não tinha? Nada!

Escrever a estória depois, e sabendo você que me lê sabe que estou vivo, que sobrevivi para contar, é de fato confortável. Mas, e isso ninguém pode negar, há certas coisas que palavras ou expressões, ou mesmo uma prosa não podem exprimir. Sensações, boas e ruins, que só o corpo traduz para uma linguagem impossível de se espelhar no papel.

— Não vai dizer nada, fala tanto e tão bonito que nem parece ser quem era.

Benício disse e sacou um punhal na minha frente. O brilho correu a lâmina. Tentei desviar o olhar; era impossível. Brincando com a peça, ele se aproximou quase encostando em mim, com o rosto barbudo a um palmo do meu. Seu bafo de cáries, seus dentes amarelos, suas rugas visíveis, seu cabelo besuntado, sua barba com falhas, redemoinhos e buracos.

— Se não tivesse feito aquela bruxaria com Sinésio, vassuncê estaria morto agora, e por isso não ia ver a gente arrancar suas tripas.

Atrás dele se precipitou um som. Barulho de passos de um grupo. Olhei por cima do seu ombro e vi quando entraram quatro homens. Demorou um instante para as formas se delinearem no interior do chiqueiro. Um deles era Prestes.

— Socorro! — gritei, mas ele ergueu a mão e Benício deu passagem para que ficássemos frente a frente.

— É ele? — Prestes perguntou a alguém que até então eu não dera atenção, mas que entrara junto com a comitiva.

— Sim, é — respondeu o sujeito, que só aí reparei se tratar do jovem que me abordou na véspera em que Távora foi preso.

— Soldado Paulo — Prestes retomou a fala —, vossa senhoria está sendo acusada de conspirar contra a Revolução, se aliando ao inimigo e entregando nossa localização.

— Não! — gritei.

— Como agravante, a ação ocasionou a prisão de um oficial de alta patente. Por isso vai ser julgado; e, se condenado, sua pena será a morte por fuzilamento.

— Não, não fiz isso...

— Ao entardecer do dia de hoje, o conselho irá se reunir, quando então terá a oportunidade de se defender ou confessar.

— Eu não cometi esse crime!

Prestes não me dava ouvidos. Viera com o discurso pronto, na medida exata de tão só fazer aquela pretensa formalidade servir como embasamento para me fuzilar. Ele virou as costas para mim; e quando ia sair, falei:

— Foi ele! Foi o próprio Távora quem quis se entregar.

Prestes parou. Refletiu um par de segundos. Sem girar os calcanhares, olhou para trás, olhou para mim. Seus olhos brilhavam. Então fez um "não" com a cabeça. Depois virou-se para Benício e acenou, como que confirmando uma ordem preestabelecida para o caso de eu dizer exatamente o que acabara de falar. Saiu.

— Você sabe! Você sabe! — gritei duas vezes, mas os berros batiam em suas costas. Quando ia acusar mais uma vez, fui atingido com um soco no estômago. A dor me fez dobrar o torso e os joelhos. Os braços voltados para trás não me deixavam cair por completo.

Benício me ergueu. A todo tempo, não percebi que ali se encontravam outros do seu grupo, embora faltasse um, esse que apareceu assim que Prestes saiu. Era Luís Carreteiro, que parado na porta deixava seu corpo fazer uma sombra enorme, maior que ele próprio. Segurava uma bolsa de couro. Caminhou para o interior. A bolsa fez um barulho de tilintar de ferros. Foi até um balcão improvisado de madeira e derramou sobre ele as ferramentas. Alicates, tenazes, correias, tesouras, facas e cutelos.

— Vá embora, garoto — Benício disse ao jovem que serviu como testemunha. Voltou-se para mim, tirou do bolso um papel em branco e falou:

— Vassuncê vai dizer que entregou a posição de Caieiras, e ninguém vai ouvir essa história de que o coronel queria sair, tá me ouvindo? Por isso, vai escrever seu nome neste papel.

— Vá pro inferno, não vou morrer como um mentiroso.

— Ah, vai, sim. E vai morrer todo quebrado também, porque tirando a mão que escreve, vamo quebrar a outra, seus pé, suas costela, seus osso tudo.

Então deu-se início a sessão de tortura. Eles não podiam exagerar, e infligir dano em excesso desqualificaria a pretensa legitimidade do processo. Era preciso encobrir, dar um ar de espontancidade à minha confissão fraudada, e atribuir eventuais ferimentos à resistência à prisão.

Primeiro, começaram com uma saraivada de pancadas nas minhas costelas. Os repetidos socos me tiravam o ar por muitos segundos, às vezes minutos, e ao fim dos quais eu não falava nada. Algo me dizia que eu não aguentaria por muito tempo, mas fiz do meu orgulho minha maior resistência.

— Se bater mais, vamo quebrar as costela dele — um disse, ao que Benício olhou para meus pés.

Eu já estava descalço, e dois deles agarraram uma de minhas pernas, imobilizando meu tornozelo. Por mais que me debatesse, a princípio utilizando da força residual de uma noite de sono, nada impediria o que viria a seguir.

Luís Carreteiro se abaixou, e de meus pés me olhou com enorme satisfação.

— Vamos ver se esse galego se mija nas calças.

O gume fino do punhal deslizou entre a carne e casca de queratina do meu dedão. Urrei de dor. Tremi cada músculo em espasmos de contração. Não olhei, não tive coragem. Depois, senti a alavanca com a própria lâmina, descolando a unha por completo. Finalmente, o alicate era necessário para puxar, e aí uma dor quase igual atravessou meu pé e minha perna. Era como se não existisse tempo para pensar em dizer algo que o fizesse parar. Na verdade, o medo me paralisou inclusive para o que eles queriam, a maldita confissão. Era só gritar "ok, eu assino", e assinar a droga de papel, só isso, no qual eu mentiria. Eu iria mentir? E quantas vezes não menti para evitar a dor e o sofrimento? Por que aquela era diferente? Por que me prendia à verdade dessa vez?

— Vamos, baiano, assine, que tu é medroso e molenga demais pra aguentar — Benício falou ao meu ouvido.

O suor inundava meu rosto, empapava meus cabelos. Eu mal conseguia respirar, quanto mais falar. Olhei para o pé. O sangue brotava da cabeça do dedão. Sangue novo, escorrendo até o tornozelo, meu sangue.

— Obrigado — eu disse arfando.

— Quê?

— Essa unha — tomei fôlego e apontei com o queixo — estava encravada, incomodava muito quando calçava bota.

— Cachorro! Arranca o resto.

E assim se foi o resto de minhas unhas dos pés. Gritei, me esgoelando, e no fim sorri de nervoso. Por incrível que pareça, quanto mais eu ria, mais percebia a raiva e indignação na cara de Luís Carreteiro e Benício. Isso, de alguma maneira, me reconfortava, era como um contra-ataque. Ademais, a dor, que depois de um tempo se tornou anestésica, não variava para mais, só para menos. Eles perceberam e resolveram mudar os métodos.

Desamarram-me e ameaçaram de me jogar nas baias dos porcos. Não vou mentir, o pavor se renovou e tornou-se enorme. Com os braços para trás, meu torso era empurrado por cima de uma mureta, abaixo da qual os porcos disputavam espaços à espera de um naco meu. Os grunhidos se multiplicaram. Alguns gritavam, outros mordiam, porcos ganiam estridentes... só ouvindo para realizar o que estou a falar. A um palmo do meu rosto, as narinas peludas, alternando entre a contração e dilatação, enchendo os pulmões daquelas criaturas, dois buracos tais quais ventosas que escondiam presas, a um palmo do meu rosto. Mas eu só precisava aguentar um pouco, porque qualquer mordida era fatal, e a fatalidade tinha que ser evitada. Daí puxaram-me de volta.

Vi desolação estampada na cara de Benício. "Seria mais fácil do nosso jeito", cogitei o que se passava em sua cabeça.

— Por que não assina?

— Porque não sou covarde.

— É claro que é! Vassuncê não esconde sua miudeza, bah.

— E vosmecê acha que a última coisa que vou fazer na vida é ser miúdo?

Ele me olhou, refletiu e entendeu o que se passava comigo, o que me movia a sofrer horrores. Sabia que talvez uma dor além daquela que me era infligida pudesse me quebrantar, talvez. E ele tinha razão, só não podia ir além, não sob a tutela improba de Prestes. Contudo, a circunstância estava do meu lado. Eles deveriam me preservar o tanto quanto possível. E dessa forma, como estava ocorrendo, eu morreria sem confessar, manteria minha honra intacta, como se um dia alguma vez ela tivesse existido.

— Traz o cabo — Benício deu a ordem a alguém atrás dele.

Vi a ferramenta e pensei que me encheriam de pancada novamente. Era um pedaço de madeira roliço, da grossura de um cabo de enxada. Benício estendeu a mão, e o recebeu. Trouxe até bem próximo de meu rosto, e disse:

— Vou enfiar esse pau no seu cu até ele chegar nas suas tripas, e depois girar e puxar, arrancando toda merda que tiver aí dentro.

Deu dois passos para trás. Meu corpo esfriou. Qual a probabilidade dessa hipótese?

— Leva ele pro balcão e arranca as calça!

Rápido fui enredado por garras de todos os lados. A dor nos meus dedos cessou; e com os mesmos pés inchados e sanguinolentos, passei a tentar chutar e dar coices na tentativa vã de me desvencilhar.

Inútil.

Deitaram-me de bruços no balcão, empurrando minha cara nas pranchas sujas. Inalei o odor do insosso e da madeira úmida, um mogno velho embebido do sangue dos porcos abatidos. Passaram minhas calças no fio da navalha, e o som do pano se rasgando me causou uma sensação de desfalecimento.

E agora, onde está seu Deus?

A voz me perguntou. Não houve resposta. Então ela continuou, séria e grave.

Se fosse você no lugar de seus algozes, certamente seu Deus estaria aqui, no meu lugar, lhe dando conselhos para parar. Não é verdade? Claro que é! Desista, não vale a pena. Não vale o sofrimento. E mais: a troco de quê? Não existe céu, não existe Deus, não existe imortalidade. Desista!

Acordei e gritei:

— Certo, eu assino, eu faço...

Fez-se o silêncio, interrompido apenas pelo barulho dos porcos.

Benício colocou o papel na minha frente, no plano do balcão, ao alcance da minha mão. Depois pousou acima um lápis. *E se voltarem a me torturar quando eu assinar?* pensei. Tudo isso por causa de uma assinatura. Com certeza era exigência de Prestes. Então imaginei que ele poderia me ver assinar.

— Assinarei na frente do coronel Prestes.

— Isso está fora de cogitação.

— Como vou saber que você e sua corja não vão continuar me torturando?

Não demorou. Após irem chamá-lo, Prestes entrou e me viu. Eu estava encolhido, machucado, alma, espírito e carne, e ele, com aqueles olhos frios e cinzentos, diante da maior de todas as injustiças, aguardou quando me libertaram a mão direita.

Peguei no lápis. Depois que assinasse, seria, sem dúvida, levado ao poste, amarrado, vendado e morto como traidor diante de um pelotão de fuzilamento. Daí lembrei do dia que assinei meu nome pela primeira vez, no chão, junto com padre Honório, na beira da fogueira. Lembrei também de seus olhos se enchendo de lágrimas, brilhosos e vivos, olhos azuis como os meus. Era meu pai ali, sorrindo e chorando, feliz por ver o filho, tão pequeno, tão malino, tão curioso, tão sabido. A ressignificação da lembrança me deu imediata paz.

Com a mesma grafia tremida de um corpo ferido, assinei "Paulo", e acrescentei "Honório", Paulo Honório.

Entregaram o papel a Prestes, antes em branco, agora só com minha assinatura. Ele a olhou. O cenho franziu. Ler dois nomes não demoraria aquela eternidade. Depois tornou a me olhar. Voltou para os nomes e reparou em mim uma segunda vez.

— Ele vai continuar preso — Prestes falou e saiu, guardando minha confissão no bolso.

Em alguns minutos, estava novamente só, agrilhoado à mesma pilastra de madeira, aguardando o julgamento, que seria ao fim do dia. As horas se passaram, e eu chorava, remoído pela inverdade que me obrigaram a confessar. Doía-me a ferida aberta no orgulho. Eu traíra a Coluna? Responda você: nunca jurei lealdade a nada e a ninguém. Távora aceitou a deserção, era responsável pelas próprias ações.

Mesmo subjugado pela iminente morte que se aproximava, cessei o choro, tentando pensar em coisas boas. Assim, recordei da infância, e desejei ter outra chance, na qual viveria com meu pai, aproveitaria seus momentos finais, compartilhando todo o amor de um filho.

No meio dos sonhos, ouvi passos vindos de fora do chiqueiro. Não pareciam ser de muitos, mas tão só o caminhar de um viandante solitário. Seria Prestes, com a sentença em mãos, para me intimar pessoalmente? A porta se abriu, apenas um pouco. A luz não me encandeou, e vi um senhor com um chapéu preto de abas largas. Vestido numa bata preta, com um colarinho clerical em volta do pescoço. Ele tirou o chapéu. Era padre... era meu pai.

Meu mentor, meu pai

— Pai — falei.

Ele não respondeu. Apenas se aproximou de mim. Olhos brilhosos, podia jurar que ele compartilhava comigo da mesma dor. Sacou uma faca, se abaixou e cortou o nó da corda que roía meus pulsos. Depois me ergueu. Fiquei tonto, acometido por uma vertigem. A vista embaçou, e tudo ficou escuro.

Acordei. Pessoas conversavam ao longe, pelo menos as ouvia como se estivessem distantes. Ou eram meus ouvidos desconectados do resto dos meus sentidos? Estava num quarto com uma janela por onde eu podia ver folhas de um cajueiro. A brisa fresca soprava lá fora, o galho balançava, e um caju vermelho aparecia e sumia, aparecia, sumia. Já na parte de dentro do quarto, vi algumas traças suspensas na parede desbotada. Corri o olho por elas e dei com uma aranha. Ela emboscou uma mosca, errou o bote, e sumiu da minha vista.

Meu corpo deitado e dolorido não respondia a nenhuma intenção de movimento. Entre as vozes, que ficavam sonoramente mais altas, uma era de alguém cujo timbre eu reconhecia, embora escapasse à memória. A voz feminina. Foi então que o sotaque me ajudou com a reminiscência: Ana.

— Ana — murmurei. A garganta estava seca, colada. A voz se calou, como que a dar uma chance à própria audição.

— Ana — tornei a falar.

Passos se precipitaram, e ela apareceu na porta do quarto. Parou, olhando-me. Exatamente igual, não mudara nada desde que havíamos nos visto pela última vez. Então me dei conta de que não se passou tanto tempo assim, embora a impressão que tivesse fosse o contrário.

— Não fale nada, você ainda tá muito machucado — disse, se aproximando da cama. Pôs o dorso da mão na minha testa.

Estava descalço, e onde outrora eu possuía unhas, agora eram só tufos de ervas, matos e infusões que deixavam meus pés e dedos pegajosos.

— Com quem conversava? — murmurei.

— Com sua...

Antes que ela completasse, vi Karla surgir na soleira. Os olhos azuis trêmulos, inundados de lágrimas, um oceano de tristeza e alegria juntas.

Depois de ter desmaiado nos braços de meu pai, fui levado para aquela casa, em que Karla tratou de meus ferimentos. Era uma fazenda num povoado chamado Natal, nos arredores de Teresina. O ponto também serviu para o encontro do bispo Severino e Prestes, juntamente com os outros chefes da Coluna. O bispo foi sem escolta, acompanhado apenas do padre Cristino. Chegou ao anoitecer, pernoitou no povoado, na manhã seguinte rezou uma missa, onde compareceram os chefes da Coluna e muitos outros soldados, ao fim da qual deu-se início a reunião.

Ali trataram do levantamento do cerco a Teresina, com a retirada das tropas rebeldes como condição para preservar a vida de Távora. Era a exigência das Forças Legalistas. Por sua vez, o bispo trazia a carta que Távora fora obrigado a escrever, segundo a qual o coronel, agora preso, rogava ao comandante-chefe da Coluna, Luís Carlos Prestes, que poupasse os cidadãos teresinenses e fosse embora. Era a clara demonstração de que Távora preferia ficar preso ao invés de arriscar ser resgatado. Aliás, para mim a prova cabal de minha inocência.

Prestes, numa manobra arriscada, informou ao bispo que concordava com o pedido, mas infelizmente não teria como evitar um ataque já em andamento, pois antes mesmo das tratativas, o coronel João Alberto recebera ordens para agir, com um assalto iminente no outro lado do rio Poti. Não contou a verdade. Tudo não passava de uma isca para se afastar, já que a intenção era sair em retirada e fazer o bispo votar com a informação falsa. Assim, as autoridades legalistas deixariam parte das tropas apostas em Teresina, impedidas de vir no encalço da Coluna.

Não sei se o bispo soube que eu estava ali, feito prisioneiro e condenado à morte. Sei apenas que meu pai tomou conhecimento através do próprio Prestes. Além do mais, a Coluna praticamente se hospedou na fazenda que, pasme!, pertencia ao padre Honório, conhecido no local como o vigário alemão.

— Como está se sentindo? — meu pai perguntou.

— Melhor.

A dor, com o decorrer de dois dias, diminuía. Estávamos no alpendre, respirando a brisa fresca da tardinha, eu e ele, sentados em cadeiras de balanço, balouçando e olhando a paisagem verdejante, embebida pela chuva torrencial das últimas semanas. A alguns metros, e ainda dentro de nosso raio de visão, víamos Baro ajudar Ana, puxando água do poço, rodando o veio da cacimba e enchendo os baldes, enquanto ela os trazia na cabeça.

— Seu amigo indígena disse que encontrou você boiando no rio Tocantins.

— Foi.

— Tens muitas dúvidas, não? — ele falou e tossiu um pouco.

— Tenho.

— Agora é um bom momento.

— Minha mãe? — perguntei genericamente. Era tanta coisa na cabeça que não soube por onde começar.

— Beatriz — ele disse, suspirou e continuou —, linda e perfeita como um anjo do Senhor.

— O senhor a amava?

— Mais que o próprio Deus, e esse é o único pecado do qual não me arrependo.

Antes que eu continuasse, ele me pediu para evitar falar mais sobre minha mãe. Raramente padre Honório era tão direto. Sempre que não queria responder, usava evasivas, dava respostas dúbias, ambíguas. Dessa vez ele, meu pai, foi direto.

— E nesse tempo todo, tio Almir, minha tia, o povo em Macureré, como eles não desconfiavam?

— Só você não desconfiava, talvez por não se ver no espelho com frequência. Mas os outros apenas fingiam que não sabiam.

Nisso ele explicou que pagava a tio Almir uma mesada para cuidar de mim, bem como para evitar perguntas e não contar nada para ninguém. Em retrospectiva, reparei que essa era a razão pela qual eu era tratado diferente, principalmente quando o padre estava.

— E Prestes, o que aconteceu?

— Ele por acaso achou nossos nomes semelhantes. Não só o nome como também a aparência.

Meu pai explicou, entre alguns acessos de tosse, que o palco para o julgamento estava todo montado. Havia inclusive um poste onde eu seria amarrado, e a tropa inteira me veria pregado e fuzilado. Acontece que Prestes não contava que a fazenda cedida para o encontro entre o bispo e eles fosse do pai do próprio condenado.

— Você sabia que eu estava... — calei-me. Ele percebeu, acredito que supôs qual pergunta viria a seguir. Na verdade, fiquei com medo da resposta. Se ele sabia que torturavam seu filho, só uma razão muito forte para não interferir. Qual?

— Foi só porque você sofreu como sofreu que o coronel atendeu ao pedido de um pai. Ele soube que você resistiu bravamente até o último momento antes de ser forçado a confessar.

Meu silêncio dizia muita coisa, e uma coisa nova surgia dentro de mim, uma coisa incorpórea, inominada, indescritível, intransigente, porque, por mais que eu quisesse me livrar daquela coisa, ela estava ali, me dizendo outras coisas, essas sim, nomináveis.

— Vou matá-lo — falei e olhei para meu pai. Queria sua aprovação, queria que pelo menos concordasse comigo, confirmasse que Prestes merecia a mesma punição que manobrou para recair sobre mim. Em vez de me chancelar, ele disse:

— Todos foram embora acreditando que não foi você quem entregou Távora.

Todos menos Ana e Baro, que ficaram na fazenda. Desisti de continuar no assunto sobre a tortura. Ficamos em silêncio. Aí ele falou:

— Você realmente perdeu a carta.

— Perdi faz é tempo, mas tenho minha maleta com o livro, Ana guardou esse tempo todo. Sabia que, naquele dia, a gente se salvou por causa daquele diabo?

— Sabia — ele respondeu e sorriu. — E você tem sorte de não ter se confessado a um inquisidor português.

— Eu sempre confesso menos do que deveria.

— Tem certeza? Porque não foi o que ouvi de você certa vez na catedral de Nossa Senhora das Mercês, em Porto Nacional.

Arregalei os olhos e escancarei a boca. "Era ele?", me perguntei. Indaguei a mim, da mesma forma, a razão de ele não ter se revelado. A resposta era óbvia depois de dois reflexos de recordação: eu estava querendo entrar para um convento, o que me deixaria longe de Benício, do rio Tocantins, do retorno como pactário, e de todas as consequências que sobrevieram depois. Ele só queria que me convertesse de verdade.

— Então foi por isso que me fez rezar aquele monte de pai-nossos e ave-marias?

Meu pai riu alto, e depois eu também. Depois de tanto tempo separados, rimos sonoramente, pai e filho, compactuando uma indecência religiosa, embora sincera para nossos corações. Então, ele teve um forte acesso de tosse.

— De que está doente?

— Ainda não sei — respondeu depois de um longo período sem fôlego. — Já fui a um médico. Ele a princípio descartou tuberculose. Não queria colocar sua irmã em risco.

Mais um bocado de tempo em silêncio.

— A carta que Karla tinha tanta preocupação de que fosse enviada era sobre alguma coisa relacionada a sua doença?

— Sim, um pedido para a nunciatura apostólica me enviar a outro lugar, onde talvez eu possa me tratar na Europa.

— Europa?

Então ele me contou que esteve muitas vezes no Velho Continente. Era também a explicação de seus sumiços. Numa dessas viagens, acabou retido na África, em meio à Grande Guerra, em 1918. Estava em Moçambique, então colônia portuguesa, em missão apostólica, quando conheceu o general Lettow-Vorbeck, o Leão da África.

Na Primeira Guerra Mundial, Paul Emil von Lettow-Vorbeck foi o único general alemão a não ser derrotado, mesmo com um contingente inferior aos britânicos. Ele e seu exército só se renderam após a assinatura do armistício onde o Império Alemão reconhecia a derrota. Como era também um súdito do Império Austro-Húngaro, padre Honório lutou do lado das Forças germânicas.

— Eu estava lá, e pedi para que poupassem aquele povo em troca de minha ajuda contra os ingleses — disse-me enfim sobre sua familiaridade com o rifle.

— Austríaco?

— Sim.

— Que coisa, porque agora mesmo lembrei de um velho cachaceiro que também é austríaco, e insistia que eu também era um. O nome de é... esqueci...

Meu pai me olhou com curiosidade sem igual, paralisado, com paciência infinita, no aguardo eterno, esperando que minha memória, naquela hora defasada, trouxesse o nome de Ludwig Schwennhagen, que infelizmente não veio, e não viria por nada no mundo. Era impossível recordar esse nome.

— Não lembro.

— Onde encontrou com esse velho?

— Numa vila próxima a Natividade — respondi sem ter tanta certeza.

— Como ele era?

— Alto, branco, quase vermelho.

— E o que ele disse?

Então percebi que estava sendo interrogado, mas não contestei.

— Disse que eu era parecido com germânicos e depois... — então, como que atingido por um raio, a memória aterrissou em mim. — Ele perguntou quem era meu pai.

Viajei em pensamentos até aquele dia, revivendo a cara de espanto que aquele homem fez ao me ver sorrindo e bebendo cerveja, meu bigode branco de cerveja, "quem é seu pai?", ele perguntou. Meu pai estava ali, na minha frente, com seu bigode dourado.

— Focês precisar sair do frio — Karla nos apareceu ao lado, convocando-nos para entrar. Já estava escuro. — A comida já na mesa.

Jantamos numa mesa de madeira, como uma grande família. Meu pai numa ponta, eu noutra, Baro do lado, e Ana e Karla do outro. Os vapores suculentos da sopa aqueciam nosso rosto, enquanto as colheradas queimavam nossas línguas, pelo menos de quem inadvertidamente não assoprava para esfriar.

Estava tudo em silêncio, exceto pelo tintinar de talheres e pratos. Passei a vista em cada um. Baro sempre sério, comia concentrado, com hábitos inúteis de homem branco, sendo um deles o de comer com garfo e faca. Karla era sempre delicada em seus movimentos, característica que adquirira sob regime discipular de um convento enquanto morava na Alemanha. Ana, tenho quase certeza, tentava copiar, imitar. Não porque queria fazer igual, mas mais porque não queria ser diferente. As duas, lado a lado, constrastavam como leite e café.

Ana estava sempre mais bonita. Sua pele negra não tinha uma mancha sequer. Os lábios, em bico para assoprar a colher, eram grossos e roxos. Seu rosto estava mais fino, estreito, e as sobrancelhas... feitas; dois arcos simétricos sobre os olhos apontados para baixo, glóbulos brancos. Enquanto eu olhava para ela, percebi pela periferia da minha visão que, da outra ponta, meu pai me espiava. Envergonhei-me e voltei para meu prato.

— Vocês não sabem — ele começou a falar —, mas Paulo uma vez batizou um cachorro.

Karla ficou vermelha, sem saber se era só um comentário hilário ou uma reprimenda pública e tardia. Os outros permaneceram em silêncio, e eu, que havia esquecido desse episódio, lembrei que enfureci os fiéis que testemunharam meu sacrilégio.

— Eu deveria castigá-lo, mas precisava me controlar para não explodir de rir quando vieram me contar — ele completou, e começou a gargalhar. Todos os outros também esboçaram sorrisinhos para acompanhá-lo.

Então a memória ficou clara como o dia: padre Honório argumentando, num sermão ao avesso, do púlpito: “ele é só uma criança”, enquanto outros murmuravam resmungos, “se fosse o filho de outro, aposto que se ajoelharia no milho”.

— Eu não queria que o cachorro fosse pro inferno quando morresse — falei e comecei a rir também.

— E por isso o levou à pia bastismal, e despejou toda água benta nele, rezando e fazendo o sinal da cruz...

— Em nome do pai, do filho e do Espírito Santo... — completei, rindo também.

— Amém — ele terminou, juntando as mãos e me acompanhando no gracejo.

As gargalhadas se espalharam como uma doença infecciosa, e logo todos estavam rindo, dentes à mostra, controlando apenas a deglutição para que não se engasgassem. Por um instante, por uma batida de coração, minha vida pareceu fazer sentido. Era a primeira vez que me via em meio a amigos e parentes de verdade. Meu pai, minha irmã, Baro e Ana. Que mais queria? Que mais era preciso? Nada. Só me restava viver, crescer ali, num pedaço de terra familiar, ter uma vida normal. Feliz.

Ana tossiu. Não sei se por conta de um refluxo ou simples pigarro, ou porque ainda ria de minha presepada com o cachorro, mas tossiu fortemente. Daí sacudiu o corpo todo, engulhando. Parou, respirou, pôs as duas mãos na mesa, afastou-se rápido e saiu com um antebraço pressionando o estômago, e o punho fechado na boca.

Todos se assustaram, pelo menos até confirmarem que ela apenas vomitava a sopa. Então notei que quando deram conta do que se tratava, voltaram aos pratos. Ana vomitou, e ninguém deu a mínima. Apenas eu ainda a aguardava, ansioso para entender a razão do enjoo.

Foi quando meu pai falou.

— Já é o terceiro dia que ela não se alimenta bem, porque sempre que come alguma coisa põe para fora.

Levantei-me e fui atrás. Lá fora, ela ainda se recuperava.

— O que você tem?

— Não tenho certeza, mas acho que tô prenhe.

Em busca de vingança

No outro dia, pela manhã, encontrei com Ana preparando o café.

— Seu pai saiu logo cedo.

— Ontem à noite, você foi vomitar lá fora, e aí disse que tava prenhe. Por quê? — perguntei ignorando o comentário a respeito de padre Honório.

No dia anterior, ouvindo o que ela me dizia e diante da suposição da gravidez, eu não disse nada. Fiquei calado. Na verdade, saí e me recolhi, passando quase a noite toda refletindo.

Não posso afirmar se me ocorreu alguma falha no raciocínio, se a tortura me deixou sequelas cognitivas, ou se eu estava sendo eu mesmo, uma vez que a única coisa que me indignava era a seguinte dúvida: com quem Ana se deitou na minha ausência? Lembrei daquele jagunço, o tal Manezinho, e ousei afastá-lo das hipóteses, uma vez que se passara quase um ano. Tempo demais, e a gestação, se é que era uma gestação, ao que me parecia, estava no início. Pensar e supor não me custava nada, desde que as ideias ficassem só aqui, na minha cabeça. Ana me respondeu:

— Disse que tava prenhe causa que meus tempos não chegaram.

— Tempos?

— Sim, menino, não desceu o negócio aqui. Já tem mais de mês.

— Ah, entendi. Prenhe? Grávida? E quem é o pai?

— Como assim quem é o pai?

Ana conteve a fúria sub-reptícia que consumia toda a sua paciência, embora eu estivesse passando dos limites; hoje reconheço.

— Quem é o pai? — ela perguntou para si mesma e para mim.

Fiquei alguns segundos calado. Diante da chance de abandonar aquela conjectura, fiz exatamente o contrário, insisti:

— Sim, quem é?

— Vosmecê tá se fazendo de doido, né? Peraí que remédio de maluco é outro mais pior ainda — Ana se abaixou, pegou o pilão de esmagar milho e se projetou-se sobre mim para tornar a perguntar:

— QUEM É? QUEM VOSMECÊ ACHA QUE É O PAI? Hein, seu infeliz, seu rato cassaco, seu bandido?...

— Calma! Calma!

— Calma?! Comé que vou ter calma com suas macacadas. Ai que ódio, que raiva de tu, satanás!

Ela disse, deu uma pancada na mesa com o pilão e saiu.

Enchi uma xícara de café. Cortei um pedaço de pão. Eu seria pai. E onde estava o meu? Minha irmã apareceu, um pouco assustada.

— Quê baruléo fô esse?

— Nada não. Ana deixou cair o pilão, só.

— Ah, certo. Papá fiajou — disse sorrindo, mudando a expressão. E, se aproximando da mesa, contou-me entusiasmada — Graças a Senhor, Deus, ele fai tratar a doença.

Fiquei calado, bebi o café, molhei o pão.

— Focê não está feliz?

— Estou.

Ela não disse mais nada.

— Não parece, né? — completei e sorri, um riso sem graça, apenas para não comprovar que ela estava certa. — Pra onde ele foi?

— Para os Alpes, Schweiz.

— É bom, muito bom — estiquei o braço e toquei na mão de Karla. Ela retribuiu o gesto e apertou a minha, várias vezes. — Somos tão parecidos assim?

— *Ja.*

— Vamos ter tempo de sobra pra você me ensinar alemão.

— E focê fai precisar.

— Por quê?

— Porque papá deixou uma carta, mas está em alemáo.

De novo? Pela segunda vez ele fazia isso. Devo ter deixado transparecer a indignação, pois Karla logo desmanchou o rosto branco e alegre, de quem esperava ser uma ótima professora de alemão para mim.

— Não fique assim, é que ele sempre faz isso quando vai embora. Quero que leia a carta para mim.

— Náo posso.

— Por quê?

— Ele me fez prometer que náo iria fazer isso. Mas focê aprender rápido, eu ser boa ensinadora.

Concordei e sorrimos juntos.

E os dias se passaram; e Ana pouco falava comigo, e eu com ela. Das poucas ocasiões, disse-me tão só que se tivesse as ervas necessárias, tomaria um chá para abortar o feto.

— Não — falei.

— Por quê?

Hesitei.

— Porque é meu filho também — enfim respondi.

— Tem certeza? — ela perguntou, e fiquei calado. Mas eu tinha certeza. Mais que absoluta certeza de que seria pai, se a gestação de Ana chegasse ao cabo de quarenta semanas, e a criança nascesse saudável.

— É seu filho, Paulo.

— Eu sei, mas não somos casados.

Ela não disse mais nada, apenas me olhou com reprovação e saiu. Ana me conhecia bem, talvez mais do que eu mesmo.

Baro continuava a nos ajudar.

Certa manhã, ele passava pela frente do alpendre, carregando um balde de lavagem para os porcos. Parou, baixou o balde. O cheiro do azedo subiu. Aproveitou para perguntar.

— Como está?

— Bem.

Baro limpou o suor da testa com o dorso da mão.

— Então, quer ficar por aqui conosco? — perguntei.

— Só até você melhorar por completo. Prometi a seu pai que ajudaria sua irmã e Ana.

Padre Honório pensara em tudo. É provável que Baro tivesse recebido algo em troca para prestar aquele serviço. Olhei para ele com vontade de perguntar qual a razão de fazer uma promessa como essa, se nem eu nem ninguém aqui devia nada a ele. Mas cogitei que indagar sobre isso, e dessa forma, poderia ofendê-lo, por presunção de que a ajuda dele não fosse só e tão somente por benevolência pura e simples.

— Você ainda pensa em ir procurar seu pai? — perguntei ao invés.

— Não sei.

— Eu sendo você iria.

— Meu pai pode não ser tão compreensivo quanto o seu.

— Eu sou bom com palavras, e acho que isso contribuiu.

— Eu não.

— Sei, mas é forte e sabe se virar. Se fosse possível, poderíamos ir juntos. Eu o ajudaria com as palavras.

Baro me olhou intrigado. Não esperava que eu erguesse aquele andaime de suposições: ir com ele, conversar com Rondon, apresentar o filho perdido, dar-lhe o prazer da companhia do pai. Acima de tudo, deixar a paz desse lugar.

— Mas aqui tem minha irmã e Ana. Tenho que cuidar delas, não é?

Ele confirmou com a cabeça. Inclinou-se um pouco para pegar na alça do balde, e saiu. Fiquei ali, me balançando na cadeira, apreciando a paisagem úmida. Eu ia ser pai, e Baro procuraria por seu pai, e o meu me salvou, mas foi embora, como sempre ia.

Mas eu o perdoo, porque pais não precisam estar o tempo todo perto dos filhos para cuidarem deles, pensei com essas exatas palavras.

Ao longe, vi uma estaca de cerca. O tronco se erigia reto e chamativo. "Provavelmente seria fuzilado num poste daquele", pensei em associação livre. "Aqueles malditos estão por aí, fazendo maldades", tornei a refletir.

— Eu fui torturado, e tudo vai ficar por isso mesmo — murmurei para mim. — Se não fosse meu pai, eu estaria morto! Um protetor, um salvador! Mas não puniu aqueles criminosos, isso é uma injustiça. Quanta injustiça, quanta injustiça no mundo! — elevei o tom da voz. Falava no solilóquio.

Foi quando, no mormaço da quentura, uma figura trêmula e disforme, uma cópia de uma pintura borrada, ao longe e distante, se formou a minha frente. Elemento estranho, ponto preto no nada. Alguém que vinha, ou ia, não sabia dizer. A princípio, pensei ser o bispo, ou mesmo padre Honório. Mas à medida que a figura ganhava nitidez, apostei na primeira suposição. Fiquei de pé.

Não era o bispo.

O homem, a coisa, agora visto por inteiro, num caminhar de viandante pela estrada, mostrava apenas a banda de baixo do rosto, tanto pela inclinação para a frente quanto pela sombra projetada do que havia sobre a cabeça: um sombreiro de palha com abas enormes, quase até os ombros, inquieto, pronto para alçar voo, lutando com o vento que, se fosse a mão do indivíduo, arrancaria o chapéu de uma vez. Um poncho cobria-lhe o torso, e bruxuleou forte quando um redemoinho o engolfou por completo. Ventania que brigava, disputava aquela alma. E ele vinha: o homem na rua, no meio do redemoinho.

Quantas vezes o destino nos coloca em encruzilhadas, com demônios em forma de guia, e nós escolhemos, infelizmente, os caminhos errados. Ele atravessou a porteira, caminhou até próximo do alpendre e ergueu a cabeça, sorriu e disse:

— Chefê, quanto tempo, bah!

O poncho repousou sobre os ombros e braços de Barbosa. Eu não sabia o que ele carregava na cintura, se armas, facas ou revólveres. Estava tudo oculto. Calças bombacha e botas de couro sujas pela poeira e lama. Um braço surgiu, nascendo do interior do poncho. A mão estava nua e foi ao barbicacho do chapéu. Folgou a corda e arreou o sombreiro para trás.

— Não tá feliz em me ver, chefe?

— O que você quer aqui?

— Bah, só sua trégua, que a minha vosmecê já tem.

Fiquei calado, num silêncio que concordava com a barganha. Ele ainda disse:

— Também quem sabe um gole d'água, uma sombra, e se não for pedir demais, um chimarrão — ele respondeu e sorriu ao final. Barbosa sempre teve um indubitável carisma. Sem barba, era jovem. Um moreno de cabelos pretos, escorridos para trás, um rosto quadrado, com queixo de covinha, embora agora a barba cobrisse tudo. Tinha olhos grandes, chamativos. Era alto, ombros largos e braços fortes. Podia apostar que nele corria alguma gota de sangue castelhano. E finalmente o sorriso, sempre presente, atraía quem se deixasse seduzir pelo conjunto.

Karla apareceu numa das janelas, atraindo imediatamente a atenção de Barbosa. Eles se olharam e ficaram mudos, estátuas de sal. Ninguém falava nada, nem eu, nem ele, nem ela. No meu caso, me faltou qualquer ideia de algo para falar, continuar a conversa que se instaurara. O tempo de silêncio se prolongou a ponto de eu fazer algo inusitado.

— Essa é minha irmã, Karla.

Barbosa saiu do encanto. Pigarreou e jogou o poncho para trás, tirou o chapéu por completo e fez uma longa reverência.

— É uma satisfação... enorme conhecer a senhorita — balbuciou.

Karla só balançou a cabeça com um singelo sim. Não sei se não falou por vergonha do sotaque, ou por medo daquele homem errante, espécime exótico, que aparecia do nada em nosso lar.

— Suba para cá, sente-se nessa cadeira — apontei. Ele não disse nada, apenas atendeu ao meu convite. Percebi uma dose de timidez em suas ações logo após a chegada de Karla.

— Por favor — virei-me para Karla —, você pode trazer um pouco de água?

Ela saiu e ele se sentou. Antes tirou o poncho, o chapéu, um bornal com suas coisas, e os colocou do lado, tudo empilhado. Não trazia armas, nem sequer uma faca. Coçou a barba, e compartilhamos a mesma vista que tínhamos a frente.

— Bah, soube do que lê ocorreu.

— Ah, soube.

— Chimangos desgraçados.

— Pensei que eram maragatos, todos.

— Só modo de dizer, bah.

Karla apareceu. Trazia uma bandeja com uma caneca e um pote de barro cheio de água, que de tão fria suava pelo exterior. Ele novamente se retraiu, mas pegou o copo. As mãos sujas, unhas sujas, grandes, de quem havia tempos não via asseio. Aliás, a presença dele já era notada a poucos metros pelo odor forte do seu corpo. Reparei tudo com cuidado. Enquanto isso, ela ergueu o jarro com as duas mãos, inclinando-o e conduzindo a boca para despejar a água na caneca. O barulho do líquido era o único som a preencher o alpendre. Durante o ato, nem Barbosa nem Karla olharam um para o outro.

— Agradecido.

Ela não respondeu, olhou para mim, baixou a cabeça e saiu. Só então ele bebeu a água. Gotas de suor brotaram em sua testa.

— O que vai fazer? — perguntei.

— Andar, sair por aí.

Eu não queria tocar em assuntos do passado, e acho que ele também não.

— Na casa não tem espaço, mas o chiqueiro, se não se importar com o fedor e barulho, é um lugar protegido do relento. Se quiser passar a noite.

— Fico muito agradecido, chefe.

Nem Baro nem Ana vieram me reclamar pela presença de Barbosa, embora soubessem das suspeitas que pairavam sobre seu passado. Aliás, Baro fora atacado por ele, supunha-se, quando me lancei em missão para deixar João Pequeno na cidade mais próxima. Todavia, o que mais me deixava de alguma forma tranquilo era o fato de que, se Barbosa quisesse, teria me matado, matado Ana, Baro, João Pequeno, e todos os outros. E isso, lógico, nunca ocorreu.

— Ele vai pernoitar aqui — disse a todos enquanto jantávamos.

Ele não comeu conosco. Ficou a noite toda no chiqueiro. O dia amanheceu, e por um instante de um raio, quando saí para tomar os primeiros fachos de sol, pensei que tínhamos outra pessoa como hóspede. Mas era Barbosa, com a barba feita, cabelos aparados, lavado, limpo, com outras roupas, uma blusa branca aberta até o peito e de mangas dobradas até os cotovelos.

— Ele acordou logo cedo e começou a perguntar onde podia ajudar — Baro falou.

E naquele vaivém de Barbosa no trabalho, reparei em Karla, que lançava olhares, fixados nele pelo tempo de milissegundos, quase que só passando a vista. A recíproca era mais que verdadeira, embora Barbosa não a constrangesse olhando-a ostensivamente.

Ele estava limpando o mato, preparando a terra.

— Karla — chamei-a. Ela apareceu, me olhou. Olhos azuis, rosto vermelho de uma pele alva, aquecido pelo mormaço duma manhã que ameaçava ser quente. — Você pode levar um pouco de água para Barbosa?

Ela hesitou.

— Vá, ele é meu amigo. Não se preocupe.

Karla foi. Fiquei no alpendre, vendo-os de longe. Ela olhava para o chão, e para os lados, e para cima. Mas vez ou outra tinha que olhar para ele, que retribuía com simpatia. Eu estava distante; e não tenho certeza, mas creio que trocaram sorrisos, principalmente quando ele agradeceu. Lembrei de quando Barbosa me chegou naquele dia, à noite, falando da amada Maria das Dores, a quem ele fazia referência ininterrupta à virtude, à castidade, à necessidade de uma união abençoada por Deus. Irradiava felicidade até... a desgraça.

— Chefe, aquela história do menino, do menino Piaba, aquilo não é verdade. Eu não matei ele — Barbosa me contou. Portava sua bagagem, preparado para ir embora.

— Não?

— Não.

Então lembrei da noite em que ele apareceu, e suas unhas estavam cheias de terra, e que na manhã seguinte o corpo do menino foi encontrado. Daí perguntei:

— E aquela conversa de inferno, e diabo, e pacto...

— Loucura da minha cabeça, loucura. Acabou.

— Fico feliz que tenha acabado.

Ele sorriu:

— Fica mesmo, chefe?

— Fico; e agora que sei que posso confiar em você, quero lhe pedir um favor.

— Bah, qualquer coisa!

Me levantei e me aproximei. Pus as duas mãos nos ombros dele, e disse:

— Quero que venha comigo, quero ir atrás do Benício e do Luís, e quero matá-los.

E num passe de mágica, ideias novas surgiram me convencendo de que a vida pacata ficaria para depois.

FONTE FreightText Pro, Cactus
PAPEL Luxcream 70g
IMPRESSÃO Paym

FSC
www.fsc.org
MISTO
Papel produzido
a partir de
fontes responsáveis
FSC® C133282